끝까지
이럴래?

한겨레문학상 수상작가 작품집

끝까지 이럴래?

김연 한창훈 김곰치 박정애 심윤경 박민규 권리
조두진 조영아 서진 윤고은 주원규 최진영

한겨레출판

차례

핑크바인 드림

김연

김연

1963년 生. 연세대 영문과를 졸업만 했다. 근 20년 동안 8권의 책을 펴냈으나 시들한 작가 생활에
염증을 느껴 모국어로부터 도주, 아메리칸 드림이나 꿈꾸며 미 중서부 프레리를 헤매고 있는 중이다.

"거기 눈이 많이 온다그만. 사람도 죽고 그랬다더라…… 안 죽고 살아 있냐?"

"……예……"

안간힘으로 목소리를 쥐어짜며 눈으로 시계를 찾는다.

알람이 울리는 줄 알았다. 무의식적으로 머리맡의 휴대폰을 더듬거리다 통화 버튼을 누른 모양이다.

"자다 받았는갑그만. 거긴 지금 아침이지야?"

새벽이라고, 푹 잠긴 목소리로 항변을 하려다 그만둔다. 디지털시계는 6과 30이란 숫자를 만들어내고 있다.

"아뇨…… 일어나 있었어요."

주중인데도 어젯밤엔 알람을 해제시켜놓았다는 생각이 퍼뜩 난다.

"니, 사는 데도 눈이 많이 왔나? 텔레비에서 난리다. 사람도 죽었다해쌓고……"

"여기도 뭐…… 애, 오늘 학교 안 가요. 휴교예요."

"그러지야…… 뉴스에서 글드랑께."

노인네가 나보다 소식이 더 훤하다. 이곳 소식을 저곳에 계신 노모로부터 듣다니…… 정말 지구촌이긴 하다.

"따순 겨울옷은 가져갔나?"

쓰던 압력솥, 밥그릇, 국그릇에 된장, 고추장 챙겨 오느라 백 달러나 추가 화물비용을 낸 처지에 두터운 겨울옷은 언감생심이었다.

"예…… 뭐……"

"집은 따땃하냐?"

"예…… 뭐……"

"책은 잘 팔린다든?"

"예…… 뭐……"

뻘에 빠져 허우적거리던 통화는 그만 끊자는 나의 채근으로 끝이 났다. 전화비를 걱정하는 애틋한 딸의 모습을 연출했지만 노모의 목소리에 스며든 잠기운이 내 부아를 돋웠기 때문이다. 그깟 야간 할인 서비스 몇 푼이나 차이 난다고 노인네가 잠까지 설치고 있나?

휴대폰을 던지고 다시 이불 속으로 기어 들어가 보지만 잠은 이미 달아나 있다. 하늘이 베풀어준 달콤한 아침잠을 영영 놓친 것이다.

휘청휘청 부엌으로 가 밀린 설거지를 하다 그만 들고 있던 사발을 팽개치고 만다. 어쩐다냐? 노모의 입에서 떨어질 줄 모르던 이 말이 이명처럼 울리고 있는 탓이다. 깊은 한숨이 추임새로 곁들어지는 이 질문에는 괜찮다는 대답 외에는 어떤 다른 답변도 정답이 될 수 없다. 아파트는 새벽녘 한기로 눈이 떠지고, 내가 떠난 고국에서 나온 책은 초판도 소화가 안 돼 먹은 게 소화가 안 될 지경이라 하더라도.

관계에 대한 답답함과 현실에 대한 암담함은 서로 상승작용을 일으켜 끝내 눈물까지 출연한다. 주먹으로 눈물을 훔치며 다시 그릇을 훔치는데 난데없이 그릇 깨지는 소리가 난다.

"아이 씨…… 왜 잠을 깨냐고?"

눈도 다 못 뜬 애가 벽에 몸을 부딪치며 나타난다.

"전화가 왔는데 그럼 어떡하냐고?"

"왜, 꼭 오늘 아침이야?"

"그러게 말이다……"

전화 한 통에 이 난리라니……

애가 다시 쿵쿵거리며 제 방으로 돌아가자 퓨즈가 나간 듯 한순간 머릿속이 어두워진다. 올려놓았던 압력솥 불마저 꺼버리고 좁은 거실을 서성인다. 블라인드를 걷자 새하얀 세상이 부끄러운 듯 어둠 속에서 사르르 떨고 있다.

'내 열여섯 생일날 아침, 언니 카스가 가출했다.'

딸이 학교 도서관에서 빌려온 소설책의 첫 문장은 이렇게 시작했다.

나는 딸의 열여섯 생일날 아침, 미국으로 도망갈 짐을 싸고 있었지. 책을 내려놓고 아랫배에 끄응 힘을 준다.

똥물은 아래로 흘러가지 않는다. 외려 위로 솟구친다. 금방이라도 변기를 박차고 나올 기세다. 똥물이 흘러넘치면 갈 곳이 없다. 여기는 하수구가 없으므로.

똥물은 흘러흘러 욕실을 나와 카펫이 깔린 복도로 유유히 나아가다 아랫집으로 떨어질 것이다. 그럼, 온 아파트에 요란하도록 화재경보기가 울리고 그보다 더 요란한 소리를 내며 소방차가 도착할 것이다. 911 구급대원이 장화를 신은 채 성큼성큼 침실로 들어오는 것보다 더 싫은 건 그들 앞에서 구차한 변명조차 늘어놓을 수 없는 현실이다. 벙어리 냉가슴 앓기는 나를 위해 존재하는 표현이었다.

책을 집어 가능한 멀리 던지고 냄비를 집어 든다. 눈을 질끈 감고 일단 퍼 담는다. 찰박찰박 넘실거리는 냄비를 한동안 붙들고 있다. 이제 냄새조차 느껴지지 않는다. 변기의 오물은 여전히 위험 수위를 넘나들고 있다. 고개를 외면한 채로 욕조 하수구에 내용물을 풀어놓는다. 얼굴을 씻는 세면대나 부엌 싱크대로 내 몸의 오물을 버릴 수는 없으므로.

세 바가지를 푸고서야 변기 속은 진정 기미를 보인다. 변비였기 망정이었다. 설사가 아니라 다행이었다. 욕조로 들어가 몸을 한껏 접고 오물을 씻어내다 치밀어오는 욕지거리에 수세미를 내동댕이쳐버린다. 견고한 낙타의 등을 부러뜨리고 만 지푸라기였다.

핸드폰을 한 손에 들고 월세 계약서 서류들을 뒤진다. 위급 상황의 예라고 제시된 항목을 몇 번이나 다시 읽는다. '새벽 한 시에 집에 들어왔는데 부엌 바닥에 물이 그득할 시.' 그러므로 변기물이 넘치는 것은 분명 긴급 상황인 것이다. 머릿속으로 영어 문장을 만들고 깊은 복식호흡.

전화기 건너편에서 중년 남자의 "헬로우" 소리가 들린다. 폭설로 학교마저 휴교된 목요일 아침 일곱 시. 약속대로 짐은 전화를 받는다.

"저…… 변기가 넘쳐서 그러는데요……"

고맙게도 내 영어가 무사히 그의 귀에 당도한 모양이다. 짐은 예상보다 훨씬 선선히 오겠다고 한다. 긴급 상황임을, 자신이 911임을 인정해준 것이다.

"……언제쯤 오실 수 있나요?"

"십오 분 후에는 도착할 겁니다."

핸드폰을 소파 위로 경쾌하게 던지고 욕실로 달려간다. 수세미를 집어 들고 세제를 인심 좋게 듬뿍 뿌린다.

십 년 만에 난 다시 세입자가 되었다. 구로동 다세대 주택이 내 인생의 마지막 셋집이 되리라 믿었는데 역시나 세상에 장담할 건 하나도 없다.

이국땅에서 여행하는 대신 아예 눌러 산다는 건 무얼까? 세 번째 유럽 여행에서 돌아온 이후 이 질문은 성가시게도 날 잡고 놓아주지 않았다. 생의 화두치고는 참 시시했다. 내 안의 호기심 많은 고양이 등쌀에 '런어웨이 프로젝트'를 탄생시켜야 했고 한밤중에도 잠들 줄 모르던 푸른 눈의 고양이는 결국 날 여기까지 끌고 왔다.

'런어웨이 프로젝트'를 가동하면서 가장 큰 문제는 은신처를 확보하는 것이었다. 하룻밤 묵을 호텔이 아닌 일 년 살 집을 계약하기…… 엄두가 안 나는 높은 산이 내 앞을 가로막고 있었다. 걸어 들어갈수록 풀 한 포기 없는 단단한 바위산이란 걸 깨달은 건 현지에 가서 거처를 구하려던 계획이 현실성이 없는 걸로 밝혀지면서부터. 내가 암약하게 될 아이오와 시티는 아이오와 주립대학을 중심으로 돌아가는 대학 도시라 모든 아파트들이 학기가 끝나는 칠월 말 계약 종료, 팔월 일일 계약 시작이라는 정보가 입수됐다. 발품을 팔수록 좋은 집을 얻는다는 우리의 금언이 무색하게 난 인터넷 품을 팔며 계약 조건을 훑어 내렸다. 나의 계약 조건은 두 가지. 애는 학교에 걸어갈 수 있고, 난 학교에 버스를 타고 갈 수 있는 방 두 개짜리 아파트.

조건이 들어맞는 곳에 전자메일을 보내 계약서가 도착하고 한시름 놓았다고 안도하느라 우리식 '주민등록번호'인 미국의 '사회보장번호'가 내겐 없다는 사실이 눈에 들어오지도 않았다. 번호란을 빈 칸으로 남기면서도 난 합법적으로 당당히 체류 허가를 받은 사람이라 문제 될 게 전혀 없다고만 생각했다. 그러나 그건 내 생각이었을 뿐. 그들은 내게 세입자 자격이 없다고 했다. 하루도 밀리지 않고 월세만큼은 제 날짜에 꼬박꼬박 낼 자신이 있는데도 난 받아들여지지 않았다. 외계인, 이티였다.

여기저기 쑤시고 다니다 찾아낸 밀러씨네 아파트. 주민등록번호가 필수 사항이 아닌 유일한 곳이었으므로 선택하고 말고도 없었다. 그저 하루라도 빨리 계약을 하는 수밖에. 알고 보니 집주인 밀러씨는 내가 사는 이 아파트만 소유한 게 아니라 전체 동을, 아니 이 아파트 단지 전체와 이 도시의 몇 군데 아파트 단지를 건설하고 관리하는 부동산업자이자 건설회사 사장이었다.

까다로운 아니 무시무시하기까지 한 온갖 임대 법규에 몇 번의 서명을 거쳐 임대 계약을 끝내고 나자 이번엔 다른 문제가 기다리고 있었다. 한 달 월세에 해당하는 보증금과 첫 달 월세를 수표로 만들어 미드나이트 익스프레스로 보내라는 것. 수표 수수료와 우편료가 더 들게 생겨서 그러지 말고 계좌번호를 가르쳐주면 송금하겠다고 했더니 그건 어렵겠다는 신속한 전자메일. 홈리스가 되는 한이 있더라도 배보다 배꼽이 더 들게 생긴 짓은 하고 싶지 않아 나도 어렵겠다고 했더니 그럼 미국에 오거든 계약금을 받겠단다. 나중에 알았다. 미국인들은 자기 은행구좌를 타인에게 가르쳐주지 않는다는 것을.

집 계약금을 치른 후 열쇠를 받아 들고 이 핑크바인 아파트에 들어서던 순간 서늘한 긴장감이 온몸을 휘감았다. 이곳이 내 은신처로구나! 여기서 난 암중비약하리라. 남들이 손가락질할지언정 내게도 아메리칸 드림이란 게 있다는 것! 이런 불끈 솟는 의지보다 더 웃기는 건 인터넷에서 본 것보다, 내가 상상했던 것보다 아파트 외부나 내부가 훨씬 좋았다는 사실이다. 홈페이지에 올려놓은 근사한 호텔 사진만 보고 덜컥 예약했다 벼룩과 동침을 하기도 하고 창문도 없는 곳에서 감옥 생활을 하기도 했던 유럽 여행이 날 단련시킨 모양이었다. 아파트 단지 건너편으로는 시원한 잔디밭 가운데 든든한 활엽수들이 깊게 뿌리를 박고 있었다. 핑크바인 대중 골프장이었다.

십오 분이 지나도 짐은 나타나지 않는다. 오십을 십오로 들었음이 분명하다. 단잠에 빠진 애를 언제 깨워야 하나 고민하고 있을 때 휴대폰이 울린다. 짐이다. 폭설로 길이 미끄러워 시간이 좀더 걸릴 것 같다는 내용이다.

눈은 허벅지까지 쌓였다. 창문도 열지 못한 채 향을 하나 사른다. 화음을 이루며 두 줄기 푸른 연기가 화르르 화르르 흘러나온다. 오늘은 향에서 구수한 누룽지 냄새가 난다. 운명을 믿습니까? 내 안에서 사르르 이런 질문이 터져 나온다. 누룽지가 일품이었던 인사동 단골 밥집이 떠오르고 밥집에서 나와 걷다 보면 눈에 들어오던 사주카페가 눈앞을 스친다. 필경 거기 어디 운명이란 말이 눈에 콕 박히도록 붙어 있을 것이다.

아이오와시티는 작고 촌스러운 게 우리가 살던 가평을 닮았다. 이름은 아이오와시티인데도 이제는 더 이상 아이오와 주의 수도조차 아니다. 가진 거라곤 아이오와 주립대학뿐인 미국 중서부의 작은 도시. 전철이 없고, 한 시간에 한 대가 겨우 운행되는 칠십오 센트짜리 버스가 유일한 대중교통 수단이고(그나마 일요일엔 운행이 되지 않는다), 극장이라곤 단 두 개 뿐이고, 토요일 오전마다 농부들의 푸짐한 장이 서는 곳. 가평 읍내엔 친구들이랑 갈 곳이 없다고 투덜거리던 딸은 여전히 그 투덜이 스머프 본색을 감추지 않고 있다. 가평에선 실컷 수다를 떨 수 있는 친구들이라도 있었지만 여기는 친구조차도 없어 집과 학교만을 왔다갔다하면서.

이곳으로 오는 길은 짐작보다 훨씬 멀고도 굽은 길이었다. 오래전 서울에서 가평으로 가는 길이 그러했듯. 문학상 상금으로 집을 짓고 마당에 자작나무 한 그루를 심은 것이 그 먼 길의 시작에 불과했었듯이 대학으로부터 초청장을 받고 미국 대사관에서 비자 인터뷰를 통과한 것은 첫 발걸음을 뗀 것에 지나지 않았다.

자동이체를 상담하려고 전기 회사에 전화를 했다가, 당신 말 못 알아듣겠어요! 란 상담 여직원의 말을 듣고 온몸이 펄펄 끓으며 부들부들 떨고, 애가 학교에서 받아온 과제물은 아무리 읽어도 그 내용을 이해할 수 없고, 아무리 일상이 궂은 날에도 "How are you?"라고 물어오면 "Fine"이란 대답밖에 할 수 없고…… 그럴 때마다 난 운명이란 단어를 떠올렸다. 내가 가평에서 십 년을 버티는 동안 가장 위로가 되었던 말이 운명이었듯이.

내가 알 수 없는, 거역할 수 없는 어떤 거대한 힘이 날 여기에 오게 했는지도 몰라. 그러니까 난 무조건 여기서 살아내야 하는 거야.

영화에서만 보던 개인수표에 서명을 해서 매달 월세를 내고, 신호를 기다리며 횡단보도에 서 있을 때 이방인을 향한 그 견딜 수 없는 시선에도 덤덤해지고, 아파트 복도에서 사람들의 말소리만 들려도 겁에 질려 티브이를 꺼버리더니 이제는 음악도 큰 소리로 틀어놓을 수 있게 되었고…… 쉬운 건 하나도 없었지만 그래도 난 여기까지 왔다. 호기심 많은 푸른 눈의 고양이가 날 이곳에 이르게 한 것이 아니라 실은 삶이 날 여기까지 오게 했는지 모른다고 이즈음 생각한다. 이곳에 어떤 삶의 의미가 있을 거라는…… 평생을 기다려온 어떤 운명적인 존재가 날 기다리고 있을지 모른다는…… 나의 낭만적 편집증이 슬그머니 재발할 기미가 보인다. 어지간히 적응했다는 증거다.

"일어나! 짐이 곧 올 거야! 얼른!"

할 수 없이 애를 깨우고 있는데 현관문 두드리는 소리가 난다. 이곳에서는 안에서 누군가 대답을 하기 전에는 문을 두드리고도 자신의 신분을 밝히지 않는다는 걸 안 것도 최근이다. 짐일 것이다. 짐이어야 한다.

"주인 왔어! 얼른 일어나 옷 입어!"

난 서둘러 애를 재촉하고 현관문 걸쇠를 푼다.

짐을 부른 건 이번이 처음이 아니다. 미국 아파트의 입주자가 되기 전 내가 알고 있던 정보라곤 처음 계약할 때 체크 리스트를 꼼꼼히 점검해야 나중에 나갈 때 보증금을 온전히 받을 수 있다는 게 다였다. 나는 행여나 보증금을 돌려받지 못할까봐 거실 카펫 위의 담배 자국이나 애 방 창문이 끝까지 제대로 안 열린다는 등 온갖 사항을 나열해 우편으로 부쳐놓고도 돌아서면 또 흠이 보여 전자메일을 두 번 더 보냈다.

어느 날 집에 돌아왔더니 덜덜거리던 부엌 전등 스위치가 반듯해져 있었다. 혹시 하고 애 방 창문을 열어봤더니 거침없이 열렸다. 짐이 다녀간 것이다. 애 방 앞에는 벗은 속옷이, 부엌에는 뚜껑도 안 닫은 반찬들이 널브러져 있었다. 그 내밀한 아수라장을 짐은 신발도 벗지 않은 채 들어와 볼일을 보고 떠난 것이다. 그저 후일을 위한 기록용으로 적은 내 보고서를 보고 갖고 있던 열쇠로 문을 따고 들어와 불편 사항을 최대한 손봐준 건 고맙긴 한데 등허리께로 오싹 얼음이 굴러갔다. 그 뒤로는 참고 참다 낙타의 등을 부러뜨리는 마지막 지푸라기가 나타나면 짐에게 연락을 취했고 방문 날짜가 결정되면 온종일 꼼짝 않고 집에서 짐을 기다리곤 했다.

현관 문 앞에는 중년의 백인 빅 맨이 서 있다. 은발로 변해가는 긴 턱수염, 툭 튀어나온 만삭의 배에 안경까지 영락없는 KFC 마스코트다. 한 손에 '뚫어 뻥'을 깃발처럼 든 '큰 사나이'가 수줍게 웃는다. 나무 봉 아래 검은 고무 흡입기는 남자의 남산만 한 배만큼이나 볼록 튀어나와 있다.

내가 "하이!" 하고 인사하자 그는 "헬로우!"라고 화답한다. 하이와 헬로우가 좁은 복도에서 어깨를 부딪치는 동안 짐이 갑자기 현관문을 붙잡고 난데없는 동작을 취한다. 이 서양 남자가 아침부터 '서프라이즈 쇼'를 연출한다. 거목 같은 발을 감싸고 있던 운동화를 벗어젖힌 것이다. 난 짐의 깊은 배려에 과장될 정도로 "쌩큐"를 연발한다. 화장실로 성큼성큼 걸어간 그는 변기 안으로 준비해온 무기를 꽂는다.

"아침 일찍 죄송해요."

"괜찮아요. 또 이런 일 있으면 주저 말고 연락하세요."

짐은 무릎까지 꿇고 막힌 변기를 뚫는다. 어마어마한 부자가 허름한 청바지 차림으로 나타나 냄새 나는 변기 구멍에 얼굴을 박고 있는 모습이 한 폭의 성화 같다. 금방이라도 두터운 진을 뚫고 나올 듯한 딱 벌어진 엉덩이의 파격에서 눈을 뗄 수가 없다. 르누아르 그림이나 니키 드 생 팔의 조각을 보며 풍만한 여체에 반한 적은 있었지만 내 것의 족히 두세 배는 됨 직한 남자의 엉덩이에 관심을 가졌던 적은 맹세코 한 번도 없었다.

뒤쪽에서 인기척이 느껴져 정신을 차려보니 어느새 나는 그를 따라 자세를 낮추고 무릎걸음 자세를 취하고 있다. 상체는 기형적으로 툭 튀어나온 채. 그의 천년 고목 같은 허리를 뒤에서 휘감고 호남평야만 한 너른 등에 볼이라도 비빌 참이었나? 내밀었던 손을 황급히 거둬들이다 그의 질펀한 엉덩이에 베이듯 손끝이 스친다. 고맙게도 그는 여전히 열심히 작업 중이고 애는 여전히 눈을 다 못 뜨고 있다. 혀에서 미끈거리던 '쏘리'가 풍덩 목구멍을 타고 내려간다.

"다른 손볼 곳은 없나요?"

그렇게 막혀 있던 구멍이 십 년 체증 내려가듯 뻥 뚫리고 나자 짐이 묻는다.

난 말없이 목욕탕 건너편 애 방을 가리킨다. 애 방이 유난히 추웠다. 알고 보니 창문 틈으로 온갖 바람이 무시로 드나들고 있었다. 그런데도 짐이 운동화 발로 방에 들어오는 것이 너무 싫어 추운 방에서 애를 자게 했었다. 틈 사이에 비닐을 접어 끼워놓고는 이제 괜찮을 거라며 거짓 위로까지 날리며.

"와우!"

빅 맨답게 짐이 창문을 종잇장처럼 난딱 떼어 내자 모녀의 입에선 탄성이 흘러나온다. 창문을 다시 끼우는 걸로 임무 완료! 이렇게 간단한 일을 못해서 지금까지 애를 추위에 떨게 했다니……

"다른 곳은요?"

난 부엌 전자레인지 쪽으로 앞서 걸어간다. 서머타임이 끝난 지 언젠데 전자레인지의 시계는 여전히 여름 시간에 맞춰져 있다. 시간을 한 시간 늦춰보려 몇 번이나 시도해보았는데 그조차 쉽지 않았다. 짐은 무쇠 솥뚜껑 같은 손을 섬세하게 움직여 이것도 간단하게 해결해준다.

그 뒤로도 짐은 부엌 싱크대의 분쇄기를 고쳐주었고 돌출이 심해진 안방 문의 경첩을 다스려주었다. 집에 관한 한 짐을 따라올 자가 없다. 나를 따라 좁은 집의 이곳저곳을 돌아다니며 손을 보던 짐이 묻는다.

"다른 곳은요?"

"없어요. 오늘은."

나와 딸이 한 목소리로 노래한다.

　짐이 보람차면서도 조금은 쑥스러운 미소를 지으며 운동화의 끈을 묶는다. 고개 숙인 모습이 물고기 사냥에 나선 한 마리 북극곰이었다. 귀엽다. 끌어안고 잠들고픈 곰 인형처럼. 평생 한 번도 남자한테 곰 인형을 선물 받아본 적이 없다는 내 과거를 들키지 않으려, 그의 푹신한 배에 얼굴을 묻고 잠이 들고 싶다는 내 욕망을 숨기려 우리 식으로 고개 숙여 깊이 감사 인사를 한다. 그가 육중한 몸을 천천히 움직여 계단을 다 내려갈 때까지 현관문을 붙잡고 눈으로 그의 뒷모습을 좇는다.

　현관문을 닫고 돌아서자 애가 길게 하품을 늘어놓는다.

"아, 진짜 잠도 맘대로 못 자는 더러운 세상!"

"그래…… 더러운 세상이다!"

　개그맨 흉내를 내고 있노라니 가평 우리 집 소파에 앉아 홍시를 먹으며 키득거리던 겨울 어느 날로 돌아간 듯하다.

"짐이 변기 고쳐줬어?"

"어! 변기 물이 시원하게 내려가는 좀 덜 더러운 세상!"

"엄마, 우리, 집주인 되게 잘 만났지?"

"빙고! 난 지금까지 치사한 미국인 집주인 이야기만 들었는데…… 지역 부동산 업계 큰손이 새벽 댓바람부터 세입자 변기나 뚫고 다니고……

다른 세상이야!"

"그렇게 부지런해서 부자가 된 게 아닐까? 그래야 되는 거잖아……"

"……이론적으로는."

덜컹거리는 소리가 바깥에서 들려온다. 창밖을 보니 트럭에 올라앉은 짐이 눈을 치우고 있다. 나의 테디 베어는 지금 트럭 앞쪽에 빨간색 대형 삽을 부착하고 눈 무게와 싸우고 있다. 짐의 빨간 삽이 이르는 곳마다 쌓인 눈이 갈라지며 길이 만들어진다. 그는 제 손으로 트럭을 운전해가며 아파트 단지의 눈을 밀어내고 있다. 아파트 이층에서 내려다보는 그는 산처럼 거대한 사나이가 아니라 머리가 벗겨져가는 내 또래 중년 남성일 뿐이다.

내가 살던 가평은 눈이 오면 온 동네 주민이 넉가래와 삽을 들고, 어떤 날은 인근 군부대 군인들까지 동원되어 눈과의 전쟁을 치렀는데 여기는 각종 장비와 수완 좋은 기술자 한두어 명만으로 너끈히 일을 해치운다.

"딸, 밖에 한번 안 나가볼래?"

"미쳤어? 저 눈밭으로 지금 나가자고?"

컴퓨터를 켜자마자 카페 '쭉빵'에 들어가 패션 아이템 구매 후기에 고개를 박고 있는 딸의 대답은 역시나 건성이다.

"밖에 한번 나가보자…… 딸…… 으응? 미국 중서부의 눈 폭풍이 뭔지 느껴봐야 할 것 아냐?"

"싫거든!"

"딸…… 실은, 엄마…… 짐 얼굴 가까이서 다시 한 번 보고 싶어 그런단 말야."

"즐!"

"즐!…… 것도 오랜만에 들으니 반갑네!"

"엄마, 전화번호부에서 짐 이름 아직 검색 안 해봤어? 스토커 첫 단계! 옐로우북에서 라스트 네임으로 유부인지 아닌지 확인하기!"

"내가 누구냐? 그런 건 기본이잖아. 아이오와시티에만도 참으로 많은 밀러씨들이 있더라. 두 페이지나 차지하던데? 방앗간 집 후손들이 역시 많긴 하더군."

"그 많은 밀러씨들 가운데 짐은?"

"짐도 물론 있었지. 세 사람! 옆에 부인 이름이 있는 사람도 있고 없는 사람도 있고…… 품절남이겠지…… 저런 남자가 돌싱이든 뭐든 싱글일 리가 있겠어?"

"싱글이면 누가 엄마를 좋아해준대?"

"그래도 가능성이라도 있잖아. 엄마의 런어웨이 프로젝트를 완성시켜줄 수 있는…… 남자 만나러 미국에 온…… 우리나라에서는 결국 못 찾고……"

"우리나라에도 눈이 많이 왔다는데? 애들 되게 고생하겠다. 우리는 아무리 눈이 많이 오더라도 휴교 따위는 절대 안 하니깐."

눈은 컴퓨터에 박고 엄마의 연애 상담은 건성으로 하던 딸이 얼른 화제를 돌린다. 한 번도 성공하지 못한 엄마의 연애가 지겨울 만도 하다. 더구나 이번 관심 대상은 도서관에서 빌려온 소설책 제목처럼 '드림랜드'이니…… 딸의 바람처럼 나도 이제 꿈에서 깨어날 시간이긴 하다.

"그래, 이런 날 새벽이면 엄마는 패닉 상태가 됐었지. 푸른 잣나무 위로 소담하게 쏟아지는 눈을 황홀하게 지켜보다가도 날이 새면 정신이 퍼뜩 들어 사납게 널 흔들어 깨웠으니까. 첫차 타고 학교 가라고. 엄마는 운전 못 한다고. 그럼, 넌 남들은 다 하는데 엄마는 왜 못 하냐고 그러고……"

"작년 겨울에 그래서 엄마가 운전을 시도했다가 차가 언덕 아래로 굴렀잖아. 하마터면 그 아래 논두렁으로 곤두박질칠 뻔했는데……"

"여기선 아무리 눈이 와도 그런 걱정 안 해도 돼서 너무 좋아. 차가 없으니……"

"도대체 아이오와시티는 왜 이리 가평을 쏙 빼닮은 거야? 눈 많이 오는 것까지……"

"……우리 집 그네 위에도 눈이 하얗게 쌓였겠다. 작업실에서 글쓰다 밖에서 무슨 소리가 들려 문을 열고 보면 눈이 슬며시 그네를 밀고 있었는데…… 지금도 눈이 그네를 타고 있겠구나…… 한여름에 떠나와 벌써 한겨울이니……"

내 생애 가장 정신없던 봄과 여름이었다. 팔월 십사일, 도쿄 나리타 공항을 경유해 시카고로 가는 비행기에 몸을 묻었을 때 오래도록 고국을 떠난다는 상념보다는 이제 잠을 잘 수 있겠다는 휴식을 향한 갈망이 더 컸다.

대학 측으로부터 초대장을 받은 때는 삼월 말. 미국 대사관 사이트에 들어가 최대한 빨리 잡은 비자 인터뷰 날짜는 사월 중순. 아무리 초대장이 있다지만 싱글맘에 프리랜서 작가라 인터뷰를 앞두고는 초주검. 나의 런어웨이 프로젝트는 성공할 것인가. 기지촌 여성으로 살다 미군과 결혼해 삶의 방향키를 튼 여인의 얘기를 소설로 써볼 계획이라고 하자 흔쾌히 행운을 빌어주며 스탬프를 찍어주던 미국인 부영사. 교복을 입은 딸과 함께 종로통 미국 대사관을 나오던 순간 쏟아지던 햇살 아래 우리는 벌어진

입을 다물 수 없었다.

오월엔 수술을 받았다. 태어나서 처음 해보는 가장 큰 수술이었다. 난소에 종양이 생긴 걸 안 것은 지난겨울. 의사는 초음파 소견으로 봤을 때 악성일 가능성을 배제하지 않았다. 어떤 얄궂은 운명이 날 기다리고 있대도 수술만은 하고 싶지 않아 한방으로만 다스려보다 마침내 용단을 내렸다. 의료비 비싼 미국에서 911에 실려 응급실로 달려가고 싶진 않았으므로. 난소 절제까지 강력하게 권하던 의사도 여성과 모성의 근원인 난소를 지키고 싶다는 내 간절한 비원을 끝내 들어주었다.

수술이 끝나자 나와 딸을 세 계절이나 촬영했던 다큐멘터리 프로그램이 전국에 방영되었다. 큰 수술을 앞둔 엄마와 그 와중에 들이닥친 카메라 앞에서 무서울 텐데도 강한 척 여유 있는 표정을 지어 보이는 화면 속 딸의 모습에 가슴이 아렸다.

카메라 앞에서 얼마나 정직할 수 있을지 자신할 수 없어 극구 사양하다 촬영에 응한 다큐는 그래도 고생해서 찍은 보람이 있었다. 여기저기 출판사를 돌며 거절만 당하던 원고가 마침내 주인을 만났으므로. 이날 이후 한국을 떠나는 순간까지 교정지가 닳아 해질 정도로 엉성한 원고를 만지작거리고 있어야 했다.

원고와 싸우는 와중에도 뽕나무에 올라가 오디를 따 먹고, 농협조합에서 탈퇴하고, 책과 이불 등 짐을 싸 아이오와시티로 보내고, 이 년간 연재해오던 신문 칼럼의 마지막 편을 쓰고, 고향 부모님을 뵈러 가는 길에 노무현 전대통령이 잠들어 있는 봉하마을에 참배를 다녀오기도 했다. 처음이자 마지막이었으므로 그 모든 일을 해내었지 다시 한 번 하라면 죽어도 못할 일이었다.

딸과 밖으로 나온 건 점심때가 지나서다. 최저도 아닌 최고 기온이 화씨 13도라니 섭씨론 영하 10도쯤 될 터. 마치 온몸을 붕대로 칭칭 감듯 옷으로 중무장을 하고 길 위로 나선다. 눈이 백설기처럼 네모반듯하게 썰려 있는 게 신기하다. 건너편 핑크바인 골프장으로 스키 장비를 갖춘 사람이 걸어간다. 이런 날은 걷는 것보다 스키가 훨씬 편할 듯하다.

멜로즈 대로에서 맥브라이드로 길을 꺾는다. 미국 중산층 주택들이 그림 같이 이어진 골목이다. 길은 얼어 미끄럽지만 위험한 만큼 유혹적이다. 잘 다듬어진 마른 겨울나무의 실루엣이 사뭇 장엄하다.

"엄마, 우리 자작나무 위에도 눈이 하얗게 쌓였겠다……"

"……목련, 라일락, 벚나무, 옻나무, 산수유, 찔레, 영산홍, 복숭아, 매실, 산사나무 위에도 그리고……"

"다들 잘 있겠지?"

난 애의 물음에 그저 말없이 고개만 끄덕인다. 내 집을 떠나기 일주일 전, 밭에 내려갔다 도라지에 꽃이 핀 것을 발견했다. 몇 년 전 놀이 삼아 씨를 뿌려놓고 잊어버렸는데 죽지 않고 살아남아 생식 능력까지 갖출 만큼 자라준 게 대견했다. 그 여린 꽃이 주인의 무성의로 잡초에 휩싸여 있는 게 안타까워 모처럼 낫을 들었다가 삼 일간 낫을 놓을 수 없었다. 무슨 일이 있어도 해마다 심어왔던 호박마저도 심지 못한 해였다.

복숭아나무 밭의 견고한 칡뿌리와 싸우고, 몇 년 가지치기를 못 하더라도 흉하지 않도록 벚나무와 산수유, 주목과 자작나무와 산사나무를 말끔하게 이발시키고, 손길이 안 가 말라죽은 마가목 밑동을 쳐버렸다. 집을 둘러싼 담쟁이 줄기에 은근슬쩍 편승해 올라가고 있는 칡넝쿨을 발본색원하려다 그 질긴 생명력에 그만 항복 선언도 하면서.

등나무 가지를 치다 울었다. 잘 있어라! 주인 없이도 잘 버티고 있어, 라고 당부했다. 가끔 한 번씩 꽃을 피어주는 목련을 향해, 내년에도 꼭 꽃 펴라! 너도 꽃피고 목련이 주인공인 책도 꽃피면 좋겠구나, 인사하다가. 자작나무 둥치를 보듬고 울었다. 그 어린 묘목이 십 년 사이에 그렇게 굵어진 걸 보며, 나와 딸이 그곳에서 버틴 십 년 세월이 파노라마처럼 스쳐가면서.

"여기 이 눈은 언제 다 녹을까?"

"봄이 오면?"

"옛날에 우리 집 겨울마다 물이 얼어 이웃집에서 물 길어다 살 때 네가 그랬는데…… 우리 집에 물이 나와야 진짜 봄이라고……"

눈보라가 회초리처럼 사정없이 얼굴을 때린다. 다른 곳은 칭칭 감쌌는데 얼굴만은 무방비로 노출돼 있다.

"엄마, 너무 추워…… 집에 들어가자!"

눈밭에 벌렁 누워 천사를 그리던 호기는 어디 가고 아이의 얼굴은 빨갛게 얼어간다.

"너무 아름다운데…… 조금만 더 걸으면 안 될까?"

"싫어! 눈사람 되고 싶음 엄마 혼자 해!"

싫다는 애를 끌고 기어이 공원 쪽으로 발을 옮기는데 갑자기 이가 시려온다. 생각해보니 아침에도 물을 마시다 이가 시렸었다. 의료보험을 들긴 했지만 그저 비상용인데다 치과 치료는 적용되지도 않는다. 이게 나의 현실이다. 시린 이를 붙안고 고국에 돌아갈 때까지 견뎌야 하는 것. 아메리칸 드림은 내겐 너무 멀고도 먼 드림랜드일 뿐이라는 것.

눈보라를 뚫고 집으로 돌아온 후 우리는 휴대폰이 울리기만을 학수고

대한다. 그러나 여섯 시가 넘도록 전화 한 통 걸려오지 않는다. 그럼, 그렇지. 아무리 폭풍에 눈보라라고 하지만 이틀이나 학교를 휴교할 리는 없다. 저녁 여덟 시, 전화벨이 울리자마자 전화도 받기 전에 우리는 환호성부터 지른다. 학교에 안 가도 된다는 건 언제나 즐거운 일이다. 한국이든 미국이든, 어른이든 아이든. 교육청으로부터 음성 메시지를 듣자마자 난 아예 휴대폰의 전원을 꺼버린다. 단잠을 푹 자고 싶으므로.

"엄마, 우리 집 잘 있을까? 불쌍해…… 주인도 없이…… 우리 돌아가면 우리 집 그대로 있을까? 떠나올 때처럼."

잘 자란 인사를 하러 방에 들어갔을 때 어둠 속에서 애가 울먹거린다.

다 잘 있을 거야, 란 말이 입에서 쉽게 떨어지지 않는다. 집에도 영혼이 있다고 믿는 사람으로서 사람이 떠난 집이 어떤 모습일지 상상하는 건 어렵지 않으므로.

안방 한가운데로 쑥 올라온 칡넝쿨이 거실과 마루를 지나 온 집을 칭칭 휘감고는 마침내 그 강인한 줄기에서 자라난 짙은 보라색 꽃이 온 집 안을 핏물로 홍건히 고이게 하고 있다. 발을 적시는 붉은 피에 소스라치게 놀라 깨어났다. 이가 시리다.

난 머리맡을 더듬어 휴대폰을 찾는다. 전원 버튼을 꾹 눌러 휴대폰을 다시 켜놓는다. 새벽에 요란하게 전화벨이 다시 울린대도 이번엔 원망하지 않으리라. 어쩐다냐? 늙은 엄마의 깊은 한숨 어린 물음에 시린 이를 붙안고 괜찮다고 씩씩하게 대답하리라. 그건 내 엄마가 해줄 수 있는 지극한 사랑의 표현이므로. 내 영혼이 머물 곳은 엄마의 땅, 엄마의 집이 있는 곳이므로.

그 아이

한창훈

* 「그 나라로 간 사람들」 연작 중 한 편입니다.

한창훈

1963년 전남 여수에서 출생했다. 92년 대전일보 신춘문예 단편소설 「닻」이 당선되어 문단에 나왔다. 1998년 장편소설 『홍합』으로 제3회 한겨레문학상을 수상했다. 지은 책으로는 소설집 『바다가 아름다운 이유』 『가던 새 본다』 『세상의 끝으로 간 사람』 『청춘가를 불러요』 『나는 여기가 좋다』, 장편소설로는 『열여섯의 섬』 『섬, 나는 세상 끝을 산다』, 산문집 『인생이 허기질 때 바다로 가라』 『한창훈의 향연』 등을 썼으며, 어린이 책 『검은 섬의 전설』 『제주선비 구사일생 표류기』, 기행문 『바다도 가끔은 섬의 그림자를 들여다본다』 『깊고 푸른 바다를 보았지』(공저)가 있다. 요산문학상, 허균문학작가상, 대산창작기금, 제비꽃서민소설상을 수상했다.

아이는 아버지 따라 옷감 배달 간 집에서 피아노를 처음 보았다.

　아버지는 초인종을 눌렀고 거실로 들어가 그곳에 짐을 내렸다. 옷감 만져보는 부인과 천장의 조명 기구를 번갈아 바라보고 있을 때 어떤 소리가 들렸다. 아이는 자신도 모르게 소리를 찾아 들어갔다. 마치 씨앗이 바람을 타고 텃밭을 향해 날아가는 것과 같았다. 옆방에서 부인의 아들이 피아노를 치고 있었다. 소리는 맑고 깊었다.

　아이는 항구에 와서 새로운 소리를 여러 개 들었다.

　맨 처음 들은 것은 군악대 소리였다. 섬 주민들이 화산 활동을 피해 배를 타고 왔을 때였다. 수많은 관악기와 북소리가 뒤섞인 군악대 연주는 웅장하고 경쾌했다. 아이는 박자에 맞춰 몸을 들썩였다.

　그다음 들었던 것은 오토바이와 자동차가 내는 소리였다. 그것들은 줄을 지어 엔진 굉음을 내며 지나갔다. 공장에서 나는 것도 있었다. 컨베

이어 벨트와 지게차, 트레일러 움직이는 소리와 차임벨, 확성기에서 나오는 사람의 큰 목소리 따위였다. 그때마다 손바닥으로 귀를 틀어막아야 했다. 굴착기가 땅을 파고들 때나 용접 불꽃이 튈 때도 소리가 났다. 섬에서는 한 번도 못 들어본 거였다.

　섬에도 소리는 있었다.
　눈 뜨면 가장 먼저 들리는 것은 바람 소리였다. 계절마다, 날마다, 다른 방향에서 불어오는 바람은 느낌이 달랐다. 북풍은 휘파람 소리가 났고 동풍은 큰 북을 두드리는 소리처럼 들렸다. 남풍은 입김을 불어대는 것 같았고 서풍은 나비가 팔랑거리는 소리 같았다.
　바람이 무엇을 만나는가에 따라 소리는 또 달랐다. 구멍 난 채 죽어버린 나무 둥치에서는 피리 소리가 났다. 구멍이 작을수록 소리는 높고 날카로웠다. 바람이 숲을 통과할 때는 아주 많은 사람이 우는 것 같았고 파도를 휩쓸어갈 때는 팬에 감자 가루 부치는 소리가 났다.
　귓구멍도 그랬다.
　아이는 뒤통수를 긁다가 우연히 귓바퀴 뒤로 손이 갔을 때 색다른 소리가 난다는 것을 알게 되었다. 손바닥을 오므려 귀를 감싸자 그것은 더욱 분명해졌고 손날의 각도에 따라 제각각 달라졌다. 흡사 바람이 말을 하는 것 같았고 바다 저 너머에서 누군가가 보내온 편지 같기도 했다.
　바다에도 소리가 있었다.
　잔파도가 치면 자갈밭은 까르르거렸다. 큰 파도가 갯바위를 때릴 때면 거대한 괭이질 소리 같은 게 들렸다. 간혹 고래가 내는 소리도 들을 수 있었다. 분수 솟구치는 소리를 내며 느릿느릿 지나가는 것은 혹등고래였다. 돌고래한테서는 더 급한 소리가 났다. 돌고래 떼가 지나가면 물총새 날갯짓 같은 소리가 들렸다. 파도에 떠밀려온 모자반은 공기 주머니가 달려 있어 누르면 톡톡 터졌다.

모든 게 소리가 있었다. 새는 울고 벌은 날았으며 개는 짖고 고양이는 야옹거렸다. 그물을 끌어올리거나 보습으로 밭을 갈 때 내는 사람의 것도 있었다. 하지만 항구의 소리는 훨씬 더 크고 급하고 다양했다.

피아노는 건반마다 조금씩 다른 소리가 났다. 너무 가까이 다가가버린 탓에 아이의 코끝이 건반에 닿을 정도가 되었다.

"너 뭐야?"

부인의 아들이 아이를 밀었다.

"다른 것도 눌러봐."

"왜 그러는데."

"소리가 너무 좋아."

"너 피아노 소리 처음 들어봐?"

아이는 악기의 이름이 피아노인지 몰랐다. 부인이 아들을 불렀다. 아들은 머뭇거리다가 뛰어갔다. 부인은 자신이 펼쳐보던 아이보리색 옷감을 아들의 몸에 걸쳐보았다.

"잘 어울립니다. 사모님."

아이의 아버지가 말했다. 부인은 천천히 아들 주위를 한 바퀴 돌아보았다.

"콩쿠르에 입고 나갈 옷을 이 천으로 만들 건데 네 생각은 어떠니?"

아들이 대답했다.

"완전한 흰색이면 좋겠어요."

"흰 옷감도 가져오라고 했다. 여기 있구나."

그때 피아노 소리가 또 들려왔다. 조심스럽긴 하지만 여기저기 마구잡이로 눌러보는 소리였다.

"어떤 애가 내 피아노에 달라붙으려고 그랬어요."

옷감 장수는 얼굴이 사색이 되어 뛰어갔다.

"너 당장 그만두지 못하겠니?"

아이는 계속 그러고 있었다. 건반을 하나 눌러보고 귀를 기울였다. 그러다가 두어 개를 함께 눌러보고는 빙그레 웃었다. 뒤따라온 부인이 물었다.

"왜 웃니?"

"서로 좋아하는 것들이 흩어져 있어요."

서로 어울리는 소리가 있다는 게 아이는 마음에 들었다. 도와 레는 이웃해 있지만 한꺼번에 치면 어색했다. 같이 있어도 재미가 별로인 친구 같았다. 도와 미를 누르면 느낌이 불편하지 않았다. 레는 솔이나 시와 어울렸다. 그 셋을 누르면 사이좋은 친구 셋이 만난 것처럼 기분 좋은 소리가 만들어졌다. 그것은 빵에 염소젖으로 만든 치즈를 얹거나 장어구이 옆에 초절임 생강채를 놓은 것과 비슷했다.

"그게 화음이라는 것인데 알고 있었니?"

모른다는 대답을 듣고 부인이 말했다.

"음악에 재능이 있는 것 같군요. 피아노를 한번 가르쳐보세요."

"이제 그만 하거라."

아버지는 부인에게 사죄를 하며 아이의 머리를 눌러 인사를 시켰다. 두 사람은 돌아오는 동안 말이 없었다. 아들에게 무언가를 가르쳐야 할 때가 되었다고 아버지는 생각했다. 이곳은 섬과 달리 배워야 할 게 많았다. 자신은 옷감에 대해 배웠으며 아내는 운전을 배우고 있는 중이었다. 아이도 무언가를 해야 했다. 최소한 학교를 가야 할 나이가 된 것이다. 무언가를 해야 한다는 것은 무언가를 하지 않아도 되는 것보다 마음이 무거워지는 법이다.

아이는 피아노 소리가 귀에서 떠나지 않았다. 모든 것이 건반으로 보였다. 자가용이 줄을 지어 가는 것도 움직이는 건반으로 보였다. 빨간 차를 누르면 빨간색 음이, 초록색 차를 누르면 초록색 음이 나올 것 같았다. 시장 입구 계단도, 어머니 외투에 달려 있는 커다란 단추도 그렇게 보였다. 모두 눌러보고 싶었다. 낯선 경험이고 새로운 세상이었다.

그렇다고 당장 피아노를 배울 수는 없었다.

아버지는 옷가게 점원으로 있다가 이제 막 가게를 열었기에 돈이 부족했다. 부부는 날마다 좁은 가게에서 손님을 맞고 그리고 옷감을 배달하느라 정신이 없었다. 아이는 층층이 쌓인 재단용 옷감을 손가락으로 누르며 입으로 소리를 냈다.

주민 모임이 다가왔다. 저녁밥을 먹으며 어머니와 아버지는 이야기를 나누었다.

"화산 활동이 마침내 끝났대."

"나도 들었어. 다들 돌아갈 준비를 하겠지?"

"그럴 거야. 지진이 끝나기를 모두 기다리고 있었으니."

"우리 마을이 어떻게 변했는지 궁금하기도 해."

이야기를 듣다 말고 아이가 물었다.

"우리는 어떻게 해요?"

"이제 막 가게를 열었는데 어떻게 돌아가겠니. 이곳에서 살아야지."

아이는 지난 이 년 동안 주말이면 주민 숙소로 가서 친구들을 만나왔
었다. 앞으로는 그럴 수 없다고 생각하자 눈물이 났다.

"울지 마라."

"친구들과 헤어지기 싫어요."

"어쩔 수 없다. 우리도 마음이 좋지 않으니 울지 마라."

"울게 해주세요."

"다른 부탁을 하거라."

"그러면 피아노를 배우게 해주세요."

"나는 피아노를 치기 시작했어."

선착장에서 아이는 친구들에게 말했다. 섬으로 가는 배는 출항 준비
를 마무리 짓고 있었다.

"그게 뭐야?"

"아름다운 소리가 나는, 엄청 큰 악기야."

주민들은 각자의 짐을 짊어지고 일어섰다. 측량사가 말했다.

"우리들은 이제 그만 돌아가겠습니다. 이렇게 헤어지니 마음이 무겁
군요."

아이의 어머니가 눈물을 훔쳤다.

"언젠가는 만날 수 있겠죠."

아이의 부모는 주민들과 일일이 서로의 가슴에 손바닥을 댔다. 〈나는 당신보다 높지 않습니다〉 그것은 이별할 때 하는 인사였다. 아이도 자신의 친구들과 그렇게 했다.

"마을로 놀러 와."

"그럴게. 하지만 피아노가 나를 놔주지 않을 것 같아."

그들을 실은 배는 천천히 멀어졌다.

피아노 교습소는 멀지 않은 곳에 있었다. 그곳엘 가면 아이는 몸을 흔들었다. 그것은 두 번째 먹어보는 아이스크림 같았다. 즐거운 것을 또 한다는 것은 행복한 거였다. 건반을 누를 때도 몸을 흔들었다. 원장이 아이를 제지했다.

"아무래도 넌 반듯이 앉는 법부터 연습을 해야겠구나."

몸을 흔들지 못하게 원장은 양손으로 아이의 허리를 꾹 잡았다. 아이는 가까스로 몸을 반듯이 했다. 하지만 손가락은 그러지 못했다. 자꾸 다른 건반을 건드렸다. 원장은 다시 제지를 했다.

"누르라는 것을 눌러."

"이것도 눌러보고 싶어요. 조금 전 것과 사이가 좋아요."

"안 돼."

"눌러주기를 기다리고 있는걸요?"

"제발, 하라는 대로만 좀 해다오."

아이는 하루도 빠짐없이 지적을 받았지만 피아노 치는 솜씨는 쑥쑥 늘었다. 물을 만난 스펀지처럼 눈앞에 있는 것을 빨아들이는 것 같았다.

원장은 아이의 재능과 태도 사이에서 혼동되었다.

신문기자가 옷감 장수를 찾아왔다.

"그래, 지낼 만하시나요?"

"가게는 작아도 바빠서 시간 가는 줄 모릅니다."

"음, 이제는 자리가 잡힌 것 같군요. 그 섬에서도 장사를 하셨나요?"

"웬걸요. 그곳에서는 장사라는 게 없습니다."

"경험도 없으면서 이렇게 해내다니 대단하십니다."

"하지만 무척 재미있습니다. 공장에서 원단을 가져다가 이런저런 크기로 잘라놓으면 사람들이 그것을 사죠. 배달도 하고요. 그러면 이윤이 남습니다."

신문기자는 아이가 피아노를 치기 시작했다는 것을 떠올렸다. 주민들이 섬으로 돌아가는 모습을 취재하러 왔다가 들은 거였다.

"피아노를 쳐보렴."

아이는 손가락을 허공에서 움직이며 입으로 소리를 냈다. 기자는 웃었다.

"진짜 피아노 말이야."

"피아노가 없거든요."

부모는 쑥스러운 표정으로 대답을 했다.

"우리 집에 아내가 치던 피아노가 있는데 요즘은 먼지만 쌓여 있죠. 그것을 싸게 드리죠."

"우리는 아직 피아노 살 만한 돈이 없는걸요."

"나중에 천천히 주세요."

그렇게 해서 피아노가 생겼고 집에서도 연습을 할 수 있게 되었다. 기자는 기사를 썼다.

　〈섬으로 돌아가기를 거부한 주민들은 이곳 삶에 자연스럽게 적응을 하고 있었다. 그들의 적응은 우리 사회의 가치를 증명하고 있었다.〉

　아이의 실력은 하루가 다르게 늘어 기초를 모두 마스터했다. 보통의 아이가 이삼 년 걸리는 것을 육 개월 만에 해치운 것이다. 이제는 소나타를 연주하기 시작했는데 그의 손가락은 여전히 원장이 가르치는 것을 뛰어넘어 움직였다. 제 마음대로 화음을 만들고 변주를 해대서 원장은 가르치는 시간의 반을 제지하는 데 소비해야 했다. 이런 경우가 없었기에 골치가 아팠다.
　원장이 말했다.
　"이제부터 한 달 동안 12번 소나타만 연습하거라."
　그녀는 시 콩쿠르에 아이도 내보낼 생각이었다. 입상을 하는 원생이 많을수록 교습소의 명성이 쌓이기 때문이었다. 변주가 화려한 12번 소나타는 실수만 하지 않는다면 콩쿠르에서 입상하기에 무난한 곡이었다. 그녀는 아이가 충분히 연주해낼 것으로 보았다.
　"저는 9번 소나타가 마음에 들어요."
　원장은 한숨을 내쉬었다.
　"제발 말 좀 들어라. 딴생각하지 말고 날마다 12번만 연습해. 눈 감고도 칠 수 있도록."

콩쿠르 날이었다. 아이 차례가 되었다. 아이는 12번 소나타를 쳤다. 반 정도 지났을 때 그는 몸을 일으켰다.

"이 곡은 그만 칠래요."

사회자가 당황해서 물었다.

"무엇 때문에 그러지?"

"이 소나타는 중간 부분이 억지스러워요. 마치 잔잔한 바다에다가 돌을 마구 던지는 것 같아요. 대신 9번 소나타를 치면 안 될까요? 이 곡은 연주를 하고 있으면 맨발로 달빛을 밟고 하늘로 걸어가는 기분이 들거든요."

"……"

"친구들과 만나 노는 꿈을 꾸느라 늦잠을 잤어요. 그래서 엄마에게 혼이 났고요. 기분이 안 좋아서 9번 곡을 치고 싶어요."

원장은 좌석에서 두 주먹을 쥐었고 심사위원들은 웅성거렸다. 대답도 듣지 않고 아이는 9번 소나타를 연주하기 시작했다. 어떤 연주보다 훌륭했다. 관객들 중에, 심지어는 심사위원 중에도 맨발로 달빛을 밟는 느낌이 드는 것을 어쩌지 못했다.

아이는 입상하지 못했다. 신청곡과 다른 곡을 연주했기 때문이었다. 아이를 두고 심사위원들은 반으로 나뉘었다. 그들은 서로 얼굴까지 붉어지는 토론 끝에 국립음악학교에 입학할 수 있는 자격을 주었다. 상위 입상자에게만 주는 특권이었다. 원장은 입상한 원생들 이름과 함께 아이의 입학 자격 획득 소식을 교습소에 크게 써 붙여놓았다.

아이는 집을 떠나야 했지만 멋진 연습실과 여러 대의 피아노를 보고는 우울함을 떨칠 수 있었다. 그곳에서 언어와 사회와 수리학을 배우고 그리고 피아노를 쳤다.

국립음악학교는 월요일 오전마다 지난주에 배웠던 것을 시험 쳤다. 다음날 복도에는 백이십 명 학생의 이름이 성적과 함께 나붙었다. 아이는 자신의 이름을 맨 아래쪽에서 발견하곤 했다. 그 때문에 화요일이 되면 한 시간씩 두 손을 들고 있어야 했다.

그 시간이 되면 섬이 생각났다. 지금쯤 들판을 뛰어다니거나 바닷가에서 가재를 잡고 있을 친구들 모습이 보였다. 풀 뜯고 있는 염소 뒤로 물새가 날아가는 모습도 보였다. 아이가 좋아하는 두 가지는 너무 멀리 떨어져 있었다. 그곳으로 피아노를 가지고 가면 얼마나 좋을까. 그는 생각했다. 꽃이 피어 있는 분지나 삼나무 아래에서 피아노를 친다면 바다 위의 갈매기처럼 손가락이 저절로 건반 위를 돌아다닐 것 같았다.

체벌이 끝나면 교사는 지난주에 했던 훈계를 다시 했다.

피아노만 열심히 친다고 훌륭한 연주자가 될 수는 없다. 공부를 열심히 해야 원하는 상급학교엘 갈 수 있고 상급학교에서도 열심히 해야 외국 유학을 갈 수 있다. 그래야 훌륭한 연주자가 될 수 있고 원하는 직장도 가질 수 있다. 그렇게 되면 행복해진다. 공부를 열심히 해야 한다는 것을 절대 잊지 말아라.

아이가 대답했다.

"그렇다면 이제부터 시험은 안 칠래요."

"네 마음대로 그럴 수는 없다."

"저는 피아노를 치고 있으면 행복해요."

교사는 커다란 벽을 마주하고 있는 기분이 들었다.

"지금 행복하게 해주시면 안 될까요?"

"아직도 내 말을 이해하지 못하는구나."

아이는 그가 만나본 학생들 중에 가장 제멋대로였다.

기숙사 당직을 서던 날 밤 아이가 없어진 적이 있었다. 여기저기 뛰어다니던 그는 연습실에서 아주 작은 불빛이 새어 나오는 것을 발견했다. 촛불을 켜놓고 피아노를 치고 있었던 것이다. 다음날 아이는 하루 종일 체벌을 받았다. 밤에 연습실에 들어가는 것은, 더군다나 촛불을 켜놓은 것은 심각한 규칙 위반이었다.

그랬는데도 제멋대로인 버릇은 고쳐지지 않았다. 지난번 〈설립자의 밤〉 행사가 있던 밤에도 그런 일이 있었다. 행사가 시작되면 전교생이 학교 입구의 동상 주위를 돌았다. 그 학교를 만들었다는 사람의 동상이었다. 아이가 보이지 않자 교사는 연습실로 가보았다. 역시 그곳에 있었다. 아이는 교사가 들어오는 것도 모른 채 연주를 하고 있었는데 눈을 감고 있어서 그런 것만은 아니었다.

교향곡에 대한 감상문을 써낼 때도 다르지 않았다.

〈웅장한 하모니와 섬세한 단조의 선율이 완벽한 조화를 이루고 있다. 전반부 모데라토 부분에서는 바이올린의 선율이 화려하면서도 절제되어 있고 메조포르테를 지나 포르테시모로 나아가면서 내제된 감정이 마침내 폭발하는데 이 부분이 특히 감동적이다. 각 악기 간의 호흡과 연주자들의 재능, 그리고 그것을 종합해내는 지휘자의 역량이 얼마나 중요한가를 잘 보여주는 곡이다.〉

교사들이 원하는 답은 이런 거였다. 아이는 이렇게 썼다.

〈잔잔한 바다에 오리가 힘이 빠진 채 둥둥 떠 있다. 오줌 쌌니? 저 아래에서 가재가 기어가다가 슬쩍 위를 쳐다본다. 배가 고프지만 가재는 오리를 잡아먹지 못한다. 똥이나 받아먹어라. 오리 똥은 색깔이 하얗다. 가재는 우리가 삶아 먹겠다. 나는 다섯 마리를 잡은 적이 있다. 사람들은 비가 올 것 같아 걱정이다. 지난번 우리 집 지붕 구멍 난 것은 측량사 아저씨가 고쳐주었다. 우리 아빠는 망치질을 잘 못한다. 그리고 비가 온다. 파도가 친다. 오리가 놀라 자빠진다. 날고 싶어도 힘이 없다. 그때 친구 오리들이 잔뜩 몰려왔다. 놀라 자빠진 오리를 데리고 날아간다. 오리 떼 때문에 하늘이 캄캄해진다. 어디로 데리고 가니?〉

교사는 이런 감상문에 어떤 점수를 매겨야 할지 몰랐다.

그처럼 여러 가지 문제가 있음에도 아이의 연주는 매력이 있었다. 연주를 하고 있을 때는 눈빛은 빛났고 영혼은 몰입을 하였으며 몸은 물결처럼 흔들렸다. 아이만이 해내는 어떤 느낌이 있었다. 부드러울 때는 너무 부드러워 물속으로 가라앉을 것만 같고 흥분이 고조되는 부분에서는 금방이라도 누군가를 사랑하게 될 것 같았고 격정적인 부분을 연주할 때는 당장 뛰쳐나가고 싶은 충동을 느끼게 했다.

그렇기에 그는 야단 칠 생각도 잊어버린 채 서 있었다. 저절로 눈이 감기고 손에 힘이 가고 숨이 가빠지는 변화를 스스로 알아차리기 힘들었다. 그는 연주를 마친 아이가 겁먹은 모습으로 자신을 바라보고 서 있다는 것을 한참 만에 깨달았다.

국제 어린이 콩쿠르 준비 취재를 온 신문기자는 수돗가 근처에서 걸음을 멈추었다. 또래 몇 명에게 아이가 둘러싸여 있었다. 한 명이 뒤에서 멜빵끈을 잡아당기며 외쳤다.

"너 때문에 내 코가 썩으려고 그래."

아이는 비틀거리며 대답했다.

"난 날마다 깨끗이 씻는단 말이야."

"네 옷을 봐. 그게 옷이니? 거지발싸개지."

다른 애도 멜빵끈을 잡아당겼다. 학생들은 보통 이삼 일에 한 번씩 집에서 새 옷을 가져다주었다. 아이는 빨래를 하려면 집에 갈 수 있는 토요일까지 기다려야 했다.

아이는 발에 걸려 결국 넘어졌다. 그 애들이 보기에 아이는 말도 잘 못하고 냄새가 났으며 피아노도 제 마음대로 쳐댔다. 그런 아이가 자신들과 같은 학교에 들어왔다는 것이 이해되지 않았다.

"너 같은 새끼는 더러운 네 집으로 돌아가야 돼."

"우리 집은 더럽지 않아."

"우리 엄마가 그러는데 네 고향에서 온 사람들은 모두 더럽대. 그래서 쓰레기 치우는 일을 했대."

"아니야. 그 일 때문에 도시가 깨끗해진다고 아줌마 아저씨들이 말했어."

"웃기지 마, 이 추접스러운 새끼야."

욕은 돌멩이도 화나게 하는 능력이 있었다. 아이는 발끈해서 대꾸했다.

"너는 부러진 삼나무야."

그러자 다른 애가 나서 아이의 발등을 밟았다.

"맞아 죽을래? 이 개새끼야."

"이 너무 높은 파도야."

다른 애도 나섰다.

"그것도 욕이라고 하니, 구더기 같은 자식아."

"이 배고픈 가마우지야."

애들은 일제히 알고 있는 모든 욕을 내뱉기 시작했다. 아이는 울듯이 대꾸했다.

"시끄러워. 이 똥 싸는 갈매기들아."

아이들이 달려들어 때리기 시작했다. 신문기자는 달려들어 뒤엉킨 애들을 떼어놨다.

회의는 교장실에서 열렸다. 교장이 말했다.

"지난 몇 년간 국제 어린이 콩쿠르에서 우리는 별다른 성과를 내지 못했어요."

"맞습니다. 올해는 무슨 수를 쓰든 입상을 해야 합니다."

"어떤 학생이 좋은지 말씀해보세요."

교사가 아이에 대해 이야기했다.

"표현에 있어서 이 아이를 따라갈 학생이 없습니다."

부장 교사가 반대했다.

"저도 들어봤는데 곡 해석이 너무 자의적이에요."

"곡이란 모두 자신만의 해석이 있지 않겠어요?"

"기본이라는 게 있습니다. 기본이 되어 있지 않으면 결국 엉망이 되어 버리고 맙니다."

부장 교사는 자신의 학생을 추천했다. 그 학생은 기초가 튼튼하며 기존의 곡 해석에 충실한 타입이었다. 신문기자는 듣고 있었다.

"하지만 이 정도로 절대음감을 타고난 학생은 그동안 없었습니다."

"그러면 뭐 하겠어요. 너무 제멋대로인데요. 국제 콩쿠르에 가서도 기분 내키는 대로 연주를 한다고 생각해보세요. 망신이나 안 당하면 다행이죠."

회의는 한동안 계속되었다. 마침내 교장이 말했다.

"이렇게 하죠. 한 달 뒤 두 아이의 연주를 들어보고 뽑겠어요. 그동안 두 분 선생님들은 준비를 하세요. 특히 그 아이는 담당 교사께서 책임지고 바로잡아보세요."

아이는 특별 연습실에 들어가게 되었다. 그곳에서의 생활은 기숙사와는 또 달랐다. 모든 것을 그 안에서 해결해야 했다. 집에도 갈 수 없었다. 그사이 아이의 부모는 학교에 불려갔으며 아이의 장래와 행복을 위해 꼭 필요한 조치라는 설명을 듣고 돌아갔다.

그곳에서는 수업을 받지 않아도 되었다. 교사도 공부하라고 다그치지 않았다. 그렇게 중요한 것이 한순간에 아무것도 아닌 것이 되어버렸다는 게 이상하기는 했지만 아이는 곧 잊어버렸다. 대신 잠들고 일어나는 시간, 식사 예절은 물론 말하고 걷는 것 따위가 철저히 통제되었다. 모든 행동에 제재가 가해진 것이다. 그리고 숫자와 부제가 잔뜩 붙어 있는 긴 소나타 곡을 연습해야 했다.

아이가 연주를 시작하자 교사는 회초리로 악보를 소리 나게 내리쳤다. 악보에 적혀 있는 빠르기와 다르게 연주를 했기 때문이었다.

"왜 여기서 속도를 늦추는 거야, 이 빠르기 표시 안 보이니?"

"보여요. 하지만 이 부분은 새가 가지에 내려앉아 깃을 다듬는 것 같잖아요. 부리로 하나하나 다듬을 때는 아주 천천히 그것을 하거든요."

"쓸데없는 소리. 악보대로 치라고 내가 몇 번이고 말했잖니?"

"그렇지만 선생님. 여기서 조금 더 느려야 저 뒤에 서풍이 숲을 만나 부서지는 느낌하고 서로 맞아 떨어지는걸요."

교사는 이번에는 회초리로 아이를 때렸다. 종아리에 여러 개의 붉은 선이 만들어졌다. 아이는 자신의 느낌대로 연주할 수 없는 게 야속했고 교사는 교사대로 작곡가가 이 곡을 만들 때 새가 부리로 날개 다듬는 장면을 왜 생각하지 못했는가를 원망스러워했다.

연습은 하루 열여섯 시간씩 계속되었다. 종종 회초리를 맞았고 그것보다 더 많은 수의 꾸지람을 들어야 했다. 아이는 체벌을 받는 만큼 조금씩 악보에 맞춰갔다. 연주를 마친 다음 흥얼거리던 버릇도 고쳐졌다. 아이는 그것을 〈끝난 다음에 따라오는 곡〉이라고 말했다. 교사는 말했다.

"악보에도 없는 것을 만들어내면 안 된다. 훌륭한 연주가가 되려면 기존의 연주를 그대로 본받는 것도 꼭 필요한 법이다."

다 똑같이 쳐야 된다면 한 명만 치면 되잖아요. 아이는 말을 하고 싶었으나 회초리가 무서워 그러지 못했다. 한 달 동안 아이는 그렇게 제지받았고 단련되었다.

한 달 뒤 교장은 교사들을 데리고 연습실을 찾아왔다. 신문기자도 찾아왔다. 아이는 교사를 한번 바라보고는 연주를 시작했다. 고개를 들지도 않고 몸을 흔들지도 않았다. 세련된 자세와 완벽한 악보의 재현이 이루어졌다. 연주가 끝나자 교장이 말했다.

"음. 아주 좋아요. 조금 전에 들었던 부장 교사님의 제자도 훌륭했지만 이 아이의 연주는 정말 뛰어나군요. 자세도 좋고요. 담당 교사께서 아주 큰 수고를 하셨군요."

그는 주변을 돌아보며 말을 이었다.

"이 아이를 저학년 후보로 보내는 데에 별 이견이 없으시지요? 자, 국제 콩쿠르에 보낼 준비를 합시다. 이 아이 실력이라면 그랑프리는 우리의 것이오."

다른 교사들이 박수를 쳤다.

기자는 아이와의 인터뷰를 요청했다. 인터뷰는 설립자의 동상 앞에서 이루어졌다.

"난 사실 좀 놀랐단다. 네 연주 실력이 그 정도까지 될 줄은 몰랐거든."

아이는 운동장 저편에 나란히 서 있는 굴참나무를 바라보았다. 그 아래 앉아 있던 비둘기들이 날아오르자 푸드득, 날개 소리가 그곳까지 들려왔다.

"국제 콩쿠르 참가를 축하한다. 네 부모님도 좋아하시겠구나?"

이번에도 아이는 날아가는 새만 바라보았다.

"왜 말이 없니?"

"이제 피아노 안 칠 거예요."

"무슨 소리야?"

"너무 싫어졌어요. 저에게 주었던 피아노도 가지고 가세요."

기자는 뒤에 서 있던 교사를 돌아보았다. 그동안 집중된 연습 때문에 피곤해서 그렇습니다. 다들 한 번씩 이러죠. 저도 어렸을 때 종종 그랬거든요. 하지만 조금 지나면 괜찮을 겁니다. 성과를 얻고 나면 지난 고생은 말끔히 잊히니까요. 교사는 이 말을 하려고 했다. 그러나 입이 열리지 않았다.

아이가 연주를 마쳤을 때 교사는 무언가를 빠트리고 지나간 듯한 기분이 들었다. 그는 악보와 연주를 되짚어보았다. 한 치도 어긋나는 부분 없이 완벽했다. 그런데도 허전했다. 열두 가지 값비싼 코스 요리를 먹고 나서 물을 마시지 않은 것 같은 기분이었다.

아이는 두 손가락을 오므려버림으로써 더 이상 연주하기를 거부했다.

교장이 지시하고, 교사들이 달래고 윽박질러도 한사코 손가락을 펴려고 하지 않았다. 교사가 회초리를 들어도, 연락을 받고 달려온 부모가 타일러도 그랬다. 아무 말도 않고 걷지도 않고 밥도 먹지 않았다. 제재소에서 켜놓은 목재나 벽돌공장의 벽돌로 변해버린 것 같았다. 마치 자신이 오므려버린 손가락 속으로 들어가버린 모습이었다. 시간이 지나도 변함이 없자 어른들은 고개를 내젓기에 이르렀다.

후보는 부장 교사의 학생에게로 돌아갔고 아이에게는 퇴교 조치가 취해졌다.

〈국제 어린이 콩쿠르를 준비 중인 국립음악학교에서 참가자를 선정하는 데 문제가 생겼다. 후보로 뽑힌 학생이 갑자기 피아노 치는 것을 거부했기 때문이다.〉

기자는 여기까지 써놓고서 고민을 했다.

그가 볼 때도 아이의 연주는 훌륭했다. 하지만 더 이상의 연주를 거부해버린 것이다. 콩쿠르에 나가면 충분히 입상할 수 있는 실력이라서 그는 안타까웠다. 제멋대로 구는 버릇 때문에 골머리를 앓았다는 교사들의 마음도 이해되었다. 누가 옳고 그른지 판단이 어려웠다. 순수와 학습, 자질과 절제, 소수와 다수 사이에서의 혼란이었다.

고민 끝에 그는 언젠가 섬 주민에게 들었던 일화로 남은 기사 부분을 채웠다.

〈셈법을 깨우치지 못하는 아이가 섬에 있었다. 그 아이는 12 더하기 19의 풀잇법을 가르쳐주어도 19 더하기 12는 풀지 못했다. 주민 한 명이 말했다. 이 아이는 낚시에 소질이 있습니다. 오늘 애들이 점심으로 먹은 농어는 이 아이가 어제 낚은 겁니다. 그러니 원한다면 낚시를 본격적으로 가르쳐보는 게 어떨까요.

그 아이는 다음날부터 낚시를 하러 다녔다.〉

졸업

김곰치

김 곰 치

1970년 경남 김해에서 출생했다. 1995년 부산일보 신춘문예로 등단하였고
1999년 장편소설 『엄마와 함께 칼국수를』로 제4회 한겨레문학상을 수상했다.
지은 책으로는 장편소설 『빛』, 르포산문집 『발바닥, 내 발바닥』 등이 있다.

순철아.

보경이가 나를 부른다. 아득한 그때 그곳으로부터.

"순철아."

소리가 보다 분명해졌다. 어서 일어나야 해. 보경이가 화낼지 몰라. "응, 여깄어" 하고 나는 말했다. "내가 재미난 이야기를 해줄게" 하고 보경이가 말했다. "응, 좋아" 하고 나는 허리를 세우고 침대에 앉았다.

흠, 오늘은 또 어떤 못돼먹은 이야기를 지어내서 나를 골탕 먹이며 깔깔 좋아라 할까. "너한테 해주는 마지막 이야기니까…… 알았지?" 하고 보경이가 말했다.

열다섯 살 소녀는 잔망스런 이야기를 시작했다.

"때는, 지금으로부터 십오 년 뒤야. 그러니까 너는 서른 살 어른이 되었어. 그런데 너는 이런 시골마을에 살지 않아. 사람들이 빽빽 모여 사는 도시에 나가 살아. 그래서 너는 외로워. 원래 도시란 데가 좀 외로운 데거든. 서른 살인데도 너는 결혼을 못 했어. 그래서 더 외로워. 자, 너는 외로워하면서 도시의 골목길을 걸어가고 있는 중이야. 너는 집으로 가고 있는 중이야."

우리는 침대의 이쪽과 저쪽에 앉아 있었다. 내가 주인공으로 등장하는 이야기는 처음인데? 하고 나는 생각했다.

"저녁이라서 길이 어두운데, 웬 여자가 나타나더니 '저기요' 하고 너를 부르는 거야. 너는 '예?' 하고 걸음을 멈춰. '말 좀 물을게요. 거제리 가는 버스가 몇 번이에요?' 여자는 너한테 이렇게 묻는 거야."

"보경아. 거제리?"

"응. 거제리."

"거제도가 아니고?"

"바보, 거제리라고 있어."

아버지의 병 때문에 공기 맑은 우리 마을로 이사오기 전에 보경이가 살았던 마을 중 한 곳일지 모른다, 거제리.

"너는 거제리로 가는 버스가 도로를 달리는 것은 몇 번 본 적이 있어. 근데 타본 적은 없어. 거제리로 갈 일이 없었거든. 그래서 너는 버스 번호를 알지 못해. 여자는 '몇 번이에요?' 하고 버스 번호를 물었잖아, 그렇지?"

"응."

"너는 골목길을 나와서 여자를 버스 정류장까지 데려가. 그리고 정류장 표지판을 같이 올려다봐. 근데 순철아. 버스 표지판에 거제리라는 이름이 없는 거야. 어, 이 도로로 거제리 가는 버스가 분명 지나다니는데⋯⋯? 이상하지, 순철아. 어떻게 된 일일까? 며칠 새 거제리가 딴 데로 옮겨가버린 걸까, 아니면 버스 노선이 바뀐 걸까?"

"난 모르겠어."

"바보, 설명해줄게. 버스 정류장 표지판에는 말야, 종착지만 나온단 말야. 그러니까 거제리는 중간 기착지란 말야."

버스 표지판이 그렇게 생겨먹었군, 도시로 한 번도 가본 적 없는 천하의 시골뜨기인 나는 처음 알았다.

"자, 그래서 너는 여자한테 이렇게 말하는 거야. '거제리 가는 버스가 정차하는 것은 틀림없어요. 정확한 번호는 저기 가서 물어보시면 될 것 같은데' 하고 너는 정류장에서 오십 미터 정도 떨어진 상점을 손으로 가리켜 보이는 거야. 학생 회수권도 팔고 토큰도 파는 상점이야."

"그런데!" 하고 보경의 목소리가 높아졌다.

"순철아, 바로 그때야, 옆구리에 '하야리아, 거제리, 양정' 이렇게 쓴 버스가 오고 있는 거야. 너는 '아' 하고 외쳐. '아, 저 버스예요, 53번!' 그래, 53번이야. 53번 버스가 거제리 가는 버스야. '거제리'라고 크게 써붙이고 53번 버스가 오고 있는 거야. 근데 여자는…… 버스를 탈 수가 없어."

"왜?"

"바보, 설명해줄게. 버스는 반대편 차도를 달리고 있었단 말야. 거제리를 이미 지나온 버스라구!"

"아, 그렇구나."

"어쨌든 여자는 번호를 알게 됐잖아. 거제리 쪽으로 가는 53번 버스를 기다리기만 하면 돼. 너는 가던 길을 계속 가면 돼. 여자랑 작별하고 집으로 가야지. 근데 순철아."

"응."

"너는 여자랑 작별하기가 아쉬워."

"왜?"

"그건…… 여자를 처음 볼 때부터 한 여자 애가 생각났기 때문이지. 옛날에 니가 무척 좋아했던 여자 아이. 자, 너는 누가 생각났을까? 너를 '저기요' 하고 불렀던 여자는 누구를 닮았을까?"

나는 실실 웃으며 말했다.

"너?"

그러자 보경은 당황한 얼굴이다. 그렇다, 나를 붙잡고 거제리 가는 버스의 번호를 물은 여자는 십오 년 뒤의 보경인 것이다. 서른 살 숙성한 아가씨 김보경.

"아냐, 아냐, 난 아냐."

보경은 손까지 내저으며 부정했다. 치, 너였으면서!

"그럼 누구야?"

나는 모른 체해주었다.

보경이 말했다.

"영은이야. 여자는 영은이를 닮았어."

그리고 보경은 나를 노려보는 것이다.

"솔직히 말해."

"뭘……?"

"내가 내일 이 마을을 떠나면……"

"떠나면?"

"너는 다시 영은이랑 짝이 될 거지?"

내일은 학교 졸업식이 있는 날이다. 그리고 졸업식이 끝나면, 보경이는 도시로 다시 이사를 가게 된다. 엄마와 함께 외할머니네로 간다는 것이다. 그리고 삼월이 오면, 나는 읍내의 종합고등학교를 다니게 될 것이다. 매일 자전거를 타고 통학을 하게 될 것이고, 그런데 영은도 같은 학교를 다니게 되는 것이다. 아침 저녁마다 나는 논길에서 영은이와 마주치게 될 것이다.

내가 한때 영은을 좋아했던 것은 사실이다. 그러나 그것은 보경이 우리 마을로 이사오기 전의 일이다. 영은이랑 다시 짝이 되다니, 안 될 소리다. 나는 남자로서 책임이 있다. 그동안 보경과 너무 많은 결혼을 했다. 내 손과 보경의 손이 나눈 수없는 맥박의 기억을 나는 잊을 수 없다.

나는 도시로 간 보경에게 편지를 쓸 것이고, 방학이 오면 보경을 찾아갈 것이다. 우리는 빵집에도 가고 영화관에서 영화도 보고 공원을 산책하기도 할 것이다.

"어떻게 내가 다시 영은이랑 짝이 되겠니. 그럴 일 없어. 난 매일 일기를 쓸 거야. 너에 대한 그리움을 쓸 거야. 일주일에 한 번씩 그걸 깨알같이 옮겨 써서 너한테 편지로 보낼 거야."

"정말?"

"정말."

나는 보경을 제자리로 돌려놓았다.

"근데 니 이야기는 다 끝난 거야?"

"아니, 내가 어디까지 했더라?"

"여자는 영은이를 닮았는데……"

"그래, 여자는 영은이를 닮았어. 근데……" 하고 보경은 머릿속을 뒤적이는 듯한 표정을 짓더니,

"응, 여자는 계속 네 앞에 머뭇거리고 있는 거야. 뭔가 더 할 말이 있다는 듯이" 하고 말했다.

흠.

"또 무슨 볼일이……? 하는 얼굴로 너도 궁금해져서 여자를 쳐다보는 거야. 여자가 이렇게 말해. '죄송한데요, 혹시 차비 좀 빌릴 수 있을까요?' 참내, 버스 차비도 없이 길거리에 나와 있다니, 말이나 돼? 네가 말해. '차비가 없다구요? 예, 얼마면 될까요?' '죄송한데요, 요즘 버스 차비가 얼마쯤 하죠?' 참내, 버스 차비가 얼만 줄도 모르다니, 여자는 분명 뭔가 다른 속셈이 있는 거야. 너는 예의상 '오백 원쯤 하나요?' '그럼 천 원 정도 빌려주시면 될 것 같은데요.' 넌 천 원짜리 한 장을 줘. '전화번호 가르쳐주시겠어요?' '왜요?' '연락드릴게요, 꼭 갚고 싶거든요.' 너는 '괜찮아요. 다음에 누가 차비가 없어 쩔쩔 맬 때, 그 천 원을 빌려주세요.' 하고 여자를 홀로 두고 골목길을 뚜벅뚜벅 걸어가는 거야."

보경은 또 머릿속을 뒤적이는 표정이었다. 보경의 이야기는 늘 초반에는 그럴싸하다가 뒤로 갈수록 엉뚱하고 터무니없는 것이 되기 일쑤였다. 어른들이 보는 책을 아무리 많이 읽어도 열다섯 살 소녀의 머릿속은 한계가 있는 것이다. 돈 천 원을 조금도 아까워하지 않다니, 십오 년 뒤의 나는 참 멋진 놈이구나, 나는 이런 바보 같은 생각을 했다.

이제 보경은 화가 난 얼굴이다. 앞으로 자기가 하려는 이야기를 생각하기만 해도 화가 나는 것일까. 보경은 이야기를 이었다.

"자, 너는 영은이를 닮은 여자를 홀로 두고 뚜벅뚜벅 골목길을 걸어가면서……" 보경은 갑자기 이상해지기 시작했다. 얼굴이 순식간에 빨갛게 달아오르더니,

"그러니까 골목길을 걸어가면서!"

하고 머리카락을 손으로 움켜쥐기까지 하며 말을 쏟아내었다.

"넌 계속 영은이를 생각하는 거야. 영은이만을 생각하는 거야. 영은이의 어릴 때 모습, 영은이와 같이 했던 놀이, 추억을 한꺼번에 떠올려. 너는 골목길 끝까지 스무몇 걸음을 걸어갔을 뿐이야. 근데 영은이가 그리워져서 가슴뼈가 뻐근해질 지경이야. 그러다 너는 무슨 충격을 받은 사람처럼 우뚝 멈춰 서. 넌 깨달았어. 영은이를 닮은 여자가 아니야, 여자는 영은이었어! 그래, 그런 거야. 바로 그런 거었어. 너는 영은이를 몰라봤지만…… 영은이는 너를 알아본 거었어. 영은이는 너도 자기를 알아보기를 기다렸던 거야. 엉뚱하게 차비를 빌려달라며 시간을 끈 거야. 나라구, 나. 나야, 영은이. 그랬던 거야. 넌 이제 모든 걸 깨달았어. 너는 급히 뒤를 돌아봤지만, 근데 여자는 없어. 너는 골목을 나와서 다시 정류장까지 갔지만, 거기에도 없어. 버스를 타고 가버린 거야. 왜 몰라봤을까? 김영은……? 하고 왜 묻지 못했을까? 설마 영은이려구, 했더라도 왜 전화번호를 가르쳐주지 못했을까? 연락이 오면, 밝은 찻집에서 다시 만난다면, 바로 알아볼 텐데! 넌 후회해. 괴로워 해. 영은이를 눈앞에서 놓쳐버린 네 자신을 미워하고 저주해."

나는 보경을 쳐다볼 수 없었다. 눈빛이 너무 무서웠기 때문이다. 아버지 영정 사진 앞에서 미친 듯이 머리를 흔들던 보경을 다시 보는 것 같았다. 보경은 마지막으로 앙칼지게 말했다.

"난 너를 용서할 수 없어. 넌 정말 나빠!"

내가 무엇을 잘못한 것일까. 우연히 길거리에서 영은을 만난 것은 잘못이 아니다. 보경은 영은이를 몰라봤다고 후회하고 괴로워하는 내가 미운 것이다. 그런데 이것은…… 보경이가 꾸며낸 이야기다. 자기 이야기에 너무 빠져버린 보경이 문제다.

"보경아, 십오 년이란 세월이 흘렀으면, 내가 영은이를 몰라보는 것은 당연해. 얼마나 많이 변했겠니. 어른처럼 화장도 했을 것이고. 근데…… 영은이를 몰라봤다고 내가 왜 후회를 하지? 그럴 일 없어. 왜냐면, 나는 영은이를 별로 안 좋아하니까. 내가 영은이를 잊어버리는 것은 너무도 당연한 일이야."

"아냐, 아냐, 그런 게 아냐. 넌 너무 나빠. 넌 어떻게 그렇게까지 사람을 몰라보니? 어떻게 그럴 수 있어, 응?"

"십오 년이……"

"변명 마. 넌 눈이 삐었어. 명태보다도 더 멍청한 눈깔을 달고 다니는 게 너야. 바보야, 여자가 어떻게 영은이야? 그 얼굴 어디가 영은이를 닮았어? 정말 모르겠어? 아직도 모르겠어? 여자는 영은이가 아니야. 그 여자는 나란 말야. 너랑 나랑 십오 년 만에 그렇게 만난 거란 말야. 그런데 넌…… 나를 그냥 보내버렸어. 넌 나를 몰라본 거야. 새까맣게 나를 잊어먹었어!"

보경은 울기 시작했다.

"생각해봐, 53번 버스를 혼자 타고 가면서 내가 얼마나 슬펐겠어!"

보경의 말할 수 없는 변덕일 뿐이다. 그러나 나는 왠지 가슴 속이 찌르르해왔다. 그래서 나는 어느 때보다 굳게 약속했다.

"십오 년이 아니라 백오십 년 뒤라도…… 알아볼게. 보경이 네 그림자만 봐도 번개같이 알아볼게."

"정말?"

"정말."

"맹세할 수 있어?"

"맹세."

우리는 새끼손가락을 걸었다.

우리는 손가락을 풀지 않고 오래도록 있었다. 어느덧 밤 열두 시였다. 나는 보경과 결혼하고 싶어졌다. 보경이 눈치를 챘다.

"니 머릿속엔 결혼 생각뿐이지?"

"너랑 이렇게 손이 딱 맞잖아."

보경은 침대에서 일어섰고, 천장의 형광등에서 내려뜨려져 있는 줄을 당겼다. 불이 꺼졌다. 방이 깜깜해졌다. 우리의 마지막 결혼은 그렇게 시작되었다.

우리는 손가락을 풀고 손바닥과 손바닥을 맞대었다. 보경의 손바닥은 매끈했다. 그리고 따뜻했다. 보경의 엄지손가락이 내 손바닥 위를 가만히 두드렸다. 내 엄지도 보경의 손바닥을 두드렸다. 그러면서 손은 서로의 손 위를 움직였다. 내 엄지가 보경의 손목까지 올라갔다. 맥박의 지점을 찾아냈다. 심장이 피를 온몸으로 보내고 있고, 피의 걸음은 맥박 지점을 살짝 누르고 있는 엄지손가락에 걸려들었다. 보경의 피가 끝없이 전진하고 끝없이 걸려들고 있었다. 내 피도 보경의 엄지손가락 밑에서 전진하고 걸려들고 있다.

나는 피의 소리를 들을 수 있었다. 소리는 감미로웠고 또 부끄러웠다. '균일' '촉감' '생명' '애완' '소녀' 이런 말들이 내 머릿속을 맴돌았다.

우리는 서로의 피를 서로에게 맡긴 채 침대의 이불 속으로 들어갔다. 나는 보경의 피가 속살거리는 소리를 자장가처럼 들었다. 나는 참을 수 없는 잠에 빠져들고 말았다.

눈을 떴을 때, 주위가 환해져 있었다. 아침이다. 나는 깜짝 놀랐다. 보경이 나를 빤히 내려다보고 있는 것이다.

"언제 깬 거야?"

"밤새 널 봤어."

"밤새?"

"응."

"오늘 졸업식인데, 밤을 새면 어떡해!"

"아, 이제 좀 졸린다."

"보경아, 지금이라도 좀 자."

"그럴까?" 하며 보경은 침대에 반듯이 누웠다. 보경은 이내 잠이 들었다. 나는 방 안의 탁상시계를 보고 계산해보았다. 보경의 집은 학교에서 가깝다. 뛰어가면 오 분도 걸리지 않는다. 졸업생들은 아홉 시까지 등교하기로 되어 있지만, 어제 낮에도 했던 졸업식 예행연습을 또 몇 번이고 지루하게 반복할 것이다. 진짜 졸업식은 열 시에 시작된다. 나는 아홉 시 오십 분에 보경을 깨울 작정이었다. 어느덧 아홉 시 오십 분이 되었다. 나는 보경의 어깨를 흔들었다. 보경은 베개에 얼굴을 묻고 괴로워했다. 눈을 떴다가 다시 감아버린다.

"일어나. 학교 가자."

"졸업식에 가지 않는다고 해서 우리가 졸업하지 않는 것은 아니야."

"그래도……"

"흥, 너는 상을 받으러 가야 한다 이거지?"

보경은 개근상과 졸업장만을 받는다. 나는 인산농업협동조합 조합장

상을 받기로 돼 있다. 상장 말고 부상으로 무엇을 받을지 나는 너무 궁금했다.

보경이 기계체조 선수처럼 두 다리를 직선으로 세워 올리고 앞뒤로 흔들더니 몸을 휘딱 일으켜세웠다. 나는 보경의 손을 당겨 방문을 열고 마루로 나갔다. 안방 문이 열려 있는 것을 나는 보았다.

보경의 엄마는 천으로 덮은 이삿짐 속에서 전축의 음악에 맞춰 춤을 추고 있었다. 남편이 그리워 미쳐버린 여자를 방해하지 않기 위해 우리는 조심조심 마루를 지났다. 현관 앞 마당에는 큼직한 돌이 몇 개 박혀 있었다. 우리는 징검다리를 건너듯이 돌만 밟고 집 밖으로 나왔다.

골목길에는 허름한 집들이 늘어서 있었다. 골목의 출구, 아니 입구, 아니 출입구에 이르러 돌아보면, 맨 안쪽에 있는 보경의 단층 양옥집이 가장 번듯해 보일 것이다.

우리는 미용실, 이불집, 문방구를 지나 학교 앞의 경사진 언덕길로 들어섰다. 교문이 저만치 올려다 보이는데, 언덕길에도 교문 앞에도 사람이라곤 없었다. 그럴 것이다, 모두 운동장에 있을 테니까.

우리는 가쁜 숨을 쉬며 언덕길을 올라 아치형 교문에 들어섰고, 버릇처럼 멈춰 섰다. 국기봉에 태극기가 목 졸린 것처럼 축 늘어진 채 있는 것이다. 우리는 국기를 향하여 가슴에 손을 얹고 경례했다. 조국과 민족의 무궁한 영광을 위해 동정과 처녀를 바칠 것을 지긋지긋하게 우리는 맹세했다.

그리고 이제 우리는 헤어져야 한다. 학교의 교실 배치가 그렇게 돼 있었다. 여학생은 왼편의 게시판 앞과 교무실 앞 너른 바닥을 지나서 삼반, 사반 교실로 가게 되고, 남학생은 오른편의 매점을 지나 일반, 이반 교실로 간다. 물론 오늘은 졸업식이므로 다른 길로 갔다가도 교실이 아니라 운동장으로 가게 되어 있지만, 국기봉 앞에서 좌우로 갈라지는 것이 학교를 다닌 지난 삼 년 동안 기계적으로 반복해온 습관이 되었다. 일단 여기서 헤어져야만 한다고 나는 생각했다.

우리는 조금씩 멀어져 갔다. 그런데 보경의 멀어지는 얼굴을 바라보다가 나도 모르게 마음이 간절해지는 것이었다. 나는 보경의 이름을 외쳐 부르고 말았다. 하얀 교복 상의와 검은색 치마를 입은 단발머리 소녀가 걸음을 멈추더니 내 쪽을 보았다. 사철나무 울타리 너머에서 새까만 눈동자로 물끄러미 나를 보는 모습이 내가 본 보경의 얼굴 중 가장 예뻐 보였다.

"졸업식 끝나면, 꼭 같이 사진 찍자!"

보경은 우는 듯한 얼굴이었다. 나는 한 번 더 "꼭 사진 찍자!" 하고 외쳤다. 보경도 뭐라고 입을 옴찔거렸다. 그러나 소리가 들리지 않았다. 바보, 하는 듯한 입 모양이 곧 한일자가 되더니 보경은 손을 흔들어 보이고 교무실 쪽 잡목 숲으로 뛰어갔다. 나는 보경이 사라진 숲 속의 깊은 그늘을 한참 동안 바라보았다.

그러고 나서 나는 삼 년 동안, 수백 개의 컵라면을 사 먹었던 매점을 지나 뜀틀과 배구공, 축구공, 농구공 등 체육용품들이 가득한 창고 쪽으로 갔다. 그리고 건물의 벽 모서리에 붙어서서 운동장을 정찰했다. 한 시간이나 지각한 것이 아무래도 마음에 걸렸다.

운동장 서편의 스탠드 계단에 재학생들이 빳빳한 차렷 자세로 앉아 있었다. 훈육주임 선생은 미친 호랑이라고 불릴 정도로 무서웠다. 그가 스탠드 앞에 서 있었다. 오늘 졸업식만 끝나면 저 호랑이도 동물원 호랑이처럼 되어버린다. 동네에서 만나도 인사도 하지 않을 거야. 그냥 멀뚱

멀뚱 쳐다볼 거야, 나는 결심했다.

흙으로 된 운동장 한가운데에는 백삼십여 개의 걸상이 정렬되어 있었다. 졸업생들이 앉아 있는데, 똑바로 줄을 지어 바짝 얼어붙은 모양이 아직 미친 호랑이한테 쫄아 있는 것이 분명했다. 하긴 나도 쫄아서 이렇게 숨어서 정찰하고 있지 않은가.

나는 계속 운동장의 상황을 살폈다. 교장이 단상에 올라 팔을 휘두르고 있는데, '지각은 엄벌!'이라고 외치고 있었다. 지금 이 시간까지 졸업생 중 무려 열 명이 식장에 오지 않았다며, 게다가 한 녀석은 조합장 상을 받을 녀석이라며 분개하고 있었다.

나는 운동장으로 갈 용기가 나지 않아 삼학년 일반 교실 앞 화단으로 뛰어갔다. 그리고 수풀에 몸을 숨기고 기어가다시피 하여 재학생들이 있는 스탠드 맨 윗줄에 끼어들었다. 옆자리의 일학년 학생한테 "지금 예행연습 하는 거냐?" 하고 물었다. 일학년 학생은 "본식이야" 하고 귀찮다는 듯이 반말로 말했다.

교장은 계속 악담을 늘어놓았다. 고등학교에 가든 공장에 가든 군대에 가든 알아서 잘들 살아라, 하고 졸업생들 앞에서 축사가 아니라 협박을 하고 있었다. 교장이 마이크를 끄고 단상에서 내려갔다. 그러자 졸업생들은 해방가를 부르며 공중으로 꽃다발을 던져올렸다.

아, 이렇게 졸업식이 끝나는가. 나는 단 한 번뿐인 졸업식에 결국 지각하고 말았다. 그런데 문득 생각이 났다. 운동장의 식이 끝났을 뿐 졸업생들은 일 년 동안 공부했던 각자의 교실로 가서 담임선생님의 마지막 훈화를 듣고 또 자기 이름이 찍혀 있는 졸업장을 받는다. 나는 흩어지는 재학생 무리 속을 빠져나와 다시 수풀을 지나 삼학년 일반 교실 앞 화단 쪽으로 갔다.

열 명 정도의 졸업생들이 웅성거리며 교실 앞에 서 있었다. 다 내 친구들이다. 그들은 친지들과 사진을 찍고 있었다. 교실 안을 들여다보니, 책상과 의자만 있고 사람들은 하나도 없었다. 앞문으로 가보니 두꺼비만 한 자물쇠가 채워져 있었다. 누가 뒤에서 어깨를 쳤다. 돌아보니…… 아는 얼굴인데, 내 친구인데, 이름이 기억나지 않았다. 이름을 부르지 않고도 물론 대화는 할 수 있다.

"어떻게 된 거야? 문이 잠겨 있네?"

녀석은 손짓으로 답을 했다.

졸업장은 아까 운동장에서 다 받았어.

"난 조합장 상을 받아야 하는데."

니 상은 담임선생님이 가져갔어. 교무실로 가봐.

녀석은 '그러게 왜 지각했니' 하고 나를 놀리는 듯한 얼굴이었다. 녀석이 등을 돌리고 친구들이 있는 쪽으로 가려고 했다.

"이제 너희들은 어디로 가니?"

녀석은 젓가락으로 후룩후룩 뭘 먹는 시늉을 해보였다. 중국집에 자장면 먹으러 간다!

말 못 하는 벙어리 녀석은 우리 반에 딱 한 친구가 있었는데, 늘 싱긋싱긋 웃기를 잘했던 착한 그 녀석임에 틀림없는데, 머리를 몇 대 쥐어박아봐도 나는 끝내 이름이 생각나지 않았다.

아무튼 나는 교무실로 갈 용기가 없었다. 교장선생님은 담임선생님과 나를 나란히 세워놓고 호통을 칠 것이다.

나는 계속 삼학년 일반 교실 앞을 서성거렸고, 사람들은 하나둘 학교를 떠나가기 시작했다. 어느덧 나 하나만이 교실 앞에 서 있었다. 나는 쓸쓸하였다. 나는 보경이가 생각났다. 그애가 그리워졌다. 삼학년 사반 교실 앞에 나처럼 이렇게 혼자 서 있을 것이다!

해야 할 일이 확실해지자 나는 문득 의욕이 생겼다. 사반 교실로 가기 위해 힘차게 걷기 시작했다. 일반과 이반 앞 복도를 빠져나오니 시멘트로 된 계단이 나타났다. 밟아올랐다. 교무실이 나타났다. 그 앞에는 수돗가와 온실이 있다. 주변 학생들이 수도꼭지에 호스를 연결해 온실의 화분에 물을 주곤 했다. 그런데 수돗가에 물기가 하나도 없다. 꼭지를 돌려보았지만, 시꺼멓게 녹이 슨 꼭지에 손바닥만 더러워졌을 뿐이다. 나는 바지에 쓱쓱 손을 닦은 뒤 온실 문을 열어보았다. 화분들은 깨지고 화초도 모조리 말라 갈대처럼 되어 있었다.

나는 알 수 없는 용기와 의혹을 가지고 교무실 앞으로 갔다. 너른 바닥이 갈라지고 깨져 돌판대기가 되어 들쑥거리고 있었다. 그 틈에 풀이 자라나 있다. 졸업식 전에 방학이 있었다고 해도 학생들이 돌아가며 네댓 명씩 등교하여 일직 선생의 지시를 받아 청소도 하고 풀을 뽑기 마련이다. 그런데 학교는 완전히 방치되어 있다. 한 계절이 아니라 분명 몇 년 이상의 세월 동안.

풀이 이리 무성하게 자란 것은 정말 보통 일이 아니었다. 어느새 내 이마에는 땀방울이 송송 매달리기 시작했고, 몸도 후끈 달아올랐다. 나는 주머니에서 손수건을 꺼내 얼굴을 닦았다. 햇빛이 작열하고 있었다. 나는 손으로 차양을 만들었다. 여학생 교사 쪽을 가느스름한 눈으로 보니 그 부근도 풀숲이 일렁거리고 있을 뿐이다. 한여름의 하얀 폭양에 나는 현기증을 느꼈다. 보경이도 집에 가버렸구나. 학교에는 쥐새끼 한 마리도 없구나. 나 하나뿐이구나.

나는 교무실 앞을 서둘러 떠났다. 벽보가 너덜너덜한 게시판 앞을 지나면서 방금 전 경례를 하였던 국기봉을 바라보았는데, 깃발이라곤 없었다.

나는 교문을 나와 언덕길을 내려갔다. 문방구 간판은 못이 빠져 기울어져 있고, 이불집 앞에서는 한쪽 눈이 움푹 들어간 노파가 그물을 손질하고 있었다. 보경이한테 따질 거야. 같이 사진 찍기로 했는데, 왜 혼자 가버렸는지!

어느새 내 걸음은 보경의 집이 있는 골목 입구에 이르렀다. 골목 안쪽의 단층 양옥집은 내가 아는 보경의 집이 틀림없었다. 나는 천천히 걸어 들어갔다. 집 앞에 이르렀다. 그런데 녹색 철대문은 페인트칠이 벗겨진 채 옆으로 쓰러져 있고 마당에는 부탄 가스와 라면봉지가 널려 있었다. 사람이 없는 줄 뻔히 알면서도 나는 "계세요?" 하고 불러보았다. 고양이 울음소리가 돌아왔다.

그때 뒤에서 힘찬 기계음이 들렸다. 무슨 소린가 싶어 골목 입구로 나왔다. 버스가 굴러오고 있었다. 먼지가 일었고, 나는 눈을 감고 얼굴을 돌리고 기침을 했다. 바람이 불어와 먼지를 깨끗이 걷어갔다. 눈을 떠보니 버스는 멀리 달아나 작은 성냥갑처럼 되었다. 그런데 한 여자가 눈을 빛내며 나를 향해 걸어오고 있었다. 방금 저 버스에서 내렸나. 여자가 갸웃거리면서 말했다.

"순철이…… 아니니?"

나는 여자를 알아보았다.

"영은이구나."

여자가 웃었다.

"어쩌지? 나 영은이 아닌데."

"어……"

"혜진이야."

"아…… 혜진이구나."

여자가 더 크게 웃었다.

"너는 내가 혜진이로 보이니?"

"참 실망인데" 하고 여자가 계속 빙글거렸다. 눈물인가, 빗물인가, 영은인가, 혜진인가. 내가 아는 것은 여자가 보경이 아니라는 사실뿐이다. 나는 대충 둘러댔다.

"넌 아직 이 마을에 사는구나."

"아니, 읍내에 살아. 하지만 자동차로 십 분 거리밖에 안 되니까 한번씩 이렇게 혼자 드라이브를 해."

여자 뒤에 빨간 자가용이 있었다.

"근데 너…… 정말 예뻐졌구나."

여자는 엉덩이가 우람하면서 아래위로 확실히 길쭉했다.

"내가 누군지도 모르면서, 치."

삼시 세 끼 뭘 처먹어야 저렇게 늘씬해질 수 있을까.

"이만 가볼게. 나중에 읍내에 들를 거지? 버스터미널에 도착하면 전화해."

여자가 명함을 한 장 주더니 제 자동차에 올라탔다. 영은이도 혜진이도 아니었다. 나로선 처음 보는 이름이 명함에 찍혀 있다. 직장은 읍내의 K유치원이다.

자동차가 붕 하고 달려가더니 시야에서 사라졌다. 나는 명함을 구겨 풀숲에 던져버렸다. 그리고 담배 한 대를 피웠다. 담배를 다 피운 뒤, 나는 풀숲에 들어가 구겨진 명함을 찾아 도로 펴서 주머니에 넣었다. 그리고 다시 담배를 피웠다. 나는 주머니의 명함을 꺼내 한 번 더 보았다. 그리고 손으로 잘게 찢어버렸다. 그런데 머릿속에 전화번호가 입력이 돼버렸다. 나는 머리를 좌우로 정신없이 흔들었다. 그리고 온갖 잡생각을 했다. 다시 번호를 떠올려봤지만, 011 말고 아무 숫자도 떠올릴 수 없었다.

자, 이제 보경이를 만나러 가자.

보경의 집은 폐가가 되어 있다. 살던 사람이 떠나고 더는 사람이 살지 않으니 그럴 수밖에 없다. 마을에 이런 집이 수십 채가 넘는다. 나는 곧장 집 현관 앞의 계단을 올라갔다. 그런데 현관 문에는 또 자물쇠가 걸려 있다. 숫자를 누르는 자물쇠였다.

나는 0, 1, 2, 3을 누르기 위해 자물쇠를 손에 쥐고 0만 눌렀는데, 툭 하고 자물쇠가 떨어졌다. 쇠가 삭아 있었다.

나는 현관 문을 살며시 밀었다. 삐이익, 하고 열렸다. 먼지가 두껍게 앉아 있는 마루가 보였다. 나는 안방과 주방과 서재를 금세 알아보았다. 그리고 나는 보경의 방 쪽을 보았다. 내가 알던 보경의 방이 틀림없다. 나는 신발을 신은 채 저벅저벅 마루를 걸어가 방 앞에 섰다. 문의 손잡이를 조심스럽게 돌려보았다. 손잡이가 돌아갔다. 밀어보았다. 문이 밀렸다. 나는 안을 보았다. 침대도 책상도 없이 텅 비어 있다. 나는 안으로 들어갔다. 깨진 창문 사이로 가느다란 오후의 햇살이 비춰들고 있었다.

나는 창턱에 엉덩이를 대고 비스듬히 섰다. 내가 왜 여기 와 있는지 나는 까닭을 알지 못했다. 어젯밤 보경이와 이 방에 있었고, 보경이는 종알종알 이야기를 했고, 나는 그 이야기에 장단을 쳐주었고, 그리고 우리는 손을 잡고 잠을 잤고, 그리고 오늘 아침 같이 졸업식에 갔고, 그리고 나는 보경을 잃어버렸다.

볼을 꼬집어보았다. 아팠다. 내가 꿈을 꾸고 있는 것은 아니었다. 그러나 뭔가 꿈 같은 세계에 있음은 분명했다.

지금 보경은 어디에 있을까. 이 세상 어딘가에 살아 있을까. 폐병 같은 몹쓸 병에 걸리지는 않았을까. 이따금 이 집에 살던 때를 떠올리고 그리워할까. 그런데 나는 지금 보경이 아주 가까이에 있는 것 같았다. 지금 이 방의 나를 보고 있는 것 같았다. 왜냐하면 나는 보경의 시선을 느낄 수가 있기 때문이다. 나는 깨달았다. 그래, 지금 나는 보경에 의해 쓰이고 있는 것이다. 보경에 의해 읽히고 있는 것이다. 바로 그 세계인 것이다.

나는 창턱에서 엉덩이를 떼고 보경의 침대가 있었던 자리로 갔다. 그리고 쪼그리고 앉아 담배를 피웠다. 두 번 빨고 손가락 사이에 낀 담배 끝에서 하얀 연기가 끝없이 피어오르는 것을 오래도록 보았다. 가느다란 햇살의 가지를 친친 감듯이 연기는 회전을 하며 피어올랐다. 햇살은 연기를 통과하며, 그러면서 내 눈에 잘 보이도록 연기를 드러내주는 것이었다. 나는 장판이 벗겨져 나간 방바닥에 담배를 떨어뜨리고 발로 비벼 껐다.

그리고 나는 오른손을 들었다. 내 손은 내 다른 손의 손목을 찾아갔다. 나는 눈을 감고 느껴보았다. 피가 여전히 전진하고 있었다. 내 엄지손가락에 계속 걸려들고 있었다. 너는 옛날 이 손목에서 어떤 피의 말을 들었을까.

먼지가 덕지덕지 낀 방이라서 엉덩이를 대고 앉지도 못하고 엉거주춤하게 쪼그린 자세로 나는 피의 말을 집중해서 듣기 시작했다. 피에서 이런 말들이 들려오고 있었다.

순철아.

응.

결국 돌아왔구나.

응.

근데 난 오래전부터 여기 없었는걸.

그래도 지금 니가 말을 하는걸. 이렇게 내가 잘 듣고 있잖아.

이제 니가 이야기를 해주지 않을래.

내가?

응, 니가.

무슨 이야기를 할까.

무슨 이야기든 좋아. 자, 내 이름을 불러봐. 보경아, 하고. 그러면 나는 응, 할게. 자, 내 이름을. 내가 응 하면, 너는 바로 이야기를 시작하는 거야.

보경아.

응.

죽지도 살지도 않는, 늙지도 흐르지도 않는, 만나지도 헤어지지도 않는 영원의 이야기를 해줄게.

기대되는데?

때는 십오 년 전. 그때 너는 몇 살이었지?

열다섯 살.

그래, 너는 열다섯 살 소녀였어. 너는 이 방의 주인이었고, 작은 침대를 가지고 있었지. 너한테는 종처럼 부리던 남자 애가 하나 있었다. 종처

럼 부리면서도 너는 남자 애를 좋아했어. 자, 어느 밤이야. 너는 남자 애
와 마지막을 함께했어.

　순철아, 잠깐.

　왜.

　어쩌지?

　왜?

　졸려.

　이제 시작인데?

　졸려. 이야기는 다음에 해. 너랑 자고 싶어.

　나는 손가락에 강한 힘을 주었다. 피의 전진이 한순간 느껴지지 않았
다. 나는 슬그머니 손가락에서 힘을 뺐다. 피가 새로 두근두근 걸려들었
다. 나는 피의 소리에 귀를 기울였다. 그러나 방금 전처럼 집중이 되지 않
았다. 소리가 들려오지 않는다. 성장하지 않고 이별하지 않고 늙지도 죽
지도 않는 영원의 이야기를 나는 알지 못한다. 그러나 알지 못하는 그 이
야기가 이 우주 어딘가에 있다는 것을 확신했다. 그것이 그리워졌다. 손
에서 손을 떼지 못한 채 나는 울음을 참고 있었다. 나는 내 울음을 가만히
지켜보고 있는 시선을 느꼈다.

　순철아.

　보경이가 나를 부른다.

　나를 그만두는 보경의 마지막 손길이다.

피의자 신문조서

박정애

박 정 애

1970년 경북 청도에서 출생했다. 2001년 장편소설 『물의 말』로 제6회 한겨레문학상을 수상했다.
소설도 가지가지, '잡문(?)'도 가지가지를 쓴다. 맛난 거 먹을 때, 몸이 가벼울 때, 사람들이 나를
좋아해줄 때 행복하다. 물론 글이 잘 써질 때, 가장 행복하다. 강원대학교 스토리텔링학과에서
학생들을 가르치고 있는데, 학생들 실력이 쑥쑥 성장할 때도 행복하다.

"저기, 최 주임님, 커피 한 잔 뽑아 갈까요?"

자판기 앞에서 내 몫의 블랙커피 한 잔을 손에 들고 최평서 주임에게 물었다.

"나는 코오휘 말고 설탕, 크림 두 숟가락씩 퍽, 퍽, 친 밀꾸커피다잉. 밀꾸커피!"

최평서의 윗입술과 아랫입술이 커피의 '피'를 강하게 발음하기 위해 퍽, 퍽, 소리라도 낼 듯이 부딪쳤다. 뻘건 핏방울이 투둑, 툭, 듣는 느낌이다.

"그럼요. 알아서 모시겠습니다."

형광등 불빛 아래 최평서의 대머리가 부연 김인지 연기인지를 뿜어 올렸다. 삼류 SF영화의 문어 대가리 우주인이 해독 불가의 신호를 보내는 것 같다.

최평서의 길쯔막한 얼굴, 나보다 겨우 두 살 많을 뿐인데 거의 삼촌뻘로 보이는 노안(老顔)에 피로와 졸음이 그득하다. 그는 아까 식당에서 오리고기를 구우면서도 깜빡깜빡 정신을 놓곤 했다. 그에게, 나한테 집게를 넘기라고 해보았다. 물론 빈말로. 역시나 그는 듣지 않았다. 그는 고깃집에서 언제나 남보다 먼저 집게를 들고 남들이 다 먹고 난 다음에야 젓가락을 드는 사람이다. 이렇게 얘기하면 뭐든 솔선수범하는 바른 생활 사나이 같다. 가끔은 그렇기도 하다. 하지만 그는 집게가 남의 손에 있으면 불안해하는 차원을 넘어 집게를 '빼앗아간' 사람에게 적대감까지 표출하는 타입이다. 괜한 분란 일으켜서 경감 승진에 방해될까봐 웬만하면 비위를 맞춰주고 살지만 결코 친해지고 싶지 않은 인간이다. 나로 말하자면, 고기를 먹기는 하지만 좋아하지는 않는다. 그래도 사회생활을 잘하려면, 그러니까 무사히 경감 배지를 달려면, 먹기 싫은 것도 먹어야 하고 하기 싫은 일도 해야 한다는 것을 알기에 웬만하면 나를 죽이고 타인의 취향에 따르곤 한다. 오리고기, 솔직히 말하면 냄새도 맡기 싫다.

"최 주임님, 여기 밀크커피요."

"오이야."

그의 말을, 나는 처음에 채소 이름, '오이'로 알아들었었다. 오와 이 사이에 강한 비음이 들어가는 오이야의 뜻은 오케이. 태어나서 지금껏 부산에서만 살아온 그는, 나처럼 서울말 쓰는 남자를 무척 재수 없어 한다. 고기를 된장양념 대신 '빠다'에 찍어 먹는 맛이랄까, 뭐 그런 욕지기를 느낀댔다. 나 역시 최평서가 재수 없다. 단지 입사 선배라는 이유로 저보다 계급이 높은 나에게 사적인 자리건 공적인 자리건 가리지 않고 꼬박꼬박 반말을 게워내는 이 인간이.

그가 서랍에서 손거울을 꺼냈다. 빨간 기모노를 입고 사쿠라 부채를 들고 약 먹은 표정으로 입을 헤벌린 일본 여자가 뒷면에 수놓인 동그란 거울이다. 그가 이쑤시개로 아랫니에 낀 음식 찌꺼기, 아마도 오리고기 살점을 조심스레 끄집어냈다.

"몇 분 남았노?"

잇몸에서 피가 났는지 그가 미간을 찡그렸다. 왼쪽 눈꺼풀이 거의 심청이 아버지 수준으로 실그러졌다.

"오 분이요. 곧 올 겁니다. 여자가 예쁠까요? 나는 항상 그게 궁금하더라."

"지랄헌다. 이뿌마 살인도 용서되나?"

최평서가 혀끝으로 아랫니를 핥으며 밀크커피를 홀짝거렸다. 피 섞인 커피 맛은 어떤 것일까. 불현듯 비린내가 훅 끼쳐서 나는 종이컵을 슬그머니 내려놓았다.

"에이, 과실치사하고 고의 살인은 다르죠. 삔이 돌면 뭐든 저지를 수 있는 게 인간이잖습니까?"

"요새는 기집들이 겁대가리가 없어."

제기랄. 자기는 겁대가리 있는 마누라를 거느렸다, 이거다.

최평서가 잘 다려진 흰 와이셔츠의 소매를 걷어붙였다. 추레한 외모를 그나마 받쳐주는 게 그 깔끔한 입성이다. 부럽다. 마누라 있는 놈과 없는 놈이 이렇게 다르다. 내 상의는 죽으나 사나 짙은 색깔의 레저용 남방. 빨래하기 쉽고 잘 마르고 때 안 타는 걸로 그만한 게 없으니까. 에고, 셔츠 빳빳이 다려주고 해장국 시원하게 끓여줄 여자 어디 없나? 인물도 교양도 중상위권에는 들어주면서 말이지. 나이는 스물여섯쯤? 많이 양보해도 스물여덟 이상은 안 된다. 스물네 살짜리 대학생 아들을 둔 누님이 들었다면 바로 내 등짝을 후려쳤을 것이다. "빌어 처먹을 새끼, 네가 그러니까 사십이 넘도록 장가를 못 가는 거야" 하면서. 아, 조건이 하나 더 있다. 누님처럼 걸걸한 음성으로 서슴없이 욕설을 입에 담는 여자, 남자 등짝을 철퍼덕철퍼덕 후려치는 스타일은 싫다. 목소리가 조신하고 태도가 상냥한 '천생 여자'가 좋다.

처복이 따로 있는 건지, 나는 선볼 때마다 꽝인 여자를 만나거나 여자가 나를 꽝이라고 생각하거나 둘 중 하나인데, 최평서는 어느 모로 보나 나보다 아랫길인데도 그럴듯한 마누라를 잘도 거느리고 산다. 지난해 연말, 막가는 술판 끝에 최평서네 집으로 몰려가 최평서 마누라가 끓여준 제법 시원한 콩나물해장국을 얻어먹고부터 나는 솔직히 최평서를 다시 봤다. 꿍쳐둔 재산이 있든지 밤일을 심하게 잘하든지 최평서한테 내가 모르는 무언가가 있을 거라는 생각을 한 것이다.

"형수님은 잘 계신가요? 그때 얻어먹었던 해장국 맛이 잊혀지질 않네요. 언제 한 번 더 데려가주십쇼."

나로선 명백히 아부성 발언이었다. 최평서 마누라의 손맛이 좋기로서니 광안리 양산할매의 그것보다 좋을쏘냐. 그저 마누라 칭찬을 해줌으로써 오늘따라 유난히 피곤해 보이는 최평서의 기분을 풀어주고 싶었다. 그런데 최평서의 눈초리에, 여태껏 본 적이 없는 섬뜩한 냉기가 떠오르는 것이다.

"고 형사 니가 뭔데, 내 마누라를 잊아뿌릴 수가 없는공?"

"아니, 언제 제가 형수님을 잊을 수 없다고 했습니까? 해장국 맛이……"

최평서가 피 묻은 잇새로 나지막이 뇌까렸다.

"그 말이 그 말이제. 이 씨팔놈아."

이런 씨팔.

그때 강력계 여경 둘이 수갑을 찬 피의자를 호송하여 조사실로 들어왔다. 내가 참자, 참아. 참을 인자 세 개면 살인도 면한다는데. 심호흡을 하고 컴퓨터 앞에 앉았다. 김다희가 칼이 든 지퍼백을 내려놓았다.

"오래 걸리지는 않을 거라예. 본인 범행이라꼬 바로 자백했고예. 보시다시피 범행 도구에 혈흔, 그대로 있고예."

파마기 없는 생머리를 하나로 묶은 피의자는 예쁘달 것도 못났달 것도 없는 평범한 아줌마의 인상을 하고 있었다. 왜, 지금이라도 슈퍼마켓에 들르면 두부 한 모 들고 당신 옆을 지나칠 것 같은, 어깨를 부딪쳐도 아무 느낌이 안 생기는 그런 아줌마 얼굴 말이다. 다만 피부가 잡티 없이 깨끗하고 몸매가 보통 아줌마들과 달리 거의 말랐다고 볼 수 있을 정도로 날씬했다. 검정색 스판덱스 쫄티에 물 빠진 청치마가, 다시 보니 의외로 잘 어울렸다. 될성부른 원판이라고나 할까. 정성 들여 화장을 하고 고급스런 정장을 걸치면 백팔십도 변신 가능한 원판 말이다.

"앉으세요, 아주머니. 긴장 푸시구요. 제가 묻는 말에 차분히, 사실 그대로만 대답해주시면 됩니다."

내가 '차분히'를 강조하지 않아도 여자는 충분히 차분했다. 체념이 여자의 마음을 평정한 것일까. 어쩌면 여자는 원래 차분한 성격일지 모른다. 살인 유전자를 타고나는 사람은 극히 드물다. 한 길 사람 속은 정녕코 알 수 없는 것. 경찰밥을 십삼 년이나 먹었어도 늘어나느니 인간에 대한 물음표뿐이다. 당장, 최평서한테 내가 왜 씨팔놈 소리를 들어야 하는가 말이다. 미친 새끼. 오리고기 처먹더니 조류독감 바이러스에 대가릴 파먹힌 거야, 뭐야? 내가 아무리 마흔두 살 노총각이기로서니 제까짓 놈의 마누라 보고 껄떡거리겠어? 더러워서라도 내가 얼른 장가를 가버려야지, 씨팔.

키보드 위에 손을 올리고 다시 한 번 심호흡을 했다.

"아주머니, 커피 한 잔 드릴까요?"

"예. 블랙으로예."

여자는 ARS 안내전화처럼 곱고 나긋나긋한 음성으로 대답했다.

"성함이 어떻게 됩니까?"

"안언주예."

여자가 이름을 말하고는 긴 한숨을 쉬었다. 검정 쫄티 속 봉긋한 가슴이 살짝 솟아올랐다간 천천히 가라앉았다.

"안, 은, 주 씨. 은혜 은이죠? 주는 구슬 주?"

"예."

"주민번호는요?"

피 의 자 신 문 조 서

피 의 자: 안 은 주

위의 사람에 대한 상해치사 피의사건에 관하여 2009. 3. 14. 22:45경 금정경찰서
강력팀 사무실에서 사법경찰리 경위 고종회은(는) 사법경찰리 경사 최평서을(를)
참여하게 하고, 아래와 같이 피의자임에 틀림없음을 확인하다.

문: 피의자의 성명, 주민등록번호, 직업, 주거, 등록기준지 등을 말하십시오.

답: 성명은 안 은 주(安恩珠)

　　주민등록번호는 781119 – 2167***

　　직업은 주부

　　주거는 부산광역시 금정구 장전동 **아파트 102동 204호

　　등록기준지는 부산시 금정구 장전동 **아파트 102동 204호

　　직장 주소는 없습니다.

　　연락처는 자택전화 051-758-23**　　휴대전화 010-2258-23**

　　　　직장전화 없음　　전자우편 dmsw*78@hanmail.net입니다.

사법경찰관은 피의사건의 요지를 설명하고 사법경찰관의 신문에 대하여 형사소송법 제
244조의 3의 규정에 의하여 진술을 거부할 수 있는 권리 및 변호인의 참여 등 조력을 받
을 권리가 있음을 피의자에게 알려주고 이를 행사할 것인지 그 의사를 확인하다.

진술거부권 및 변호인 조력권 고지 등 확인

1. 귀하는 일체의 진술을 하지 아니하거나 개개의 질문에 대하여 진술을 하지 아니할 수 있습니다.
2. 귀하가 진술을 하지 아니하더라도 불이익을 받지 아니합니다.
3. 귀하가 진술을 거부할 권리를 포기하고 행한 진술은 법정에서 유죄의 증거로 사용될 수 있습니다.
4. 귀하가 신문을 받을 때에는 변호인을 참여하게 하는 등 변호인의 조력을 받을 수 있습니다.

문: 피의자는 위와 같은 권리들이 있음을 고지 받았나요?
답: 예.
문: 피의자는 진술거부권을 행사할 것인가요?
답: 아니요.
문: 피의자는 변호인의 조력을 받을 권리를 행사할 것인가요?
답: 아니요.

이에 사법경찰관은 피의사실에 관하여 다음과 같이 피의자를 신문하다.

문: 피의자는 어떤 이유로 조사를 받고 있는지 알고 있나요?

답: 예. 제 남편을 죽였습니다. 그래서 조사를 받고 있습니다.

문: 그 일시 및 장소를 말하세요.

답: 이천구년 삼월 십사일 이십 시 사십 분경 부산시 금정구 장전동 **아파트 제 집 주방에서였습니다.

문: 왜 남편을 죽였나요?

답: 예. 그날이 화이트데이여서 남편, 아들과 함께 외식을 나갔습니다. 저는 깔끔한 한정식집을 원했는데, 남편이 자기 마음대로 부산시 금정구 장전동 제가 사는 동네에 있는 협심식육식당으로 갔습니다. 거기서 삼겹살을 구워 먹으면서 저와 남편, 둘이서 소주 세 병을 마셨습니다. 사실 저는 술만 마셨습니다. 저는 고기를 먹지 않습니다. 고기 굽는 냄새도 싫어합니다. 그렇다고 제가 집에서 고기 요리를 안 해주는 것도 아닌데 남편은 간이 안 맞느니 양념이 잘못되었느니 밥상을 받을 때마다 트집을 잡곤 했습니다. 집에서 제대로 못 먹는 고기, 외식할 때나 실컷 먹자는 남편 때문에 저희는 외식을 하면 꼭 고깃집을 가고 저는 늘 기본반찬밖에 못 먹습니다. 그런데 협심식육식당은 기본반찬이 너무 부실했습니다. 된장찌개도 조미료 맛밖에 안 나서 먹을 수가 없었습니다. 제가 아무것도 못 먹고 있는 줄 뻔히 알면서도 남편은 그곳이 부산에서 고기 질이 제일 좋으면서 값이 싼 식당이라고 우겼습니다. 화이트데이라는 게 남자가 여자를 위해서 사탕과 꽃을 선물하는 날인데, 사탕과 꽃다발은커녕 자기 뱃속만 챙기고 제 생각은 조금도 해주지 않는 남편한테 화가 나서 저는 제 평소 주량인 소주 반

병보다 훨씬 많이 마셨습니다. 남편은 원래 마셨다 하면 소주 두 병은 마셔야 간에 기별이 간다고 하는 사람입니다. 저녁식사를 마치고 식당에서 나와 귀가하던 중 제가 커피를 한 잔 마시고 들어가자고 했습니다. 제가 세상에서 가장 좋아하는 음식이 커피입니다. 분위기 좋은 데서 원두커피를 한 잔 마시고 나면 기분이 풀릴 것 같아서였습니다. 그런데 남편이 저한테 살림을 제대로 살지 못한다고 욕을 했습니다. 다른 집 주부들은 커피숍에 가지 않고 집에서 커피믹스를 타 마시고 그렇게 아낀 돈으로 남편을 위해 돼지고기를 듬뿍 넣은 얼큰한 김치찌개를 끓여준다며 저 같은 여자는 주부 자격이 없다고 했습니다. 그래서 둘이 말다툼을 하게 되었는데 집에 들어와서까지도 계속 싸웠습니다. 저는 다른 날도 아니고 화이트데이라고 데리고 나가서는 사람을 이렇게 괴롭혀야겠느냐고 남편에게 물었습니다. 술값으로 몇 십만 원을 쓴 적도 있는 사람이 겨우 몇 천 원 하는 커피값 가지고 주부 자격이 있느니 없느니 시비를 걸 수는 없다고 따지자, 남편은 시끄럽다고 큰소리치며 제 말을 무시했습니다. 저는 더욱 기분이 나빠져서 앞으로 생일이고 결혼기념일이고 서로 챙기지 말자고 했습니다. 그러자 남편이 기다렸다는 듯 그러자고 대답했고, 저는 "그게 남이지 가족이냐"고 물었습니다. 저는 남편이 속으로 켕겨서 '그럼 다른 건 없애고 생일만 챙기자' 정도는 말해줄 줄 알았습니다. 하지만 남편은 "내일부로 도장 찍고 남남 하든가"라고 하고는 부부 침대가 놓인 안방이 아니라 잡동사니가 들어 있는 작은 방에 들어가 누웠습니다. "이제 방도 따로 쓰자는 얘기냐"고 물었더니 남편이 "내일이면 남남인데 각방 쓰는 게 당연하다"고 했습니다. 결혼하기 싫다는 사람을 꼬드겨서 기어이 자기 사람 만들고 아이까지 낳게 하고는 이제 와서 쓰레기처럼 내버리려는 심보인가 싶어 저는 순간적으로 이성을 잃었습니다. 베란다에 있던 상추 모종이 담긴 작은 플라스틱 화분을 들고 와서 누워 있던 남편에게 던졌습니다. 남편은 눈 감고 누워 있다가 어깨 부위에 화분을 맞고는 화가 나서 일어났습니다. 남편이 제 머리채를 잡고 따귀를 연거푸 때리자, 저는 머리채를 잡힌 상태에서 얻어맞다가 주방 쪽으로 나동그라졌습니다. 싱크대 문짝에 머리를 세게 부딪혀 그 충격으로 잠깐 의식을 잃었다가 남편을 돌아보니, 남편이 무언가를 찾으려고 두리번거리고 있었습니다. 저는 남편이 저를 때릴 몽둥이를 찾고 있다고 생각하고 허겁지겁 자리에서 일어났습니다. 그때 주방 싱크대 위에 놓여 있던 식칼이 눈에 확 들어와 꽂혔습니다. 저는 식칼을 쥐고 남편 쪽으로 달려들었고 남편은 칼을 빼앗으려고 하면서 제게 달려들었습니다. 하지만 남편에게 빼앗기기 전에 제가 남편의 배를 찔렀습니다. 순식간에 일어난 일이었습니다. 눈 한 번 감았다가 떴을 뿐인데 남편이 배를 움켜쥐고 피를 철철 흘리며 주방 바닥에 쓰러져 있었습니다.

문: 그 이후의 상황을 진술하시오.

답: 예. 저는 피 묻은 칼을 떨어뜨리고 어찌해야 할지 모르고 벌벌 떨었습니다. 그러다 "119, 119, 119 좀 불러" 하는 남편의 목소리를 듣고서야 119 구급대로 전화를 걸었고 남편과 함께 병원 응급실로 가서 응급치료를 받던 중에 경찰관들에게 체포되었습니다. 남

편은 경찰관들이 응급실로 와 저를 체포한 뒤 바로 사망했습니다.

나는 담배 한 대를 꺼내 물었다. 부부싸움이라면 내 부모도 징그럽게 많이 했다. 아버지는 짓밟고 어머니는 물어뜯고. 마치 수살쾡이와 암늑대의 싸움 같았다. 일흔셋에 어머니가 췌장암으로 돌아가신 다음에야 그 기나긴 전쟁은 끝이 났다. 내가 마흔 살이 넘도록 장가를 못 가는 데는 부모의 평탄치 않은 결혼생활 탓도 있을 것이다, 분명히. 또한 여자들이 나한테 시집오는 걸 꺼려하는 데는 성질 더러워 보이는 홀시아버지 탓도 있을 것이다, 분명히.

"아이랑 같이 식사했다고 했잖아요? 아이는 어떻게 되었나요?"

"겨우 네 살이라예. 식당에서 내내 울고 집으로 올 때꺼짐도 불에 덴 것 같이 울었는데, 집에 들어와 갖고는 지도 피곤했던지 곯아떨어지데예. 그 난리굿이 벌어질 때도 자고 있었꼬예. 지금은 아 할부지가 봐주고 있습니더."

"할아버지요?"

"예. 즈이 친정 부모님은 모두 돌아가싰고 남편 쪽은 어머니가 돌아가싰어예. 지한테는 언니가 있고 남편 쪽으로는 동생이 있지마는, 다 직장에 다니기 때문에 어린아이를 봐줄 수 없습니더."

아이가 무슨 죕니까? 결혼을 했으면 잘살든지, 잘살 자신이 없으면 혼자 살든지.

최평서가 손가락 끝으로 책상을 두드렸다.

"거, 오줌 좀 누고 와서 합시다."

"아, 그럴까요? 아주머니도 화장실 다녀오실래요?"

여자는 고개를 흔들었다. 눈가에 이슬이 맺혀 있었다. 아이 생각을 하고 있을 것이다.

하기는 이 판국에 제일 불쌍한 사람은 누가 봐도 아이일 테다. 죽은 남자야 이미 죽었으니 불쌍하고 말고 할 것도 없고 여자는 징역을 얼마나 살든지 제 죗값을 치르는 것이니 불쌍하달 게 없다. 영문도 모르고 부모를 떠나 할머니도 아닌, 할아버지 손에서 자라야 할 아이야말로 운명의 장난에 기가 막히고 코가 막힐 노릇이 아닌가.

최평서와 앞서거니 뒤서거니 화장실로 들어섰다.

"죄 지은 기집들은 징역 살리니라꼬 나랏돈을 씨지 말고, 저으게 흑산도나 오동도 겉은 섬에다가 짱박아놓고 외로븐 사내들한테 봉사를 하게끔 법으로다가 딱 정해놨이마 좋겠어. 섬에 함 가봐래이. 기집 구경 못 하는 사내들이 썼다카이. 뭐, 섬 아니래도 그런 사내는 많지마는. 고 형사니 생각은 어떻노?"

최평서가 바지 지퍼를 내리며 나를 힐끔거렸다. 노총각인 나를 은근히 씹는 것이다.

씨팔놈.

더러워서 콧방귀만 뀌고 대답을 하지 않았다. 최평서의 목소리가 슬그머니 누그러졌다.

"와, 기분 상했나? 내가 어젯밤에 잠을 못 자갖꼬, 자꼬 말실수를 한다카이."

잠을 못 자? 밤새 그 짓거리 했다 이거지? 지금 내 앞에서 자랑질하는 거지? 그래, 너는 밤마다 마누라 거시기 구경 많이 해서 좋겠다, 이 개새끼야.

"미안타, 고 형사야. 내가 하고 싶은 말은 뭔고 카마, 뭐라뭐라 캐쌓아도 애새끼가 젤 안됐고 불쌍타는 얘기라."

동의하지 않을 수 없는 말이었고 나도 그쯤에서 감정을 더 키우기 싫어서 입을 열었다.

"아이가 젤 불쌍하지요. 맞습니다."

최평서가 왼손으로 고추를 털었다. 배추벌레같이 조그마하고 누르면 터질 듯이 여려 보이는 고추였다. 어쨌든 내 것이 그의 것보다는 확실히 컸다. 두 배까진 아니더라도 일점오 배는 될 것이다.

문: 칼을 들고 남편에게 달려들 때 죽여야겠다고 마음먹었나요?

답: 아니요. 저도 당시의 제 상태를 설명할 수가 없습니다. 많이 취해 있었고 감정이 몹시 격해져 있는 상태였습니다. 남편에게 뺨을 맞고 주방으로 나동그라진 다음 남편이 무언가를 찾느라 두리번거리는 모양을 보고 심하게 겁을 먹었습니다. 그때 칼이 눈에 들어왔습니다. 그걸 집어 들자 남편이 욕을 하면서 제게 달려들었고 저도 무슨 생각을 하고 말 겨를도 없이 남편 쪽으로 달려들었습니다. 들고 있던 칼을 앞으로 내밀긴 했지만, 남편을 죽여야지, 하는 생각을 하고 찌른 건 아니었습니다.

문: 무의식적으로 칼을 휘둘렀다는 말인가요?

답: 완전히 무의식이었다고는 말씀드리지 못하겠습니다. 맞고는 못산다, 하는 생각은 했습니다. 친정엄마도 늘 그렇게 말했습니다. 다른 것은 참아도 두드려 맞고 살지는 말라고 하셨습니다. 남편에게 뺨을 맞고 쓰러진 다음이라 더 맞지 않으려고 한다는 게 결과

적으로 그렇게 됐습니다. 하지만 칼을 들어야겠다는 생각은 없었고 찔러야겠다는 생각도 하지 않았습니다. 무엇에 들씌운 것 같이 칼을 들었고 휘둘렀습니다. 제가 칼로 남편을 찔렀다는 사실은, 피를 흘리면서 쓰러져 있는 남편을 발견하고서야 알았습니다.

문: 무의식은 아니었지만 정상적인 의식 상태가 아니었다는 말인가요?

답: 그렇습니다.

"지랄하고 있네. 정상적인 가정주부가 그래, 신랑이 싸대기 몇 대 홀 뱄다고 칼을 휘두르나?"

최평서가 끼어들었다.

"그것 참, 사건 당시 정상적인 의식 상태가 아니었다는 얘기를 하고 있는데, 거기다가 정상적인 가정주부는 왜 갖다 붙입니까?"

내가 신경질을 냈다.

"내 말을 못 알아묵는다카마 고 형사 니는 정상적인 가정생활을 경험 해본 적이 없는 기다."

이런 씨팔놈. 사오정도 유분수지.

어머니도 칼을 든 적이 있다. 내가 그 칼을 빼앗았었다. 평생 허릿병을 달고 살던 어머니가 참고 참다 정형외과에 갔다 온 날이었다. 아버지는 다른 데도 아니고 하필 돈 써서 치료해온 어머니의 허리를 밟아댔다. 어머니는 그것 때문에 더욱 '뻰'이 돌았다. 그러니까 의식은 있었지만, 정 상적인 의식 상태도 아니었다. 최평서 씨팔놈이 마구 헷갈리고 있지만, 내가 정상적인 가정을 경험해본 적이 없어도, 내 어머니가 정상적인 주부 가 아니어도, 씨팔, 뭐가 정상이고 뭐가 비정상인지는 몰라도, 정상이 아닌 의식 상태가 어떤 건지는 안다.

문: 평소에도 남편과 다툼이 많았나요?

답: 그렇게 자주는 아니지만 일주일에 한 번 정도 부부싸움을 했습니다.

문: 일주일에 한 번 정도가 자주가 아닌가요?

답: 예. 다른 사람들의 경우는 모르겠습니다. 저는 일주일에 한 번이 자주인지 가끔인지 잘 모르겠습니다.

문: 싸울 때 어제처럼 아주머니가 화분을 던지거나 남편이 따귀를 때릴 정도로 심하게 싸우나요?

답: 말다툼만 하는 경우가 대부분입니다. 제가 겁이 많은 편이라 남편이 화를 내면서 때릴 것 같으면 입을 다물고 자리를 피해버립니다.

문: 주로 무엇 때문에 싸우나요?

답: 저는 싸움을 싫어하기 때문에 먼저 싸움을 걸지 않습니다. 제 행동이 느리고 반찬을 자기 입에 맞게 만들지 못하고 매사에 자기 비위를 거스른다고 남편이 주로 먼저 싸움을 겁니다.

문: 어제의 싸움은 커피를 사주지 않는다는 이유로 아주머니가 먼저 시비를 건 것 아닌가요?

답: 커피 한 잔 사달라고 말하는 것이 시비 거는 일은 아니라고 생각합니다. 물론 상황에 따라 그렇게 볼 수도 있겠지만, 저는 남편이 욕만 하지 않았어도 여느 때처럼 속으로 삭혔을 것입니다.

문: 어제처럼 심하게 싸우는 경우는 어느 정도 자주 있는 일인가요?

답: 처음 있는 일이었습니다. 전에 대구 황금동에서 시집살이를 할 때는 사소한 말다툼도 거의 하는 일이 없었습니다. 제가 친정에서부터 조부모와 함께 자라서 시어른들을 잘 모셨고 시어른들도 저를 귀여워해주셨습니다. 시어머니가 젊으신 편이라 요리는 시어머니께서 전담하시고 저는 청소나 빨래, 설거지 같은 것만 했기 때문에 남편이 화낼 일이 없었던 것인지도 모르겠습니다. 그런데 남편이 부산으로 발령을 받아서 저와 아이, 남편, 이렇게 세 식구가 부산으로 이사를 오고부터는 부쩍 다툼이 잦아졌습니다. 양가 어른들도 하나둘씩 돌아가셨고 남편 직장 일도 점점 힘들어졌습니다. 남편은 직장에서 힘든 일이 있을 때마다 집에 와서 저를 괴롭혔습니다. 저도 아는 사람 없고 도와주는 사람 없는 타향에서 아이 키우고 살림하는 게 쉽지 않아서 남편에게 의지하고 싶은데 남편은 자기 힘든 생각밖에 하지 않았습니다.

"황금동이 고향이세요?"

"고향은 칠곡인데예, 초등학교 댕길 때는 황금동에서 살았어예. 그래서 마음 맞는 친구도 몇 명 있고……"

황금동, 일곱 살부터 아홉 살까지 내 유년의 황금시대를 보냈던 곳. 아버지가 사우디에 가고 없었던, 그래서 수살쾡이와 암늑대가 한집에서 으르렁거리지 않았던 이 년. 아직 젊고 팔팔했던 어머니가 살림에 보태기 위해 우유 보급소를 운영했고 그 덕분에 우유를 원 없이 마셨던 시절. 땅거미가 질 때까지 딱지치기를 하고 땅따먹기를 하며 놀았던 그 시절의 친구들. 사투리를 쓰던 친구들. 내가 아껴 먹던 초코우유를 나눠주면, 천국의 맛이라도 보는 양 황홀해하던 그 친구들.

"황금동에선 외롭지 않으셨어요?"

"예. 황금동에선……"

"혹시 서울우유 받아 드셨어요?"

"예?"

"아닙니다…… 신문하겠습니다."

문: 피의자는 평소에도 남편에 대하여 원망과 불만을 많이 가지고 있었나요?

답: 예. 그런 편입니다. 하지만 제 성격이 보수적이고 소심하여 이혼 같은 것은 꿈도 꾸지 않았고 어떻게든 가정을 지켜야 한다고 생각하여 남편에 대한 불만을 겉으로 드러내는 일은 드물었습니다.

문: 이번 사건은 남편에 대한 평소의 불만을 술을 핑계로 터뜨린 것이 아닌가요?

답: 잘 모르겠습니다.

문: 평소에 남편에 대해 불만이 없었다면, 이런 사건은 벌어지지 않았을 거라고 생각하나요?

답: 아닙니다. 평소에 불만이 없었더라도 상황이 꼬이면 일어날 수 있는 일이라고 생각합니다.

문: 상황이 꼬인다는 것이 무슨 말인가요?

답: 술을 많이 마시고 감정이 격해지고 폭력이 발생하고 손 닿는 곳에 칼이 있을 경우를 말합니다.

문: 둘이서 술을 세 병을 마셨다고 진술했는데, 평소 주량은 어느 정

도인가요?

답: 평소 주량은 소주 반 병 정도지만 어제는 한 병 정도 마신 것 같습니다.

문 : 왜 그렇게 많이 마셨나요?

답: 여자들이 대접받는다는 화이트데이에 대접은커녕 하녀처럼 무시당하고 있다는 사실에 속이 상했습니다. 고기 굽는 냄새도 싫었고 먹을 만한 반찬이 없어서 배가 고프기도 했습니다. 내가 왜 이러고 사나, 한심한 생각도 들었습니다. 그래서 초반에 빠른 속도로 평소 주량을 다 마셔버렸는데, 취하니까 제 신세가 더욱 처량하게 느껴져서 술이 술을 먹는다고 하는 말 그대로 아무 생각 없이 계속 마셨습니다.

문: 당시 얼마나 취해 있었나요?

답: 걸음이 조금 비틀거릴 정도였습니다. 하지만 정신을 완전히 잃지는 않았고 남편과 말다툼을 할 때 혀가 꼬이지도 않았습니다.

문: 남편은 어느 정도 취했나요?

답: 자기 주량 정도만 마셔서인지 저보다는 훨씬 상태가 좋았습니다.

문: 우울증으로 정신과 진료를 받은 적이 있나요?

답: 없습니다. 제 판단으로는 우울증이 있는 것 같아서 집 가까이 있는 '정순미 신경정신과'에 가보고 싶었는데, 남편이 허락하지 않았습니다.

문: 남편이 왜 허락하지 않았나요?

답: 남편은 우울증이 팔자 좋은 여자들한테 생기는 병이라면서 땀이 뻘뻘 나도록 집안일을 열심히 하면 우울증 같은 것은 저절로 치료

된다고 했습니다.

문: 남편이 허락하지 않아도 본인이 원하면 병원에 갈 수 있지 않나요?

답: 남편은 저한테 통장을 맡기지 않고 신용카드만 쓸 수 있게 했습니다. 제가 카드를 쓰면 그 즉시 사용내역이 남편한테 SMS로 전달됩니다. 제가 따로 가진 현금이 없기 때문에 남편 몰래 병원에 갈 수 없었습니다. 만약 남편을 거스르고 병원에 갔다면, 심하게 추궁을 당하고 욕을 먹었을 겁니다.

"자, 좀 쉬었다 합시다. 아주머니. 화장실 다녀오려면 다녀오세요."

이번에는 여자가 순순히 일어섰다. 하기는 머그컵으로 블랙커피 한 잔을 다 마시고 한 시간이 넘었는데 오줌이 마렵지 않을 수 없을 것이다. 나도 또 요의가 있어 화장실로 갔다. 최평서가 따라왔다.

"우울증 얘기는 뭐 할라꼬 꺼내노? 고 형사 니는 요새 죄진 기집들이 뻑하마 우울증 핑계 들이대는 거 모르나?"

"핑계라뇨? 남편이 저렇게 교도소 간수처럼 구는데 우울증에 걸리지 않을 수 있겠어요?"

"뭐? 교도소 간수? 연놈들이 아주 말을 딱딱 맞췄구마는."

최평서의 눈빛이 차갑게 번뜩였다. 그의 눈길이 오줌줄기를 뿜어내는 내 고추를 더듬었다. 어렸을 적 뒤꼍 대추나무 아래에서 만져본 실뱀처럼 차갑고 기분 나쁜 촉감을 지닌 눈길이었다. 바지 지퍼를 올리고 최평서한테로 돌아섰다.

"최 주임님, 충고 한 말씀 드릴게요. 고깝게 생각하지 마시고요. 가까운 정신과에 한 번 꼭 가보세요. 정신과에 가는 거, 절대로 수치스러운 일, 아닙니다. 감기 걸렸을 때 이비인후과 가는 거하고 똑같습니다."

고추에서 오줌방울을 털어내던 최평서의 손이 동작을 멈추었다.

"설마설마 했드이, 씨부리는 소리가 하나에서 열꺼정 똑같구마는. 이것들이 사람 뒤통수를 제대로 친다 이기제?"

우묵 들어간 눈에 갇혀 있던 냉기가 그의 온몸으로 번지는 듯했다. 내참, 살다 보니 별일도 다 많다, 싶었다.

"무슨 영문인 줄은 모르겠지만 저는 그만 입 닥치고 제 할 일이나 하겠습니다. 서로 건드리지 맙시다."

책상으로 돌아오며 블랙커피 한 잔을 더 따랐다. 최평서가 다가왔다.

"나도 한 잔 도고."

"……?"

"그 시꺼먼 블랙코오휘, 나도 한 잔 돌라꼬."

대꾸 없이 커피메이커에서 주전자를 빼내어 종이컵이 찰랑거리도록 따랐다. 그가 종이컵을 들어 한 모금 마셨다.

"맛 좋다나?"

맛? 무슨 맛? 커피 맛?

"맛 좋다나?"

"……?"

"맛 좋다나?"

내가 대꾸하지 않으면 그는 고장 난 테이프처럼 같은 말을 반복할 참이었다.

"이봐, 최 주임. 지금 무슨 소릴 하고 싶은 거야?"

"까고 있네. 씨팔새끼가. 썹맛 좋다나, 이 씨팔놈아."

그가 입 안에 물고 있던 커피를 내 얼굴에 훅, 뿜었다.

"기집년이 무단시리 블랙커피를 마시더라꼬."

아, 씨팔. 뇌신경에서 '삔'이 하나 핑그르르 도는 느낌이 들었다.

최평서 이 새끼, 미쳐도 단단히 미쳤다. 경감만 아니라면 한 주먹거리도 안 되는 바퀴벌레 자식인데. 재수 옴붙었다, 고 경위. 푸닥거리를 하든지 해야지, 원.

크리넥스 두 장을 뽑아 얼굴을 닦고 조사실로 들어갔다.

이때 현장에서 압수한 칼을 피의자에게 보여주며,

문: 이 칼이 피의자가 남편을 찌른 칼이 맞나요?

답: 예. 집에 있던 제가 남편을 찌른 식칼이 맞습니다.

문: 지금까지 진술한 내용이 모두 사실인가요?

답: 예. 모두 사실입니다.

문: 더 할 말이 있나요?

답: 없습니다.

위의 조서를 진술자에게 열람하게 하였던바 진술한 대로 오기나 증감 · 변경할 것이 전혀 없다고 말하므로 간인한 후 서명 무인하게 하다.

진 술 자   안 은 주
2009. 03. 15.

사법경찰리   경위 고종회
사법경찰리   경사 최평서

수사 과정 확인서

구 분	내 용
1. 조사 장소 도착시각	2009. 3. 14. 22:45경
2. 조사 시작시각 및 종료시각	□ 시작시각: 2009. 3. 14. 22:50 □ 종료시각: 2009. 3. 15. 00:30
3. 조서열람 시작시각 및 종료시각	□ 시작시각: 2009. 3. 15. 00:33 □ 종료시각: 2009. 3. 15. 00:40
4. 기타 조사과정 진행경과 확인에 필요한 사항	
5. 조사과정 기재사항에 대한 이의제기나 의견진술 여부 및 그 내용	

2009년 3월 15일

사법경찰리 고종회은(는) 안은주을(를) 조사한 후, 위와 같은 사항에 대해 안은주로부터 확인받음

확 인 자: 안 은 주   (인)

사법경찰관: 고 종 회   (인)

"도장 없으시죠? 손가락에 인주 묻히세요. 휴지 드릴 테니까 듬뿍 묻히세요."

조사 내내 차분해 보였던 여자는 제가 범행에 사용한 칼을 보고 난 다음부터 부들부들 떨기 시작했다. 여자가 엉뚱한 곳에다가 지장을 찍는 바람에 조서를 새로 뽑았다. 나는 여자가 또 실수하지 않도록 여자의 등 뒤에 서서 여자의 오른손을 잡아 지장을 찍어야 할 자리로 인도했다. 수갑에 갇힌 여자의 손은 희고 자그마했다. 덫에 걸린 산토끼처럼 파들거렸고, 물 떠난 금붕어처럼 할딱거렸다. 내 손도 덩달아 조금 떨렸다.

최평서한테 전염되었는지 뜬금없기 짝이 없는 생각이 집요하게 떠올랐다. 안은주, 그대는 황금동에서 딱지치기하던 내 죽마고우의 귀여운 여동생이 아닐까. 운명의 장난이 우리를 갈라놓지 않았다면 당신과 결혼하여 아들 하나, 딸 하나, 두 아이를 낳지 않았을까. 화이트데이에 깔끔한 한정식집으로 외식을 나가서 사탕과 꽃이 든 바구니를 그대의 흰 손에 건네지 않았을까.

지장을 다 찍고 여자의 손을 놓았다. 아쉬웠다. 강력계 김다희와 유치장 장 형사가 여자의 팔짱을 끼고 조사실을 나갔다.

최평서가 내 사타구니에 손을 갖다 댔다.

"이 새끼 자지 벌떡 선 거 좀 보래이? 내 마누라한테 껄떡거리는 것도 모자래가 인자 살인한 년한테까지 꼴리는갑제."

더는 최평서 같은 놈과 상대하기 싫었다. 가방을 챙겼다. 가방 지퍼가 잘 잠기지 않았다.

"집에 갈라꼬? 야, 니한테 집 같은 기 있다나? 내캉 저 완월동에나 가자. 기왕에 구멍동서 됐는 거, 내가 마 완월동에 기똥차게 맛 좋은 기집

하나를 알고 있거덩. 거게 가가 마 구멍동서 한 번 더 해보자꼬."

머그컵에 남은 커피로 밭은 목을 축였다. 참자, 참자, 참자. 경감, 경감, 경감. 눈을 감았다.

그때 커피 맛에 피 맛이 섞여들었다. 눈을 떠보니 최평서의 주먹이 막 내 입가를 떠나고 있었다. '삔'이 와르르 돌았다.

경찰밥 십삼 년에 인간에 대한 정의 하나가 뿌여니 떠올랐다. 인간이란 수많은 삔으로 덕지덕지 고정시켜놓은 누더기다. 삔이 돌면 찢어진다, 누더기는.

피 섞인 커피를, 커피 섞인 피를, 최평서의 얼굴에 훅, 내뿜었다. 최평서가 한 손으로 얼굴을 닦아 내리며 두리번두리번 무언가를 찾고 있었다. 하지만 칼은 내 손 언저리에 있었다. 최평서가 한 마리 살쾡이처럼 달려들었다.

가을볕

심윤경

심 윤 경

1972년 서울에서 출생했다. 2002년 장편소설 『나의 아름다운 정원』으로 제7회 한겨레문학상을
수상하며 작품 활동을 시작했다. 2004년 장편소설 『달의 제단』을 발표해 2005년 제6회 무영문학상을
수상했다. 지은 책으로는 장편소설 『이현의 연애』, 『서라벌 사람들』 등이 있다.

저녁 햇살이 몹시 따가워서, 도저히 실눈을 뜨고서는 운전을 할 수가 없었다. 게다가 친정으로 가는 내내 서쪽 해를 안고 달려야만 했다. 나는 투덜거리며 선글라스를 꺼냈다. 맨눈으로 보는 건 아무렇지도 않은데, 요즘 들어 이상하게 선글라스를 쓰면 눈이 불편했다. 그래도 안과에 가기 싫어서 꾹꾹 버텼다. 안경이나 렌즈 따위 불편한 물건들은 모두 남의 일이고, 어두운 데서 책을 보든지 하루 종일 모니터를 보면서 눈을 혹사하든지 까딱 없이 생생한 나의 시력은 나의 은근한 자랑거리 중 하나였다. 그런데 이제 와서 난시가 생기려는지, 이상하게 선글라스를 쓰면 초점이 잘 맞지 않았다. 아직 맨눈으로 보는 건 괜찮으니까, 라고 스스로를 위로했지만 마음속 한구석이 불쾌한 건 사실이었다.

쌍둥이는 나란히 카시트에 잠들어 있었다. 양쪽으로 고개가 뚝 떨어져서 꺾일 것만 같은데도 세상모르고 자고 있었다. 자동차가 우회전을 하자 룸미러에 비치는 쌍둥이의 고개가 한 바퀴 회전했다. 그래도 녀석들은 깨지 않았다. 젖먹이 때부터 녀석들은 한번 잠들면 업어 가도 모르게 깊이 잤다. 늦은 나이에 얻은 쌍둥이를 키우기가 결코 쉽지 않았지만, 녀석들의 잠버릇이 순해서 얼마나 힘을 덜었는지 모른다. 잠귀가 밝고 예민한 아이들이었다면 열 곱은 힘들었을 터였다.

아버지는 아파트 주차장에 나와서 기다리고 있었다. 저녁 햇살에 비친 아버지의 은빛 머리숱이 어느덧 휑해 보여서 나는 깜짝 놀랐다. 내가 기억하는 아버지는 머리끝에서 발끝까지 온몸에 숱이 많은 거인이었다. 지금도 정수리가 비었다거나 그런 건 아니었지만, 어쨌든 머리숱은 현격하게 줄어 있었다. 저녁 햇살을 등지고 서니까 알머리의 윤곽이 훤하게 보였다.

세상모르게 자다가도, 사이드 브레이크를 올리는 끽 소리가 나면 언제 잤냐는 듯이 눈을 동그랗게 뜨고 활기차게 떠들어대는 것이 우리 아이들의 또 다른 자랑거리다. 조금 전까지 고개로 상모돌리기를 하던 아이들은 내가 자동차의 시동을 끄기도 전에 깨어나서 부지런히 안전벨트를 풀고 있었다. 자동차 앞에서는 두 팔을 활짝 벌린 아버지가 기다리고 있었다.

아이들은 신나게 차에서 뛰어내렸다.

"아이고 내 강아지들이 왔냐. 은서랑 재은이, 얼마나 컸는지 보자."

아버지는 아이들을 한 팔에 하나씩 안고 번쩍 들어 올렸다. 나는 질겁했다. 작년에 칠순잔치를 치른 노인이 내년이면 초등학생이 되는 두 아이를 한 팔에 하나씩 들어 올리는 것은 바람직한 취미생활이 아니다. 그러다 허리라도 삐끗하면 어쩌냐고 아무리 잔소리를 해도, 아버지는 당신만의 환영행사를 포기하지 않았다.

"아직 솜털같이 가벼운걸. 이까짓 걸 못 들어."

죄송스럽지만 그 솜털들은, 아버지 당신의 핏줄을 이어받아 송아지만큼 커다랗다. 살찐 체형이 아닌데도 벌써 삼십 킬로그램에 육박하는 장골들이다. 둘 다 유치원에서 제일 컸다.

"느이 애비는 벌써 느이들이 무겁다고 그러냐? 무겁다고 안 안아주고 그러냐? 이까짓 게 뭐가 무겁다고 그런대냐?"

아버지는 양쪽 팔에 올라앉은 손녀들을 검불처럼 들까불어댔다. 쌍둥이는 꺄악꺄악 비명을 지르면서 할아버지의 목에 호들갑스럽게 매달렸다. 이제 유아기를 벗어나기 시작한데다 남들보다 덩치까지 커서 누군가가 이렇게 번쩍 들어 올려주는 호강을 맛보기가 쉽지 않은 처지인데, 외할아버지만은 언제나 쌍둥이에게 아기가 되는 기쁨을 선사한다. 그래서 아이들은 언제나 외할아버지를 존경했다.

"아이구, 키가 많이 컸구나. 이젠 느이 애비랑 한 뼘 차이도 안 나겠다. 그렇지 않냐?"

아버지는 손녀들을 내려놓고 손바닥을 정수리에 올리며 키를 가늠했다. 아이들은 키득거리며 좋아했다. 오늘은 박 서방이 곁에 없어서 다행이지. 애들 아빠가 곁에 있을 때조차도 아버지는 들으란 듯이 애들이 애비보다 곧 커지겠다고 큰소리를 쳐댔다. 백칠십 센티미터를 힘겹게 넘긴 남편은, 백팔십 센티미터를 가볍게 넘기신 장인어른 앞에서 언제나 말수가 적어진다.

아이들은 재잘거리며 엘리베이터에 올랐다. 엘리베이터의 숫자판 앞에는 어린이를 위한 발판이 있지만, 아이들은 발판을 디딜 필요 없이 발꿈치를 살짝 올리는 것만으로도 가볍게 구층을 누를 수 있다. 아이들은 그렇게 하는 것이 할아버지를 자랑스럽게 한다는 사실을 영악하게 잘 알고 있다. 나는 차 안에서 아이들이 자는 바람에 다시 한 번 확인하지 못한 주의사항을 최종적으로 강조했다.

"너희들 삼촌 놀리지 마. 알았지?"

"원 참. 뚱뗑이를 뚱뗑이라고 부르지 뭐라고 부르냐. 느이 엄마는 괜히 그런다."

아이들은 신나게 웃어댔다. 뚱뗑이 삼촌! 뚱뗑이 삼촌! 나는 강력한 경고의 뜻으로 쌍둥이의 등짝을 한 대씩 때려주었다.

"삼촌 놀리면 아주 혼날 줄 알어."

그리고 다시 한 번 강조하는 의미로 눈도 힘껏 부라려주었다.

엘리베이터 안은 금세 조용해졌다. 아버지도 입을 다물었다. 나는 만족감을 느꼈다. 어린이와 노인들은 때로 사회적 약자에게 아주 고약하게 행동할 때가 있다. 아버지는 대체로 동생에게 사려 깊게 행동했지만, 가끔 손녀들 앞에서는 똑같이 철부지가 되어버리는 경우가 있었다.

엘리베이터의 문이 열리자 뜻밖에 동생이 서 있었다. 동생은 요즘 들어 거의 문밖으로 나오지 않는다고 했기 때문에 아버지나 나나 깜짝 놀랐다. 우리는 엘리베이터 안에서 거침없이 큰 소리로 떠들어대고 있었기 때문이다.

"은서야, 재은아, 어서 와."

동생은 엷은 미소를 띠며 쌍둥이에게 두 팔을 벌렸다. 사전 교육을 받은 쌍둥이는 아주 적절하게 행동했다.

"삼촌, 안녕하세요."

그리고 힘주어 나를 바라보면서 자신들이 옳게 행동했다는 것을 확인했다. 내가 마지못해 고개를 끄덕이자 쌍둥이는 기분 좋게 집 안으로 들어갔다.

"어서 와, 누나."

동생은 어릴 때 깜짝 놀랄 정도로 예뻤다. 데리고 다니면 사람들이 다들 예쁘다고 감탄했다. 삼십대 중반을 넘긴 지금도 여전히 동생은 미남이다. 놀랄 정도로 작은 얼굴, 아주 섬세한 쌍꺼풀, 균형이 잘 잡힌 코와 입, 우아하고 깔끔한 눈썹. 동생의 잘생긴 얼굴은 늘 슬퍼 보였다. 몸무게가 지금의 절반만 되었다면 정말로 기절하게 섹시했을 것이다.

나는 동생이 대식가라고 생각해본 일이 한 번도 없었다. 정크푸드나 튀김에 탐닉하지도 않았다. 그저 약간 게을러서 운동 같은 건 별로 하지 않았고, 젊은 남자가 흔히 그렇듯이 육류를 조금 편애했을 뿐이었다. 밥한 공기를 수북하게 먹고, 특별히 반찬이 마음에 드는 날은 조금 더 청해서 먹는 정도? 아무리 생각해봐도, 동생의 식생활은 내 남편과 비교해서 크게 잘못된 점이 없었다. 그런데도 백사십 킬로그램이었다. 자그맣고 잘생긴 얼굴에 비둔한 구속복같이 덧씌워진 지방질의 몸매는 사실 동생에게 몹시 억울한 불운이었다.

"누나, 준비는 잘돼가?"

"바쁘긴 한데, 잘되는 건지는 잘 모르겠어. 너무 정신이 없어."

"이제 삼 주도 안 남았네. 정말 막바지에 달한 거야."

동생의 목소리가 비감했다. 동생은 몹시 우울한 표정이었다. 결혼한 뒤로는 남동생과 시간을 함께 보낼 일이 거의 없었다. 직장에 다니면서 쌍둥이를 낳고 키우느라 늘 과로사 일보 직전이었다. 그런데도, 내가 해준 거라곤 명절에나 가끔 들러서 조카들을 보여준 것밖에 없는데도 동생은 우리가 떠나는 것을 못내 안타까워하는 것 같았다. 이민이 코앞으로 닥쳐온 지금에서야, 내가 동생에게 너무 해준 것이 없다는 생각이 들어서 가슴이 아팠다.

쌍둥이는 당연하다는 듯이 삼촌 방에 몰려 들어가서 삼촌을 말똥말똥 바라보고 있었다. 동생은 느릿느릿 컴퓨터를 켜고 게임기를 꺼내주었다.

"삼촌, 이건 처음 보는 거네? 이건 뭐야?"

"아이폰. 여기 터치펜 써."

"이게 더 예쁘게 생겼네. 이걸로도 그때 하던 거, 숨은그림찾기 할 수 있어?"

"그래, 여기 깔아놨어. 여기 도넛 그림 보이지? 이걸 누르면……"

"삼촌! 나는 강아지 쇼!"

"그래 재은이 거는 여기."

"근데 나도 저거 아이폰 쓰면 안 돼?"

"아이폰은 하나뿐이야. 너는 아이팟터치 써라."

"와! 강아지가 네 마리나 됐다!"

"삼촌이 두 마리 더 키워놨어. 푸들이랑 요크셔테리어."

언뜻 들여다보기에 동생의 방은 더 복잡해진 것 같았다. 동생은 온갖 전자제품을 다양하게 구비해놓은 자기만의 왕국을 차려놓고 있었다. 동생은 쌍둥이에게 각각 좋아하는 게임을 켜주었다. 재은이는 검은색 게임기를, 은서는 하얀 게임기를 들고 하나는 침대를 하나는 동생의 책상 의자를 차지하더니 각각 딴 세상으로 떠났다.

"살 집은 구한 거냐?"

아버지가 물었다.

"아직이에요. 몇 군데 알아보고는 있어요. 일단 아파트에 입주하려고 해요. 처음이니까 자그마한 집으로……"

"박 서방이 먼저 출국해서 집을 좀 정리해놓으라고 해라. 애들 데리고 빈 집으로 들어갈 수는 없잖냐. 박 서방이 홀가분하게 먼저 가서 침대랑 숟가락이라도 좀 사놓는 게 맞지."

나는 속으로 조금 웃었다. 시댁에서는 혹시 아들이 고생할까 싶어서 하루라도 남편이 먼저 출국하는 일이 없도록 온 가족이 함께 움직이라고 당부하고 또 당부하는데, 친정에서는 역시 내가 조금이라도 고생을 덜도록 사위가 먼저 출국해서 궂은일을 미리 해놓아야 한다는 주장이다. 게는 옆으로 걷고 팔은 안으로 굽는 법이다.

"누나, 내가 집을 조금 알아봤는데, 여기는 어때?"

동생이 조그마한 모니터를 들고 내가 앉아 있는 식탁 곁으로 다가왔다. 모니터에는 신기하게도 아무런 전깃줄이 달려 있지 않았다. 한 권의 책처럼 가뿐하게 움직이는 무선 기기였다. 동생은 이런 종류의 모든 기계들을 무척 사랑했다.

동생이 모니터를 내밀었다. 화면이 갑자기 가까이 들이닥치니까 눈이 몹시 불쾌하게 거북했다. 나는 얼굴을 찡그리며 모니터를 밀어냈다. 어느 정도 떨어진 거리에 놓고 보니까 잘 손질된 푸른 잔디밭에 동그마니 올라앉은 하얀색 목조 건물이 보였다. 너무 예뻐서 그림책에서 방금 튀어나온 것 같았다.

"애, 이런 집이 얼마나 비싼데. 우리가 몇 백만 불 챙겨서 투자이민 가는 사람들도 아닌데 처음부터 너무 거창하게 시작할 수는 없잖아."

하지만 동생은 고개를 저었다.

"별로 비싸지 않아, 누나. 전기와 난방이 포함된 월세가 천사백 달러라면 그리 나쁘지 않잖아?"

나는 화면 속의 집을 다시 들여다보았다.

"이런 단독주택가는 대개 외곽 쪽에 있어. 상가도 멀고 출퇴근도 오래 걸릴걸."

"매형의 직장까지는 칠 분. 가장 가까운 그로서리 스토어까지는 사 분. 이 집에서 십 분 거리 안에 네 개의 그로서리가 있어. 우체국은 팔 분, 실내체육관은 사 분. 상가에는 한국 아이들 다니는 태권도 학원도 있대. 어때?"

나는 말없이 동생을 쳐다보았다.

"학군도 좋아. 닐스애덤스 초등학교라는데, 학부모 평가 사이트에 가봤더니 별점이 4.8이나 되더라고."

"삼촌! 이거 칠단계 너무 어려워! 삼촌이 좀 풀어주면 안 돼? 옷걸이 한 개만 더 찾으면 되는데!"

재은이는 어느새 제 것을 내던져버리고 은서의 게임기에 함께 고개를 처박고 있었다. 할아버지가 내미는 바나나우유는 건성으로 받아 들고, 어디론가 꽁꽁 숨어버린 옷걸이를 찾지 못해 안달이었다.

"삼촌! 빨리빨리! 삼십 초 남았어!!"

"애들아, 잠깐만. 왜, 누나? 마음에 안 들어?"

"아니. 마음에 안 드는 건 아닌데."

"그럼? 여기 어때? 응?"

"아아악 이제 칠 초 남았다!!!"

쌍둥이가 요란 방정을 떨었다. 나는 한숨을 쉬었다.

"너 꼭 히키코모리 같아."

동생은 금세 풀이 죽었다.

"아악! 끝났어 끝나버렸어! 간신히 칠단계까지 갔는데! 삼촌 나빠! 도와주지도 않고!"

성질 급한 재은이가 달려나와서 동생의 옆구리를 주먹으로 때렸다. 쌍둥이 중에서도 막내라고, 응석부리고 떼쓰는 것이 은서하고는 달랐다. 나는 재은이의 팔을 잡아당겨서 엉덩이를 한 대 때려주었다.

"누가 삼촌을 때리래. 버릇이 없어."

재은이가 아앙 하고 울음소리를 냈다. 하나도 아프지도 않을 텐데 할아버지의 위세를 등에 업은 순 엄살이었다. 눈가에 물기는 하나도 없으면서 입으로만 앙앙거리는 거짓 울음인데 아버지는 언제나 재은이의 뻔한 수작에 홀딱 넘어갔다.

"애들이 도와달라는데 왜 모른 척하냐. 삼촌이 얼른 도와줄 것이지. 삼촌이 나빴다. 재은아 울지 마라. 할아버지가 삼촌 혼내줄게."

재은이는 힝힝거리며 더 서러운 시늉을 했다.

"재은아, 이거 게임기 너 가져라. 할아버지 선물이다."

"와! 할아버지 만세! 은서야! 이거 봐라 할아버지가 이거 나 준대!"

재은이는 언제 울었냐는 듯이 용수철처럼 팔딱팔딱 뛰며 환호했다. 게임기는 삼촌 것인데 역시나 만세는 할아버지 몫이었다. 은서도 눈이 동그래져서 뛰어나왔다.

"비자발적인 히키코모리지. 난 세상을 피하는 건 아니야. 몸이 이러니까 나가기가 너무 힘들다구."

동생이 웅얼거렸다. 허리둘레 오십 인치의 몸뚱이를 내려다보는 눈길이 사슴처럼 슬펐다. 체중이 너무 많이 나가서 관절에도 무리가 온 지 오래였다. 체념한 듯이 무기력한 목소리가 내 화를 돋우었다.

"야! 주려면 은서도 줘! 재은이만 주면 어떡하니?"

동생이 거대한 연체동물같이 소리 없이 일어나서 은서의 손에 아이폰을 쥐어주었다.

낙엽을 태우는 향기가 섞여 있는 공기만으로도 명절이 다가오는 것을 느낄 수 있었다. 겨우 담배 두 대를 태우는 사이에 택배사 배달 트럭이 네 대나 달려와서 부지런히 짐을 부렸다. 나는 벤치에 앉아서 사람들이 주고받는 선물 상자들을 구경했다. 사과 상자, 한과 상자, 냉장육이거나 굴비 세트로 보이는 커다란 스티로폼 상자 여러 개. 그중에 가장 눈에 들어왔던 것은 완도산 전복 상자였다. 한가위 대목을 맞이해 속속 도착하는 화물트럭들마다 오늘 자정이 넘도록 배송해야 할 짐들이 아직도 산더미처럼 쌓여 있었다.

하지만 수많은 택배 상자들은 경비실 앞에 차곡차곡 쌓여만 갔다. 요즘은 여자들이 더 바쁜 세상이 아닌가. 집에 얌전히 앉아서 택배가 도착하기만 기다리는 가정주부는 요즘 세상에 없는 모양이었다. 택배 상자들은 좁은 경비실을 채우고도 넘쳐나 경비실 앞 계단까지 점령하는 중이었다.

앳돼 보이는 경비실 직원이 택배 상자들을 정리하느라 쩔쩔 매고 있었다. 처음 보는 얼굴이었다. 오랫동안 안면을 익혀두고 담배 동무를 삼았던 동년배의 경비는 그만두었나? 나는 다가가서 그 젊은 친구를 조금

도와주었다. 부피에 비해서 상당히 무거운 짐이었다.

"이게 뭔데 이렇게 무거운가."

"아마 책일 거예요. 제일 무거운 건 언제나 책이거든요. 어르신, 감사합니다."

청년은 땀 냄새를 풍기며 고마움을 표시했다. 청년의 말씨는 깍듯했다. 근육도 다부지지 않고 가녀린 인상이었다.

"여기 새로 온 거야? 아니면 학비라도 보태려고 추석 대목에 아르바이트를 하는 건가?"

청년의 얼굴이 조금 굳어졌다.

"아닙니다, 어르신. 저 그렇게 어리지 않습니다. 서른 한참 넘었어요. 아이가 둘인데요."

"어이쿠야, 그렇게나? 요즘 젊은이들은 도대체 겉모습을 보아서는 나이를 어림잡을 수가 없단 말이야."

은행원이나 증권사 직원이 어울릴 것 같은 곱상한 인상의 청년이 동네 아파트 경비원을 하기까지는 필시 우여곡절이 있지 않았을까? 나는 그가 숨기고 싶어 하는 개인사를 캐물은 것 같아 무안해졌다.

"요즘 사람들이 다 젊게 살지 않습니까. 저도 어르신들 때문에 종종 놀랍니다. 어제 만난 분은 이제 겨우 손자를 보셨을까 했는데 글쎄 팔순을 넘기셨다는 거 있죠. 하하하."

볼수록 마음에 드는 청년이었다. 나는 그에게 잠시 담배라도 한 대 나누자고 청하고 싶었다. 내 나이는 얼마쯤 되어 보이냐고 물어보려고 했는데 경비실의 인터폰이 울렸다. 청년은 눈인사를 던지고 택배 상자가 천장까지 쌓여 있는 경비실로 황급히 돌아갔다.

나는 다시 벤치로 돌아가 편안하게 앉았다. 아파트에서 젊은 새댁이 나오더니 방금 전에 내가 함께 들어주었던 그 무거운 책 상자를 손가락질했다. 경비실 청년은 군소리 없이 무거운 상자를 어깨에 얹고 새댁을 따라서 올라갔다. 무겁다고 엄살을 피우기는커녕 헤실헤실 웃음마저 띤 얼굴이었다.

그렇지. 늙은이 앞에서는 혼자서 못 들던 무거운 짐도 젊은 새댁 앞에서는 번쩍 들어야지.

점퍼 안쪽 주머니에서 서걱거리는 봉투의 감촉이 느껴졌다. 진영이가 말없이 내민 명절 봉투였다. 얼마인지 열어보지 않았지만 두께로 보아서 대략 어느 정도인지 짐작이 갔다. 진영이는 어린 시절부터 늘 그렇게 한결같았다. 까다롭긴 해도 속이 깊은 아이였다. 후리후리하게 키가 크고 근골이 강인한 것이 딱 김씨 집안 핏줄이었다. 아들로 태어났으면 한번쯤 장사 씨름 대회에 내보냈을지도 모른다.

나는 시계를 들여다보았다. 콜밴이 도착하려면 아직 십 분 정도 시간이 남아 있었다. 나는 집에 전화를 걸어서 미리 준비를 시키기로 했다. 택시가 도착했을 때 빨리 떠나는 것이 좋다. 오늘은 특히 아파트 주차장이 붐비는 날이니까 말이다. 아들이 휴대폰의 신호음으로 쓰는 야릇한 음악이 한참 울린 뒤에 웅얼거리는 목소리가 대답했다.

"예, 아버지."

"좀 있으면 차 올 거다. 얼른 내려와라."

"벌써요? 아직 준비 다 안 됐는데요."

나는 왈칵 성질이 났다.

"얼른 준비하라니까 여태 뭐 했냐."

"지금 화장실이에요. 얼른 다 할게요."

"밤낮 그놈의 화장실."

나는 휴대폰의 슬라이드를 탁 소리 나게 내려버렸다. 아들은 만성변비였다. 한번 화장실에 들어가면 삼십 분은 기본인데다 고약한 악취도 오래 남겼다. 나도 모르게 긴 한숨이 쏟아졌다. 이제 제 누나마저 미국으로 떠나버리면 진환이 저놈을 어쩌나.

젊은 경비실 총각이 총총히 경비실로 돌아왔다. 순한 인상의 청년은 연신 굽실거리며 드나드는 주민들에게 인사를 올리고 있었다. 싹싹한 청년일세. 나는 그가 경비실에서 오래 일하기를 바랐다. 이 아파트는 경비가 수시로 바뀌어서 안 좋은 점이 많다.

검은색 콜밴이 아파트 입구에 들어섰다. 나는 시계를 보았다. 약속 시간 오 분 전이었다. 나는 운전기사에게 손짓했다.

"아직 식구들이 준비가 덜 되었다오. 조금만 기다리쇼. 곧 올 거요."

주차장에는 빈자리가 없었다. 경비실에 있던 청년이 달려 나왔다.

"어르신께서 콜밴 부르셨어요?"

"응. 식구들이 아직 준비가 덜 되었다는데, 조금만 여기서 기다리겠네."

청년은 재활용 쓰레기장 옆에 세워두었던 고깔을 치우고 콜밴을 세울 자리를 만들었다. 야무진 청년이었다. 나는 그에게 담배 한 개비를 내밀었다. 청년은 싱글벙글하며 담배를 받아 들었다.

"자네 우리 식구들 못 봤지?"

"아까 쌍둥이 애기들 데리고 가시지 않았습니까? 손녀들이지요?"

"응. 외손녀들. 우리 딸네 애들. 그 키 큰 애가 우리 딸."

청년이 고개를 크게 끄덕였다.

"여자 애치고는 키가 아주 크지. 키가 백칠십사야. 참 내. 여자 애가 그렇게 커다래서 원."

"따님이 아주 미인이던걸요. 슈퍼모델인 줄 알았습니다. 요새 세상엔 키 크면 좋지요."

"그래. 옛날엔 여자 키 크면 안 좋다고 했는데 요새는 키 크면 다 좋아해. 애들도 다행히 지 엄마를 닮아서 즈이 반에서 제일 크대. 지 애비는 작거든. 요만 해."

나는 빗장뼈 앞에 손바닥을 어림해 보였다.

"그럼 사위보다 딸이 더 키가 큽니까?"

"더 크지. 결혼식 할 때 웃겼지."

"그런데 제가 어르신은 몇 번 뵈었는데 할머님은 못 뵈었습니다. 그럼 혼자 지내십니까?"

"아니. 우리 집사람은 병원에 있어. 오래됐어. 지금 저 밴 타고 병원에 가보려고. 추석이니까."

청년이 굉장한 일을 알았다는 듯이 고개를 크게 끄덕였다. 나는 우리 집 창문을 올려다보았다. 잠시 후 진환이가 내려올 때 경비 청년이 깜짝 놀라지나 않을까 걱정이 되었다. 진환이는 계집애처럼 마음이 여려서 사람들이 저를 보고 놀라거나 놀리면 아주 오랫동안 상심하는 경향이 있기 때문에, 나는 청년에게 조금은 진환이에 대해 이야기를 해놓아야겠다고 생각했다.

"젠장. 아들놈 때문에 큰일이야. 에이 젠장. 그놈 때문에 저 콜밴을 부른 거잖아. 에이 젠장. 저 차가 얼마나 비싼지 아는가? 어디 한번만 가면 금방 오만 원 나와. 에이."

"아, 예. 콜밴이 비싸죠. 그래도 여러 사람이 탈 때는 좋습니다."

"에이. 큰일이야. 아들놈이 살이 쪄가지고. 아주 돼지가 돼버려가지고. 창피해서 어디 나다니려고 하지도 않고. 집에만 처박혀 있으니 살은 점점 더 찌고. 에이. 어디 한번 나가려면 콜밴을 불러야 해. 다른 차는 타지도 못해. 에이 젠장. 장가도 못 가. 어쩌면 좋아. 에이 젠장."

청년이 순한 눈매로 안됐다는 듯이 나를 쳐다보았다. 나는 그가 내 말을 잘 알아듣지 못한 것 같아서 조금 걱정이 되었다. 아들이 나올 때 입이라도 딱 벌리지 않게 하려면 미리 조금 더 부연설명을 해놓는 것이 나을 것 같았다.

"자네처럼 키가 큼지막하고 날씬하면 좀 좋은가. 아주 돼지가 되어버렸다니까. 고등학교 때 백 킬로그램도 넘어버렸다니까. 지금은 백삼십도 넘었을걸. 우리 집 사내놈들은 다 쓸 만하지가 못해. 사위놈은 땅딸보에, 아들놈은 세상에 돼지가 되어버렸고."

나는 갑자기 화가 났다. 경비 청년에게 너무 말을 많이 한 것 같았다. 지난번에 5호 라인에 사는 김 영감에게 아들놈에 관한 한탄을 했더니 그 영감탱이가 동네 노인정에 온통 소문을 내버렸다. 동네 노인들이 갑자기 나를 동정하는 눈초리로 쳐다보아서 얼마나 놀랐는지 모른다. 할 수만 있다면 지금까지 했던 말들을 다 주워 담고 싶었다. 나는 얼른 다시 목청을 높였다.

"그래도 사는 덴 문제없어. 나는 연금이 많이 나오니까. 내가 대령으로 예편했거든. 운이 좋았어. 대령 딱 칠 개월 하고 예편했어. 세상에 제일 좋은 게 군인 연금이야. 마누라 병원비도 거의 안 들고. 우리 딸은 대학교수야. 사위는 의사고. 이번에 딸네는 미국으로 이민 가는데, 미국에 가면 미국 대학에 취직자리를 알아보겠지. 덩치가 좋아서 미국에 가도 꿀리지 않아. 웬만한 미국 여자들보다도 크거든. 목청도 시원시원 커다랗고."

아파트의 현관이 열리더니 진영이와 두 손녀들이 쏟아져 나왔다. 재은이가 힘차게 달려와서 내 다리에 매달렸다. 재은이를 보면 심장과 간장이 다 녹아내리는 것 같은 기분이었다. 전생에 무슨 인연이었기에 이렇게 사랑스러울까. 물론 은서도 사랑스럽긴 했지만 재은이하고는 사뭇 달랐다.

진영이는 햇빛을 보며 얼굴을 찌푸리더니 핸드백에서 선글라스를 꺼내 들었다. 풍성하고 윤기 있는 머릿결에, 키는 웬만한 남자들보다 더 컸다. 쌍둥이는 주황빛 가을 햇살 속을 헤치며 주차장을 내달렸다. 가지런히 묶은 머리와 씩씩하게 쭉 뻗은 다리들이 시원시원했다. 아이들을 볼 때마다 뿌듯함에 가슴이 다 뻐근했다.

"저기 택시 와 있다. 저 차를 타라. 그런데 진환이는 왜 안 내려오냐."

"아까부터 화장실에 있어요."

시계를 보니 약속 시간에서 십 분이 더 흘러 있었다. 나는 또다시 왈칵 짜증이 치솟았다.

"에이, 이놈 자식. 또 화장실에 처박혀서 나올 줄을 몰라. 밤낮 무슨 변비래. 에잇, 화장실엔 진작 좀 다녀올 일이지."

나는 호주머니에서 휴대폰을 꺼내 들었다.

휴대폰이 울렸다. 나는 전화기의 슬라이드를 밀었다.

"차 왔다니까! 안 내려오고 뭐 해!"

나는 결국 대변보기를 포기했다. 거의 나올 듯하던 대변은 아버지의 고함을 듣는 순간 거꾸로 치솟아 목구멍까지 달아난 것 같았다. 오랫동안 화장실에서 용을 써대느라 이마와 코끝에 땀이 송글송글 맺혀 있었다.

어릴 때도 그럴 때가 있었다. 아버지는 먼저 나가서 담배를 피우고 있고 어머니는 우리 남매에게 외출 준비를 시키느라 아직도 분주할 때. 그때 나는 지금처럼 뚱뚱하지는 않았지만 어쨌든 움직임은 굼뜬 편이었다. 더구나 어머니는 나를 영국의 시골 귀족 소년처럼 멋지게 차려 입히기를 좋아했다. 단추가 여러 개 달린 다이아몬드 무늬 카디건과 끈이 달린 가죽 구두 같은 차림 말이다. 나는 그런 옷을 입는 데 시간이 많이 걸렸다. 내가 단추나 구두끈과 씨름하고 있으면 씨름 선수처럼 거대한 아버지가 현관문을 홱 열어젖히며 벼락같이 소리를 질렀다.

"도대체 뭣들 하는 거야? 여태 준비 안 하고 뭘 했어?"

그럴 때면 나는 너무 무서워서 오줌까지 찔끔 지릴 지경이었다. 참 이상하게도, 아버지의 벼락 고함을 그렇게 무서워하는 사람은 나뿐이었다. 어머니도 누나도, 아버지의 고함을 그리 귀담아듣지 않았다. 어머니는 태연하게 구슬백의 내용물을 점검했고 누나는 콧노래를 부르며 머리칼에 멋들어지게 핀을 꽂았다. 누나와 어머니는 현관까지도 못 왔는데 왜 나한테만 화를 내는지는 모르겠지만 아버지가 눈을 부라리며 내지르는 고함은 아무리 보아도 나를 향한 것이었다. 그리고 아버지도 누나도 어머니도 모두 다 그 사실을 알고 있었다. 나는 어쩔 수 없이 찔찔 울었다. 누나와 어머니가 한껏 멋을 부린 차림으로 대문을 나설 때까지도 아버지는 여전히 나를 향해 콧김을 내뿜고 있었다.

그 시절에 비하면 아버지는 성깔이 많이 누그러진 셈이었다. 누나도 어머니도 없이 아버지와 단둘이 살게 되었지만, 이전에 상상했던 것처럼 끔찍하지는 않았다. 심지어 아버지는 나를 잘 돌보아주었다. 음식을 장만하는 일은 주로 내가 했지만 그 밖의 일들, 청소와 쓰레기 버리기, 빨래와 다림질은 모두 아버지의 몫이었다. 내가 입는 옷이지만 내가 보아도 끔찍했다. 백삼십 킬로그램을 넘긴 이후로 내 옷들은 옷이라기보다는 카펫이나 자루처럼 보였는데, 아버지는 그 옷들을 모두 다림질했다. 내가 어디 나가는 일도 없는데도 말이다.

나는 아버지에게 진심으로 고마워했고 이제는 우리 사이도 많이 좋아졌다고 느꼈다. 여러모로 말이다. 하지만 이럴 때, 옛 기억을 되살리는 자그마한 힌트가 될 만한 일들이 있을 때면 나는 곧바로 열네 살로 돌아간 것처럼 겁에 질렸다. 지금, 대변보기를 포기하고 바지를 추켜올리는 이 순간처럼 말이다. 나는 휴대폰의 액정에 자잘한 땀방울이 묻어 있는 것을 보았다.

나는 엘리베이터 앞에 서서 축축해진 손바닥을 바지에 문질러 닦았다. 다행히 엘리베이터는 비어 있었다. 내려가는 동안 멈추어서 다른 사람들을 태우지도 않았다. 오늘은 운이 좋았다. 아파트 엘리베이터에 다른 사람과 동승하게 되는 것은 내가 세상에서 가장 싫어하는 일이었다. 요즘은 사람들이 많이 너그러워져서, 드러내놓고 나를 비웃거나 수군거리지는 않는 편이다. 하지만 사람들이 아무 말도 하지 않고 굳어진 얼굴로 엘리베이터의 차가운 금속 벽에 코를 처박고 있다고 해서 내가 상처를 받지 않는 건 아니다. 나는 사람들이 이래도 저래도, 심지어 아무것도 하지 않아도 상처를 받는다.

어둡고 짧은 복도 끝부분에서 아파트 현관이 네모난 빛을 발하고 있었다. 나는 꿈을 꾸듯이 어기적거리며 네모난 빛을 향해 걸었다. 이마에 땀방울이 송송 솟아올랐다. 나는 현관문을 밀고 빛 속으로 나아갔다. 오랜만에 얼굴로 직사광선이 쏟아졌다. 올해는 추위가 이른 편이었다. 벌써 공기는 차갑고 햇빛은 강렬했다. 눈썹 끝까지 찌릿했다.

아버지는 보도블럭에 담뱃불을 비벼 껐다. 누나가 소리쳐 아이들을 불렀다. 막대기로 잔디밭을 쑤시고 있던 아이들이 힘차게 달려왔다. 내가 저렇게 힘차게 달려본 적이 있었던가? 아니 없었다. 나는 어린 시절부터 다리가 약했다. 체육시간에 내 딴에는 힘껏 달린다고 애를 써도 누구나 나를 획획 지나쳐 갔다. 이제는 걷는 것도 힘에 겨웠다. 쌍둥이는 시커먼 콜밴 속으로 쏙쏙 사라졌다. 다람쥐처럼 날렵한 아이들이었다. 아버지는 콜밴으로 다가가서 조카들의 무릎에 붙은 지푸라기들을 떼어냈다. 나는 혼자 늦게 나온 것이 무안해서 누나에게 말을 걸었다.

"참, 아버지가 저렇게 좋은 할아버지가 되실 줄은 꿈에도 몰랐거든."

그러나 내가 기대했던 동의의 대답은 누나의 입에서 나오지 않았다. 누나는 눈이 부시다고 투덜거리면서 건성으로 고개를 끄덕였을 뿐이었다.

"하긴, 아버지는 누나한테는 늘 자상하셨구나. 나한테만 무서우셨지."

"니가 아들이니까 그렇지. 아빠들은 원래 그런 거야. 아들들한테는 군대식으로, 딸들한테는 자상하게."

누나가 대수롭지 않다는 듯이 말했다. 누나는 선글라스를 끼었다 벗었다 하다가 결국 머리칼 사이에 슥 꽂아두었다. 누나는 쌍둥이를 낳고서도 군살 없이 날씬한 몸매였다. 웬만한 남자보다 큰 후리후리한 키에 술

많은 생머리다 보니 그저 흰 티셔츠에 청바지만 입어도 때깔이 좋았다. 얼굴은 아버지를 닮아서 입이 크고 피부가 검었지만, 요즘 세상에 미모는 그리 대단한 것이 아니다. 스타일이 중요한 것이다. 누나는 아버지의 강인한 체질을 그대로 이어받았다. 큰 키, 날씬한 몸매. 가장 부러운 것은 축복받은 무신경.

나는 넓게 열린 콜밴의 문 앞에 섰다. 콜밴에 올라탈 일이 아득했다. 울고 싶은 마음을 감추고 나는 무릎에 온 힘을 모았다. 무릎 관절과 허벅지 근육이 한꺼번에 비명을 질렀다. 제발, 제발.

누군가가 내 엉덩이를 힘차게 밀었다. 뒤돌아볼 겨를은 없었지만 아마도 아버지가 밀어주는 것 같았다. 힘찬 팔뚝의 도움으로 백사십 킬로그램의 몸뚱이는 힘겹게 중력을 이겨냈다.

"아버지, 고마워요."

내 무거운 몸뚱이가 안정 고도에 진입했을 때 나는 안도감을 가득 담아서 말했다.

"뭘?"

아버지가 생뚱맞게 말했다. 그러고 보니 아버지는 어느새 앞자리에 편안하게 앉아 있었다. 나는 힘겹게 고개를 돌려보았다. 콜밴 운전사 아저씨가 내 엉덩이 뒤에서 이마의 땀을 닦고 있었다.

콜밴은 겉보기에는 코끼리도 싣고 갈 수 있을 것처럼 커다랬지만 나처럼 커다란 단 한 명을 실을 만큼 시원스럽게 넓은 공간은 없었다. 그나마 넓게 앉을 만한 앞자리는 조카들이 벌써 차지하고 있었다. 얼른 앉지 뭐 하냐고 채근하는 눈빛으로 세 여자는 나를 말똥말똥 쳐다보고 있었다. 목덜미에서는 주먹만큼 굵은 땀방울이 끊임없이 쏟아졌다. 나는 울고 싶어졌다.

"앰뷸런스를 부를 걸 그랬어. 콜밴도 나한테는 작은걸."

앞자리에 앉아 있던 아버지가 뒤쪽을 넘겨다보더니 누나에게 말했다.

"진영아, 애들 데리고 뒤로 가서 앉아라. 앞자리에 진환이 혼자 앉게."

누나는 표정 없이 조카들에게 뒷자리로 가라고 명령했다. 뒷자리에 가기 싫다고, 조카들의 원망이 당연한 후렴처럼 이어졌다.

"많이 좁으냐? 그럼 재은이는 할아버지랑 앞에 앉을래?"

아버지가 쓸데없는 말을 했고 재은이는 할아버지 무릎에 앉겠다고 당연히 떼를 썼다. 누나가 재은이의 등짝을 한 대 때린 다음에는 모두 조용해졌다.

누나와 조카들이 앞자리를 양보해주어서 그럭저럭 앉을 수는 있었지만 아무래도 좁고 불편했다. 나는 오른쪽으로 사십오도쯤 몸을 비틀어서 비스듬히 앉을 수밖에 없었다. 에어컨이 켜져 있는데도 계속 목덜미에 땀이 흘러내렸다. 뒷자리에서 은서가 속삭이는 소리가 들렸다.

"엄마, 추워."

부스럭부스럭 소리가 나는 걸 보니까 누나가 웃옷을 벗어서 쌍둥이에게 덮어주는 모양이었다.

"에어컨 끄면 좋겠는데. 삼촌 때문에 안 돼?"

재은이의 목소리였다. 나는 뒤를 향해 말했다.

"얘들아 추워? 에어컨 꺼줄까?"

재은이가 입을 삐죽거렸다.

"삼촌 때문에 우리는 이렇게 불편한 자리에 앉고! 삼촌은 혼자 넓은 자리에 앉아서 가고!"

나는 한숨을 쉬었다. 사랑하는 조카들은 모두 아버지와 누나를 닮아서 키가 크고 뼈대가 굵었다. 나처럼 쉽게 살이 찌지는 않을 것 같았다.

"옛날엔 삼촌도 안 뚱뚱했어."

나는 조그만 소리로 변명했다.

"거짓말! 옛날에도 뚱뚱했으면서! 다 알아!"

"아니야, 너희가 태어나기 전의 일을 몰라서 그래. 삼촌 옛날엔 날씬했어. 한약을 잘못 먹어서 그래. 한약 먹기 전에는 괜찮았다니까. 약 잘못 먹어서 살이 쪄버린 거야."

은서가 조그만 소리로 제 엄마에게 "정말이야?"라고 물었다. 나는 누나가 증인이 되어주기를 기대했다. 어릴 때, 내가 살이 찌기 전에, 내가 얼마나 날씬하고 예뻤었는지 누나는 분명히 기억하고 있을 테니까 말이다. 하지만 누나는 아무 말도 하지 않았다. 마치 내가 엄마 뱃속에서 태어나자마자 백사십 킬로그램이었다는 것처럼. 조카들은 내 말을 믿지 않기로 결심한 것 같았다. 나는 억울했다.

"정말이야. 삼촌이 중학생 될 때까지는 날씬했어. 밥도 잘 안 먹고 마르고 비실비실했대. 근데 그때 할머니가 보약을 지어주셨거든? 근데 그 약이 뭔가 잘못되었나봐. 그 약을 먹고 나니까 이상하게 살이 찌는 거야. 먹어도 먹어도 배가 고프기만 했어. 밥을 많이 먹으면 키가 크거나 건강해지는 줄 알았지. 근데 완전히 돌팔이 의사가 약을 지었나봐. 키는 안 자라고 살만 쪘어. 삼촌이 백십 킬로그램을 넘길 때쯤에 그 의사한테 따지려고 찾아갔거든? 그런데 그 의사가 죽었다는 거야. 젠장. 완전 돌팔이한테 잘못 걸렸어."

나는 조카들에게 열띤 변명을 늘어놓았다. 그러나 조카들은 별로 관심이 없는 것 같았다. 은서가 작은 목소리로 "엄마, 삼촌 거짓말하는 거지?" 하고 묻는 소리가 들렸다. 누나는 역시 대답하지 않았다. 나는 슬퍼졌다.

"은서야 거짓말 아니야. 삼촌 거짓말 안 해. 정말로 할머니가 지어준 한약 때문이었다니까."

그러자 재은이가 따지는 것처럼 공격적으로 물었다.

"그럼 왜 우리 엄마는 날씬한데? 왜 삼촌만 살이 찌고 엄마는 날씬해?"

나는 재은이의 질문에 대답하지 않았다. 조카들은 나의 침묵을 굴복의 뜻으로 받아들이고 의기양양해졌다. 물론 나의 침묵은 굴복이 아니었다. 그것은 배려였다. 누나의 침묵이 냉정 혹은 무관심인 것과는 정반대로 말이다.

내가 누나였다면. 나는 한숨을 쉬면서 혼자 생각했다. 내가 누나였다면 불쌍한 동생을 위해서 최소한의 옹호는 해주었을 것이다. 내가 이렇게 거대한 비만인이 된 것이 내 책임만은 아니라는 것을, 거기엔 인간의 힘으로 피할 수 없었던 불운이 개입되어 있었다는 것을 조카들에게 설명해주었을 것이다. 누나의 침묵은 언제나 나를 미치게 만들었다. 나는 구차하게 스스로를 변명하는 일에 넌더리가 나 있었다.

하지만 나는 누나와 다르게 섬세한 사람이며 타인을 배려할 줄 아는 사람이었다. 온통 쓸데없는 기름덩어리를 뒤집어쓰고 있어서 돼지 같아 보이기는 하지만 말이다. 그러므로 나를 위한 변론이 누나의 해묵은 상처를 건드릴 수 있다면, 나는 쓰린 가슴을 안고 나를 위한 변호의 말을 억누르고 만다. 사랑하는 조카들아, 너희 할머니는 말이야, 너희 엄마가 알지 못하게 조심하면서 삼촌만 따로 부엌으로 불러내서 보약을 먹이셨단다, 그 덕에 삼촌만 이렇게 돼지가 되고 말았지만 말이야. 알겠니? 그러니까 삼촌이 살이 찌고 만 것은 보약 때문이지 삼촌 잘못이 아니었어.

그렇게 꿀꺽 말을 삼키면서도, 나는 집요하게 나를 따라다니는 각종 불운에 대해 짜증이 나고 만다. 어떤 돌팔이가 처방한 보약을 먹고 돼지가 되어버린 것은 두말할 것도 없이 불운이다. 남보다 섬세하고 예민한 감정을 가지고 살아가는 것도 상당히 강력한 불운의 한 가지라고 할 수 있을 것이다. 아버지도 모르게 나에게만 보약을 먹이시던 사랑하는 어머니가 십오 년째 요양원에 있는 것도 따지고 보면 불운이다. 어머니가 아프지만 않았어도, 어머니는 내가 이렇게 되도록 내버려두지 않았을 것이다.

콜밴이 터널 안으로 진입했다. 창문에 내 얼굴이 비쳤다. 그렇게 뚱뚱이가 되었는데도, 신기하게 얼굴만은 아직도 작고 예뻤다. 나는 땀을 닦는 척하며 눈가를 쓱 훑었다.

"우리 할머니 아직도 기분이 안 좋으시네. 할머니, 웃으세요. 가족들이 오잖아요. 웃고 계셔야지 화난 얼굴로 계시면 어떡해요."

김 집사는 계속 웃으라고 성화였다. 하지만 나는 얼굴을 펴지 않았다. 짧게 자른 머리가 영 마음에 들지 않았다. 병원에서는 관리하기 쉽게 하려고 환자들의 머리를 몽땅 짧게 처버린다. 너무 짧게 하지 말라고 몇 번이나 잔소리를 했는데도 결국 미용사는 말을 듣지 않았다.

"할머니, 따님이 미국에 가신대매. 이번에 보면 한참 못 볼 텐데 웃고 계셔야지. 엄마가 화난 얼굴로 계시면 따님이 속상하잖아."

김 집사는 내가 제일 좋아하는 자원봉사자였다. 목소리가 종달새처럼 또랑또랑했다. 얼굴도 젊어 보이는 편이었지만 목소리만 들어서는 이십 대 초반이라고 해도 믿을 법했다. 이곳에 있다 보면 사람의 목소리가 제일 그리워지는 법이다. 늙고 지친 우리 병자들의 웅얼거리는 불평이 아니라, 무성의하고 짧은 의사의 질문이 아니라, 유쾌하게 수다를 떠는 생기 있는 목소리가 그리워진다. 김 집사의 목소리가 딱 그랬다. 종소리처럼 여운이 오래 남는 맑은 목소리였다. 노래를 해보라고 하면 사양하지도 않고 찔레꽃을 불렀다. 절반 넘게 반말로 지껄여대는 데도 기분 나쁘지 않았다. 나뿐만 아니라 환자들 누구나 김 집사를 좋아했다.

"저 혼자 미국에 가면 그만이지. 왜 성가시게 구는지 모르겠어."

"할머니, 성가셔? 딸이 오는 게 성가셔?"

"아이구 성가셔. 미국 가서 안 보면 딱 좋아."

"할머니 미국에 가고 싶어서 그래요? 딸이 할머니 안 데려가서 섭섭해서 그래?"

"아이구, 저나 가라고 그래. 내가 왜 저를 따라서 미국엘 가."

김 집사가 핸드백에서 뭘 꺼내서 손바닥에 비비더니 내 머리칼에 뭘막 문질러댔다.

"이게 뭐여? 이게 뭐 하는 거여?"

"할머니 예뻐지시라고. 이것 봐 할머니. 내가 할머니 왁스 발라드렸어. 머리가 탱글탱글 섰지? 이게 요새 멋 내는 거야 할머니. 아이구 우리 할머니 인물이 고와서 금방 이뻐지시네. 맘에 드셔? 이러니까 머리 예쁘지? 그지?"

아니나 다를까 김 집사의 손바닥이 지나간 자리마다 머리칼에 곱슬하게 웨이브가 생기면서 붕긋붕긋 일어섰다. 아까 그 밤송이같이 부스스한 머리보다는 훨씬 나아 보였다.

"아이구 우리 할머니 이제야 웃으시네. 아이고 우리 할머니 예쁘기도 하지. 여기 봐요! 우리 할머니 예쁘지? 시집가도 되겠지?"

김 집사가 손뼉을 쳐대고 까불어대니까 주변의 늙은이들도 웃었다. 노망난 것들도 예쁜 줄은 안다. 거울에 비치는 흐릿한 얼굴도 어렴풋이 웃고 있었다.

"영감님이 오시면 깜짝 놀라시겠어! 우리 할머니 바람난 줄 알고 깜짝 놀라시겠어!"

"바람은 지가 폈지. 내가 무슨 바람을 펴."

나는 갑자기 역정이 났다. 못된 놈의 영감탱이. 아주 바람이라면 지긋지긋하다. 요새 며칠 안 보인다 싶더니 그새 바람이 났던 게였나.

"아이구, 영감님 나빴다. 마나님이 이렇게 이쁜데 바람을 피셨어! 나쁘기도 하지. 근데 할머니, 요새는 영감님 바람 안 피우신대. 병원에서 매일매일 전화해서 확인해봤더니 할아버지 얌전하게 집에 잘 계신대. 할머니 화내지 마세요. 지금 아들이랑 딸이랑 손녀들이랑 데리고 병원에 오셨대. 그러니까 우리 할머니 머리 예쁘게 다듬고 기분 좋게 만나셔야지. 그지? 우리 할머니 보러 손녀랑 아들딸들 오신다네. 우리 할머니 복도 많지."

진환이. 갑자기 퍼뜩 정신이 돌아왔다. 나는 화들짝 놀라며 정색했다.

"그럼 우리 진환이는 어떡해? 진영이가 미국 가면 우리 진환이는 어떻게 하는 거야? 진영이가 미국에 데려가나?"

김 집사가 난처한 표정을 지었다.

"글쎄요, 나중에 따님이 미국에 자리를 잡으면 아들도 데려갈지도 모르지요. 할머니 휠체어에 타세요. 접견실에 모셔다드리게요."

김 집사는 노인들이 제정신이 돌아왔다 싶으면 재빨리 존댓말을 쓴다. 약은 여편네다.

"아유 그애는 도대체 말을 안 들어서. 어릴 때부터 지 애비 닮아서 어찌나 고집이 센지. 진환이를 미국에 데려가야지. 지 동생을 데려가서 공부를 시켜야 할 거 아녀. 누나가 도대체 동생을 챙길 줄을 몰라. 지 동생이 몸이 약한데도 챙길 줄을 몰라. 우리 큰애는 아주 별로여. 성격이 억세고 자기만 알았지, 남을 챙길 줄을 몰라. 지 애비랑 똑같아. 진환이가 공부를 아주 잘해. 걔가 인물도 좋지 공부도 잘하지. 맘씨도 생긴 것마냥 곱상해. 사내 아이가 억세지 않고 고와."

어느새 휠체어는 병실 문을 나섰다.

"나 변소. 나 변소 가야 해."

나는 갑작스레 불안해졌다.

"할머니, 화장실 좀 전에 다녀오셨어요. 방금 다녀오셨으니까 안 가셔도 돼요."

내가 언제 화장실에 다녀왔다는 걸까? 기억나지 않았다. 가족들을 만나기 전에 반드시 볼일을 보아야 했다. 그러지 않으면 흉측한 꼴을 보일수도 있으니까 말이다. 자식들 앞에서 그런 일만은 저지르고 싶지 않았다. 하지만 이미 휠체어는 긴 복도를 따라 굴러가고 있다.

나는 갑작스럽게 밀어닥친 조바심에 가슴이 터질 것 같았다. 진환이가 대입고사는 잘 보았을까? 내가 아파서 병원에 있는 바람에 도무지 애를 챙기지 못했다. 수험생은 잘 먹이고 잘 보살피는 게 중요한데. 하필이면 진환이가 고3일 때 내가 아픈 바람에. 진환이가 시험은 잘 보았는지 모르겠다. 지금쯤은 합격 발표가 났을 텐데.

나는 김 집사에게 진환이가 대학에 붙었냐고 물어보려고 고개를 돌렸다. 그런데 휠체어를 밀고 있는 것은 뚱뚱한 남자 조무사였다. 익숙한 얼굴이었다. 김 집사는 어디로 간 거지? 나는 잠시 어리둥절했다.

갑자기 복도가 끝났다. 접견실 소파에 앉아 있던 가족들이 한꺼번에 일어섰다. 나는 그들을 보면서 움찔했다. 남편과 딸은 너무 키가 커서 언제나 위압적으로 느껴진다. 그리고 진환이는…… 살이 많이 쪘다.

진환이를 보자 눈물부터 차올랐다. 진환이는 말끔한 옷을 입고 있었다. 남편이 깔끔하게 보살피는 것 같았다. 하지만 너무 뚱뚱했다. 몸에 좋은 음식을 먹어야 할 텐데. 운동을 해야 할 텐데. 살이 찌고 난 다음부터 진환이는 언제나 죄인 같은 표정이었다. 그 아이는 모든 사람의 눈길을 피했다.

손녀딸들이 쭈뼛쭈뼛 다가왔다.

"할머니, 안녕하세요."

다행히도 머리가 맑았다. 나는 손녀들이 또렷이 기억났다.

"그래, 은서랑 은재 왔구나."

남편이 뒤에서 참견했다.

"은재가 뭐야, 재은이지. 재은이랑 은서."

맞다. 둘은 쌍둥이다. 신기하게도 손녀들은 아들과 딸을 하나씩 닮았다. 은서는 진환이를 빼닮아서 예쁘고 순하다. 나는 홀린 듯이 은서에게 손을 내밀었다. 부드럽고 말랑말랑한 손이었다. 쌍꺼풀은 얇고 아른아른했다. 은서가 배시시 웃었다. 다른 하나는 제 할아버지에게 착 달라붙어 있었다. 한배에서 나온 쌍둥이인데도 신기하게 전혀 다르다. 내 손녀들.

"엄마가 오늘은 컨디션이 아주 좋으시네. 손녀들도 다 알아보시고."

"니 에미를 아주 어린애 취급을 하는구나."

나는 뽀로통하게 대답했다. 아니 사실은 그러지 못했다. 심술을 부리고 싶었는데 잘되지 않았다. 자꾸만 입꼬리가 헤벌어졌다. 내 가족들이 나를 찾아와서 나를 둘러싸고 있는 것이 꿈만 같았다. 그리고 은서에게서 눈을 뗄 수 없었다. 나는 황홀했다.

"아가, 몇 살?"

"여섯 살이요."

"아이고 예쁘지. 아이고 예쁘지."

갑자기 왈칵 눈물이 났다. 이렇게 예쁘고 사랑스러운 손녀가 왔는데 아무것도 해줄 것이 없었다. 몸과 정신이 성하지 않은 것이 이렇게 서러울 때가 없었다. 하다못해 걸어 다닐 수만 있어도 맛있는 음식이라도 만들어주련만.

"할머니가…… 돈 주랴?"

아이는 수줍게 고개를 저었다.

"아이고 예뻐라. 아이고 예뻐라. 내 새끼."

나는 아이를 꼬옥 끌어안았다. 말랑말랑한 몸이 품안 가득 들어왔다. 아이의 머릿결에서는 새콤한 땀 냄새가 풍겼다. 아주 오랫동안 잊고 있던 향기였다. 정신이 아뜩했다.

정신없이 호주머니를 뒤졌더니 웬 사탕이 한 알 나왔다. 언제 어디서 생긴 것인지 기억나지 않았지만 그거라도 우선 반가웠다.

"이거 먹어라. 이따가 할머니가 돈 줄게. 아가 사탕 먹어라."

아이가 배시시 웃으며 두 손으로 사탕을 받아 들었다. 나는 아이의 흰 손을 마지막으로 한번 보듬고 아이를 보내주었다.

은서가 나에게서 한 발짝 멀어지기도 전에, 나는 뒤편에서 볼이 잔뜩 부어 있던 또 다른 얼굴을 보았다. 그 얼굴이 누군가를 닮아 보였는데, 그게 누구였는지 알아차릴 틈도 없이 아이는 은서의 손에서 사탕을 낚아채서 달려 나갔다. 사람이라기보다는 살쾡이나 물수리 같았다. 눈 깜짝할 사이였다. 은서가 울음을 터뜨렸지만 이미 사탕은 빼앗긴 뒤였다.

"아니 저런. 아니 저런."

나는 화가 났다. 너무 화가 나서 말도 나오지 않을 지경이었다.

"재은아, 재은아, 이리 와라! 할아버지랑 과자 사러 가자. 매점에서 맛있는 거 사줄게."

영감이 달아나는 아이를 따라서 복도로 뒤따라갔다. 은서는 제 어미의 무릎에 고개를 파묻고 서럽게 울고 있었다.

"재은이 미워! 재은이 미워! 맨날 저래! 재은이 정말 미워!"

제 어미는 아이를 토닥거리면서 무어라고 달래는 소리를 했는데, 그 모습도 살갑지 않고 엉성해 보였다.

"원, 제대로 혼을 내주어라! 저게 뭐냐? 아이가 왜 저 모양이냐?"

진영이는 제대로 대답하지 않았다. 그저 만사 귀찮다는 듯이 무표정했다. 늘 그런 식이었다. 나는 가슴이 터질 것처럼 화가 났다. 뱃속에서 뜨거운 거품이 솟구치는 느낌이었다.

"너 어릴 때 하던 짓을 그대로 하는구나. 애가 심술맞고 사납다. 은서가 불쌍하다. 은서도 재한테 평생 시달릴 게 아니냐."

진영이의 이마에 발끈한 빛이 비쳤다. 하지만 여전히 입을 열지 않았다. 나는 더 화가 났다. 내가 늙고 병들기 이전부터, 아니 내가 기운이 펄펄한 새댁이고 저는 고작 아기이던 시절부터, 진영이는 나와 대립했다. 제 고집을 내세우고 내 말을 듣지 않았다. 남들은 나이가 들면 딸과 친구가 된다는데, 우리는 그리 되지 못했다. 우리는 한평생 가까운 사이가 되지 못했고, 이제 미국행을 앞두고서도 가까워지기는 틀린 것 같았다.

미국.

갑자기 나는 가슴이 철렁했다. 그새 잊고 있었다. 딸네 가족이 미국에 간다는 것을. 이 망할 놈의 기억력. 오늘은 마지막 인사를 하는 자리였다. 오늘 보내고 나면 언제 다시 보게 될지 기약이 없는 딸과 손녀들이었다. 오늘은 화를 내고 미워하면 안 되는 날이었다. 나는 헛기침을 해서 목을 가다듬었다.

"미국 가는 준비는 다 했어?"

진영이가 그제서야 고개를 들었다. 약간 놀란 것 같은 얼굴이었다. 얼굴에 희미한 미소가 감돌았다.

"우리 엄마 오늘은 정신이 아주 맑으시네."

목소리도 아주 부드러웠다. 내가 좋아하는 얼굴, 좋아하는 목소리였다. 진영이가 이런 표정, 이런 목소리를 보여주는 것은 아주 드문 일이었다.

"할 일이 많지?"

"바쁘긴 한데, 그래도 잘되어가는 편이야."

진영이가 웃으니까 입가에 잔주름이 보였다. 나는 황급히 진환이를 쳐다보았다. 진환이에게는 아직 잔주름 따위는 없었다. 주름은커녕 살이 너무 쪄서 피부가 모자라 보였다. 그래도 얼굴만은 여전히 작고 예뻤다.

"엄마가 몸이 아파서 하나도 도와주지도 못하고. 너희들한테 참 미안하다."

나는 금세 목이 메었다. 딸이 결혼할 때도, 쌍둥이를 낳을 때도 나는 병원에 있었다. 결혼식장에도 가보지 못했다. 자식들의 혼수를 장만하고 산바라지를 해주는 행복은 내 몫이 아니었다.

"아빠한테 돈 좀 달라고 해. 니 아빠 돈 많아. 내가 맡겨놓은 통장도 가지고 있어. 미국 가면 돈 쓸 일 많을 테니까 아빠한테 돈 달라고 해."

진영이는 깜짝 놀란 얼굴이었다.

"우리가 왜 아빠한테 돈을 받아. 괜찮아요. 엄마아빠도 돈 쓰실 일 많은데 왜 우리한테 돈을 줘. 가서 처음에만 좀 고생하면 괜찮을 거예요. 엄마, 걱정해주셔서서 정말 고마워요."

진영이는 빠른 어조로 나의 너그러운 제안을 거절했다. 하지만 기분 나쁜 얼굴은 아니었다. 지치고 늙어 보이던 얼굴에 꽃이 피어나듯이 활기가 감돌았다. 진영이가 미국으로 떠난다는 사실이 갑작스럽게 피부에 와 닿았다.

"아이고, 어쩌면 좋니. 너까지 가버리면 어쩌면 좋니."

나는 두 손으로 얼굴을 감싸 쥐었다. 심장이 죄어드는 느낌이었다. 갑자기 눈물이 차올랐다.

"엄마 뭘 그래. 다신 못 보는 것도 아닌데."

진영이가 잠긴 목소리로 어색하게 말했다. 눈가가 붉어져 있었다. 나는 어린애처럼 울음을 터뜨리고 말았다. 이럴 때 정말 싫지만, 나는 이제 내 몸도 마음도 뜻대로 조절하지 못했다. 울음도 분노도 대소변도, 각각 살아 있는 생명체처럼 내 뜻과 관계없이 제멋대로 폭발했다. 내 뜻을 존중해주는 것은 세상에 아무것도 없었다. 내가 알아차리기도 전에 이미 울고 소리 지르고 똥오줌을 싸고 있는 게 바로 요즈음의 나였다.

나는 꽤 오랫동안 울었던 것 같다. 정신을 차리고 보니 나는 진영이의 두 팔에 안겨 있었다. 나는 놀라고 부끄러웠다. 늙고 병들어서 자식의 팔에 안겨 있는 느낌은, 글쎄, 그리 행복한 것은 아니다. 나는 얼른 울음을 그쳤다. 누군가가 내 얼굴에서 눈물과 콧물을 닦아주었다. 나는 목소리를 가다듬고 엄마로서의 위엄을 되찾으려고 노력했다.

"얘, 진영아, 진환이도 데려가라. 진환이 혼자 여기 남으면 어쩌니. 진환이 좀 데리고 가. 응? 미국에서 애 공부도 더 시키고 장가도 보내라. 응?"

진영이는 깜짝 놀란 얼굴이었다. 진영이는 나를 감싸고 있던 두 팔을 풀고 다른 의자로 옮겨 앉았다. 대답을 기다렸지만 아무 말도 하지 않았다.

"너만 훌쩍 미국으로 가버리면 진환이는 어떻게 하니? 여기 혼자 남아서, 저렇게 불쌍하게 집 안에서 꼼짝도 안 하고 계속 있으란 말이여? 하나뿐인 동생인데 불쌍하지도 않니? 진환이 좀 데리고 가. 응? 미국에 가면 진환이한테도 좋을 거여."

"안 그래도 마음이 복잡한 애한테 당신 왜 그래. 지금 진영이도 제 코가 석 자야."

어느새 남편이 내 곁에 서 있었다. 나는 남편에게 버럭 화를 냈다.

"당신은 왜 그렇게 무심해! 진영이가 진환이도 데려가면 얼마나 좋아! 미국에 가서 운동도 하고 공부도 하고 그러면 좋잖여!"

"진환이가 한국에선 운동을 못 하나? 공부를 못 하나? 꼭 미국에서 해야 하나? 제 누이도 처음엔 힘들 텐데. 박 서방 생각도 해야 하고."

남편은 늘 이런 식이었다. 진환이에게는 언제나 무정하고 야박했다.

진영이도 마찬가지였다. 어릴 때부터 늘 이기적이고 제 동생에게는 아무 관심도 없었다.

"진환아, 똑바로 말해보아라. 너 누나 따라서 미국에 가고 싶지? 미국에 가서 공부 더 하고 싶지?"

진환이가 수줍은 미소를 지었다. 조그맣고 예쁘장한 얼굴이었다.

"미국엔 워낙 슈퍼 뚱뚱이들이 많다고 하잖아. 거기 가면 나도 뭐 그냥 평범한 사람일 뿐이겠지."

"그것 봐라. 진환이도 가고 싶어 하잖니. 좀 데리고 가라."

하지만 진영이는 어느새 쌀쌀하고 무심한 평소의 표정으로 돌아가 있었다. 나는 약이 올랐다.

"아, 진환이도 같이 데리고 가라니까!"

"아니 오늘 이 사람이 왜 이렇게 고집을 부려! 아무나 미국에 가나? 비자가 있어야 가지!"

"요즘은 비자 없어도 돼요."

진환이가 조그만 소리로 말했다.

"전자여권만 있으면 되거든요. 그건 아주 쉬워요."

"저놈이 정말로 제 누나를 귀찮게 할 모양이네. 이놈아, 요즘 다들 애들 교육 때문에 미국 미국 하는 거지. 장가도 못 간 놈이 뭣 하러 돈 아깝게 미국까지 가냐? 한국에 뭐가 모자라서? 요새는 미국보다 한국이 훨씬 더 좋다."

남편이 버럭 언성을 높였다. 나는 또 화가 났다.

"이 영감이 치사하게 돈을 가지고 이래! 그까짓 돈 때문이라면 나도 돈 있다! 진환아, 엄마가 돈 줄게. 미국에 가서 네가 하고 싶은 것 다 해

라. 남매지간에 서로 그 정도도 못 돌보아준단 말이여!"

하지만 진영이는 다시 쌀쌀맞은 얼음 가면을 쓴 얼굴로 돌아가 있었다. 몸과 마음이, 똥오줌이 내 말을 안 듣기 훨씬 이전부터, 자식들은 내 말을 듣지 않았다. 나는 세상의 모든 것들에게서 존중받지 못하는 것과 마찬가지로 자식에게서 존중받지 못했다. 수없이 당해온 일인데도 당할 때마다 새롭게 놀랍고 분통터질 뿐이었다.

"아앙, 재은이가 나한테는 초콜릿 안 줘!"

은서가 또다시 울음을 터뜨렸다.

"한 개 줬잖아? 이건 할아버지가 나한테 사주신 거야! 나머지는 다 내 거야!"

재은이가 혀를 날름 내밀었다.

"재은아, 나눠 먹어야지. 이따가 할아버지가 또 사줄게. 착하지, 은서하고 나눠 먹어라, 응?"

영감이 재은이한테 말할 때는 콧소리를 어찌나 심하게 내는지 꼭 혀 짧은 고자 등신 같아 보였다. 재은이는 어림없다는 듯이 다시 혀를 내밀어 보였는데, 그때 진영이가 벌떡 일어나서 재은이의 손에서 초콜릿을 빼앗았다. 어찌나 번개같이 빠른지 그 손이 보이지도 않을 지경이었다.

"초콜릿은 압수야. 너희들 둘 다 오늘 하루 종일 간식은 없어."

정나미라고는 찾아볼 수 없이 차갑고 매정한 목소리였다. 쌍둥이는 저마다 억울하다고 찢어질 것처럼 울기 시작했다.

"누가 진짜로 간대? 그냥 해본 소리지. 누나는 참."

진환이가 눈을 내리깔고 웅얼거렸다. 그 아이가 산처럼 커다란 어깨를 얼마나 필사적으로 움츠리고 있는지, 나에게는 한눈에 보였다. 나의 몸이 또다시 나의 존재를 비웃기 시작했다.

"아이고 시끄러워라. 이년들아. 다 필요 없다. 당장 가라. 아이고 시끄러워라. 저렇게 사나운 년들을 누가 데리고 오랬냐. 꼴도 보기 싫으니 다시는 오지 마라. 에이 못된 년, 에미를 우습게 알고. 에이 저만 아는 년. 독하고 사나운 년. 에잇 망할 년."

또다시, 모든 것은 내 뜻과 상관없이 움직이기 시작했다. 입으로는 욕설을 퍼부으면서, 왜 눈에서는 눈물이 쏟아지는지 알 수 없는 일이었다. 나는 식구들 앞에서 대소변을 지릴까봐 겁이 났다. 그것만은 한사코 피하고 싶은 일이었다.

"나 갈래. 내 방이 어디여. 내 방에 갈래."

나는 허둥지둥 일어섰다. 어디로 가야 할지 몰라서 우왕좌왕했다. 식구들이 나를 만류했지만 나는 한사코 손을 내저었다. 몹쓸 일이 임박한 것 같았다. 시간을 지체할 수 없었다.

익숙한 부드러운 손길이 나를 붙잡아 휠체어에 앉혔다. 간호조무사였다. 휠체어가 움직이기 시작했다.

"엄마 어떡해, 엄마 어떡해."

진영이가 내 손을 꼭 쥐었다. 진영이는 펑펑 울고 있었다. 나는 숨이 막혔다.

"잘살어. 잘살어. 엄마 간다. 잘살어."

나는 가까스로 이렇게 말했다. 그것 말고는 아무것도 생각나지 않았다. 몹쓸 기억력. 중요한 일들이 무척이나 많았는데도, 나는 아무 말도 하지 못했다. 진영이는 내 휠체어에 매달려서 목 놓아 울었다.

다행히도 뚱뚱한 남자 조무사는 자기가 해야 할 일을 잘 알고 있었다.

그는 서둘지 않고, 그러나 지체하지도 않고 진영이를 휠체어에서 떼어냈다. 딸은 제 아빠의 어깨에 고개를 파묻고 통곡했다. 장승 같은 남편이 일그러진 얼굴로 어서 가라고 손짓했다.

어느새 휠체어는 다시 복도를 따라 움직이고 있었다. 나는 안도했다. 아들과 손녀들, 마지막 눈 맞춤도 못하고 헤어지고 말았다. 하지만 그걸 아쉬워할 일은 아니었다. 어느새 엉덩이 밑으로 뜨뜻한 기운이 감돌았다. 어깨로 찬 기운이 스쳐서 나는 진저리를 쳤다.

"할머니, 걱정 마셔, 깨끗이 닦아드릴게. 일어나셔. 아이 우리 할머니 예쁘기도 하지."

어느새 병동으로 돌아온 것일까? 귓가에서 김 집사가 종달새같이 지저귀고 있었다. 나는 감은 눈을 뜨지 않았다. 눈을 뜨면 눈 안에 남은 식구들의 영상이 연기처럼 사라질 것 같았다.

"할머니 주무셔? 일어나셔야지? 그래야 닦아드리지? 할머니 착하지?"

나는 마지못해 눈을 떴다.

"이년이 사람을 산송장 취급을 해."

병동의 노인들이 누구나 좋아하는 김 집사의 종달새 같은 웃음소리가 울려 퍼졌다. 김 집사는 내 손을 잡고 내가 일어서는 것을 도왔다. 나는 천천히 샤워실로 걸어갔다. 가랑이 사이로 냄새나는 물이 줄줄 흘렀다. 하지만 나는 개의치 않았다. 팔다리가 성한 젊은 것들이 알아서 뒤처리할 일이다. 나처럼 늙고 병든 노인은 그런 일들에 대해서 책임을 지지 않아도 된다.

"우리 할머니 기분 좋으시네."

김 집사가 유쾌하게 종알거렸다. 너도 늙어서 남들 앞에서 오줌 싸봐라. 기분이 얼마나 좋은지. 하지만 입 밖으로 그런 말을 하지는 않았다. 그녀의 목소리가 그냥 듣기 좋았기 때문이다. 김 집사가 더운 물을 켜고 샤워기를 당겨서 내 아랫도리를 씻겼다. 딱 알맞은 온도였다.

"할머니 왜 말을 안 해? 무슨 이야기 좀 해봐? 응?"

김 집사가 보송보송한 수건으로 내 가랑이의 물기를 닦고 속옷을 입혔다. 나는 김 집사의 손을 따라 얌전히 욕실을 나섰다.

"우리 할머니 왜 말씀을 안 하실까. 할머니, 이야기 좀 해봐, 응? 방금 어디 갔다 오셨어? 응?"

노인을 어린애 취급하는 김 집사가 물었다. 이 여편네는 다 좋긴 한데 가끔 성화 때문에 정신이 없다. 나는 불퉁스럽게 면박을 주었다.

"다녀오긴 어딜 다녀와. 밥 먹고 여기 있었지."

나는 눈을 가늘게 떴다. 창밖으로 좋은 가을볕이 부서지고 있었다.

끝까지 이럴래?

박민규

박 민 규

1968년 生. 소설가. 2003년 장편소설 『삼미 슈퍼스타즈의 마지막 팬클럽』으로 제8회 한겨레문학상을
수상했다.

전화 목소리와는 달리

　그는 고분고분한 남자였다. 짧고 조심스레 용건을 말했고, 애덤스의 심기를 건드리지 않으려 애써 단어를 고르는 눈치였다. 벌써 며칠째 두 사람은 마찰을 빚어왔다. 층간소음이 문제였다. 오전에만도 다섯 통의 항의 전화를 받아야 했으므로 애덤스는 차라리 속이 후련해지는 기분이었다. 애덤스는 정말이지 아무 소리도 내지 않았던 것이다.

　아까도 말씀드렸지만, 하고 애덤스도 최대한 예의를 갖추었다. 아무튼 저희 집에서 나는 소리는 아닙니다. 못 믿겠으면 한번 둘러보세요. 남자는 생각보다 수줍음이 많았다. 아, 아닙니다. 사양하는 남자의 손을 억지로 잡아끌며 애덤스는 갓 부임한 침례교 목사처럼 환하게 미소 지었다. 괜찮습니다, 이웃 간에 오해가 없어야죠. 집 안은 고요했다. 다만 레인지

속에서 아기 예수처럼 웅크린 닭 한 마리가 말없이 고분고분 해동되고 있었다.

보시다시피 하고 애덤스는 어깨를 으쓱, 했다. 뛰어다니는 아이들도 농구공도 없습니다. 전 사실 방귀조차 소릴 죽여 뀌는 인간인걸요. 아, 예 하고 남자는 어색한 미소를 지었다. 비대한 몸집의 동양계였고, 바짝 쳐 올린 뒤통수에는 크라이슬러 닷지가 차량충돌실험을 해도 좋을 만큼 두 툼한 살덩이가 얹혀 있었다. 속 시원히 의심을 풀어주기 위해 애덤스는 활짝 방문까지 열어 보였다. 좁은 거실과 두 칸의 방... 어둑한 집 전체가 늙어가는 남자의 팬티 속처럼 시들하고 볼품없었다. 참, 여기도 있었지. 부엌에서 이어진 복도식 창고의 문을 열고 찰칵, 애덤스는 조명까지 밝혀 주었다. 배관 일에 쓰이는 공구들이 즐비했지만 농구공이나 아이들과는 한참이나 거리가 멀어 보였다. 혼자 사시나보군요. 남자가 물었다. 품이 큰 작업복 주머니에 손을 꽂은 채 애덤스는 또 한 번 어깨를 으쓱, 했다.

그것 참 이상하네.

혼잣말로 중얼거리며 남자는 이마의 땀을 닦았다. 그리고 생각났다는 듯 이거 정말 실례가 많았습니다, 깍듯이 머릴 굽혀 사과했다. 괜찮습니다, 오해가 풀려 다행인걸요. 악수를 청하며 애덤스가 말했다. 동양인의 통통한 손이 배관공의 억센 손을 마주잡았다. 비만과 근육질... 체형의 느낌이 다르긴 해도 어쨌거나 두 사내는 어지간한 거구들이었다. 애덤스 라 하오. 저는 창(倉)입니다, 에드워드 창. 창(Chang)! 상대의 성을 크게 발음해보며 애덤스는 고개를 끄덕였다. 발음할 때마다 재채기가 나올 듯한 성이로군, 생각했지만 별다른 내색은 하지 않았다. 창밖에서 희미한 폭음이 들려왔다. 멀리 떨어진 도심 어딘가에서 검은 연기가 무럭, 솟구치는 모습을 볼 수 있었다. 모두가

예민할 때죠.

애덤스가 말했다. 그럴 수밖에 없잖습니까? 가느다란 눈을 반짝이며 창이 맞장구를 쳤다. 이젠 군대도 두 손 들었다 하니 시내는 온통 〈파산자〉들 세상이겠군요. 그러게 말입니다. 컴컴한 라커룸에서 동료의 경기를 지켜보는 레슬러들처럼 두 거구는 잠시 연기를 바라보았다. 연기는 결연한 의지라도 지닌 듯 곧게 피어올랐고, 그러다 갑자기 갈 곳을 잃은 쥐 떼처럼 뿔뿔이 흩어졌다. 텄어요, 하고 창이 말했다. 이젠 예수가 아니라 예수 할애비가 온다 한들... 말이죠. 그러게요. 팔짱을 낀 애덤스도 눈살을 찌푸렸다. 애덤스 씨는 신앙이 있습니까? 창이 물었다. 글쎄요, 하고 뜸을 들인 애덤스가 잠시 후 고개를 가로저었다.

잘... 모르겠습니다. 창씨는요?
저도 마찬가집니다. 부모님만 해도 불교신자셨는데.
그건 그렇고 예수의 아버지는 알겠는데... 할애비 얘긴 들은 적이 없네요.
대체 누구죠?
뭐, 하고 창은 잠시 고개를 갸우뚱했고

하하하 웃음으로 답변을 대신했다.

허허 하고 애덤스도 웃었다.

내일이죠? 창이 물었다.

그렇다고들 하더군요. 애덤스가 말했다. 내일은

인류의 마지막 날이었다.

†

　모두가 그렇게 믿고 있었다. 이미 일 년 전부터 정부의 공식성명 따위를 믿는 이는 아무도 없었다. 여전히 혜성이 근소한 차이로 지구를 비껴갈 거라 떠들었지만, 사람들은 바보가 아니었다. 양심적인 과학자들, 또 곳곳의 단체들을 중심으로 〈진실〉은 확산된 지 오래였다. 리퍼리(Rippere)가 관측된 것은 오 년 전의 일이다. 달의 1/6, 조셉 리퍼리란 천문학자가 발견한 이 얼음덩어리가 다가오기까지 인류가 할 수 있는 일은 가사와 출퇴근… 고작해야 투표가 전부였다 말할 수 있다. 물론 그사이 덴버 브롱코스*가 두 차례나 슈퍼볼 우승을 거머쥐기도 했지만, 혜성은 애덤스가

---

* Denver Broncos: 콜로라도 주 덴버를 연고지로 삼은 프로 미식축구팀.

본 어떤 뷰렛 패스*보다도 빠르고 정확했다. 그때가 좋았다고, 뻐근한 목을 좌우로 꺾어주며 애덤스는 생각했다. 쉰을 넘긴 남자의 목에서

우두둑, 소리가 크게 났다. 세계 각국의 정부는 그래도 성공적으로 상황을 통제해왔다. 아니, 어쩌면 대부분의 인간들은 끝끝내 희망이란 극(極)을 바라보는 나침반과도 같은 존재였는지 모른다. 초기엔 충돌로켓을 발사, 혜성의 진로를 바꾼다는 거창한 거짓말을 믿어주었고, 이후엔 달이 방패막이 된다거나 지구를 비껴갈 거라는 달콤한 당근을 뜯어 먹었다. 무수한 의혹이 제기되어도 대다수에겐 희망을 향한 근원 모를 자성(磁性)이 내재되어 있었던 것이다. 어쩌면 내내 그 상태로 지내는 편이 나았을 거라 창은 생각했다.

상황은 급격히 나빠지기 시작했다. 사람에 따라 차이가 있겠지만 창은 독일 총리의 자살을 계기로 〈소문〉을 믿게 되었다. 공개방송에서 그는 자신의 머리에 리볼버를 당겼고, 그전에 다음과 같은 유언을 사람들에게 남겨주었다. 모든 인간에겐 자신의 최후를 알아야 할 권리가 있습니다. 리퍼리의 진로는 바뀌지 않았습니다. 신은 그것을 바꿀 수 있을지 몰라도 인간에겐 아직 그만한 힘이 없습니다. 혜성의 진로를 바꾸진 못했지만, 독일 북부 크레베 출신인 그의 발음은 혜성의 이름을 바꿔놓았다. 대다수의 사람들에 의해 이제 혜성은 레퍼리(referee)란 이름으로 불리고 있었다.

---

* bulletpass: 총알처럼 정확하고 강한 패스를 일컫는 미식축구 용어.

연이은 폭음과 함께 다시 여러 줄기의 연기가 도심에서 피어올랐다. 팔짱을 낀 채 창도 비대한 목을 좌우로 꺾어주었다. 서른을 갓 넘긴 남자의 목에선 별다른 소리가 나지 않았다. 사회 전체가 빠른 속도로 허물어졌다. 무역이 중단되고 정부는 힘을 잃었다. 은행이 문을 닫고 파산자들이 속출했다. 많은 이들은 남아 있는 삶의 의미를 찾으려 노력했지만, 또 많은 이들은 이를 부정하고 파괴하기 시작했다. 들불이 번지듯 정전(停電) 지역이 늘어만 갔다. 무분별한 약탈과 폭동이 일상사가 된 지 오래였다. 방송이 중단되고 공권력도 힘을 잃었다. 세상은 이미 돌이킬 수 없는 곳으로 변해 있었다. 폭동의 시발점은 대규모의 파산자들이었다. 물론 거기에 더 다양한 그룹들이 가세하기 시작했다. 부활한 인종 차별자 그룹과 종교집단, 갱들과 실직자... 타락하거나 돌변한 경찰과 군인들... 이루 말할 수 없는 많은 이들이 〈파산자〉의 대열에 합류해 있었다. 인류는 이미 파산(破産)했다고

창은 생각했다. 저래 봤자지 뭡니까, 비웃음이 담긴 목소리로 애덤스가 말했다. 그러게요, 뒷덜미의 땀을 닦으며 창은 웃었다. 그래도... 중요한 것은... 음... 그러니까... 하고 창은 뭔가 진지한 문장을 만들어보려 애쓰는 눈치였다. 부지런히 땀을 훔치는 왼손 때문에, 마치 뒷덜미를 쥐어짜 말을 한다는 느낌을 애덤스는 받았다. 저나 선생님 같은 사람들의 수가 훨씬 더 많다는 겁니다. 말없이 힘든 시간을 견디고 있는... 끝끝내 이성(理性)을 잃지 않는 저나 선생님 같은 사람들 말입니다. 창의 말에 애덤스는 흐뭇한 미소를 지었다. 윤활유가 발린 나사처럼 선생님이란 단어가 애덤스의 마음에 쏘옥 스며들었기 때문이다. 창씨... 하고 애덤스는

말을 흐렸다. 하마터면 당신은 참 좋은 사람이로군요, 라고 말할 뻔한 것이다. 해동이 끝난 레인지에서 마침 버저가 울렸으므로 식사는 하셨습니까?라고 애덤스는 말을 바꿨다. 식사라구요? 층간소음을 따지러 왔던 위층 남자의 눈이 휘둥그레졌다.

†

두 사람은 함께 닭을 뜯었다. 이웃과 식사를 하긴 처음이군요. 발라낸 대부분의 살점을 창에게 덜어주며 애덤스가 말했다. 저도 마찬가집니다. 그런데 더 드시지 않구요? 화색이 도는 얼굴로 창이 말했다. 굳은 빵과 버터로만 일주일을 버텨온 창이었다. 저는 신물이 납니다. 닭고기, 닭고기, 닭고기... 벌써 보름째 닭고기만 먹었으니까요. 뭐, 먹을거리라도 남은 게 다행이긴 하지만... 그런데 그거 아십니까? 애덤스가 물었다.

뭐 말입니까?
그러니까 망할 놈의 이 껍데기 말입니다.
이놈이 얼마나 사람을 구역질나게 만드는지... 말이죠.
젠장.

가슴살에 붙은 껍질을 발라내며 애덤스가 중얼거렸다. 창은 잠시 눈을 깜박거리다 지방은 몸에 해롭죠, 라며 고개를 끄덕였다. 멍하니 누르스름한 닭 껍질을 바라보던 애덤스가 실례합니... 라며 급히 몸을 일으켰다. 묵묵히 고기를 씹으며 창은 화장실에서 들려오는 웨엑웩 소리를 들어야 했다. 그리고 물소리, 또 물소리.

죄송합니다. 애덤스가 돌아와 자리에 앉을 때까지 창은 가시방석에 앉아 있는 기분이었다. 모두가 예민할 때죠―애덤스가 했던 말이 자꾸만 떠올라서였다. 사흘 전엔 두 통의 전화를, 이틀 전에도... 아무튼 오전에도 다섯 통이나 전화질을 해댄 셈이었다. 선생님, 하고 창은 고개를 떨궜다. 불쑥 내려와 벨을 누른 걸 다시 한 번 사과드립니다. 전화로 귀찮게 해드린 것도 역시나. 오오 별말씀을, 하고 애덤스는 정색을 했다. 오해는 모두 풀었잖습니까? 그걸로 된 거죠. 애덤스는 웃었지만 창은 웃을 수 없었다. 저는... 하고 창은 입술을 꿈틀거렸다. 됐습니다 됐어요, 애덤스가 어깨를 짚는 그 순간에도

풍성한 셔츠에 덮인 창의 뒷주머니엔 짤막한 38구경이 꽂혀 있었다. 정말이지 모두가 예민할 때였던 것이다. 역시 한 마리론 어림도 없겠군요. 냉장고에서 또 닭을 꺼낸 애덤스가 포장을 뜯으며 말했다. 창은 뭔가 복잡한 마음이 되어 별다른 대꾸를 하지 않았다. 그나저나 참 이상한 일이로군요, 애덤스가 말했다. 뭐가 말입니까? 창씨를 괴롭혔다는 소음 말입니다. 전 정말이지 아무 소리도 내지 않았거든요. 두 거구가 마주앉은 식탁이 문득 체스판만큼이나 작아진 느낌이었다. 희미하고 미미한, 레인지의 소음이 들려오기 시작했다.

지금도 영문을 모르겠습니다. 잠을 이룰 수 없을 만큼의 소리였거든요. 분명 버릇없는 십대들이 하루 종일 공놀이를 하는 거라 믿었습니다. 묵직한 농구공이 튈 때 나는 소리... 또 마구잡이로 뛰어다니는 소리들... 운동화가 바닥과 마찰할 때 나는 삑, 삑 그런 소리 말입니다. 마루에 귀를 대고 듣기도 했습니다. 분명 아래층에서 올라오는 소리였어요!

애들이 없다는 제 얘긴 믿지 않으셨군요.

네, 거짓말을 하시는 거라 생각했습니다. 그 정도로 확실한 소음이었으니까.

어쨌거나 저도 며칠간 전화에 시달렸습니다.

죄송합니다.

어제는 〈빌어먹을〉이라고도 하셨어요.

오, 이런!

괜찮습니다, 지나간 일이니까요.

아아(두툼한 손으로 창은 얼굴을 감싸 쥐었다).

그런데 번호를 어떻게 아셨을까? 궁금하긴 했습니다.

차량에 메모된 연락처를 봤습니다. 아시다시피 이제 주차장엔 선생님의 포드와 제 도요타뿐이니까요.

그랬군요... 그렇다면 지금 이 아파트엔 우리 둘뿐인 셈이로군요.

전 선생님의 아이들 여럿도 함께일 거라 믿었습니다.

허허, 그렇게 생각하니 그나마 좀 낫군요.

다 노이로제였나봐요. 아아.

이해합니다.

여길 떠난 사람들은 어떻게 되었을까요?

글쎄요, 어차피 내일이면 전부 끝이지 않습니까.

그렇죠. 그러고 보니 오늘은 내일이 남아 있는 유일한 오늘이군요.

이제 곧 모든 어제도 사라지겠죠.

참, 내 정신 좀 봐. 몸을 일으킨 애덤스가 시원한 맥주를 꺼내왔다. 오오, 어떻게 구하셨습니까? 감격한 얼굴로 창이 물었다. 석 달 전인가, 덴버까지 차를 몰고 가 닥치는 대로 담아왔지요. 위험하지 않았습니까? 그나마 군대가 진주해 있던 때라... 뭐 그래도 파산자 두 놈과 마주치긴 했지요. 젊긴 해도 약골들이었어요. 이래 봬도 아직 힘을 좀 쓰는 편이라 시원스레 몇 방 먹여줬지 뭡니까. 주먹을 쥐어 보이며 애덤스는 무용담을 늘어놓았다. 오오, 다시 창은 감탄을 연발했다. 이 닭도 그때 담아온 것들이죠. 비타민도 여러 통 있는데 하나 가져가실래요? 비타민! 하고 두 거구는 튜바와 수자폰처럼 붕붕대며 웃었다.

✝

접시나 물잔을 치울 생각도 않고 두 사람은 수다를 떨어댔다. 잡다한 얘기였다. 그래, 창씨는 어떤 일을 하셨소? 엔지니어였습니다. 혹시 펠라 스튜디오라고 들어보셨습니까? 아니 모릅니다. 음향 쪽 일을 하는 곳인데 그곳의 녹음기사였죠. 그래도 꽤나 버텼습니다. 파산자들이 16번가를 장악할 때까지 근처에서 일했으니까요. 제가 마지막으로 했던 작업이 뭔지 아십니까? 저야 모르죠. 마르틴 루터였나요, 아무튼 그의 말*을 인용한 사과나무 광고였습니다. 사과나무! 하고 애덤스는 배를 잡고 웃었다.

저도 비슷한 일이 있었지요. 넉 달 전인가, 우편함에 덴버 시청의 직인이 찍힌 공문이 꽂혀 있지 뭡니까? 뭔가 하고 뜯어봤더니 하수도 보수공사를 해달라는 내용이었어요. 보수공사! 하고 이번엔 창이 입에 거품을 물었다. 그나마 몇몇 사설 라디오 방송이 잡힐 때였지요. 이틀 후에… 이틀 후에 하고 애덤스는 눈물까지 훔쳤다. 시청이 폭파되었단 소식을 들었지 뭡니까. 두툼한 손으로 입을 막은 채 창은 여자 애처럼 식탁을 톡톡 톡톡 두드렸다. 대여섯 개의 빈 캔이 바닥을 굴러다닌 지 오래였다. 그래도 신기하지 않습니까? 가쁜 숨을 몰아쉬며 애덤스가 물었다.

사과나무를 팔고 사는 사람들이 있다는 게.
보수공사를 생각하는 인간도
그 편지를 우체통에 넣고 가는 인간이 있다는 게 말입니다.
안 그래요?

숨이 가쁜 얼굴로 창은 고개를 끄덕였다. 누구라도 그걸 부인할 순 없을 겁니다! 갑자기 격해진 목소리로 애덤스가 외쳤다. 인간은 열심히 살아왔다는 사실을… 이런저런 궁리를 하며 최대한 옳은 길을 걸으려 했다

---

* Even though the earth should see the end tomorrow, I will plant an apple tree(내일 지구가 멸망한다 해도 나는 한 그루의 사과나무를 심겠다).

는 사실을 말입니다. 저처럼 정직하게 평생 노동을 하며 살아온 사람에겐 이런 말을 할 자격이 있는 겁니다. 안 그래요? 그의 목소리가 워낙 컸으므로 창은 자칫 딸꾹질을 할 뻔했다. 그럼요, 선생님! 하고 창은 조심스레 맥주를 내려놓았다. 마지막 남은 맥주였다. 너무 오래 이곳에 머무른 게 아닌가, 술 냄새가 섞인 땀을 닦으며 창은 생각했다. 어느새 해도 많이 기울어 있었다. 창은 슬쩍 손목을 꺾어 시간을 확인하는 척했다. 그 낌새를, 늙은 배관공은 놓치지 않았다.

오, 젠장... 하고 애덤스는 한숨을 쉬었다. 죄송합니다 창씨, 제가 잠시 흥분했나봅니다. 아니 무슨 말씀을, 하고 창은 보다 스무스한 방법을 찾으려 노력했다. 좋은 아이디어가 떠오르지 않았다. 화장실을 좀 쓰겠다며 일단 창은 자릴 일어섰다. 졸졸 소변을 보고, 손을 씻고 나와 인사를 하는 것도 괜찮겠군... 손을 씻고 문을 여는데 애덤스가 서 있었다. 물이 잘 내려갑니까? 답변 대신 딸꾹질을 하며 창은 고개를 끄덕였다. 어떻습니까? 억센 손으로 창의 어깨를 감싸며 배관공이 물었다. 위층에도 물은 잘 내려가는지요. 싱크대라든가... 이를테면 변기 같은 곳 말입니다. 자연스레 다시 식탁으로 돌아와야 했으므로 창은 별수 없이 의자에 엉덩이를 붙여야 했다. 잘 내려갑니다. 수도 문제도 그렇고... 그러고 보니 여긴 전기도 끊기지 않고 여러모로 운이 좋은 편이네요. 오 이런, 하고 애덤스는 흐뭇한 미소를 지었다. 이 집에 대해 아무것도 모르시는군요, 창씨는.

뭘 말입니까? 물잔을 비우며 창이 물었다. 물론 모르시는 게 당연하겠죠. 애덤스는 지그시 창을 바라보았다. 이건 자가발전입니다. 처음 집을 지을 때부터 지하에 시설을 마련해둔 것이지요. 정말입니까 딸꾹? 하고 창이 물었다. 그럼요, 제 손으로 지은 아파트니까요. 애덤스의 얼굴은 감회로 가득했다. 오래된 아파트인데도 왜 녹물이 안 나오는지 아십니까? 이집의 모든 파이프에는 미세전류가 흐르고 있어요. 배관을 할 때 그 모든 설비를 이 손으로 꼼꼼히 해두었기 때문입니다. 십오 년 전에, 이 외곽에! 아홉 가구뿐인 작은 아파트지만 허투루 지은 집이 아니란 거죠. 왜? 다른 누구도 아닌, 제가 들어와 살 집이었으니까요. 사실을 말씀드릴까요? 깍지 낀 손을 곰지락대며 애덤스는 뜸을 들였다. 낡은 회한을 주무르는 늙은 남자의 손마디가 사포처럼 거칠었다.

저는 이 아파트의 소유주였습니다. 정말입 딸꾹? 창이 물었다. 잠시였죠. 그땐 정말 얼마나 행복했던지... 아내와... 또 아이들과 평생을 살아갈 집으로 생각했어요. 나머지 가구들엔 세를 주고 말입니다. 속았던 거죠. 창씨는 기억을 못 할 겁니다. 오래전에 모기지 파동이란 게 있었어요... 이런, 술이 떨어졌군요. 캔을 집었다 내려놓으며 애덤스는 아쉬운 표정을 지었다. 저 역시! 하고 창도 캔을 흔들어 보였다. 적당한 구실을 찾은 듯싶었지만 눈치 빠른 배관공은 바로 말을 이어갔다. 파이프를 연결하듯 익숙한 솜씨였다.

저기 아래 느릅나무 숲길 아시죠? 그럼요. 그 길에 반해버린 것입니다. 이 언덕에 집을 짓자, 얘길 꺼낸 것은 아내였어요. 꽤 돈을 모았던 때죠. 시애틀에서도 큰 건을 여럿 뛰었고... 물론 다 날리고 이 꼴이 된 거지만 어쨌거나 그 후 평생을 이곳에서 산 셈이네요. 제 아내는 저 숲길을 정말 좋아했어요.

 · · ·
정말로

멍한 눈빛으로 애덤스는 중얼거렸다. 미세전류가 흐르는 듯 그의 듬성한 눈썹이 파르르 떨리는 모습이었다. 이미 창밖은 어두워져 있었다. 아름다운 길이죠. 창이 말했다. 덴버로 출퇴근할 때도 저 길을 지나는 게 큰 즐거움이었어요. 특히 가을엔 더할 나위가 없었죠. 오 아시는군요! 흡족한 웃음을 지으며 애덤스가 몸을 틀었다. 창씨는 결혼을 하셨습니까? 전 독신입니다. 그렇군요, 애덤스는 고개를 끄덕였다. 〈내일〉을 생각하면 다행한 일이죠. 그렇군요 라고는 말하지 않았지만 애덤스는 또 한 번 고개를 끄덕, 했다.

가족사진입니까?

선반에 얹혀 있던 작은 액자를 창은 그제서야 발견한 눈치였다. 일어나 액자의 먼지를 턴 애덤스가 낯을 붉히며 사진을 건네주었다. 오, 하고 창은 탄성을 뱉었다. 색 바랜 풍경 속에서 젊은 배관공과 그의 아내, 아들과 딸이 환하게 웃고 있었다. 행복한 모습이군요, 창이 말했다. 오래전 사진이죠, 애덤스는 고개를 가로저었다.

자제분들은 지금쯤 제 또래일 듯하네요.
아마도 그럴 겁니다.

다들 외지(外地)에 있나보죠?

네, 하고 애덤스는 둘러댔다.

사모님께서는요?

오래전에 이혼했습니다. 단골 병원의 주치의와 바람이 났지요.

오!

정신과였나? 산부인과였나... 음... 정신산부인과였나? 아마 그랬을 겁니다.

저런.

잘 단련된 근육처럼 창의 볼살이 경련을 일으켰다. 오랜 세월 자신의 난처함을 이런 식으로 표해왔음을 풍부한 표정의 볼을 통해 애덤스는 느낄 수 있었다. 괜찮아요, 다 지난 일이니까. 과장된 손짓을 하며 애덤스는 한덩이 남은 가슴살을 창의 접시에 덜어주었다. 그나저나 맛은 어땠습니까? 애덤스가 물었다. 최곱니다, 출렁이던 볼에 단단히 힘을 주며 창은 엄지를 치켜올렸다. 새삼스레

다 지나간 일을 애덤스는 떠올렸다. 바로 이 식탁에 존과 보니가 앉아 있었다. 아직 아이들이 어릴 때였다. 갓 중학교에 올라간 존과 어린 보니에게 어떻게든 엄마의 〈증발〉에 대해 설명해야 했었다. 잘 들으렴 얘들아, 이젠 엄마를 볼 수 없을 거란다. 왜? 하고 보니가 물었다. 우린... 그러니까 아빠와 엄마는 이혼을 했단다. 어른들 사이에선 흔히 있는 일이야. 오윈 아저씨 알지? 엄마는 아저씨와 함께 아주 먼 곳으로 갔단다. 왜에? 왜 그런 건데? 라고 묻는 보니의 입을 존이 가로막았다. 이 바보, 조

용히 해! 더는 그 자리에 앉아 있기가 힘들었다. 어둑한 방으로 들어와 말없이 한숨을 쉬던 그 순간이 떠올랐다. 존과 보니의 목소리도 기억 속에 남아 있었다. 문틈을 넘어온 쥐처럼 쉬쉬 나누던 대화였다.

이혼이 뭐야 오빠?
쉿, 바보 그것도 몰라?
뭔데?
그건 이제 엄마와 오웬 아저씨가 열라 항문섹스를 한다는 거야.

잘 드셨다니 다행입니다. 액자를 자리에 돌려놓으며 애덤스가 말했다. 진심입니다 선생님. 실은 얼려둔 빵과 버터만으로 버티고 있었거든요. 지금은 아주 날아갈 것 같습니다. 닭고기라니... 게다가 제가 좋아하는 후추까지 잔뜩 쳐주시고... 어수룩한 덕담의 끝을 창은 딸국, 으로 마무리 지었다. 아닌 게 아니라 접시엔 수북이 뼈와 껍데기가 쌓여 있었다. 빌어먹을 그 껍데기 때문에, 애덤스는 여드름이 심했던 존의 얼굴을 떠올리게 되었다. 아빠 살려주세요 제발... 울부짖던 존의 표정도 잊혀진 게 아니었다. 애덤스는 세차게 고개를 흔들었다. 그 순간 지금까지와는 비교할 수 없는 큰 폭음이 도심 쪽에서 들려왔다.

†

불타는 도시를 본 것은 처음이었다. 군데군데의 작은 불이 아니라 덴 버 전체가 불길에 휩싸인 모습이었다. 한동안 넋을 잃고 두 사람은 나란히 창문 앞에 서 있었다. 무슨 일일까요? 습관처럼 애덤스가 중얼거리고 알게 뭡니까, 건성으로 창이 답했을 뿐이었다. 원인과 결과를 따질 시간도, 가해자와 피해자를 가릴 이유도 없었다. 불안에 떨거나 분개할 일도 아니었다. 그것은 그저 내일의 예습에 불과했다. 다른 곳은 어떨까요? 애덤스가 물었다.

다른 곳이라뇨?
뉴욕이든 워싱턴이든... 어디든 말입니다.
지금은 눈에 보이는 게 세상의 전부죠. 방송과 전파가 없으니.
젠장할.
실은 어제 이상한 걸 봤습니다.
이상한 거라뇨?
덴버를 다녀올 생각이었어요. 예, 뭐라도 먹을 걸 좀 구해오고 싶었던 거죠. 피자... 웃기는 일이지만 피자가 먹고 싶어 견딜 수 없었어요. 덴버에 간다 한들 피자가 있기나 할까, 생각도 들었지만 아무튼 뛰쳐나가지 않고선 견딜 수가 없었던 겁니다. 뭐, 죽어도 좋다는 기분이었어요. 그런 기분... 이해하십니까 애덤스 씨?
이해합니다.
느릅나무 숲길을 지나 이 마일 정도를 더 달렸을 겁니다. 멀리 테니얼 공항이 보이기 시작하고 마침 시체 여러 구가... 길가에 버려져 있었습니다. 한 가족으로 보이는 시체들이었어요. 얼른 유리창을 올리고 경사진 도로를 따라 조심조심 차를 몰 때였죠. 맙소사. 거기서 놈들을 마주친 것입니다.

파산자 놈들을요?

제가 만난 건 소 떼였습니다. 젖소들이었어요.

젖소!

네, 족히 수백 마리는 되어 보였어요. 놈들은 미친 듯이 어디론가 달려가고 있었죠. 도로를 가로질러... 콧물인지 침인지를 질질 흘리며 말이죠. 생각해보십시오 애덤스 씨, 수백 마리의 젖소였다니까요.

장관이었겠군요.

까닭 모를 공포를 느꼈습니다. 지나가면 그만인 소 떼들인데 이상하리만치 온몸을 부들부들 떨었던 것입니다. 곧바로 차를 돌려 집으로 돌아왔죠.

저라면 한 마리 잡았을 겁니다. 어린놈으로.

놈들은 하나같이 공포에 질린 표정이었어요.

혜성이 가까워지긴 했나보군요.

다른 이유가 있을 수 없죠.

그런데 창 씨, 뭐 한 가지만 물어봐도 되겠습니까?

물론이죠.

바보 같은 소리겠지만... 바보라고 생각지는 마세요.

그럴 리가 있겠습니까.

저는 사실 방송에서 떠들면 그런가보다 고개를 끄덕이는 인간입니다. 무슨 박사들의 발표며 토론이며... 그런 걸로는 도무지 상황을 파악할 수 없는 늙은이예요. 제가 궁금한 건 하납니다. 혹시나 말입니다. 누구 한 사람이라도 살아남을 가능성이 있는 건지... 즉 운이 억세게 좋다면 말이죠.

불가능합니다.

그래도 왜, 세상일이 그렇잖습니까. 비행기 사고로 전원이 죽었는데 생존자가 있다거나... 총을 열두 발 맞고도 산 사람이 있잖아요. 예전엔 그런 기사를 본 적도 있습니다. 벼락을 맞고 살아난 사람들의 모임이 있다는... 한두 번 맞고 살아난 경우엔 명함도 못 내미는 클럽이라더군요. 회장이란 사람이 인터뷰를 하는데 무려 여덟 번이나 벼락을 맞았다 하더군요. 이런 말을 하긴 뭐하지만, 전 사실 운이 좋은 사람이거든요.

오 선생님, 하며 창은 뻐근해진 뒷덜미를 주무르기 시작했다. 레퍼리는 말이죠... 쉽게 말해 너무 큽니다. 지금 이 지경이 된 것도 실은 지도층부터가 희망을 잃었기 때문입니다. 거대한 지하 벙커 같은 걸로 어찌해 볼 문제가 아니란 얘기죠. 지구 자체에 변형이 올 거라 믿는 학자들이 대부분입니다. 살아남는 건 박테리아나 바이러스 그런 놈들뿐이겠죠.

그건 좀 그렇군요.

뭐가요?

이 세상을 그런 놈들에게 넘겨줘야 하는 사실 말입니다.

넘겨주고 말고의 문제는 아닌 듯한데요.

애덤스의 표정이 순식간에 격해졌다. 창의 존재를 망각이라도 한 듯 그는 골똘한 표정으로 눈앞의 불길을 바라볼 뿐이었다. 부풀어 오른 혈관들이 살찐 지렁이처럼 이마를 누비며 꿈틀거렸다. 창은 딸꾹, 하고 침을 삼켰다. 창의 시선을 의식한 까닭인지 배관공은 역력히 스스로를 억제하

는 모습이었다. 그는 다만

하등생물들!

하고 중얼거렸다. 오, 이런. 제가 또 흥분을 했군요. 아닙니다, 괜찮습니다. 애덤스는 웃었지만 여전히 불만스러운 얼굴이었다. 그러니까 제 말은! 대체 어느 세월에 놈들이 배관을 하고 집을 짓겠냐 이 말입니다. 하수도를 파고... 허허, 글쎄 제가 이렇다니까요. 하긴 파이프 놓는 일 말고 제가 뭘 알겠습니까. 안 그래요? 창은 별수 없이 쓴웃음을 지어 보였다. 자자, 이제 즐거운 얘기나 합시다! 손뼉을 치며 애덤스가 말했다.

저기 선생님.
네? 라고 말하는 대신 배관공은 어깨를 으쓱, 했다.
너무 오래 폐를 끼친 것 같습니다. 이제 그만 올라가볼까 싶군요.
할 일이 있습니까? 애덤스가 물었다.
할 일 같은 게 있을 리 없었다.
창씨, 하고 애덤스가 속삭였다.
위스키가 있습니다.

거실을 가로질러 가슴 높이의 캐비닛 앞으로 애덤스는 창을 이끌었다. 비밀금고라 할 만한 곳이죠. 오랜 친구처럼 배관공은 윙크까지 지어 보였다. 찰칵, 문을 열자 여러 병의 위스키가 전리품처럼 보관되어 있었다. 전부 숫처녀들이죠. 조니 워커, 올드파, 이런... 글렌피딕도 있군요.

어느 것부터 따시겠습니까? 애덤스가 물었다. 조니 워커와 올드파, 글렌
피딕보다는... 가장 상단에 놓인 타원형의 물체에 창의 시선은 머물러 있
었다.

공이로군요.

예? 하고 애덤스는 멀뚱멀뚱 공을 바라보았다. 예... 공이죠. 똥이라
도 싼 것처럼 애덤스의 얼굴이 붉게 달아올랐다. 애덤스는 묵묵히 공을
꺼냈고, 손바닥에 얹은 공을 천천히 돌리기 시작했다. 익숙한 손놀림이었
다. 공 맞습니다. 축구... 공이죠. 축구 좋아하십니까? 애덤스가 물었다.
창은 별다른 대답을 하지 않았다. 복잡, 미묘한 시간이 잠시 두 사람의 발
목을 스치며 방울뱀처럼 빠져나가는 느낌이었다.

평생 브롱코스를 응원해왔습니다. 존 얼웨이*는 아시죠?
모릅니다.
이런, 존의 패스를 보셨어야 하는데.
창은 아무 말도 하지 않았다.
오 젠장, 하고 애덤스는 한숨을 쉬었다. 창씨... 설마 제가 이걸 튕기
며 공놀이를 했다 여기는 건 아니겠죠? 이 나이에... 운동화를 신고 삑,
삑 소리를 내며 말입니까?
창은 생각에 잠긴 표정이었다.

---

* John Elway: 덴버 브롱코스의 전설적인 쿼터백.

잘 보세요. 여기 찍힌 마크를. 이건 매우 귀한 장식용 볼입니다. 함부로 다룰 만한 싸구려가 절대 아니란 얘기예요. 긁힌 자국 하나 없이 고이 보관해온 놈이죠. 누군가 이걸 튕기고 논다? 그럼 제 손에 아작이 났을 겁니다.

실은 여기저기 긁힌 자국을 볼 수 있었다.

못 믿겠습니까? 애덤스가 물었다.

창은 의외로 선생님, 이건 농구공이 아니잖아요? 라며 미소를 지었다.

창의 어깨를 툭 치며 배관공도 껄껄 웃음을 터트렸다.

아무래도 좋다고 창은 생각했다. 누가 파울을 했건 말건 주심(레퍼리)의 호루라기가 울리면 모든 게 끝이란 생각이었다. 보자, 어떤 예쁜이가 좋을까? 애덤스는 서둘러 위스키를 고르기 시작했다.

†

깊은 밤이었다.

빈병을 내려놓으며 애덤스는 〈후회막심〉이란 표현을 썼다. 이렇게 좋은 술친구가 이웃에 있다는 걸 왜 진작 몰랐을까요? 그러게 말입니다. 위스키처럼 붉어진 얼굴로 두 거구는 말을 주고받았다. 이게 마지막이로군요. 힘주어 마개를 따며 애덤스가 중얼거렸다. 간간이 폭음이 들려오는 인류의 마지막 밤이었다.

창씨! 당신은 참 좋은 사람이오.
술을 따르며 애덤스가 말했다.
선생님이야말로.
건배!

몇 시간째 두 사람은 농담을 주고받았다. 달리 할 얘기가 있지도 않았다. 웃고 떠드는 일이야말로 지금 이 순간 두 사람이 할 수 있는 최선의 선택이었다. 줄어드는 술과 함께 서서히 농담도 바닥을 드러내고 있었다. 내일이면 조니 워커드(walked)가 되겠군요. 조니 워커의 라벨을 가리키며 짜낼 수 있는 마지막 농담을 창이 뱉었다. 희미한 조명 아래서 애덤스는 그저 희미하게 웃을 뿐이었다. 마십시다. 애덤스가 말했다. 이제 더는 웃을 일도 없을 것 같았다.

제 생각을 한번 말해볼까요? 스트레이트로 잔을 비운 후 애덤스는 진지한 얼굴이 되었다. 코가 삐뚤어지도록 마시는 겁니다. 하나도 남김없이 싹! 그리고 뻗는 겁니다. 혜성인지 뭔지가 올 때까지 큰 대자로 누워 말입니다. 자다 죽는 놈만큼 행복한 놈이 있음 나와보라지. 안 그래요? 좋은 아이디업니다, 라며 창도 독주를 들이켰다. 두 번의 폭음이 이어질 동안 그리고 두 사람은 아무 말도 하지 않았다. 좋은 아이디어가 나왔는데도 창은 갑자기 눈물을 쏟기 시작했다. 그런 창을, 애덤스는 내버려두었다.

　죄송합니다 선생님.
　뭐가요, 이게 다 빌어먹을 혜성 때문인데.
　저는... 저는...
　창씨, 우리 행복했던 기억을 떠올립시다. 우리에겐 많은 추억이 있어요.
　식탁을 건너온 애덤스가 아버지처럼 동양인을 부둥켜안았다.
　아시죠? 우리가 사랑했던 사람들... 또 우리가...
　창의 목덜미를 어루만지다 애덤스도 울컥, 울음을 터트렸다.
　두 사람은 함께 울었다.

　저는 한 번도 행복했던 적이 없습니다. 창이 말했다. 그렇지 않습니다. 절대 그렇지 않아요. 불타오르는 덴버를 바라보며 애덤스가 속삭였다. 우린 저 빌어먹을 놈들과는 다르니까요. 창씨, 우린 끝까지 최선을 다한 인간들이었습니다. 서로를 이해하려 들고 신이 원했던 인간의 예의를 잃지 않았어요. 우리는 인간이어서 행복했던 것입니다. 아아 창씨... 돌아온 아들을 품에 안은 듯 배관공은 성경을 암송하기 시작했다. 온갖 환난 중에서 우리를 위로하사 우리로 하여금 하나님께 받는 위로로써 모든 환난 중에 있는 자들을 능히 위로하게 하시나이다,* 아멘. 창도 엉겁결에 아멘을 따라 했다.

---

* 「고린도후서」 1장 4절.

애덤스의 화장실에서 창은 꽤 여러 가지 일을 하고 나왔다. 우선 기나긴 소변을 보았고, 약간의 구토를 했으며, 입을 헹구고 세수를 하고는 다음과 같은 생각을 하게 되었다. 지금 대체 여기서 뭘 하고 있는 거지? 세차게 얼굴을 흔들고 나서는 식탁으로 돌아왔다. 선생님, 이제 정말 가봐야 할 것 같습니다. 너무 오래 폐를 끼쳤어요. 이런, 아직 술이 남았는데... 배관공의 얼굴이 일그러졌다. 뭐 할 일이라도 있습니까? 애덤스가 물었다. 예, 있습니다. 창이 말했다. 이런 정말 아쉽군요.

친절한 배관공은 비틀거리는 창을 부축해주기까지 했다. 정말 괜찮습니다. 아직은 워커(walker)예요, 워커드(walked)가 아니죠. 두 거구가 나란히 지나가기엔 복도가 지나치게 길고 좁아 보인 것도 사실이었다. 철컥, 현관문을 열자 미지근한 밤공기가 입구까지 밀려들었다. 그래요, 조심해서 가시길. 두 사람은 악수를 나누었다. 못내 아쉬운 마음이었는지 애덤스는 물끄러미 창의 뒷모습을 지켜보았다. 시선을 느낀 건 아니었지만 참, 하고 창은 뒤를 돌아보았다. 혀가 꼬인 목소리였다. 선생님은 행복했던 적이 있습니까? 창이 물었다. 행복이라... 주머니 깊이 손을 찌른 채 배관공은 잠시 허공을 바라보았다. 늪처럼 깊고 끈적한 꿈속을 헤매는 표정이었다. 그는 한동안 말을 잇지 못하다

디즈니랜드에 갔었습니다.

팔을 펼치며 중얼거렸다. 아이들에게 한 약속이었죠. 제 아이들... 말입니다. 오랜 세월 되새겨온 거짓말이었지만 그는 자신의 전부를 동원해

스스로의 환상에 몰입해 있었다. 오, 하고 창은 고개를 끄덕였다.

그랬군요. 디즈니랜드라...
창씨는 가보셨습니까?
창은 웃으며 고개를 가로저었다.
창씨, 하고 애덤스가 물었다. 내일... 그러니까 정확히 몇 시죠?
세 시 십 분경입니다. 콜로라도 타임이니 약간의 오차는 있겠죠.
그렇군요... 푹 주무세요.
선생님도.

문을 닫고, 애덤스는 다시 혼자가 되었다. 현관문을 잠글까 망설이다 몰라, 하고는 내버려두었다. 반쯤 남은 위스키를 병째 들고서 그는 말없이 거실을 서성였다. 생각처럼 쉽게 잠은 오지 않았다. 술을 한 모금 털어 넣고 그는 털썩, 소파에 주저앉았다. 얘길 안 하길 잘했어. 그는 스스로를 향해 중얼거렸다. 말하자면, 그는 끝끝내 층간소음에 대한 얘기를 하지 않았다. 미치고 팔짝 뛰어야 할 사람은 실은 애덤스였다. 그는 아무 소리도 내지 않았고, 오히려 일주일째 소음에 시달리고 있었다. 적반하장격으로 시끄럽다는 항의 전화를 받았을 때도 그러려니 웃어넘겼다. 인생을 살 만큼 산 사람의 지혜였을까? 끝내 예의를 잃지 않음으로써 괜한 시비를 피할 수 있었다. 정말 잘한 일이야, 중얼거리며 그는 벽을 향해 축구공을 던졌다. 굿 패스! 덕분에 미키와 도널드처럼 즐거운 시간을 가지지 않았던가.

폭음이 다시 귀를 울렸다. 밤이 깊어도 불길은 사그라질 기미가 보이지 않았다. 지랄 염병을 떠는군, 하고 애덤스는 다시 위스키로 목을 축였다. 그는 멍하니 앉아 있다 〈비밀금고〉라 할 만한 자신의 캐비닛을 열었다. 옷걸이 아래 떨어진 공을 제자리에 올려놓고... 그리고 또, 캐비닛 맨 아래의 철제 서랍을 열었다. 수건에 싸인, 고물상에나 있을 법한 구닥다리 캠코더가 서랍 속에 들어 있었다. 그는 캠코더를 들고 소파로 돌아왔다. 이제 보니를 보는 것도 마지막이겠군, 전원을 연결하고 자세를 잡기 시작한다. 미미한 소음과 함께 녹화된 영상이 흐릿하게 떠오른다. 착하지 보니? 다른 누구도 아닌 자신의 목소리를 늙은 배관공은 자신의 귀로 확인한다. 일곱 살 보니의 얼굴이 화면에 드러난다. 천진한 보니는 아빠의 다리 사이에 앉아 있고, 작은 손엔 커다란 페니스가 쥐어져 있다. 디즈니랜드에 데려가줄게, 애덤스의 목소리가 스피커를 통해 흘러나온다.

엄마도 오빠도 같이 가는 거야? 보니의 목소리도 들려온다.
그럼그럼.
엄마는 언제 오는 거야? 또 오빠는?
며칠만 자면 온단다, 자 이제 시작하렴.
보니는 배운 대로 펠라티오를 시작한다.

캠코더가 다 돌 때까지 애덤스는 소파에 앉아 있다. 이미 시간은 자정을 훨씬 넘어 있다. 예쁜 것, 하고 중얼거린 후 애덤스는 위스키를 마저 비운다. 아무리 그래도 그렇지, 전화도 한 통 안 하냐... 나쁜 년! 이라고도 중얼거린다. 이게 다 당신을 닮아서야, 안 그래? 거실 오른쪽의 벽을 향해 그는 소리친다. 시멘트뿐만이 아닌 시멘트 벽 속에선 아무런 대꾸도 들려오지 않는다. 좌우로 목을 우두둑, 꺾어주고는 애덤스는 자리에서 일어선다. 빈병을 들고 그는 다시 거실을 서성인다. 지팡이 대신 빈병을 손에 쥔 조니처럼, 그는 걷는다... 좁은 거실을 맴돌기 시작한다. 그는 삑, 삑 휘파람을 불어본다. 빈병을 식탁 위에 내려놓고

내려놓다가

의자 위에 놓여 있는 총을 발견한다. 창이 앉았던 자리였다. 뚝, 휘파람 소리가 끊어진다. 그는 우두커니 총을 바라보다가... 집어 든다, 피스톨을 열어 잘 장전된 여섯 발의 탄알을 확인한다. 그는 잠시 눈을 껌벅였지만 별다른 반응을 보인 것은 아니었다. 귀찮은 듯 다만 현관을 잠그고 돌아와 그는 크게 하품을 한다.

†

눈을 떴다. 몇 번이고 마른침을 삼키고 난 후에야 애덤스는 시간을 확인한다. 두 시 삼십오 분. 제기랄, 하는 그의 표정에 실망이 가득하다. 떡진 머리로 소파에 앉아 그는 침침한 눈을 몇 번이고 문지른다. 그는 물을 마신다. 화사한 햇살이 물잔을 쥔 그의 손등을 귀찮게도 간질인다. 그는 창가로 다가간다. 여전히 연기가 치솟는 시내를 제외하고는 별일 없는,

더없이 고요한 세상의 풍경이다. 멀리 느릅나무로 뒤덮인 숲 쪽을 바라보
다 그는 소파로 돌아온다. 제기랄, 하고 그는 중얼거린다. 이제 뭘 하지?
뾰족한 생각이 떠오르지 않는다. 쿵, 쿵 천장을 울리는 소음이 그의 신경
을 거스른다. 두 손에 얼굴을 파묻은 채

　그는 끝까지 이럴래? 라고 중얼거린다.

　그는 얼굴을 든다. 소파에 몸을 묻은 채 멍하니 앉아 있다 덴버 브롱
코스의 사인 볼을 말없이 집어 든다. 익숙한 동작으로 그는 공을 던지기
시작한다. 타원형의 가죽공이 시원스레 벽을 때리자 그나마 조금씩 기분
이 나아진다. 삑, 삑 휘파람을 몇 번 불다

　그는 우두둑
뻐근한 목을 꺾어주었다.
여전한 가죽공의 느낌은
아는 사람만이 알 것이다.

그녀의 콧수염

권 리

권 리

1979년 서울에서 출생했다. 2004년 장편소설 『싸이코가 뜬다』로 제9회 한겨레문학상을 수상했다.
지은 책으로는 장편소설 『왼손잡이 미스터 리』『눈 오는 아프리카』 등이 있다.

"뇌졸중 때문이셨나요?"

"오랫동안 앓으셨지. 돌아가실 땐 뼈밖에 없으셨어."

"슬펐나요?"

"실은 십 년 전부터 마음의 준비를 했어. 근데 막상 죽음이 닥치니까 현실 같지 않더군. 그 죽음은 뭐랄까……, 하나의 이미지에 불과했어."

기파랑은 이불을 돌돌 말고 그녀에게 손을 접착한 채 눈을 감고 있었다. 가여운 아이. 어머니에 대한 기억이 없었다. 그를 잉태하자마자 영면하셨던 것이다. 그러니 이렇게 누군가의 손에 자신의 손을 접착하고 있는 일에 서툴렀다. 그의 손은 오랫동안 애정의 감금 상태에 있었다. 여자는 그의 손을 석방한 뒤 시계를 보았다. 체크아웃까지는 삼십 분. 아직 초가을이었고 제법 서늘해진 태양이 은은한 그림자를 방 안으로 드리웠다. 덜 자란 기파랑의 구레나룻 위로 햇살이 번졌다.

아,

그때의 기파랑의 얼굴은……

아름다웠다.

그에게는 시인 같은 아름다움이 있었다. 스페인의 열병 환자 로르카가 한국에서 태어났다면, 바로 저런 모습이지 않았을까. 소년의 얼굴을 보자 여자는 열여덟의 자신을 떠올렸다. 그러자 조금 슬퍼졌다. 다시는 돌아갈 수 없는 행복한 열여덟 살의 추억이 생생한 식물처럼 그녀 앞에 살아서 꿈틀거리고 있었다. 그녀는 그 나이 때 단 한 번도 혼자가 아니었다. 그녀는 잠시 추억 안에 머물러 있다가 불현듯 뛰쳐나와 그를 꼭 안았다. 뒤에서 감고 있는 그의 허리, 이불 밖으로 수줍게 튀어나온 맨발, 잔털이 박힌 발가락 발가락 그리고 안타까움…… 넌 너의 아름다움을 볼 수 없구나.

그녀는 마지막 포옹과 키스를 한 뒤 침대에서 일어났다. 욕실에 들어가자마자 여자는 기파랑의 면도기를 물에 적셨다. 그녀는 언제나 그의 면도기를 썼다. 사용 후엔 늘 깨끗이 말려두어 원래 자리에 복귀시켰다. 자신이 겨드랑이 털을 민다는 사실을 어쩐지 들키고 싶지 않은 것이었다. 아, 겨드랑이 털은 지나치게 동물적이다. 동물적인 낭만이란 없다. 낭만은 언제나 식물적이다. 적어도 식물 같은 연애를, 최대한 소극적인 연애를 하고 싶었던 그녀였다. 만일 이 동물적 본새를 들킨다면 두 식물을 보호하는 온실의 유리 천장이 머리 위로 부서지리라. '여자란 몸에 털이 없어야 하는 법이야.' 어머니의 잔소리가 그땐 왜 그리 지루한 자명종 같던지……

물에 적신 면도기를 들고 그녀는 거울을 쳐다보았다.

뭐지?

인중 위에 일 밀리미터의 털이 검고 빳빳하게 자라나 있었다. 외계에서 온 성게 가시처럼 이질적이고 동물적인 그 무엇. 그것은,
콧수염이었다!

"탕탕탕탕!"
기파랑은 문을 두드렸다. 여자는 반사적으로 문을 잠갔다. 교미가 끝난 후에는 꼭 소변을 보는 기파랑이 야속했다. 소변을 봐야 이물질이 깨끗이 내려간다는 말을 들을 때마다 여자는 꼭 그 이물질이 자신의 속성에 대한 집약인 것처럼 불쾌했다. 내가 화장실 변기 안으로 쓸려 들어가야 하는 그 더러운 이물질은 아닌가. 그러거나 말거나 기파랑은 여자가 샤워를 하는 중에도 종종 화장실에 아무렇지도 않게 들어왔다. 그러곤 엄마 앞에서나 하듯이 다리를 벌리고 서서 오줌을 누었다. 그녀는 그 모습이 왠지 싫었다. "맘대로 들어오는 건 좋아, 단 앉아서 소변을 보기 바란다." 그는 순순히 여자의 말을 들었다. 그러고는 아무 때고 욕실에 들어와 앉아서 소변을 보았다. 여자는 그와의 관계에 변화가 생겼음을 눈치 챌 수 있었다. 요즘 들어 그의 나이가 두꺼운 무게로 다가왔다. 물론 연애를 시작하기 전에도 그와의 나이 차가 두 사람의 관계를 파국으로 이끌 것이란 예상을 하지 않은 것은 아니었으나, 그녀는 어쩐지 불안해졌다.
여자는 겨드랑이에 바르려던 면도 크림을 인중에 발랐다. 그리고 면도기로 콧수염을 깨끗이 없애버렸다. 이제 콧수염은 사라졌다. 파르라한 흔적만 살짝 남아 있을 뿐이었다. 그녀는 그곳을 연신 만져보았지만, 좀

전에 그곳에 콧수염이 나 있었단 사실이 믿겨지지 않았다. 그녀는 다시 콧수염이 난 자리를 만졌다. 언제부터 자라고 있었던 걸까? 아, 어쩌면 기파랑은 이미 콧수염을 봤는지 모른다. 아까는 잠결이었고 반쯤 눈을 감고 있었다. 지금 저렇게 문을 두드리는 것도 소변이 마려워서가 아니라, 꿈에서 본 어떤 여자가 콧수염이 있었다는 것을 말하려는 것인지도 모르는 일이었다.

'만일 면도기에서 콧수염의 작은 조각이라도 발각되는 날엔 우리 관계도 끝장이야. 그앤 콧수염의 이미지를 통해 그의 아버지를 떠올리고 날 공포와 두려움의 대상으로 바꿔버릴 거야. 기파랑은 겉으론 다 자란 성인인 것처럼 굴지만, 결정적인 순간엔 쪼그라든 어린이로 변해 〈귀가〉해버리고 말걸.'

"탕탕탕탕!!!!"

문 두드리는 소리가 마치 심장에 발사된 총소리 같았다. 그녀는 필사적으로 "잠깐만!"이라고 외치면서 면도기를 원래 자리에 돌려놓았다. 기파랑은 기어이 모텔 문을 부술 작정이었다. 그녀가 황급히 문을 열어보니, 기파랑은 발가벗은 채 두 다리를 벌리고 서 있었다. 그의 표정엔 화난 기색이 역력했다. 기파랑의 다리를 살피던 여자는 깜짝 놀랐다. 그의 두 다리 사이로 오줌 줄기가 흘러내리고 있었던 것이다. 여자는 얼른 자리를 비켜주었다. 하지만 너무 늦었다. 기파랑은 벌써 일을 끝내버렸던 것이다. 축축한 욕실 밖의 깔개를 보며 여자는 웃음이 터져 나왔다.

"너, 설마, 싼 거니?"

그녀의 말이 끝나기도 전에 기파랑은 얼굴을 일그러뜨리기 시작했다. 그녀가 그의 다리 사이로 얼굴을 가까이 하려 하자 그는 필사적으로 저항

했다. 하지만 그 순간 그녀의 콧속으로 정말이지 비린 냄새가 흘러들어왔다. 이상형의 남자가 서서 오줌을 지린 것이다.

"선생님이 나를 사랑하는 건 변기 뚜껑 때문이죠?"

기파랑이 말했다.

"뭐?"

"내가 변기 뚜껑을 올려놓지 않는 사람이기 때문인 거잖아요, 그죠? 선생님은 언젠가 내가 변기 뚜껑을 올려놓고 나오니까 수컷처럼 굴지 말라고 했었잖아요."

"그래서?"

"그담부턴 나도 암컷처럼 앉아서 오줌을 눠요. 아까 문을 두들겼을 때 선생님이 열어주기만 했어도 난 얌전히 변기에 앉아서 일을 봤을 거라구요."

"내가 실망했다고 생각하니?"

기파랑은 고개를 끄덕였다. 그녀는 기파랑을 안았다. 그 순간 잠자고 있던 기파랑의 성기가 다시 부풀기 시작했다. 그는 어린애의 가면을 벗어던지고 그녀를 번쩍 안아 욕조 안으로 들어갔다. 욕조에 걸터앉은 그는 그녀를 뒤에서 안은 채 얼굴을 파묻었다.

"엄마, 아니 누나, 나 알바 가기 싫어, 앙."

그녀는 그의 말실수에 충격을 받았다. 프로이트의 책 사십팔 페이지에 예로 실려도 좋을 만큼 완벽한 무의식의 장난이었다. 그녀의 품에 얼굴을 파묻고 우는 척하는 그의 모습. 둘이 함께 침대 안으로 들어가기 전 팔의 근육을 과시하며 와인의 코르크 마개를 따던 그의 남성은 온데간데없었다. 그 와중에 그는 선생님이라고 부르기로 한 암묵적인 약속도 일방적으로 깨버렸다. 기파랑의 선언에 의해 두 사람은 연인(戀人) 관계에서 모자(母子) 관계로 허물어져 내리고 있었다.

*

여자는 육 개월 전, 어머니가 돌아가시던 날을 떠올렸다. 영면의 순간에마저 어머니는 여자의 앞날을 걱정하셨다. 이제 좋은 배필을 만나 결혼을 해야 하지 않느냐는 것이었다. 여자는 차마 어머니의 손을 잡고 있을 수가 없었다. 손의 온도가 점차 내려가는 것이 느껴지는 것 같았기 때문이다. 그녀는 잠을 깨려고 자판기에서 커피를 뽑았다. 다시 돌아왔을 때 어머니는 이 세상 사람이 아니었다. 그 차가운 손, 그녀에게 남은 것은 그 찬 손의 이미지뿐이었다.

어머니는 그녀에게 전부였다. 어머니에게도 그녀가 전부였다. 어머니의 철저한 기획이 없었다면 불가능했을 성공. 그녀의 어머니는 한국식 교육에 일찌감치 회의를 가졌고, 딸에게 홈스쿨링을 시켰다. 열여섯 살 때는 홀로 캐나다로 이 년간 유학을 보냈다. 캐나다에서 돌아온 뒤 그녀는 일반 학교에 편입하는 대신 검정고시를 통해 고교 졸업 자격을 획득했다. 그사이 어머니는 아버지와 성격 차이로 합의이혼을 한 상태였다. 여자는 미처 사춘기를 겪을 새도 없이 대학에 들어갔다. 그러나 일 년 만에 제적당했고—그녀는 중퇴했다고 주장하지만, 실은 출석 일수가 부족했기 때문에 제적당한 것이 맞다—미국으로 유학을 떠났다. 프린스턴 대학은 그녀가 홈스쿨링을 했다는 것과 고등학생 때 이 년에 걸쳐 환경단체에서 모피 생산 반대를 주장하는 운동을 했다는 점을 높이 평가해서 입학을 허락

했다. 대학 입학 후 그녀는 공부에 지나칠 정도로 매달렸다. 그녀에게 대시한 두 명의 흑인과 한 명의 백인, 세 명의 중국인 남자를 차버릴 수 있었던 것도 바로 학문에 대한 열정 때문이었다. 그녀는 일 년간의 탐색 기간을 거쳐 마침내 예술사와 미학을 전공으로 정했다. 칠 년의 유학 생활을 마치고 한국으로 돌아와 유명 대학의 미학과 교수가 되는 것은 어렵지 않았다.

어머니의 사망 이후, 그녀는 죽음을 본격적으로 두려워하기 시작했다. 죽음과 반대되는 젊음과 생에 대한 끝없는 환상을 쏟아냈다. 죽음은 더 이상 먼 미래가 아니었다. 노화가 진행되면 진행될수록 그녀는 무의식적으로 지나친, 이제는 과거가 되어버린 젊음을 환상적으로 재구성하기 시작했다. 무질서하고 무절제하고 불균일하고 서툴렀던 젊은 시절의 고통은 간데없이, 그녀는 청춘 예찬론자로 돌변해버렸다. 거기에 열여덟 살 소년이 등장하게 되자 그녀는 자신이 갑자기 폭삭 늙어버린 기분을 느꼈다. 기파랑의 등장은 이질적이었다. 그는 모든 망령 든 것들을 짓밟고 등장했다. 그의 다리는 길쭉했고 또 너무 날씬해서 슬퍼질 지경이었다. 그의 몸매와 젊음, 빛나는 눈과 날렵한 행동들은 그녀를 완전히 기죽이고 말았다. 그때가 벌써 사 개월 전. 여자는 홍대에 있는 대안 갤러리에서 어느 미술 잡지와 인터뷰를 하고 있었다. 그녀는 자신의 말에조차 집중할 수가 없었다. 자신을 찍는 프리랜서 사진 기자는 너무도 아름다운 남자였다. 벽면에 장식된 비디오 아트 작품에서 흘러나오는 기계음 외에는 아무 소리도 들리지 않았다. 머릿속에는 '사진 기자 기파랑'이라는 명함 속의 이름만이 떠올랐다. 기파랑, 기파랑, 찬기파랑가(讚耆婆郎歌). '열치며 나타난 달이 흰 구름 좇아 떠가는 것 아닌가. 새파란 시냇가에 기랑의 얼굴

이 있구나. 이로부터 시냇가 조약돌에 낭이 지니시던 마음의 가를 좇고
싶어라. 아! 젓가지 높아 서리 모를 화판이여.' 검정고시 문제집에 나온
그 향가의 해설을 그녀는 도저히 납득할 수 없었다. '잣나무처럼 곧은 기
개와 달과 같은 고아한 기파랑을 찬양함으로써 화랑의 옛 정신을 부흥시
키려는 의미라니! 어째서 이 시가? 경덕왕 시절은 삼국통일이 된 지 백
년이나 지날 무렵이어서 화랑의 기개 따위는 약해질 대로 약해진 시기였
다. 화랑 간의 동성애도 암암리에 있었으리라. 그런데 기파랑의 절개를
예찬한 것이라고? 이 향가는 기파랑이 죽은 뒤 그를 짝사랑했던 충담사
가 그에게 뒤늦게 고백한 헌사에 다름 아니다. 고전문학사적 위치 때문에
이것이 사뇌가의 최고 경지로 둔갑했는지는 몰라도, 오늘날의 관점으로
보면 이것은 말할 것도 없이 동성애 문학이다!' 그녀는 그렇게 생각하며
기파랑의 얼굴을 보았다.

'아, 나는 저애를 쉽게 갖지 못할 것이다. 하지만 가질 수 없다면, 아
무도 그를 가지지 못하게 하겠다.'

여자는 기파랑의 순수한 얼굴을 보며 걷잡을 수 없는 혼란에 빠졌다.
그녀 주변에 널려 있는 소위 냉소적 지식인이라는 작자들에게서 흔히 엿
보이는 회의주의적 태도 또한 없어 보였다. 지식이 지식인을 광기로 몰아
간다느니, 뇌간에 먹물이 낄수록 사회를 더 냉소하게 된다느니, 하는 생
각을 해본 적도, 해볼 필요도 없어 보였다. 그는 순수 그 자체였다. 그렇
게 생각하면 할수록 그녀는 기파랑을 갖고 싶어 안달이 났다. 아직 열여
덟인 그는 변성기의 끝물에 있었다. 그녀는 변성기 이전에 기파랑의 목소
리가 어땠을까 상상해보았다. 하지만 아무리 상상해보아도 그의 순수함
의 본질에는 도달하지 못할 것이었다. 그럴수록 그녀는 더욱 안달이 났

다. 耆(늙은이 기), 婆(할미 파), 郎(사내 랑)…… 왜 저 아이의 이름은 하필 늙은이와 할미와 사내란 말인가? 나는 어쩌면 저 사내에 대한 상대성으로 인해 늙은이와 할미의 위상이 되어버릴 가능성이 있구나. 그녀가 이 같은 억측을 내리기까지는 불과 오 초도 걸리지 않았다. 흰머리가 나기 시작하고 그로 인해 죽음에 대한 불안에 사로잡히고, 어머니가 돌아가신 뒤 죽음에의 공포 때문에 알코올 중독에 빠져 있었던 일련의 일들은 바로 기파랑을 만나는 사건을 위해 예비된 일일지도 모른다고 말이다. 잠깐의 희열이 지나고 난 다음에 그녀는 다신 돌아갈 수 없는 열여덟을 떠올릴 때보다 더한 슬픔이 느껴졌다.

'고백을 한다면 영영 저애를 잃어버리게 될 것이다. 나는 사회적 지위가 있는 저명한 교수다. 한순간에 모든 것을 잃을 수도 있다. 하지만 저애를 잃는다면 더욱 비참해질 것이다…… 품격. 과연 요즘에 품격과 윤리라는 게 있기는 하던가? 나의 품격은 윤리적 당위성에 의해 인위적으로 만들어진 것이다. 하지만 저애의 품격은 마치 화랑처럼 원래부터 갖고 태어난 것 같은 느낌이다. 나란 인간, 나아가 현대 사회가 품지 못한 품위를 저 새로운 세대가 갖고 있었던 것이다!'

그날 인터뷰가 끝난 후, 기파랑이 그녀에게 먼저 나이를 물어본 것이다. 그가 "마흔여덟이면 아직 젊네요"라는 말로 모종의 제스처를 취하지만 않았어도 그녀는 네 번째 사랑에 뛰어들 생각 따위 하지 않았을 것이다. 그랬다면 학구열에 불타는 교수로 연구에만 집중하며 살아갔을 것이다. 그러나 그 학구열이라는 것은 욕망의 또 다른 이름에 지나지 않았다. 그녀는 언제나 욕망에 허기졌다. 지식욕, 성욕, 식욕…… 그녀는 욕망을 채우기 위해서라면 뭐든 했다. 하지만 욕망이 완벽히 해소된 적은 단 한 번도 없었다. 욕망이라는 것이 원체 채워질 수 없는 한계를 지니고 있기 때문이다. 욕망은 타인으로부터 훔쳐오는 것이지, 자기 발생적인 것이 아니었다. 욕망을 스스로 발전시킬 수 있는 사람은 없다. 욕망이 채워지면 채워질수록 더 많은 욕망의 갈증에 시달렸다.

갈증을 채우는 가장 쉬운 방법은 연애를 하는 거였다. 서른이 되기 전까지 그녀는 세 번의 연애를 했다. 첫 번째 남자는 열아홉 살 때 만났다. 제주도에 여행 갔다가 우연히 만난 이 한국인 남자는 상냥함의 탈을 쓴 가부장주의자였다. 매사에 첫 문장이 '남자는'으로 시작하는 사람이었다. 그녀는 점차 이 남자의 가부장적인 생각에 질리기 시작했다. 그녀는 이 남자와의 연애가 실은, 남자에 대한 사랑 때문이 아니라, 이 남자를 사랑하는 자신을 사랑하기 위해서라는 것을 깨달았다. 두 번째 남자는 스물네 살 때 로스앤젤레스에 여행 갔다가 만난 독일인 과학도 한스였다. 그녀는 이 남자를 보자마자 "제가 아는 누군가와 닮았어요"라는 말로 운을 뗐다. 한스는 우연찮게 그녀의 첫사랑과 똑 닮은 것처럼 보였다. 그러나 그것은 그녀의 착각이었다. 그녀는 자신이 만든 이미지를 한스에게 씌운 것뿐이었다. 그들은 인간의 본성은 무엇인가, 역사는 진보했는가, 이원론은 타당한가, 과학기술은 인간의 삶의 질을 높이기 위한 목적으로 발전했는가 따위에 대해 대화했다. 침대에서 사랑을 나눌 때보다 카페에 앉아 진화론이 과연 옳은가에 관해 토론할 때 더 불꽃이 튀었다. 하지만 이번에도 먼저 질린 사람은 그녀였다. 육 개월의 연애 뒤에는 옛 여행의 추억, 유럽인과 아시아인 사이의 문화적 차이, 그리고 그녀가 한스에게 덧씌웠다 허망한 가죽으로 남은 허구의 이미지뿐이었다. 이어서 세 번째 남자는 평범하다는 표현이 부족할 정도로 평범한 사람이었다. 키도 한국인 평균 키였

고, 몸무게도 평균, 학벌도 중위권 대학 출신이었고, 집안도 평범한 중산
층이었다. 요컨대 평범함의 기준이 될 수 있는 남자였다. 그런데 사귄 지
삼 개월 만에 그녀는 자신이 틀렸다는 것을 알았다. 이 남자는 이상한 결
벽증이 있었다. 주변의 물건이 흐트러지면 화를 낼 정도로 예민했다. 정
리욕은 배변기의 나쁜 습관에서 온 것이라고 여자가 주장하면, 남자는 비
웃었다. 그는 옷을 벗는 순서와 입는 순서를 정확히 해야만 했다. 이 습관
은 사랑 중에도 여지없이 이어져서, 교미 뒤에 키스를 해주는 부위와 개
수도 정확히 정해져 있었다. '정리를 미치도록 좋아하는 이 남자는 나와
헤어진다면, 틀림없이 파일 하나를 장만할 것이다. 그리고 파일에 내 이
름을 쓸 것이다. 파일을 넘기면 나와 처음 만났던 장소, 나와 처음 간 식
당, 나와 처음 본 영화, 나와 처음 사랑을 나눈 자동차의 종류와 연식, 번
호판의 숫자가 꼼꼼히 적혀 있을 것이다.' 그것을 알면서도 그녀는 욕망
에 집착하며 남자를 몰래 집에 데려왔다. 마지막으로 한 번만 하자는 그
녀의 말에 남자는 못 이기는 척 그녀의 침대 안으로 들어왔다. 그가 새벽
네 시 반에 집으로 돌아간 뒤 그녀는 두 시간을 자고 일어났다. 그날 아침
그녀의 어머니는 식사 내내 한마디도 하지 않으시다가 이렇게 말씀하시
는 거였다. "네 침대 밑에서 찾아낸 콘돔이 벌써 다섯 개다. 대체 누구
냐?"

여자는 이처럼 남자들에게 자기만의 이미지를 덧씌웠다. 마치 레고
블록을 쌓았다 무너뜨리기를 반복하는 아이처럼 끝없이 허구적 이미지를
쌓아올리고는 완성의 단계에서 스스로 바수어버리곤 했던 것이다.

*

　여자는 소파에 앉아 홀로 와인을 마시고 있었다. 사진을 찍으러 춘천에 갔다가 돌아온 기파랑은 피곤에 취해 푹 잠들어 있었다. 언제나 아이처럼 시트를 돌돌 말고 잠드는 것이 그의 잠버릇이었다.

　'나는 할미, 저애는 어여쁜 사내. 하지만 식물적 연애를 할 뿐인 우리에게 동물적 나이는 중요한 게 아니야.'

　그녀가 집에 남자를 들이는 것은 무척 이례적인 일이었다. 남의 눈에 띄는 게 싫었고, 무엇보다 집에 남자의 털이 남는 것을 참을 수가 없었던 것이다. 하지만 기파랑만은 예외였다. 그는 모든 면에서 예외였다. 그의 솜털은 얼마든지 빠져도 괜찮았다. 잠든 그의 모습에서 가장 아름다운 부분은 속눈썹이었다. 손가락처럼 길고 풀처럼 무성한 속눈썹은 기파랑의 모든 것을 담고 있었다. 아름다움, 깊이, 비밀, 순수함…… 그녀는 그의 속눈썹에 키스를 해주고 싶었지만, 꿈쩍도 하기 싫을 만큼 만사가 귀찮아졌다. 이미 와인에 무척 취해 있었다. 그래도 와인을 끊을 수는 없었다. 술을 마실 때만큼은 세상의 모든 시련과 안녕이었다. 이제 곧 쉰이 될 그녀에겐 수많은 계획이 있었다. 더 많은 책을 읽고 더 많은 논문을 발표하고 대중적인 글도 쓰고 텔레비전 출연도 자주 하고 싶었다. 하지만 그중에 콧수염을 기르겠단 계획은 결단코 없었다.

　'콧수염이라니! 우연한 사건치고는 너무도 일방적이고 공격적이다! 아니, 우연이 아닐 수도 있다. 콧수염이 응당 자라날 수밖에 없는 필연적인 이유가 있을 것이다!'

　그녀는 인중 위를 습관적으로 만졌다. 아무것도 느껴지지 않았다. 하지만 그녀는 아직도 털이 자라고 있는 것 같은 괴이한 기분을 느꼈다. 콧수염을 발견하자마자 흔적도 없이 밀어버렸기 때문에 불과 몇 시간 전에 그곳에 털이 있었는가도 의심스러웠다. 콧수염이라고 부르기엔 뭔가 석연찮은 털이었다.

'그 털을 대체 어떻게 정의내리면 좋을까? 아, 정의를 내리고 싶다! 이름을 붙여주고 싶다!'

그녀는 뭔가가 정의되지 않은 채 돌아다니는 꼴을 보지 못했다. 대상을 한 손으로 휘어잡아 이름이든, 의미든 갖다 붙여야만 직성이 풀렸다. 그것은 단순한 콧수염이 아니었다. 단지 '콧수염'이라는 언어로 구조화된 무엇이었다. 콧수염은 욕망일 수도 있고, 죄의식일 수도 있고, 믿음의 부재일 수도 있고, 남성성에 대한 기대일 수도, 실망감일 수도, 결핍감일 수도, 이별의 징후일 수도, 자기 과시의 흔적일 수도 있었다. 콧수염이라는 언어에서 느껴지는 의미는 무궁무진했다. 하지만 그 무엇도 콧수염의 존재이유까지는 설명해주지 못했다. 그녀는 콧수염에게 많은 것을 양보했다. 그것의 존재이유가 설명 가능하기만 하다면, 콧수염이 사라지지 않아도 좋다고 생각해버린 것이다. 하지만 만일 콧수염의 의미를 해독하지 못한다면, 그에 대한 욕망은 영원히 해소되지 않을 것이고 그녀는 결핍감에 시달릴 것이다. 욕망의 근원이 결핍이라면 그 끝은 죽음이었다. 그녀는 자신이 미치지 않았다는 것을 증명하기 위해서라도 결단코 그 콧수염의 암호를 풀어야만 했다.

어째서 콧수염인가?

얼마 전 어느 외국 가수의 앨범 표지 사진을 본 잔상이 남아서일지도 모른다. 그 가수는 소위 여성성이 넘치는 외모였으나 삭발을 한 탓에 중성처럼 보였다. 전형적인 미남 엘리트와 결혼해서 세제 광고에 출연하기 직전 발표한 음반 재킷에서 그녀는 남장을 하고 있었다. 코 밑에 과장된 콧수염을 그린 채로 말이다. 그 다음에 떠오른 이미지는 살바도르 달리의 사진이다. 열여섯에 그녀는 달리의 까만 콧수염을 보고 충격을 받았다. 그는 콧수염으로 높은음자리표를 만드는 기이한 상상력의 소유자였다. 장난기 어린 그의 표정도 콧수염에 대한 환상을 불러일으키기 충분했다. 달리의 미소는 그간 그녀가 목격한 콧수염들의 총정리와도 같았다. 그것을 보자마자 그녀는 완전히 반해서 그 아저씨처럼 언젠간 콧수염을 길러보고 싶다는 생각을 했었다. 끝으로 떠오르는 이미지는 〈한겨레21〉에서 본 '남자 돼가는 여자'라는 제목의 기사다. 그것은 점차 중성화되어가는 사회에 대해 논의하면서, 트랜스젠더나 동성애자에 대한 폭넓은 이해를 촉구하는 글이었다. 그녀에게 동성애 경험이 있는 것은 아니다. 대학 때 그녀는 남성적인 느낌의 히스패닉 룸메이트를 살짝 좋아한 적은 있었다. 그러나 그것은 젊은 여자들에게 잠깐 머물렀다 사라지는 사춘기의 찌꺼기 같은 감정이었다.

어쨌거나 저 세 가지가 콧수염의 존재이유를 그럴듯하게 설명해주는 듯도 하다. 하지만 여전히 찜찜했다. 콧수염에 붙여줄 이름은 영원히 생각나지 않을 것만 같았다.

그런 때 하필이면 토론 프로그램에서 전화를 걸어왔다. 그녀는 꽤 인기 있는 패널이었다. 프린스턴의 석, 박사 과정을 삼 년 만에 마친 것, 최우수 졸업생이라는 것, 스물여덟에 정교수가 된 것, 마흔여덟이라는 나이가 무색할 정도로 동안인 데다 미혼이라는 점 등 때문에 대중적 인기를 누렸다. 하지만 얼마 전 토론 프로그램에 참석할 수 있는지 연락을 받았을 때, 그녀는 망설였다. 방송국의 작가는 그녀에게 애원하듯 매달렸다. "선생님이 안 나오시면 안 됩니다. 아무리 찾아봐도 선생님만 한 패널이 안 계세요…… 제발 부탁드립니다." 이번 토론은 최근 어느 연극에서 배우들이 나체로 나오는 것이 사회 문제가 된 것을 토대로 '예술의 자유, 어디까지 허용할 것인가?' 하는 것이 주제였다. "반대편 패널은 누군가요?" 말꼬투리 잡기의 대가인 문화평론가의 이름을 듣자마자 그녀는 한숨을 터뜨렸다. "내일까지 생각할 시간을 주세요."

전화를 끊은 뒤 불안의 축제가 시작되었다. 그녀는 머리가 멍해질 때까지 와인을 마셔댔다. 오후 세 시경에 냉장고에 있던 와인이 모두 떨어졌다. 새로 와인을 사러 가고 싶었지만, 사람들이 쳐다볼까봐 불과 십 미터 거리에 있는 편의점에 갈 수가 없었다. 그 순간 좋은 생각이 났다. 우연치 않게도 얼마 전부터 신종플루가 대유행하고 있었다. 마스크로 콧수염을 가리면 되는 것이다! 그러면 신종플루 환자로 의심을 받긴 하겠지만, 누구도 콧수염 때문에 마스크를 썼을 거란 의심은 하지 않을 것이다!

그녀는 마스크를 사려는 척 약국에 들어갔다. "신종플루에 걸리면 몸에 이상한 변화가 옵니까?" 그녀가 약사에게 물었다. "기침을 하고 열도 심하게 날 수 있죠." "아니, 그런 것 말구요." 그녀는 슬며시 입을 가리고 있던 손을 뗐다. "콧수염이 나고 있어요." 약사는 의아해하며 그녀의 입 주위를 보았다. 하지만 아무것도 발견하지 못했다. "콧수염은커녕 잔털도 없는데요?" "여기 오기 전에 깨끗이 밀었거든요. 근데 정말로 콧수염이 나고 있습니다." "신종플루 확진을 받으셨나요?" "아뇨. 그냥 마스크 하나 주세요." "혹시 조기 폐경이 되셨나요?" "아뇨, 아뇨." "그럼 스트레스를 많이 받으시나요?" "수염이 스트레스와 상관있습니까?" "스트레스 때문에 여성 호르몬이 제대로 나오지 않아서 중성화되는 경우가 있거든요." "제가 남자가 되어가는 건가요? 내일부터 서서 소변을 봐야 하나요?" "아니, 그럴리가요."

여자는 마스크를 낀 채 밖으로 나왔다. 약국에 가면 언제나 소득이 없다니까. 그녀는 고개를 숙인 채 편의점으로 걸어갔다. 고르고 자시고 할 새도 없이 무심코 하나를 집었는데 가장 싸고 맛없는 호주산 와인이 들렸다. 하지만 그녀는 그것을 당장 사버렸다. 그리고 잠깐 밖으로 나왔다가 다시 편의점으로 들어갔다. 기파랑에게 줄 우유를 하나 사려고 한 것이다. 편의점 직원과 아르바이트생은 마스크 쓴 그녀를 보자마자 나누던 대화를 뚝 그쳤다. 그리고 노골적으로 쳐다보았다. 신종플루 확진 환자가 늘면서 생긴 자연스러운 현상이었다. 그녀는 마치 사람들이 자기 콧수염을 눈치 채고 수군대는 것 같은 꺼림칙한 기분을 느꼈다. 생각날 때마다 마스크 안으로 손을 넣어보았다. 털의 감촉은 느껴지지 않았지만, 계속 수염이 자라나는 것만 같았다.

여자는 와인 병을 옆구리에 끼고 오피스텔 앞으로 걸어갔다. 누군가 건물 앞에 쭈그리고 앉아 있었다. 기파랑이었다.

"우유 사왔어."

"감기 걸렸어요?"

기파랑이 그녀의 얼굴을 쳐다보며 물었다.

"들어가자. 단, 마스크를 벗어보라곤 하지 마."

그녀는 엘리베이터가 내려오는 소리, 비닐봉지의 바스락거리는 소리, 문을 따는 소리, 옷을 벗는 소리 등 모든 것이 좋았다. 그를 위해 우유를 데우고 그가 옷을 벗자마자 침대에 엎어져 누워 있는 모습을 상상하는 것이 좋았다. 뜨거운 우유를 건네주자 기파랑은 작은 입으로 호호 불면서 그것을 마셨다. 기파랑은 어느새 의자에 앉아, 여자가 식은 우유의 찌꺼기를 개수대에 버리고, 설거지를 끝내고, 빨래 개는 모습을 구경했다. 그의 인중 위에는 우유 찌꺼기가 반원형으로 남아 있었다. 그 모습은 순진해 보이기도 하고 한없이 동정심을 솟구치게도 만들었다. 그녀는 당장이라도 달려가 그 우유 수염을 핥아버리고 싶은 충동을 느꼈다. '저런 앙증맞은 우유 수염의 발명가 같으니!'

"이러고 있으니까 우리 결혼한 것 같죠?"

"나랑 결혼하고 싶니?"

기파랑은 조용히 다가와 그녀를 끌어안고 옷을 벗기려 했다. 그녀의 옷을 벗기는 동시에 자신의 바지와 티셔츠를 벗을 수 있을 정도로 기파랑은 숙달되어 있었다. 하지만 그녀는 기파랑을 밀쳐버렸다. 그리고 고개를 돌려 주변을 살피더니 천장의 모서리를 향해 불안한 시선을 보냈다. 기파랑이 다가와 여자의 얼굴을 양손으로 어루만졌다. 여자는 그가 마스크를 벗길까봐 불안하기만 했다.

"또 엄마가 어디선가 보고 계신 것 같아요?"

여자는 고개를 저었다.

"근데 왜 그래요? 마스크 이리 줘요."

여자는 얼굴을 숙인 채 천천히 속옷을 벗었다. 기파랑이 몸을 숙여 그녀의 마스크를 벗기려 하자 그녀는 재빨리 이불 속에 들어가 몸을 숨겼다. 이어 기파랑이 그 위로 훌쩍 날아올랐다. 그 순간 여자는 뭔가 헐렁해진 기분을 느꼈다. 옆으로 돌아누웠을 때 기파랑이 어느새 낚아챈 마스크를 자기 입에 쓰고 있는 것이 아닌가.

"대체 어떻게 마스크를 쓰고 키스를 할 수 있단 말이에요?"

그가 장난스레 웃었다. 그녀는 그의 따귀라도 때리고 싶어졌다. 하지만 이상하게도 손이 올라가지 않았다. 따귀를 때려야 속이 시원해질 텐데 따귀를 때리기보다 꿀밤을 먹이고 싶은 것이다. 꿀밤이라니, 대체 왜 나의 동물적 뇌는 이 남자의 육체를 유소년화하는 것일까. 그녀는 등 뒤에 주먹 쥔 손을 넣은 채 베개에 등을 기대고 앉았다.

"혹시 조금 전 내 얼굴에서 이상한 거 못 봤니?"

"글쎄요."

여자는 얼굴을 돌렸다. 기파랑은 마스크를 쓴 채로 여자의 얼굴을 자세히 살폈다. 목과 눈, 입 주변에 세월의 흔적이 약간씩 보였다.

"주름이나 기미는 자연스러운 현상이에요. 제가 그것 때문에 선생님을 싫어할 거라고 생각하신 거라면 절 너무 우습게보신 거예요."

기파랑은 그렇게 얘기하며 여자의 인중에 키스했다. 여자는 그제야 안심했다. 그는 완전히 중요한 이미지를 놓치고 있는 거였다. 아, 저 아이는 생각보다 신경이 둔감한 거야, 의외인걸. 여자는 기파랑에게 입을 맞췄다. 둘은 서로의 몸을 탐색했다. 그러나 여자는 그날따라 기파랑과의 교미에 완전히 실망하고 말았다. 그는 서투르기 짝이 없었다. 마치 엉덩이를 흔들다 소변을 누러 가는 것이 교미라고 착각하는 것 같았다. 차라리 이럴 바엔 교미가 아니라 자위를 하는 편이 낫다고 그녀는 느꼈다. 하지만 그것이 그녀를 화나게 하는 이유는 아니었다. 그녀는 이상한 상상이 들었다. 그녀의 콧수염이 나무처럼 무럭무럭 자라서 그녀를 대체하고 있는 것 같은 느낌, 즉 콧수염이 그녀를 밀어내고 이 침대' 전체를 차지하는 느낌이 든 것이다. 교미를 할 때마다 자꾸 혼자가 되고, 인중에 뭔가 까칠

한 것이 닿을 때마다 그것이 누구 것인지 헷갈리고 말더니, 급기야 고간
(股間)에 닿는 기파랑의 페니스마저 이질적으로 느껴지고 말았다.

"아, 그만." 여자는 그렇게 말하며 기파랑의 몸을 밀쳤다. "다시 한 번
자세히 보란 말야. 사회적 페니스가 안 보이니?"

"사회적…… 페니스라구요?"

엉겁결에 튀어나온 단어였다. '사회적 페니스…… 그래, 콧수염에 가
장 어울리는 단어는 바로 그거였어! 사실 내가 찾고 있던 페니스는 고간
이 아니라 인중에 있었던 거야. 숨겨져 있지 않고, 오히려 남들 눈에 가장
잘 띄는 곳에. 왜 하필 이곳에?'

"네 눈에도 보이지? 내가 미친 게 아니지?"

"뭐가요?"

"콧수염 말야."

"아, 그거요?"

"역시 이번 주엔 방송국에 못 가겠다고 말해야겠어. 이래서 어떻게 토
론 프로그램에 나가겠냔 말야. 아 참, 생각난 김에 MBC 김 작가한테 내
대신 전화 좀 넣어줘. 선생님이 신종플루 확진 판정을 받으셨다구 말야.
남자로 변하는 병에 걸렸다고 말하면 아무도 안 믿어줄 테니."

"신종플루에 걸렸어요?"

눈을 크게 뜨는 기파랑을 보며 여자는 답답한 듯 박수를 쳤다.

"난 남자가 되어가고 있다구! 여기 사회적 페니스가 안 보이니!"

여자가 소리를 질렀다. 여자는 입가에 거품을 잔뜩 바르고 면도기로
수염을 밀기 시작했다.

"난 또 뭐라구. 원래 〈거기〉 있었잖아요."

"언제부터?"

"처음 봤을 때부터. 그게 선생님의 매력이라고 내가 말하지 않았던가요?"

"아냐, 없었어. 콧수염은 처음이라구."

"원래 사람들은 자신에 대해서 잘 모르는 법이니까요."

"진해?"

"조금요."

"얼마나? 남들이 알아챌 만큼?"

"아뇨, 저만 알 수 있을 정도예요."

"그럼 알면서 모른 체한 거야?"

"그냥 털일 뿐이잖아요. 속눈썹과 겨드랑이, 사타구니 주변에 나는 털이 입술 위에 난 것뿐이라구요. 사회적 페니스? 말도 안 돼요. 또 확대해석하는 버릇이 발동한 거예요. 콧수염이 났다고 종일 마스크로 가리고 다녔을 모습을 상상하니 좀 웃긴데요. 언제부터 난 건진 모르겠지만 아마도 그것 때문에 머리를 싸매고 고민했겠죠. 콧수염이 왜 났는지, 어떤 이유와 상황 속에서 이런 일이 발생했는지 분석했겠죠. 그리고 만약에 그 이유를 밝혀내면 콧수염이 사라질 거라고 믿었을 거구요. 빤해요."

기파랑은 그녀의 손에서 면도기를 낚아챘다.

"밀어버릴 필요 없어요. 그냥 나이 들면서 생기는 자연스러운 변화라고 생각해봐요."

여자는 다시 면도기를 낚아챘다.

"이제 집으로 돌아가."

기파랑은 놀랍게도 순순히 옷을 입기 시작했다. 아무 저항도 없이 짐을 꾸리는 그를 보며 그녀는 더욱 화가 났다. 그러거나 말거나 기파랑은 문 앞에 앉아 조용히 신발 끈을 고쳐 맬 뿐이었다. 신발을 다 신은 뒤에도 기파랑은 문 앞에서 가방을 뒤지면서 한참을 얼쩡거렸다. 그리고 나선 뒤를 돌아보더니 수줍은 듯 이렇게 말하는 것이었다.

"지갑을 안 가져왔어요."

여자는 지갑에서 바로 돈을 꺼내주었다. 기파랑은 자존심이 상한다거나 하는 내색도 없이 돈을 받더니 밖으로 나갔다. 그녀는 그렇게 무표정하면서도 무서운 표정은 처음 보았다. 띠리리리, 소리와 함께 철문이 철커덕 닫히자, 그녀는 두 사람의 머리를 보호하고 있던 유리 천장이 무너져 내리는 기분을 느꼈다.

'첨엔 그 아이의 맑고 순수한 눈빛을 보고 과거를 떠올렸지. 쳇, 그렇게 아무것도 모른다는 눈빛을 하고, 삶은 평화롭고 사람들의 본성은 순수할 거라고 믿었던 때가 있었어. 하지만 모든 게 달라졌어. 나는 모성애가 넘치는 사람이지만, 저애에게 줄 만한 모성은 없어. 내가 달라진 게 아니라, 내가 덧씌웠던 허구의 가면이 다시 벗겨지고 만 거야.'

*

그녀는 세 번의 연애 후, 연애 무용론자로 돌아섰던 일이 생각났다. 그때도 역시 연애가 삶을 구원으로 이끈다는 것이 바보 같은 발상이라는 것을 깨달았는데, 그녀에게 연애의 목적은 만족감을 채우는 것일 뿐이었다. 일단 욕망의 해소라는 연애 본래 목적이 달성되고 나면 연애 상대에 대한 흥분이 갑자기 차갑게 가라앉고 마는 것이다. 욕망은 이미지의 허구에서 비롯되었다. 그녀가 타인을 보자마자 누군가와 닮았다고 우기는 것도 이미지의 허구 때문이었다. 그녀는 이미지를 소유했고, 사랑했고 또 욕망했다. 따라서 대상이 그 이미지에 대한 기대에서 조금이라도 벗어나면 급격히 실망하고 욕망의 마음을 완전히 차단해버리곤 하는 것이었다. 그리하여 그녀는 연애가 욕망을 채우는 것이 아니라, 오히려 갈증만 돋운다는 것을 깨달은 뒤, 연애는 무가치하다는 결론에 다다랐다.

며칠 후, 여자에게 전화가 걸려왔다. 평소 같으면 가슴 설렜을 그 전화가 여자한테는 매우 귀찮은 느낌이었다. 전화기 너머 기파랑의 목소리는 싱거웠다.

"돌아가신 엄마 때문 아닐까요? 콧수염이 난 것 말이에요."

"어머니……?"

"선생님은 엄마에 대해 공포를 느끼고 있었지만, 그런 생각조차 하지 않으려 했어요. 그건 불경한 일이고 엄마에 대한 배반이니까요. 하지만 그분이 돌아가신 후에야 어떤 압박감에서 비로소 벗어나게 된 거죠. 육 개월이 지나자 마치 엄마에 대해 저항하듯이 콧수염이 자라난 거예요. 삼차성징과도 같은 거죠."

"고인에 대해서 함부로 말하지 마."

"전…… 우리 엄마에 대해 이야기하고 있는 거예요. 어느 순간부터 선생님이 엄마처럼 느껴지기 시작하더군요. 그리고 나니 왜 내가 선생님을 사랑했는지 알게 된 거예요. 선생님은 사랑엔 이유가 없는 거랬잖아요. 이제 전 이유를 알았잖아요."

"헤어지잔 거니?"

"실은 얼마 전부터 여자 친구가 다시 돌아와달래요."

이 애가 호시탐탐 노리고 있었을 이별 통보의 기회. 여자가 틈을 주자 마자 그애는 그 기회를 가로채버렸다.

"나한테 엄마라고 불러봐."

"예?"

"날 엄마라고 불러보라구."

"엄……마요?"

"그래, 그게 이 엄마의 허락이 필요한 일이니?"

"언제나 상식을 얘기하면서도, 결국엔 상식 밖의 태도를 취하는 선생님의 태도가 버거워요."

전화기 너머 작은 한숨 소리가 여자의 귀에 들려왔다.

"선생님은 절 이용하셨어요. 저를 모성애로 대하면서 선생님의 엄마를 간접적으로 추억하신 거잖아요."

순진한 연애의 종료. 돌연 여자에게서 그애를 갖겠다느니, 빼앗기지 않겠다던 욕망이 사라졌다.

"넌 매사에 그런 식으로 자신을 정당화하는구나."

여자는 전화를 끊어버렸다. 욕망을 놓아버리고 나니 그녀는 한결 홀가분해지고 자유로워졌다. 그녀는 이제 이미지의 그물에 갇혀 있지도 않았다. 눈은 불완전하고 믿을 수 없는 것이었다.

그날 밤 그녀는 그 불완전하고 믿을 수 없는 사물을 활용하여 오피스텔의 창문 밖을 한참이나 응시했다. 어둠이 깔린 밖에는 비가 부슬부슬 내리고 있었다. 어둑한 그녀의 오피스텔 앞에 노오란 가로등 한 대만이 외로이 켜져 있었다. 앞집 담장 너머에서 그녀는 무서운 한 마리의 잣나무를 발견했다. 높이가 삼 미터도 넘는 그 나무는 마치 교미 상대를 찾는 늘대 같았다. 야수성을 버리지 못해 절규하는 한 마리의 나무. 잣가지는 푸른 밤을 열어젖히고 나타난 달을 찌를 듯 매서웠다. 이 잣나무로 말할 것 같으면, 그녀가 십 년 전 이 동네에 오기 전부터 자라고 있던 생물이었다. 그런데 왜 십 년이나 지나서야 이 야수는 그녀의 눈에 띈 것일까. 그녀는 눈의 횡포에 마음이 찢어질 지경이었다. 만약에 그녀가 와인에 취해 있었거나, 한 손에 칼이 있었다면 팔을 휘둘러 오이디푸스 같은 운명으로 자신을 몰아넣었을지도 모른다. 십 년간 이미지의 뒤안에 조용히 서 있다가 어느새 광포한 야수로 자란 나무. 그녀는 그것의 이미지를 재발견하고 입을 틀어막았다. 손가락 마디 사이에서 부드러운 털이 느껴졌다. 인생 최대의 고민이 부쩍부쩍 자라나고 있었다. 섬뜩한 느낌에 그녀는 자신도 모르게 소리를 버럭 지를 뻔하였다.

'엄마 때문이라는 게 사실일까? 분노감이 있었던 건 사실이었어. 엄마가 돌아가시기 전까지 분노를 표출하는 건 금기에 가까웠지. 금기 때문에 난 어머니에게 단 한 번도 반항하지 못했어. 검정고시를 본 것이나, 유학을 간 것이나, 어쨌든 어머니 덕분에 잘되었기에 난 그 모든 게 철저히 내 선택에 의한 결과물이라고 믿었지. 이제 와서 어머니 탓을 할 수는 없어. 비겁한 짓이야. 하지만 그땐 너무했어. 왜 남의 침대를 일일이 뒤지면서 남자들의 콘돔을 수집하느냐 말이야. 정말 이해되지 않는 일이야.'

다음날 여자는 만신창이가 된 기분으로 깨어났다. 그녀의 오른손에는 면도기가 들려 있었다. 그녀는 면도기를 반사적으로 떨어뜨렸다. 그러고는 손으로 얼굴 전체를 비볐다. 그렇게 빨리 수염이 자랄 리는 없다는 것을 알면서도 자꾸만 손가락이 인중 주위를 문질렀다. 뭔가 만져지는 듯했지만 현실감이 없었다. 어쩌면 콧수염이 하룻밤 만에 다시 미친 속도로 자랐을지도 모른다. 지금도 자라고 있을 것이다. 그것은 순식간에 자라나 발끝까지 내려왔을 것이다. 그리고 머리칼, 겨드랑이 털과 함께 세 갈래로 땋으며 나무 덩굴처럼 천장으로 기어오르는 모습…… 아, 내가 콧수염 식물이 되어간다. 아니, 아니, 콧수염 식물이라니! 세상에 그런 나무가 있을 리가.

여자는 바닥에 떨어진 면도기를 주워 욕실로 갔다. 수염이 눈에 띄기도 전에 밀어버릴 생각이었다. 하지만 발가벗은 몸을 거울로 보기가 무서웠다. 축 처진 뱃살, 오동통하게 살이 오른 볼과 턱살, 등살, 얼굴 곳곳의 주름. 모든 세월이 거울 안에 있었다. 모든 부끄러움이 그곳에 있었다, 모든 망령스러움이 그녀 주위에 있었다, 단 하나, 기파랑만을 제외하고. 그녀는 갑자기 슬퍼졌다. 그녀는 두 손에 얼굴을 파묻은 채 변기 위에 앉아서 울었다. 허구였다! 기파랑도 이미지, 그가 찍어대는 것들도 이미지, 우리의 사랑도 이미지였을 뿐. 다신 그 이미지에 속지 않겠다는 무언의 계약을 완성하고, 아쉬움과 슬픔이 서너 번 교차된 뒤에야 그녀는 변기를 졸업할 수 있었다.

마침내 여자가 간절한 마음으로 거울을 보았을 때, 어쩐지 허전한 기분이 들었다. 욕실의 거울이나 그녀의 눈에 이상이 생긴 게 아니라면, 콧수염은 분명히 사라졌다. 지금 당장 존재하지 않는 것인지, 영원히 사라진 것인지, 원래부터 없었던 것인지 알 수 없었다. '남자가 되어간다니! 바보 같은 생각을 했어.' 그녀는 칫솔을 꺼냈다. 가벼워진 마음의 무게만큼이나 듬뿍 치약을 짰다. 칫솔 목이 부러질 정도로 거칠게 칫솔질을 해대면서 그녀는 생각했다. '양치질을 끝내자마자 당장 방송국에 전화를 걸어 출연 의사를 밝혀야겠어. 가서 예술은 무한하지 않다는 얘기를 해야

지. 예술은 이미지 뒤에 숨어 있는 유한집합이라는 것을.'

입을 깨끗이 게워낸 뒤 거울을 보았다. 거울 속의 그녀가 거울 밖의 그녀를 응시하는 듯했다. 어느 쪽이 실물인지 알 수 없었다. 이미지만이 거울의 양쪽을 드나들었다.

'콧수염이 사라지다니…… 평범한 콧수염이 아니었어. 겨드랑이나 사타구니에 감춰진 털도 아니었어. 사회적 페니스이자 겉으로 드러난 암호였어. 가장 은밀한 곳에 숨겨져 있어야 할 페니스가 밖으로 드러난 거였어. 보통 콧수염이 아녔다구.'

왜,

사라진 것일까?

여자는 그 이유가 미치도록 궁금했다. 만일 콧수염이 원래부터 없었던 존재라면 아무 문제도 되지 않는다. 하지만 드러나 있던 콧수염이 사라진 것은 문제인 것이다. 이것은 허기인 것이다, 부재인 것이다, 상실인 것이다. 기파랑이 떠난 밤에도 비슷한 허기를 느꼈다. 그래서 잣나무 야수를 마음 안으로 끌어들여 허기진 욕망을 채우지 않았던가. 콧수염의 부재 이유를 설명할 수만 있다면! 정말로 그럴 수만 있다면 내 몸에 그것이 다시 나타나 거대한 콧수염 식물로 자라난다 해도 용서할 수 있을 텐데.

여자는 냉장고에서 시원한 레드와인을 꺼내왔다. 기파랑이 스무 살이 되면 함께 마시려고 남겨둔 칠레산 와인이었다. 여자는 망설임 없이 코르크에 따개를 꽂고 힘껏 돌렸다. 거대한 밤의 술잔에 붉은 액체가 부어졌다. 그녀는 기파랑을 떠올리며 와인 한 모금을 가볍게 들이켰다. 커다란 와인 잔에 남아 있던 포도 찌꺼기가 그녀의 인중 위에 반원형으로 남았다. 와인 수염의 발명. 와인 수염 제조 공정은 정확했다. 하나의 와인 수염, 또 하나의 와인 수염, 그리고 그 와인 수염 위의 또 다른 와인 수염. 와인 수염이 제조될 때마다 여자는 인중 뒤로 물러났다. 인중 위에 우유 수염을 만들어놓고 헤벌쭉 웃던 기파랑이 생각났다. 인중 위의 수염 따위가—아, 이것도 수염이 될 수 있으려나, 허구의 가면이 될 수 있으려나, 결핍을 채울 수 있으려나…… 뭐, 한 걸음쯤 물러나면 어때, 어차피 우리는 〈물러나〉 있는 존재인걸. 여자는 와인을 또 한 잔 비우고 영겁의 잔이 마를세라 새로운 욕망을 부어 넣었다.

여덟 살

조두진

조 두 진

1967년 生. 2005년 장편소설 『도모유키』로 제10회 한겨레문학상을 수상했다. 지은 책으로는
장편소설 『아버지의 오토바이』 『능소화』 『유이화』 『몽혼』, 소설집 『마라토너의 흡연』 등이 있다.
2001년 근로자문화예술제 대통령상을 받았다.

과수원집의 흰 개는 허연 이빨을 드러내며 그악스럽게 짖었다.

"컹 컹 컹 크러러러럴, 컹컹컹."

가래가 낀 듯, 어쩌면 가래가 아니라 분노나 증오가 목에 걸린 듯 개는 짖었다. 종주는 개한테서 눈을 떼지 못한 채 아버지 뒤로 숨곤 했다. 뒤에 숨고도 겁이 나서 아버지의 웃옷자락을 꼭 쥐고 있었다.

아버지와 과수원집 아저씨는 내일부터 시작할 사과나무 가지치기를 의논하는 중이었다. 이른봄이면 아버지는 과수원의 가지치기를 도왔다. 아버지를 따라가는 길이 아니면 종주는 과수원집에 가지 않았다. 그 집에 또래 친구가 없기 때문이기도 하지만 허연 이빨을 드러내고 무거운 침을 뚝뚝 흘리며 짖어대는 개가 무서웠다. 아버지와 함께 과수원에 들르는 때에도 개는 유독 종주를 향해서만 짖어댔다.

그날도 마찬가지였다. 아버지가 과수원집 아저씨와 마당에 서서 이야기를 나누는 동안 개는 줄에 묶인 채 이리저리 날뛰며 종주를 향해 짖었다. 개가 종주를 향해 짖어대는 모습은 단순히 낯선 사람을 향한 경고 이 상이었다. 기어코 종주의 살점을 물어뜯고 말겠다는 몸부림 같았다. 개가 두 다리를 번쩍 들고 덤빌 때마다 팽팽해진 목줄이 바르르 떨렸다. 목줄 은 땅바닥에 박아놓은 철심에 단단히 묶여 있었지만 개가 미친 듯이 설칠 때마다 바닥에 박힌 철심이 쑥 빠지지 않을까 두려웠다. 주인이 철심을 땅에 힘없이 꽂아놓았을 리 없었다. 아마도 철심은 시멘트 덩어리에 꽂힌 채 바닥에 굳게 묻혀 있을 것이다. 개가 발광한 것처럼 몸부림을 칠 때마 다 목줄은 팽팽하게 당겨졌고, 마당에 박힌 철심도 흔들렸지만 뽑혀 나올 기미는 보이지 않았다. 그래도 두렵기는 마찬가지였다.

아버지의 이야기는 왜 이토록 긴 것일까. 얼른 이야기를 끝내고 나설 것이지 무슨 할 말이 그처럼 많은 것일까. 아버지와 과수원집 아저씨는 바로 곁에 서 있었지만 종주의 귀에는 두 사람이 주고받는 이야기가 들리 지 않았다. 종주는 개의 허연 이빨과 흘러내리는 침, 사납게 짖어대는 소 리에 정신을 온통 빼앗기고 있었다.

개가 짖어대자 과수원집 아저씨는 "워리, 워리, 그만 그만"이라며 부 드럽게 달랬다. 주인의 목소리에 개는 잠시 두 발을 땅에 내려놓았지만, 금세 종주를 향해 덤벼드느라 목줄을 팽팽하게 당기며 일어섰다. 종주가 과수원집 물건에 손을 댄 것도 아니었다. 어쩌면 개는 종주가 제 집에 들 어왔다는 것 자체가 못마땅한지도 몰랐다. 그러나 개가 아버지를 향해서 는 짖거나 덤비지 않는 것을 보면 꼭 그런 이유 때문은 아닌 것 같았다.

종주와 아버지가 과수원집에서 나와 탱자나무 울타리 너머의 과수원 바깥 길을 걷고 있을 때도 개는 짖기를 멈추지 않았다.

"워리 워리 진정해, 그만."

주인이 개를 달래는 소리가 이어서 났다.

오십여 호 되는 마을에 하나뿐인 사과 과수원이었다. 더불어 종주가 유일하게 출입하지 못하는 집이기도 했다. 동네 아이들은 감과 석류와 대추를 무시로 서리했지만 그 맛있는 사과를 서리하지는 못했다. 미친 듯이 짖어대는 개 때문이었다.

조무래기들은 무서운 호실이 할머니의 감나무도 노렸다. 떫은 감나무야 집집마다 한두 그루씩 있었지만 단감나무가 있는 집은 동네에서 세 집뿐이었다. 단감은 동네 조무래기들의 표적이었다. 세 집의 단감 중에 호실이 집 감이 가장 달았다. 단감나무에 오르자면 그 집 마당으로 들어가야 했지만 그럴 수는 없었다. 호실이 할머니는 강아지처럼 귀가 밝았고, 아이들이 마당에 한 발짝이라도 들여놓으면 어김없이 부지깽이를 들고 뛰어나왔다. 단잠을 자다가도, 매운 연기 앞에서 저녁밥을 짓다가도 달려나왔다.

그렇다고 호실이네 단감이 그 집 식구들 입으로 고스란히 들어간 것은 아니었다. 조무래기들은 서너 명이 한 조가 돼 한 녀석은 사립문을 살피고, 다른 녀석은 집 뒤로 살금살금 다가가 호실이네 집 지붕으로 기어올라갔다. 지붕 위로 가지를 늘어뜨린 단감을 따는 재미는 단맛뿐만 아니라 귀가 밝은 할머니를 속이고 있다는 쾌감까지 보태주었다. 그래도 조무래기들이 훔칠 수 있는 감은 몇 개 되지 않았다. 우악스럽고 탐욕스러운 아이들 손에 감나무 가지가 부러지거나, 조심성 없는 발이 슬레이트 지붕을 잘못 디뎌 소리를 내기 일쑤였다. 아차 하는 순간 호실이 할머니가 부지깽이를 들고 사립문 밖으로 뛰어나왔고 이윽고 분노에 찬 목소리가 터져 나왔다.

"이놈들!"

할머니가 부지깽이를 흔들며 뛰어나오면 아이들은 지붕에서 뛰어내려 산등성이로 도망쳤다. 호실이 할머니가 더 이상 뒤쫓기를 포기하고 투덜거리며 돌아설 때 아이들은 그 자리에 철퍼덕 앉아 단감을 아삭 베어 물며 웃었다. 종주는 가을마다 그 집 단감을 따 먹었지만 그 일로 벌을 받거나, 호실이 할머니에게 잡힌 적은 없었다. 호실이 할머니는 아이들의 부모에게 따지지도 않았다. 할머니는 다만 그렇게 부지깽이를 들고 "이놈들" 하며 고함을 쳐댈 뿐이었다. 할머니가 더 이상 쫓기를 포기하고 그 자리에 선 채 발을 구르며, 부지깽이를 흔들어대던 모습은 만화영화의 한 장면 같았다. 그럴 때 종주는 할머니를 따돌렸다는 성취감에 젖곤 했는데, 나중에 생각해보니 호실이 할머니는 조무래기들을 잡을 마음이 없었던 거였다.

부지깽이를 들고 뛰어나오는 호실이 할머니의 단감까지 훔쳐 먹는 아이들이었지만 감히 과수원의 사과에 손을 대는 녀석은 없었다. 과수원집의 흰 개가 이빨을 드러내고 짖는 모습에 아이들은 기겁을 했다. 그래도 종주는 운이 좋았다. 아버지가 사과 수확을 거들어주고 받아온 사과를 맛볼 수 있었기 때문이다. 비록 벌레가 먹었거나 모양이 이상한 사과였지만 단감이나 대추와 맛의 차원이 달랐다. 종주는 아이들 앞에서 사과가 기막히게 맛있다고 자랑을 해대면서도 사각사각 씹히는 그 느낌과 과즙이 이와 잇몸, 혀를 적시고 목구멍을 적시며 넘어가는 그 오묘한 맛을 설명하지는 못했다. 종주가 사과 맛을 칭송할 때마다 입 안 가득 침이 고인 아이들은 눈을 반짝이며 서리에 의욕을 보였지만 커다란 개의 허연 이빨을 떠올리고는 곧 체념했다.

동네에 전기가 들어왔을 때 아버지는 선풍기를 사왔다. 동네에 최초로 등장한 가전제품이었다. 아버지가 선풍기를 대청마루에 턱 올려놓았을 때 동네 아이들과 아주머니들이 구경을 왔다. 아버지는 서툰 솜씨로 전선을 풀고 콘센트를 꽂아 바람을 일으켰다. 선풍기가 시원한 바람을 쏟아내자 조무래기들 사이에서 한바탕 실랑이가 벌어졌다.

"선풍기다."

"텔레비전이다."

아이들은 저마다 한마디씩 했지만 결론은 나지 않았다. 종주의 아버지는 곧 밭으로 나가버렸고, 그 집에 모인 동네 아주머니와 조무래기들 중에 누구도 그 물건이 무엇인지 아는 사람은 없었다. 선풍기 어디에도 선풍기라는 글씨는 없었다.

"이게 뭔지는 모르겠지만, 내가 들었는데 텔레비전이 선풍기보다 더 비싸다고 하더라."

시집온 지 얼마 안 된 젊은 새댁이 그렇게 말했을 때, 종주는 지금 대청마루에서 시원한 바람을 일으키는 물건이 마땅히 텔레비전일 것이라고 생각했다. 아니, 텔레비전이면 더 좋겠다고 생각했다. 동네 아이들의 부러움을 한 몸에 받고 있는 입장에서 값이 싼 선풍기보다는 값이 비싼 텔레비전이 더 마음에 들었기 때문이다.

해가 지고 밭에서 돌아온 아버지가 "이건 선풍기라고 한다"라고 했을 때 종주는 크게 실망했다. 그래서 선풍기라고 부르지 말고, 텔레비전이라고 부르면 안 되느냐고 물었지만 아버지는 "선풍기는 선풍기다"고 잘라서 답했다. 그날 밤 내내 실망에 잠겼던 종주는 다음날 아이들을 만났을 때 어제 아버지가 사온 물건이 선풍기라는 말을 해주지 않았다.

종주의 비밀은 오래가지 못했다. 보름도 지나지 않아 마을 어른들이 하나둘 선풍기를 사서 집으로 가져왔기 때문이다. 게다가 몇몇 집에서는 진짜 텔레비전을 들여놓아 종주는 몹시 낙담했다. 그리고 낙담은 날이 갈수록 깊어졌다. 만화영화 〈서부 소년 차돌이〉를 보기 위해 텔레비전을 가진 집 아이를 전쟁놀이의 대장으로 받들어야 했고, 대장은 총알을 열 방이나 맞아야 죽는다는 합의까지 이루어졌기 때문이다. 총알이 열 방이라니! 〈전우〉의 소대장 라시찬이 쏜다고 해도 맞히기 어려운 일이었다. 그날부터 텔레비전 집 아이는 전쟁놀이에서 결코 죽지 않았다. 받아들이기 싫었지만 거기에 동의하지 않는 한 〈서부 소년 차돌이〉를 볼 수 없었고, '아아, 햇님 아들, 우리들의 차돌이'로 시작되는 그 멋진 노래 역시 들을 수 없었다.

동네에서 읍내의 초등학교까지는 십 리가 넘었다. 어른들은 읍내로 이어지는 그 길을 신작로라고 불렀다. 신작로라고 하지만 산자락을 깎아 만든 울퉁불퉁한 길에는 돌이 흔했고, 비가 내리면 곳곳에 웅덩이와 진창이 생기기 일쑤였다.

버스는 하루에 두 번씩 부연 흙먼지를 일으키며 동네로 들어왔지만 버스를 타는 사람은 거의 없었다. 읍내까지 나가는 사람이 없었고, 나간다고 하더라도 리어카를 끌거나 달구지를 타고 다녔다. 조무래기들은 학교까지 십 리가 넘는 길을 걸어서 다녔다.

아침에 학교로 갈 때 아이들은 동구에 모여 일렬로 줄을 지어서 걸었다. 아이들이 줄을 지어서 오는지, 제멋대로 장난을 치며 오는지 선생님들은 다 보인다고 했다. 그리고 실제로 선생님들은 줄을 지어서 오지 않는 아이들을 용케도 찾아내 꾸중하거나 청소를 시켰다. 선생님이 되려면 공부도 잘해야 하지만, 십 리가 넘는 구불구불한 산길 구석구석을 교실에 앉아서도 훤히 볼 수 있어야 했다. 그래서 종주는 일찌감치 선생님이 되기를 포기했다. 아무리 애를 써도 구불구불한 길 너머에서 걷고 있는 사람을 볼 수는 없었다. 선생님이 될 수 없다면 공부를 할 필요도 물론 없었다. 마을에 어른이라고는 농부와 선생님뿐이었다.

학교로 가는 길은 멀었지만 심심하지는 않았다. 줄을 지어 가는 동안 조무래기들은 세상에 관한 모든 이야기를 나누었다. 맛본 적은 없었지만 바닷물이 짜다는 사실을 학교로 가는 신작로 위에서 알았고, 미국의 대통령이 자기 나라 땅의 반을 줄 테니 한국의 태극기를 자기들에게 달라고 했지만 우리나라 대통령이 거절했다는 사실도 길 위에서 알았다. 종주는 우리나라 대통령이 거절한 건 적절한 태도였다고 평가했다. 미국이라는 나라가 얼마나 큰 나라인지 알 수 없지만 태극기가 얼마나 아름답고 멋있는지 눈으로 보아서 잘 알고 있던 시절이었다.

아침에 학교로 가는 동안 조무래기들은 매일 한 번씩 세상을 열고 닫았다. 한국은 삼천 리나 되는 땅을 가진 큰 나라라는 사실도 알았다. 학교까지 십 리를 걷는 데도 이렇게 시간이 오래 걸리는데 삼천 리를 다 걷자면 몇 년이 걸릴지 모른다, 그만큼 우리나라는 큰 나라다. 게다가 사계절이 뚜렷해서 다른 나라에서는 볼 수 없는 아름답고 진귀한 꽃이 피고, 다른 나라에는 없는 과일이 많다는 것도 알았다. 만나본 적은 없지만 북한 사람들의 얼굴이 빨갛다는 것도 그때 알았다.

마을에 가게는 하나뿐이었다. 간판도 없는 구멍가게였다. 가게의 입구는 골목 쪽으로 나 있고, 그 안으로 어둑한 작은 홀에 아이들 과자와 몇 가지 생활용품을 나지막한 선반 위에 얹어놓았다. 홀 가운데에는 함석으로 만든 허름한 식탁이 놓여 있었고, 저녁이면 마을 어른들이 거기 모여 탁주(막걸리)와 소주를 마셨다. 홀 안쪽에 방이 있었는데, 주인은 미닫이 방문에 붙여놓은 손바닥만 한 뙤창을 통해 들고나는 손님을 살폈다.

물건의 종류가 몇 안 되는 구멍가게였지만 부족할 것은 없었다. 산골 사람들은 논밭에서 나는 푸성귀를 뜯어 된장에 찍어 먹거나 무쳐 먹었고, 간식은 감자와 고구마, 무로 충분했다.

어쩌다가 아이들이 가게에서 사 먹는 군것질도 간단했다. 기껏해야 십 원짜리 뽀빠이, 이십 원짜리 자야가 고작이었다. 읍내 오일장에 나갔던 부모가 눈깔사탕이나 찹쌀떡을 사가지고 오면 며칠을 두고 먹었다.

구멍가게에 들락거리는 손님은 대부분 동네 아저씨들이었다. 해가 진 뒤, 논밭 일을 마친 아저씨들이 삼삼오오 함석 식탁 앞에 둘러앉아 탁주를 마셨다. 더러는 흙이 덕지덕지 묻은 장화를 신은 채로였고, 더러는 한 쪽에 삽을 세워둔 채였다. 자전거를 타고 읍내에 다녀오던 아저씨도 하릴없이 끼여 앉기 일쑤였다.

아침마다 읍내에서 배달부가 짐자전거에 탁주 통을 주렁주렁 매달고 와서 한 말짜리 탁주 통 두 개나 혹은 세 개를 가게 안에 부려놓았다. 구멍가게 주인인 반달이 아저씨는 제 논밭뙈기가 없는데다 게을러 농사에는 관심이 없었다. 젊은 시절부터 술타령과 노름에 찌들어 살던 그는 스무몇 살에 고향을 떠났다가 십수 년 만에 돌아와 코딱지만 한 구멍가게를 열었다. 양목이네 식구가 도시로 황급히 이사 가느라 비어 있던 집을 빌린 것이라고 했는데, 나중에 알고 보니 허락도 없이 눌러앉은 것이라고 했다.

반달이 아저씨의 원래 이름은 반공달이었다. 그는 젊은 시절 늘 술에 취해 껄렁거리거나 싸움과 노름을 일삼아 사람들 사이에 반건달로 불렸다. 사람들은 처음에 그를 공달이라고 부르다가, 점점 '건달이, 건달이 그놈, 건달이 그 자식, 건달이 그 개자식, 건달이 그 호래자식'이라고 불렀다. 그러던 것이 반공달이 마을을 떠날 무렵에는 '건달이 그 개 쌍놈'이라고 불렀다.

'건달이 그 개 쌍놈'이 마을을 떠난 것은 남의 집 소를 훔쳐 노름을 하다 발각됐기 때문이었다. 소 주인이 지서에 신고를 했고, 순경들이 집에 들이닥쳐 "반공달이 어디 있어?"라고 고함을 쳤을 때 '건달이 그 개 쌍놈'은 변소에 앉아 힘을 주고 있었다. 순경들이 다짜고짜 방문을 확확 열어젖히고 장롱을 뒤지는 사이 '건달이 그 개 쌍놈'은 변소 담을 넘어 아랫집 마당을 거쳐 골목을 빠져나간 다음, 호실이네 할아버지의 자전거를 훔쳐 타고 달아났다. 그 길로 돌아오지 않았다. 종주가 세상에 태어나기도 전의 일이었다. 호실이 할아버지는 그때 자전거를 잃고 며칠 동안 드러누워 지냈는데, 그가 자리에서 일어났을 때 검었던 머리가 하얗게 세어 있었다고 했다. 그 뒤로 호실이 할아버지는 다시는 자전거를 사지 않았다. 또 잃어버릴지 모른다는 염려 때문이었다. 나중에 동네에 전기가 들어왔을 때도 호실이 할아버지는 집에 전기를 넣지 않았다. 그 비싼 전기 역시 누가 훔쳐갈지 모른다는 염려 때문이었다. 전기를 들여놓지 않았던 호실이 할아버지는 해가 지면 곧 잠자리에 들었다. 종주의 집 맞은편에 있던 호실이네 집은 늘 어두웠다.

종주는 '건달이 그 개 쌍놈'이 어떤 사람인지 몰랐다. 다만 '건달이 그 개 쌍놈'이 다리를 절뚝거리며 마을로 돌아와 동네 어른들 앞에서 눈물을 뚝뚝 흘리던 날 밤, 어머니로부터 "저 사람 옆에는 얼씬도 하지 말아라"라는 경고를 통해 '건달이 그 개 쌍놈'의 정체를 어렴풋이 짐작했을 뿐이다.

마을로 돌아온 첫날 밤 '건달이 그 개 쌍놈'이 얼마나 어떻게 빌었는지 종주는 모른다. 다만 다음날부터 '건달이 그 개 쌍놈'은 '이보게 반달이'로 불리며 이집 저집 일을 도왔다. 자전거를 잃은 호실이 할아버지와 소를 잃은 명숙이 아버지는 '건달이 그 개 쌍놈'을 지서에 고발해서 처넣고 말겠다고 길길이 날뛰었지만, 어쩐 일인지 '건달이 그 개 쌍놈'은 경찰에 잡혀가지는 않았다.

"차차, 살면서 갚는다고 약속했다는구만. 이제 와서 사람을 잡아넣는다고 죽은 소가 살아올 것도 아니고, 팔아먹은 자전거가 돌아올 것도 아니니 도리도 없지."

종주는 잠자리에서 아버지가 어머니에게 하는 말을 들었다. 아버지는 나쁜 짓을 하면 경찰에 잡혀가서 벌을 받는다고 늘 이야기했는데, 잡혀가지 않는 사람이 있다는 사실에 혼란스러운 밤이었다.

사람들은 반공달 씨를 다양하게 불렀다. 나이가 좀 많은 사람들 중에는 아예 상대하지 않는 사람들이 있었고, 반공달 씨와 나이가 엇비슷한 사람들은 '이보게 반달이'라고 불렀고, 나이가 꽤 많은 사람들은 '반달이'라고 불렀다. 종주와 같은 동네 조무래기들은 반공달 씨 앞에서는 '반달이 아저씨'라고 불렀고, 안 보는 데서는 '반달이'라고 불렀다. 멀리서 반달이 절뚝거리는 걸음으로 걸어가는 것을 보면 '반달 반달 반다르 반달 반다르 반달'이라고 리듬을 붙여 부르기도 했다.

종주와 같은 동네에 사는 중학생 규식이가 친구들과 함께 학교에서 돌아오다가 신작로에서 앞서가는 반달이를 발견했다. 규식이와 그 친구들이 반달이의 뒤통수를 향해 '반달 반달 반다르 반달 반다르 반달'이라고 리듬에 맞춰 노래했다가 반달이가 던진 돌멩이에 규식이가 이마를 맞아 피를 철철 흘리기도 했다. 그날 규식이 엄마는 "지 버릇 개 주나, 개꼬리 삼 년 묻어 곰 꼬리 되나, 반달인지 건달인지, 건달이 그 개 쌍놈인지 모르지만, 그 깡패 놈이 남의 집 아 이마에 구멍을 내놓았다"며 난리법석을 떨었다. 그날 저녁 반달이는 반쯤 남은 소주 대병과 돼지고기 반근을 사 가지고 규식이 아버지를 찾아와 잘못을 빌었다. 반달이가 규식이 아버지를 어떻게 구워삶았는지 몰라도, 제 아들 머리에 구멍을 낸 나쁜 놈이 집을 나설 때 규식이 아버지는 마당까지 따라 나와 "이 사람 반달이, 오늘은 달도 없네, 살펴 가게"라고 인사했다.

반달이에 대한 무시무시한 이야기는 또 있었다. 비록 종주에게 그 이야기를 들려준 칠계도 제 눈으로 본 것은 아니지만 이웃 동네에 사는 중학생 형이 큰 낭패를 당했다는 것이다.

그 중학생은 깨끗한 새 자전거를 타고 다녔는데, 친구들보다 늘 빨리 달렸다. 그가 타고 다니는 자전거는 어른들의 짐자전거에서 짐판을 떼어 낸 것이 아니라 처음부터 사람이 타는 용도로 만든 세련된 자전거라고 했다. 그래서 밟는 대로 속도가 났는데 그 중학생 형은 자전거를 자랑하느라 늘 친구들을 앞질렀으며, 앞지른 뒤에는 고개를 돌려 혀를 쑥 내밀며 놀리곤 했다. 하루는 그 형이 학교에 갔다 오던 길에 앞에서 절뚝거리며 걷는 반달이를 발견했고, 쌩 앞지르며 뒤를 돌아보고 혀를 쑥 내밀었다. 어찌 된 영문인지 새 자전거를 탄 중학생은 절뚝거리는 반달이에게 붙잡혔고 신작로 아래 수수밭으로 끌려가 입이 찢어졌다고 했다.

화가 머리끝까지 치민 반달이는 중학생의 혀를 뽑아버리겠다며 입을 벌리려 했지만 중학생은 끝내 입을 벌리지 않았다. 끝내 혀를 뽑지 못한 반달이는 양쪽 엄지손가락을 그의 입에 넣고 양쪽으로 힘껏 잡아당겨 입을 찢어버렸다는 것이다. 입이 찢어진 그 중학생은 죽지 않았는데 그 뒤로 다시는 앞지르기를 하지 않았고, 혀를 날름 내밀어 '메롱' 하고 사람을 놀리는 버릇이 사라졌다고 했다. 반달이가 중학생의 입을 찢는 것을 본 사람은 없었지만, 입을 찢은 것은 틀림없는 사실이라고 했다.

반달이가 성질이 사나운 것은 분명했다. 그런 까닭에 아이들은 좀처럼 반달이와 마주치지 않으려고 애썼다. 하긴 반달이는 종일 어두컴컴한 제 구멍가게에 처박혀 있기 일쑤였기 때문에 과자를 사거나 어머니 심부름으로 구멍가게를 찾지 않는 다음에야 반달이와 마주칠 일은 드물었다.

반달이의 일과는 간단했다. 그는 아침에 억지로 일어나 읍내에서 배달 온 탁주 통을 받아 찬물이 가득 담긴 고무 대야에 담가놓고 다시 방으로 기어 들어가 잤다. 낮에도 어두컴컴한 방에 틀어박혀 낮잠을 자기 일쑤였다. 그러다가 해거름부터 하나둘 찾아오는 동네 아저씨들과 어울려 탁주잔을 기울이는 것이 일의 전부였다. 물론 낮잠을 자다가도 동네 아줌마들이 미원을 사러 오거나, 조무래기들이 십 원짜리 동전을 들고 뽀빠이를 사러 오면 문을 드르륵 열고 돈을 받았다. 동네 아저씨들에게 파는 탁주 외에 그가 직접 물건을 내주는 법은 없었다. 가게로 오는 사람들은 누구나 제가 사고 싶은 물건을 선반 위에서 스스로 찾았고, 문을 드르륵 열고 반쯤 몸을 일으킨 채 기다리는 반달이 손에 돈을 쥐어주면 끝이었다.

그렇다고 반달이가 종일 방에 틀어박혀 낮잠만 자는 것은 아니었다. 때때로 가게 밖 골목에 나와 맨손체조를 하거나 판자를 몇 개 갖다놓고 톱질이나 망치질을 하며 조잡한 의자나 식탁을 만들기도 했다. 또 해 질 무렵이면 고무 대야에 담가두었던 탁주 통을 꺼내 술독에 붓는 일도 빼놓지 않았다. 냉장고에 비할 바는 아니었지만 우물에서 퍼 올린 차가운 물에 탁주 통을 담가두면 그런대로 시원한 맛이 나는 모양이었다. 어른들은 추운 겨울에도 뜨거운 탁주가 아니라 차가운 탁주를 마셨다. 알 수 없는 일이었다.

종주는 반달이를 좋아하지 않았다. 왠지 기분이 나빴기 때문이다. 해가 지고 식구들이 저녁을 먹고, 저녁상을 물릴 때까지 아버지는 반달이의 구멍가게에 앉아 탁주를 마시곤 했다. 어머니의 성화에 못 이겨 아버지를 부르러 가면 아버지 대신 반달이가 종주를 맞이했다. 아버지는 종주가 구멍가게 밖에서 기다리는데도 나올 생각은커녕 벌건 얼굴로 연방 웃음을 터뜨렸다.

"아부지, 엄마가 빨리 집에 오랍니다."

"예끼, 이놈, 아부지한테 오랍니다가 뭐야, 오시랍니다, 해야지."

반달이는 그렇게 말하고 낄낄낄 웃었다. 그 웃음소리가 야비했다.

'반달이는 뭐가 좋아서 낄낄 웃는 걸까.'

"아부지, 엄마가 집에 빨리 오시랍니다."

"알았다. 알았어. 간다. 먼저 가. 금방 따라간다."

금방 온다고 했지만 아버지는 밤늦게까지 들어오지 않았다. 아버지는 약속을 지키지 않으면 안 된다고 자주 말했지만 약속을 지키지 않았다. 알 수 없는 일이었다. 화가 난 어머니가 방문의 걸쇠를 걸어 잠그기 일쑤였다. 그러나 아침에 종주가 눈을 떴을 때 아버지는 방에서 자고 있었다. 역시 알 수 없는 일이었다.

"반달이 그 친구가 하도 잡아서 말이야. 자기가 한잔 낸다면서."

아버지는 늘 반달이가 잡아서 일찍 들어올 수 없었다고 했다. 아버지가 늦게 들어온 날이면 어머니와 아버지는 다퉜다. 어머니는 아버지가 반달이와 노름을 하지 않는지 캐묻곤 했다.

"지금까지 술을 마셨단 말인교? 술을 마신 사람이 어째 이렇게 멀쩡합디까?"

"그럼 술을 마시지 뭘 한단 말이야?"

"반달인지 건달인지 그 양반하고 노름한 건 아니고?"

"노름이라니? 이 사람이 지금 무슨 생사람을 잡는 거야? 내가 무슨 밑천이 있다고 노름을 해?"

"반달이는 밑천이 있어서 노름했답니까? 빚내서 노름하다가 동네에서 쫓겨난 거 아닙디까?"

"참 내, 모르는 소리 하지 마라. 반달이도 이제 옛날 반달이가 아니야. 나이가 사십 줄인데 노름은 무슨."

아버지가 새끼 돼지 판 돈을 시장에서 잃어버렸다거나, 터무니없이 비싸게 비료나 비닐을 사온 날이면 어머니는 아버지가 반달이와 어울려 다니며 노름을 하고 있다고 퍼부어댔다. 그럴 때마다 큰 싸움이 일어나곤 했다.

종주는 오 일마다 한 번씩 십 원짜리 뽀빠이 과자를 사 먹었다. 읍내 장에서 오 일마다 장이 열렸고, 어머니와 아버지가 아침 일찍 무나 배추를 실은 리어카를 꺼내기 시작하면 옆에 붙어서 졸랐다.

"십 원만."

장에 가지 않는 날이라고 해서 어른들이 집에 있지는 않았다. 아침 일찍 논밭으로 나간 아버지와 어머니는 해가 지고 나서야 집으로 돌아오곤 했다. 그런 일상적인 날에는 십 원을 달라고 조르지 않았다. 언제부터인지 모르지만 장날이면 으레 십 원을 달라고 졸랐고, 엄마는 못 이기는 척 십 원짜리 동전 하나를 종주의 손에 쥐어주곤 했다. 장에 내다 팔 무와 배추 생각에 어머니의 마음이 든든했기 때문이리라.

종주는 돈을 받자마자 곧바로 구멍가게로 달려가지는 않았다. 학교에서 군것질을 하는 대신 집에 돌아온 다음 과자를 사 먹었다. 방학 때라도 십 원짜리 동전으로 할 수 있는 여러 가지 놀이를 두루 섭렵한 다음 오후가 돼서야 느릿느릿 반달이의 구멍가게로 걸어가곤 했다. 그리고 마치 오늘 큰돈을 들고 왔으며, 이 가게에 있는 과자들을 모조리 살 수도 있다는 듯 이것저것 과자를 살펴보곤 했다. 그러나 결국 그가 사 들고 나오는 것은 한 봉지에 십 원인 뽀빠이가 고작이었다. 그렇더라도 나오는 그 순간까지 종주는 자신에게 더 많은 돈이 있다는 듯 이 과자 저 과자를 두루두루 살펴보곤 했다.

겨울방학 끝 무렵의 장날이었다. 종주는 아침밥을 먹자마자 엄마 뒤를 졸졸 따라다니면 십 원을 졸랐다.

"십 원만."

엄마는 대꾸하지 않았다.

"엄마, 십 원만."

"애가 왜 귀찮게 굴어."

"아이, 엄마 십 원만."

"오늘은 없어."

"그러지 말고 십 원만."

"얘가, 없다면 없는 줄 알아야지."

"십 원, 십 원, 십 원, 십 원, 아- 십 원."

"없어. 대신 오늘 장에 갔다가 올 때 사탕 사가지고 올게."

"아앙, 십 원만."

아버지가 앞에서 리어카를 끌고 어머니는 뒤에서 밀었다. 마당을 빠져나간 리어카가 골목을 따라 동구에 닿을 때까지 종주는 제 어머니의 옷자락을 붙들고 십 원을 달라고 애원했다. 더 이상 참을 수 없었던지 엄마는 화를 버럭 냈다.

"없다는데 왜 그래! 맞아야 정신을 차리겠어? 어? 집에 안 들어가?"

종주는 그래도 제 어머니의 치맛자락 잡은 손을 놓지 않았다. 어머니의 꾸지람이 커지자 치맛자락을 흔들며 떼를 썼다. 엄마는 기어코 종주의 궁둥이를 찰싹찰싹 때리기 시작했다.

"몇 번을 말해야 알아들어? 없는데 어떻게 줘? 없다면 없는 줄 알아야지."

종주는 십 원을 받지 못했다는 억울함보다 엄마가 자신에게 화를 내고 있다는 설움이 북받쳐 울음을 터뜨렸다.

"아침부터 왜 울고 난리야? 빨리 집에 안 들어가?"

종주가 손등으로 눈물을 닦았다. 그 바람에 손등과 눈 주위에 땟물이 얼룩처럼 번졌다.

"손 꼬라지가 그게 뭐야? 네가 몇 살인데 아직 손이 그 모양이야? 빨리 들어가서 손 씻고 세수해. 거지도 그런 거지는 없겠다. 빨리 집에 들어가서 씻어!"

엄마와 아버지는 종주를 동구에 세워놓고 리어카를 밀며 총총히 멀어졌다. 종주는 우두커니 서 있었다. 뽀빠이를 먹지 못해도 좋아. 하지만 엄마가 나를 배신했어. 나한테 십 원 주는 게 그렇게 아까워. 돈이 없어서 못 주면 미안해야지, 왜 나한테 화를 내고 그래.

종주는 집으로 돌아와 마루에 벌렁 누워버렸다. 마룻바닥이 찼다. 맑은 하늘에 구름이 끼며 점점 어두워지고 있었다. 어쩌면 비가 내릴지도 몰랐다. 그러나 비는 내리지 않았다. 구름이 낮게 깔려 주위가 어두워졌을 뿐이었다. 날이 춥고 어두운 탓인지 동네에는 나와 노는 아이들조차 보이지 않았다.

종주는 심심했다. 그 순간 문득 돈이 없어도 뽀빠이를 먹을 수 있다는 생각을 했다. 반달이는 낮에도 방에 틀어박혀 잠을 자기 일쑤다. 종주가 십 원짜리 동전 한 개를 들고 뽀빠이를 사러 갈 때마다 몇 번이나 불러야 부스스 일어나 문을 드르륵 열며 상체만 겨우 일으키고 돈을 받곤 했다. 돈을 받은 뒤에는 그대로 드러누워 잠을 잤다.

'훔치자.'

'도둑질이잖아?'

'괜찮아, 안 들킬 거니까.'

종주는 반달이의 구멍가게까지 씩씩하게 걸어갔다. 읍내 장날이라 어른들은 대부분 시장으로 나갔고, 날씨가 추운 탓인지 밖에 나와 노는 아이들도 없었다. 보는 사람이 없으니 가게에 들어가서 과자를 들고 나오면 그만이었다.

반달이의 가게 입구는 아침에 탁주 배달꾼이 왔을 때 함석문을 연 뒤로 하루 종일 열려 있었다. 함석문은 한번 열고 닫을 때마다 끼워 넣고 빼야 했다. 게으른 반달이가 하루에 두 번 문을 열고 닫는 일은 없었다.

가게 앞에 서서 종주는 골목 이쪽과 저쪽을 살폈다. 오고가는 사람은 없었다. 가게의 함석문은 열려 있고, 홀 안쪽의 미닫이 방문은 굳게 닫혀 있었다. 마침 구름이 잔뜩 끼여 날도 어두우니 반달이는 아직 한밤중인 줄 알 것이다.

종주는 소리 내지 않고 가게 안으로 들어갔다. 선반 위에는 늘 있던 그대로 과자가 놓여 있었다. 방문 앞 찬물이 담긴 커다란 고무 대야에는 한 말짜리 탁주 통 두 개가 들어앉아 있었다. 늘 보던 그대로였다.

종주는 뽀빠이를 집었다. 그러다가 문득 이십 원짜리 자야를 보았다. 뽀빠이나 자야나 모두 라면처럼 고불고불한 튀김과자다. 뽀빠이의 면발보다 자야의 면발이 더 가늘다. 뽀빠이가 둔탁한 고소한 맛이 난다면, 자야에는 세심한 고소함이 있다. 종주는 집어 들었던 뽀빠이를 내려놓고 자야를 집어 들었다. 같은 비닐봉지인데도 소리가 좀 다른 것 같았다. 종주가 자야를 집어 들고 가게 밖으로 몸을 반쯤 빼는 찰나, 괴상하리만치 커다란 소리와 함께 방문이 열렸다.

"누구야?"

자는 줄 알았던, 어쩌면 진짜로 잠들어 있던 반달이가 방문을 활짝 열어젖히며 일어난 것이다. 종주는 그대로 도망쳤다. 가게를 빠져나와 굽은 골목으로 재빨리 돌아선 다음 직선으로 이어진 골목을 내달렸다. 뒤에서 허우적거리는 소리, 도둑이야 고함치는 반달이의 새된 음성이 쫓아왔다. 종주는 뒤돌아보지 않고 달렸다. 반달이도 직선 골목에 접어들었을 것이다. 뒤돌아보았다가 얼굴이라도 알아보면 큰일이다. 반달이의 절뚝거리는 발자국 소리가 요란하게 들렸다. 슬리퍼를 끌고 있는지 무엇인가 질질

끌리는 소리가 나는 것 같기도 했다. 종주는 한손에 자야를 쥐고 내달렸다. 반달이가 돌멩이를 집어던질지도 모른다. 그래서 뒤통수에 구멍을 낼지도 모른다. 그러나 그렇더라도 잡히는 쪽보다는 낫다. 뒤통수에 돌멩이를 맞아 피가 나더라도 멈춰서는 안 된다. 달려야 한다. 잡히면 입이 찢어질지도 모른다. 종주는 죽을힘을 다해 달렸다.

발자국 소리는 점점 가까워지는 것 같았다. 아무리 한쪽 다리를 조금 저는 사람이라고 해도 반달이는 어른이었다. 골목 왼쪽으로 과수원이 시작되는 탱자나무 울타리가 나타났다. 반달이 뒤에서 쫓아오는 소리가 들렸다. 그대로 달리다가는 잡힐지도 몰랐다. 골목 끝은 탁 트인 들로 이어졌다. 종주는 사방이 탁 트인 들판을 향해 달리는 대신 과수원의 탱자나무 울타리 아래 개구멍으로 기어 들어갔다. 과수원 안으로 들어온 다음 냉큼 일어나 사과나무 뒤에 숨었다. 탱자나무 가시에 찔린 것인지 등이 따가웠다. 무릎과 가슴은 온통 흙투성이였다. 그러나 그런 것은 아무래도 좋았다.

종주는 탱자나무 울타리 너머로 귀를 기울였다. 밖에서는 울타리 너머 과수원이 보이지 않았다. 안쪽에서도 울타리 바깥쪽은 보이지 않았다. 그러나 곧은 골목이었고, 반달이는 종주가 과수원의 탱자나무 울타리 아래로 난 개구멍으로 들어가는 것을 보았을 것이다. 종주는 과수원 안쪽으로 조금 더 들어가 나무 뒤에 숨어 탱자나무 울타리 아래에 난 개구멍을 살폈다. 반달이가 개구멍 안으로 고개를 들이밀면 다시 도망칠 생각이었다. 그러나 어찌 된 것인지 개구멍에 반달이의 얼굴은 나타나지 않았다. 바로 뒤에까지 쫓아왔는데, 붙잡히기 직전이었는데, 어떻게 된 일일까. 한참을 기다려도 밖에서는 인기척이 없었다. 종주는 그제야 안도의 한숨을 쉬었다.

'반달이는 내가 어디로 도망친 것인지 모르는 것이다. 그러고 보니 개구멍은 좁아서 어른이 들어올 수 없을 정도였다. 반달이는 내가 개구멍으로 도망치는 것을 못 본 게 틀림없다.'

울타리 너머로 귀를 기울이고 있자니 누군가가 투덜거리며 걸어가는 발자국 소리가 들렸다. 울타리에 가려 보이지 않았지만 반달이가 숨을 몰아쉬며 터벅터벅 되돌아가는 소리가 분명했다.

종주는 소리 내지 않고 웃었다. 발자국 소리가 더 이상 들리지 않자 키들키들 소리 내며 웃었다. 반달이를 따돌리는 데 성공한 것이다. 큭큭. 이십 원짜리 자야를 훔치고, 쫓아오던 반달이까지 따돌린 것이다. 이제 과자를 맛있게 먹는 일만 남았다. 자야 봉지를 뜯는 종주의 작은 손이 가늘게 떨렸다. 아직 도망치던 때의 긴장이 사라지지 않았던 것이다. 종주는 다시 한 번 키들키들 웃고 라면처럼 구불구불한 자야를 한 움큼 입 안에 털어 넣었다. 달고 고소했다. 한줌씩 집어 먹다가 끝내는 과자 봉지를 거꾸로 들고 입으로 탈탈 털어 넣었다. 마지막 부스러기까지 다 털어 넣었을 때는 뿌듯하기보다 허전했다. 돈을 주고 산 과자를 다 먹었을 때와 다른 기분이었다.

종주는 들어왔던 개구멍으로 돌아나갈 작정이었다. 과수원집 마당을 거쳐 대문으로 나가자면 흰 개가 있는 곳을 지나가야 한다. 과수원집의 흰 개는 생각만 해도 몸서리가 났다. 게다가 오늘은 아버지도 없다.

그러나 개구멍으로 되돌아 나가는 것도 위험하기는 마찬가지였다. 어쩌면 반달이가 골목 어디쯤에 숨어서 기다리고 있을지도 몰랐다. 반달이는 중학생 형을 끌고 가서 입을 찢어놓을 만큼 독한 사람이 아닌가. 반달이 손에 잡히면 이마에 구멍이 나거나 입이 찢어질 것이다. 어느 쪽을 택할 것인가, 종주는 고민하며 입맛을 다셨다. 입 안에 남아 있던 마지막 달콤함을 삼키던 종주는 입을 떡 벌리고 말았다. 과수원의 사나운 흰 개가 종주를 바라보며 서 있었다. 언제 다가왔는지 겨우 사과나무 두 그루를 가운데 두고 개는 종주를 바라보며 서 있었다.

"크러러럴…… 컹 컹 컹."

개는 종주를 향해 짖었다. 종주는 사과나무를 붙잡은 채 사시나무 떨듯 덜덜 떨었다. 자야 봉지가 땅바닥에 뒹굴고 있었다. 과수원집 마당 철심에 묶여 있어야 할 개가 어째서 여기에 와 있다는 말인가. 철심을 뽑아버린 것일까. 개의 목줄이 풀려 있었다. 주인이 일부러 풀어놓은 것이다. 저 개는 이제 나를 어떻게 할 작정인가. 개는 종주를 노려보았다. 종주는 꼼짝할 수 없었다. 도망칠 엄두도 나지 않았다. 개는 그러나 허연 이빨을 드러내며 짖는 대신 옆으로 고개를 돌리고 종주의 눈치를 살피며 소리를 죽여 캥캥 짖을 뿐이었다. 짖는다기보다 '나 지금 짖고 있어!'라고 말하는 듯 억지로 짖는 형색이 역력했다. 개는 종주가 아니라 옆을 향한 채 이쪽을 흘끔흘끔 살필 뿐이었다.

어찌 된 일일까?

어째서 개는 나를 물어뜯지 않는 것일까. 설마 내 덩치가 몇 달 만에 훨씬 커졌다거나 내 눈빛이 몇 달 만에 훨씬 사나워진 것은 아닐 것이다. 개는 귀를 뒤로 잔뜩 젖히고 끙끙 짖었다. 어쩌면 녀석은 겁쟁이인 것일까? 종주가 땅에 떨어진 자야 봉투를 집어 들려고 허리를 굽히는 순간 개는 낑낑거리며 달아나버렸다. 아마 종주가 돌멩이를 집어 든다고 생각했던 것인지도 몰랐다.

종주는 오랫동안 과수원에 머물렀다. 비록 개는 떠났지만 사납게 짖어대던 그 허연 이빨과 무겁게 흘러내리던 침의 두려움은 사라지지 않았다. 탱자나무 울타리 너머는 조용했다. 그러나 자전거를 타고 달아나는 중학생을 붙잡아 입을 찢어버린 반달이가 쉽게 포기할 리 없었다.

'어쩌자고 도둑질을 했담……'

용케 과수원에서 빠져나간다고 해도 아버지가 알면 벼락이 떨어질 것이 불 보듯 뻔했다. 아버지는 남의 물건에 손을 댄다거나 거짓말하는 것은 세상에서 가장 나쁜 짓이라고 말하곤 했다. 자야의 달콤함은 과수원 바닥에 구르는 빈 봉지처럼 허무했다. 입 안 어디에도 과자의 달콤함은 남아 있지 않았다. 빈 과자 봉지는 종주의 도둑질을 증명하는 듯 과수원 바닥에 앉아 종주를 올려다보았다.

과수원에서 빠져나가자면 개구멍으로 되돌아가거나 개가 지키고 있는 마당을 통해 대문으로 나가는 수밖에 없었다. 어느 쪽으로 달아나야 할까. 반달이에게 잡히는 것보다는 개를 피해 달아나는 편이 나을까? 아니야, 반달이의 절뚝거리는 달음박질이야 피할 수 있지만 개를 어떻게 피한담. 종주는 나무 뒤에 숨어 과수원 앞쪽의 마당을 살폈다. 마당은 보이지 않았다. 어쩌면 지금쯤 개는 다시 목줄에 묶여 있을지도 모른다.

탱자나무 울타리 너머에는 여전히 인기척이 없었다. 그러나 함부로 개구멍으로 머리를 내밀었다가 반달이의 우악스러운 손에 멱살을 잡힐지도 몰랐다. 그래, 일단 눈에 보이는 쪽을 확인해보자. 종주는 조심스럽게 과수원을 가로질러 마당을 향해 걸어갔다.

마당이 보일락 말락 했을 때쯤, 종주는 얼어붙듯 멈춰 서고 말았다. 과수원집 개가 "크르르렁" 소리를 시작으로 컹컹컹 맹렬하게 짖어댔기 때문이다. 종주의 눈에는 개가 보이지도 않았다. 그러나 개는 종주를 향해 짖는 것이 분명했다. 좀 전까지 종주의 눈치를 살피며 슬금슬금 피하던 덜떨어진 녀석이 아니었다. 개는 다시 원래의 사나움을 되찾은 모양이었다. 종주는 그 자리에 선 채 개가 그만 짖기를 기다렸다. 그러나 개의 사나운 울부짖음은 좀처럼 잦아들 기미를 보이지 않았다.

개가 끊임없이 짖어대자 과수원집 아저씨가 이쪽을 확인하기 위해 걸어오는 것이 보였다. 종주는 사과나무 뒤에 숨었다. 사과나무는 종주의 눈을 가렸지만 종주의 몸뚱이를 가려줄 수는 없었다.

"종주 아니니? 네가 여기 어쩐 일이야?"

종주는 고개를 들지 않았다. 개는 여전히 마당에서 이쪽을 향해 짖어대는 중이었다. 종주는 고개를 숙인 채 그대로 서 있었다. 과수원집 아저씨의 검은 장화와 장화에 말라붙은 붉고 흰 흙이 눈에 들어왔다.

"개가 짖어서 겁이 난 게로구나. 걱정하지 말고 나가자."

과수원집 아저씨가 앞장섰지만 종주는 미적거렸다. 개가 더욱 맹렬하게 짖어댔기 때문이다. 과수원집 아저씨는 미적거리는 종주의 손을 잡았다. 따뜻했다. 종주는 아저씨에게 손을 붙들린 채 슬금슬금 과수원을 빠져나와 마당에 섰다.

개는 줄에 묶여 있었다. 종주를 발견한 개는 앞다리를 들고 허연 이빨을 드러낸 채 무시무시하게 짖었다. 개가 하도 버둥대는 바람에 목을 맨 줄이 끊어질 것 같았다. 땅속에 반쯤 박힌 철심은 여전히 위태롭게 이리저리 흔들렸다. 원래의 그 사나움을 완전히 회복한 게 분명했다.

"걱정하지 마라, 물지 않는다."

과수원집 아저씨는 종주에게 기다리라고 하고는 창고로 저벅저벅 걸어갔다. 아저씨가 창고에서 사과 네 개를 들고 나올 때까지 개는 잠시도 쉬지 않고 짖었다. 미친 듯이 짖었다. 아저씨는 종주에게 사과를 건넨 뒤 곧바로 개의 목덜미를 쓰다듬었다.

"워리, 워리, 괜찮아. 그만 해. 워리."

주인이 목덜미를 긁어주자 개는 금방 꼬리를 흔들었다. 이윽고 등을 땅바닥에 대고, 배를 하늘로 드러낸 채 긴 혓바닥을 내밀며 온갖 아양을 떨었다. 지금까지 맹렬하게 짖었던 이유가 마치 주인에게 목덜미를 긁어 달라고 매달리기 위한 것 같았다. 종주가 사과 네 개를 들고 마당을 빠져 나와 탱자나무 울타리 바깥 길로 접어들었을 때, 다시 개 짖는 소리가 들렸다. 주인 아저씨의 목덜미 긁어주기가 끝난 모양이었다.

사과까지 얻어 집으로 돌아왔지만 우울하기는 마찬가지였다. 자야를 훔쳐 먹고, 잡히지 않은 것까지는 좋았는데, 정말 반달이가 못 봤을까. 곧 게 뻗은 골목을 한참 동안 따라왔는데 도둑질을 한 아이가 나라는 것을 몰랐을까.

아버지와 어머니가 시장에서 돌아올 때까지 종주는 내내 침울했다. 친구들이 와서 놀자고 불렀지만 나가지 않았다. 반달이의 가게는 동네 초 입에서 집으로 오는 길목에 있었다. 어쩌면 반달이가 읍내 장에서 돌아오 는 아버지와 어머니를 붙잡고 내 도둑질을 고해바칠지도 몰랐다.

해가 지고도 어머니와 아버지는 돌아오지 않았다. 배고픔과 침울함에 고민하던 종주는 까무룩 잠이 들었다. 부스럭거리는 소리에 종주가 깼을 때 어머니는 부엌에서 저녁상을 차리는 중이었고, 머리맡에는 아침에 약 속한 사탕이 놓여 있었다. 종주는 사탕을 먹을 수 없었다. 평소라면 벌써 입에 한 알 까 넣은 뒤에 헛간에 나가 있을 아버지나 어머니에게 인사를 했을 것이다.

"종주야, 일어나라, 저녁 먹고 자야지."

어머니였다.

저녁상이 들어왔고, 물러갔다. 아버지는 내내 너그러운 웃음을 지었다. 오늘 배추는 아무래도 잘 팔았다고 했다. 값을 좋게 받았던 모양이었다. 그날의 성과를 셈하느라 아버지와 어머니의 얼굴에는 미소가 떠나지 않았다. 그날 밤에는 아무 일도 벌어지지 않았다.

다음날 밭일을 마친 아버지는 여느 때와 마찬가지로 반달이의 구멍가게에서 탁주를 마셨다. 아버지가 돌아올 때까지 종주는 초조해서 견딜 수 없었다. 그러나 늦게 돌아온 아버지는 아무 말도 하지 않았다. 술을 마시고 들어온 날 그랬던 것처럼 어머니를 향해서는 다소 미안한 웃음을, 종주를 향해서는 여전히 기분 좋은 표정을 지었다. 어머니가 잔소리를 하며 부엌으로 나가자 종주를 향해 눈을 찡긋거리며 웃기도 했다.

'반달이는 아직 아버지에게 고해바치지 않았다. 아버지는 내가 도둑질을 했다는 것을 알면 결코 용서하지 않을 것이다. 어쩌면 반달이는 과자를 훔쳐 달아난 아이가 나라는 것을 정말로 모르는 것인지도 모른다.'

다음날에도 다음날에도 아버지는 반달이 가게에서 탁주를 마셨다. 그리고 집으로 돌아오면 종주를 향해 늘 기분 좋은 웃음을 흘렸다. 반달이가 종주를 못 보았을지도 모른다는 바람은 며칠이 지나는 사이에 확신이 되었고, 며칠이 더 지나자 종주는 걱정거리라고는 하나도 없는 평소의 활달한 아이로 돌아와 있었다.

며칠 뒤 밭일을 마친 아버지는 집에도 들르지 않고 반달이의 구멍가게에 앉아 탁주를 마셨다. 저녁을 다 지은 어머니는 가게에 가서 아버지를 모셔오라고 했다. 종주는 침울해졌다. 가게로 가서 아버지를 모셔오자면 반달이를 만나야 했다. 어쩌면 반달이가 잊고 있던 과자 도둑 사건을 떠올릴지도 몰랐다.

"안 가면 안 돼?"

"왜 안 가?"

"아버지가 알아서 오시겠지."

"빨리 가서 모시고 와."

고집을 피우던 종주는 끝내 어머니가 화를 내자 느릿느릿 일어나 가게로 향했다. 가게까지 가는 길이 학교로 가는 길처럼 멀었으면 좋겠다고 생각했다. 구멍가게 앞에 도착했지만 종주는 가게로 들어가지는 않았다. 멀찍이 어둠 속에 서서 불이 켜진 가게 안을 들여다보았다. 낮에는 어두컴컴하던 곳이 밤이 되자 환하게 빛났다. 천지는 어두웠는데, 반달이의 가게에서는 찬란한 불빛이 새어 나왔다.

종주는 어둠 속에 쪼그리고 앉아 아버지가 일어서기를 기다렸다. 그러나 아버지는 연방 웃음을 터뜨리며 술잔을 들 뿐 일어날 기미를 보이지 않았다. 그냥 집으로 가버릴까. 하지만 어머니가 다시 호통을 칠 텐데. 조심스럽게 가게 안을 살펴보니 반달이가 보이지 않았다. 어쩌면 화장실에 갔거나 방에 들어갔거나, 안주를 준비하느라고 부엌에 들어가 있는지도 몰랐다. 반달이 몰래 아버지를 부를 수 있는 좋은 기회였다. 어둠 속에 쪼그리고 앉아 있던 종주는 벌떡 일어나 가게 입구로 다가섰다. 홀 안에서는 동네 아저씨 네 명이 이미 불그스름한 얼굴로 떠들어대는 중이었다. 종주는 최대한 목소리를 낮춰 아버지를 불렀다.

"아버지, 엄마가 빨리 저녁 드시러 오시래요."

아버지가 붉게 취한 얼굴로 종주를 바라보았다. 동네 어른들이 종주를 보고 모두 한마디씩 했다. 그들이 종주 어쩌고저쩌고 할 때 귀를 틀어막고 싶었다. 그때 과자가 놓인 선반 뒤쪽에 있던 반달이가 종주를 보았다. 가게 입구에서 보이지 않았을 뿐 반달이는 홀 안에 있었던 것이다. 종주는 흠칫 물러섰다. 반달이는 씩 웃었다. 대문 이 하나가 빠져 보기 흉한 웃음이었다.

"어, 우리 종주 왔네."

'우리 종주?'

반달이는 무슨 생각을 하는 걸까.

"보자, 우리 종주한테 뭐 하나 줄까……"

반달이는 선반 위에 놓인 뽀빠이를 집어 종주에게 건넸다.

"아버지 집에 곧 가실 기다. 이거 먹어라. 삼촌이 주는 거다."

종주는 얼떨결에 반달이가 건네는 뽀빠이를 받았다. 그러나 반달이는 문득 생각났다는 듯 이십 원이나 하는 자야를 한 봉지 더 집어 종주에게 건넸다.

"뽀빠이보다야 자야가 더 맛있재?"

"어이, 반형 그 뭐 하는 거야. 애 버릇 나빠지게."

"아이고 형님도 참, 과자 한 봉지에 무슨 그런 말씀을……"

반달이는 다시 종주를 향해 웃었다.

"삼촌이 특별히 주는 것이니까, 집에 가서 맛있게 먹어라. 아버지 곧 가신다고 어머니께 전해드리고."

종주는 대답 없이 과자를 받아 들고 가게의 불빛을 빠져나와 집을 향해 터벅터벅 걸었다. 혼란스러웠다.

'반달이는 정말 나를 못 본 것일까.'

그날 밤에도 아버지는 취해서 돌아왔다. 어머니는 화를 냈고, 아버지는 미안한 표정을 지었다. 그러나 종주를 향해서는 여전히 기분 좋은 얼굴로 웃었다. 알 수 없는 날들이었다.

며칠 뒤 아버지를 따라 과수원집엘 갔을 때 흰 개는 여전히 이빨을 드러내고 무거운 침을 흘리며 컹컹 짖었다. 아버지는 뒤에 숨은 종주를 돌아보며 말했다.

"겁내지 마라. 짖는 개는 물지 않는다."

짖는 개는 물지 않는다고? 그러면 무는 개와 짖는 개가 따로 있다는 말인가? 종주는 아버지의 말을 알 수 없었다. 여덟 살이었다.

어른이 된 뒤 종주는 골목길을 걷다가 종종 대문 안에서 바깥을 향해 잡아먹을 듯이 짖어대는 개를 만나곤 했다. 어떤 개는 대문 아래쪽 창살에 코를 들이밀고 으르렁대기도 했다. 이놈의 대문만 아니라면 당장 달려나가 너를 물어뜯을 텐데, 라며 고함치는 것 같았다. 그럴 때 종주는 어린 시절 아버지의 말을 떠올리며 웃었다. 짖는 개는 물지 않는다. 호실이 할머니가 그랬고, 과수원집의 흰 개가 그랬다. 구멍가게 주인 반달이는 짖지 않는 대신 무는 개였다. 그가 아버지의 살점 같은 논 두 마지기를 물어뜯는 데는 일 년도 걸리지 않았다. 자야를 훔쳐 달아나던 그를, 반달이가 못 잡은 게 아니라 안 잡았다는 것을 어른이 된 뒤에 알았다.

고래의 죽음을
함부로 논하지마라

조영아

조 영 아

1966년 강원도에서 나고 서울에서 자랐다. 2005년 대구매일신문 신춘문예에 당선되어 문단에
나왔다. 2006년 장편소설 『여우야 여우야 뭐 하니』로 제11회 한겨레문학상을 수상했다.
대학시절 내내 시만 썼다. 졸업 후 방송 일을 기웃거리다가 결혼 후 백일 된 딸아이를 무릎 위에
눕혀놓고 동화를 썼다. 아이가 학교에 들어가고 나서야 소설을 쓰기 시작했다.
비틀스의 노래처럼 누군가의 기억 혹은 일상 속에 오래오래 남아 있을 이야기들을 들려주고 싶다.
지은 책으로는 장편소설 『푸른 이구아나를 찾습니다』, 단편집 『명왕성이 자일리톨에게』 등이 있다.

경계, 라는 말을 가만히 음미해본 적이 있어? 아주 가만히 말이야. 그 뉘앙스가 참 묘해서 때론 신비스럽기까지 해. 하지만 그 본질을 조금만 파고 들어가면 우린 그 말이 무척이나 유아적이고 폭력적이라는 걸 금세 알 수 있지. 거기에는 항상 팽팽한 긴장감이 흘러. 서로를 애써 외면하려 들지. 안 그러면 그 말의 의미가 상실되니까.

한참 찌를 바라보던 기현이 느닷없이 중얼거렸다. 그 음의 고조가 어찌나 잔잔한지 옆에 앉아 있는 나를 의식하고 하는 말 같지가 않았다. 얼핏 들으면 잠꼬대 같기도 하고 방언 같기도 한 그 말은 저수지를 비추고 있는 겨울 달빛처럼 서늘하게 들려왔다. 수면에 희미하게 반사되는 달빛을 제외하면 사방은 흑채를 뿌려놓은 듯 새까맸다. 욕정이 무르익은 여인네의 농밀한 웃음소리처럼 암흑은 피부 점막에 끈끈하게 들러붙었다. 이따금 들고 나는 차량 불빛에 뽀얗게 피어오르는 물안개가 보였다. 물안개에 휩싸인 저수지는 광활하고 고요했다. 가끔 찌를 꺼냈다 넣었다 하는 물 뒤척이는 소리만이 꿈결처럼 들려왔다.

도대체 경계란 뭐지. 그 경계를 경계 짓는 경계가 뭐냐고. 편의를 위해 제공되는 24시 편의점과 다를 바가 뭐 있어. 인간과 동물을 구분 짓는 수천 개의 항목 중 끝에서 다섯 번째에 아마도 이런 유치한 능력이 제시되어 있지 않을까.

나는 무슨 말을 해야 될지 몰라 잠시 동안 침묵했다. 그건 그가 한 말을 다 이해하지 못해서도 아니었고 그에 대응하는 적절한 말이 떠오르지 않아서도 아니었다. 영화가 끝나고 불이 켜진 텅 빈 객석에 혼자 앉아 쉼 없이 올라가는 엔딩 자막을 멍하니 바라보다가 뒤늦게 혼자임을 깨닫고 느리게 그곳을 빠져나오는 경우처럼 뭔지 모르겠는 먹먹함이 가슴을 짓눌렀다. 희미한 달빛에 기현의 모습이 엷게 드러났다. 그의 시선은 찌에 고정되어 있었다. 나를 홀리고 있는 암흑과 혼연일체가 된 듯 한 치의 흔들림 없이 고요했다. 무슨 말이라도 해야 될 것 같아 입을 막 떼려는데 방죽이 시작되는 쪽에서 둥근 손전등 불빛이 보였다.

라면 시키신 분!

산장 주인이 우리 쪽을 향해 손전등으로 원을 그려 보이며 낮게 속삭였다.

여깁니다!

나는 얼른 손전등으로 원을 그려 보였다. 산장 주인이 라면 쟁반을 내려놓고 돌아갔다. 기현과 나는 뜨거운 라면가락을 후후 불어가며 먹는 데 열중했다. 그릇을 다 비울 때까지 둘 다 말이 없었다. 라면 그릇을 물리고 또 각자의 찌에 집중했다. 좀 전 기현의 말이 머릿속에서 맴돌았지만 그제 와서 대꾸를 하기도 멋쩍었다. 고기가 잡히지 않는 시간은 더디 흘러갔다. 가끔씩 헤드라이트 불빛이 저수지를 훑고 지나갔다. 사방에서 피어오르는 물안개가 헤드라이트 불빛을 따라 나타났다 사라졌다. 기현이 몇 번 찌를 꺼냈다 넣었다. 두껍게 껴입은 옷 새로 한기가 스몄다. 내가 뒤척거리며 안절부절못하는 새에 기현은 부동자세로 고스란히 밤을 보내고 새벽을 맞았다. 낚시를 가자고 제의한 것은 기현이었다. 삼 년 만의 연락이었다. 그것이 그와의 마지막 만남이었다.

의자에 폭 파묻혀 깊이 잠든 여자는 조금 있으면 코라도 골 기세였다. 여자의 천연덕스러움이 어이없기도 하고 한편으로는 부럽기도 했다. 헤드라이트 불빛에 비춰진 세상은 온통 하얘 동화 속에나 나올 법한 세계처럼 비현실적으로 보였다. 가다 서다를 반복하는 차량 행렬도, 지금 조수석에서 자고 있는 여자도, 그리고 느닷없이 날아온 기현의 부고도 모두 현실감이 없긴 마찬가지였다. 서울을 벗어난 지 한 시간쯤 되었을까. 아침부터 잔뜩 흐려 있던 하늘에서 눈발이 날리기 시작했다. 먼지처럼 미세한 눈발이 차창을 스쳐갔다. 일기예보대로 조금 흩날리다가 말 것 같은 눈발이었다. 내비게이션에서 두 시를 알리는 음성이 흘러나왔다. 평일 오후라 정체 현상도 거의 없었다. 해 지기 전에 병원에 도착하기에는 문제가 없을 것 같았다. 기현의 죽음을 알려온 이는 대학 동창 형석이었다.

기현이 죽었대.

형석의 목소리는 담담했다.

어디 있는데?

삼척에 있는 무슨 병원이래. 자세한 거 문자로 넣어줄게.

우리는 "왜 죽었는데?"라든지 "어떻게 죽었는데?"라는 말을 입에 올리지 않았다. 오래전부터 예상하고 있던 일이었으니까. 전화를 끊자마자 문자가 왔다. 한경대학병원 영안실. 발인은 내일 오전 여덟 시였다. 집을 나서기 전 다시 형석의 전화를 받았다. 형석은 기현이 바다에 투신을 했고, 어젯밤 해안가에 떠밀려온 시신을 신혼여행 온 부부가 발견해 경찰에 신고했으며, 퉁퉁 불은 시신은 육안으로 신원 확인이 불가능했는데, 다행히 옷 속에서 나온 휴대폰이 멀쩡히 살아 있어 신원 확인이 가능했다는 이야기를 들려주었다. 기현의 휴대폰은 비닐 랩으로 견고하게 진공 포장된 상태였다. 형석의 설명에 나는 왜, 하고 토를 달았다.

몰라. 하여튼 끝까지 미스터리한 녀석이야.

형석은 짜증나는 말투로 전화를 끊었다. 기현이 왜 죽었는가보다 왜 휴대폰을 진공 포장까지 했는지에 더 관심이 쏠렸다. 동창들 사이에서 기현의 죽음은 예견된 것이었다. 기현은 세 번의 자살 시도 끝에 성공을 한 셈이었다. 첫 번째 시도는 대학에 입학한 지 얼마 되지 않은 오월에 있었다. 처음 맞는 대학 생활의 첫 축제로 캠퍼스는 젊음을 발산하려는 새내기들로 넘쳐났다. 갖가지 이벤트가 열리고 흐드러진 벚꽃 아래 여학생들의 웃음소리가 한껏 물오른 나무처럼 낭창낭창 넘쳐났다. 사진 동아리에서 활동하던 나는 입학 선물로 받은 폴라로이드 카메라로 동기들과 아르바이트를 하고 있었다. 사진을 찍어주고 즉석에서 사진을 빼주는 터라 나름 꽤 인기가 좋았다. 폴라로이드 사진기가 학생들의 호기심을 자극해 손에 디지털 카메라를 들고 있으면서도 돈을 주고 재미로 사진을 찍었다. 우리는 유치한 상술을 동원해 엘비스 프레슬리, 마릴린 먼로 같은 인물들의 가면이나 가발 등 약간의 소도구를 갖추고 호객행위를 했다. 두 명의 여학생이 각각 전직 대통령의 가면을 쓰고 서로에게 감자 먹이는 장면을 연출했다.

　자, 여기 보세요. 찍습니다.

　사진기를 눈에 들이대고 렌즈를 들여다보았다. 두 여학생들 뒤로 오층 짜리 학생회관 건물이 보였다. 익살스런 여학생들의 포즈에 터지는 웃음을 간신히 참으며 셔터를 누르려는 순간 여학생들 뒤에서 검은 물체가 맥없이 뚝 떨어졌다. 어, 뭐지. 고개를 들어 학생회관 건물을 살폈다. 웅성웅성 사람들이 몰려갔다. 오층에서 뛰어내린 기현은 다행히 다리와 팔에 골절상만 입었을 뿐 생명에는 지장이 없었다. 기현의 자살 소동을 두고 한동안 말이 많았다. 애인이 변심해서 그랬다는 둥, 본래 정신적으로 문제가 있었다는 둥 여러 가지 추측들이 난무했지만 중간고사가 시작되면서 흐지부지되었다. 기현은 아무 일도 없었다는 듯 파마머리를 하고 나타났다. 사진을 찍을 때면 고개를 들고 피사체 뒤 배경을 다시 한 번 살피는 버릇이 그때 생겼다.

　일기예보는 크게 빗나갔다. 그새 눈발이 굵어지고 도로에 눈이 제법 쌓였다. 국도로 접어들면서 차 속도도 많이 느려졌다. 먼지 같던 눈이 하늘을 빽빽이 수놓은 작은 새 떼로 변했다. 수천수만 마리의 작은 새 떼들이 한꺼번에 지상으로 낙하하고 있는 듯 보였다. 속력을 내자 눈이 한층 더 와락 차창 유리에 와 부딪혔다. 새 떼가 창유리를 쪼아대는 것 같아 몸이 저절로 움찔 뒤로 젖혀졌다. 아직 해 지기 전인데 주변은 짙은 암회색으로 물들고 있었다. 산 저 너머에는 벌써 어둠이 다 내려앉아 일찌감치 저녁상을 물린 사람들이 잠자리에 들고, 이들과 다른 모습을 한 또 다른 부류의 인간들이 아침 준비를 하느라 아궁이에 불을 지피고 있을 것만 같은, 그 아궁이에 장작 대신 개나 들고양이의 토막 난 뼈들이 던져 넣어지고, 뼈에 붙어 있던 살점이 타는 노린내가 진동할 것만 같은, 일찌감치 잠이 든 사람들은 세상모르고 코를 고는, 야릇한 상상이 자꾸 떠올랐다. 나는 운전대를 바싹 움켜쥐고 앞을 응시했다. 정차해 있던 차들이 움직이기 시작했다. 앞 차와 간격을 좁히면서 차를 몰았다. 서서히 정상궤도로 진입하려는데 전방에 차를 향해 손을 흔드는 여자가 보였다. 차들은 여자를 무시하고 그냥 지나쳤다. 그냥 지나쳐버릴까 갈등하는 새에 여자가 내 차 앞에 와서 섰다. 나는 반사적으로 브레이크를 밟았다.

고맙습니다.

여자는 다짜고짜 조수석 문을 열고 올라탔다.

차가 고장 났어요. 에이에스를 불렀는데 눈 때문에 못 온대요. 오긴 올 수 있는데 돌아갈 수가 없다나요. 아, 죄송해요. 신세 좀 질게요.

여자가 머리에 쌓인 눈을 털어내며 멋쩍게 웃었다.

아, 네에.

잠시 머리가 멍해졌다. 뭐 이런 여자가 다 있어, 하고 욕이 나왔지만 함빡 맞은 눈을 털어내고 있는 여자를 보니 막상 입이 떨어지지 않았다.

어디까지 가세요?

젖은 머리칼을 티슈로 닦아내면서 내가 물어야 할 말을 여자가 물어왔다.

한경대학병원이요. 그쪽은요?

어머 잘됐네요. 같은 방향이네요. 전 속초항까지 가요. 그런데 누가 아프신가요?

아, 네. 아는 사람이 입원해 있어서요.

장례식장에 간다는 말을 하지 않았다. 여자의 얼굴에 같은 방향이라서 천만다행이라는 표정이 묻어났다. 여자는 낯선 남자의 차를 얻어 타고도 긴장하는 기색이라곤 전혀 없었다. 갑자기 당한 일에 내가 되레 여자의 눈치를 보고 있었다. 추위에 떨고 긴장이 풀어져서인지 여자는 금방 눈을 감고 잠이 들었다. 운전을 하면서 흘깃흘깃 잠든 여자를 살폈다. 코를 골진 않았지만 가끔 그 비슷한 소리를 냈다. 코발트색 코트 속에 파묻힌 여자의 얼굴은 발갛게 상기되어 있었다. 어둠은 빠른 속도로 진군해왔고 어느새 차들은 꽁무니에 빨간 등만 남기고 몸체는 어둠 속으로 사라졌다. 어둠의 진격 속도만큼이나 눈발의 굵기와 양도 급속도로 증가했다. 차는 점점 정차해 있는 시간이 길어졌다.

자살 사건 후에도 기현의 학교생활은 별 탈 없이 이어졌다. 호리호리한 체격에 훤칠한 키와 미소년 같은 마스크는 같은 여자 동기나 후배들 사이에서 인기가 많았다. 유머 감각도 풍부해 그의 주변에는 늘 사람들이 모여들었다. 사람들은 그의 자살 미수 사건을 일종의 치기라고 생각했다. 그야말로 우발적으로 벌인 퍼포먼스 정도로 치부했다. 그 정도로 기현의 학교생활은 완벽했고 지극히 정상이었다. 놀기도 잘했지만 성적도 항상 상위권을 유지해 같은 남자 동기들 사이에서는 시쳇말로 왕재수로 통했다. 진짜 재수 없다기보다는 일종의 질투심에서 장난삼아 부르는 애칭이었다. 그런데 언제부터인가 그 왕재수가 진짜 왕재수로 통하기 시작했다. 누구 입에서 먼저 시작되었는지 알 수 없었지만 모이기만 하면 수군수군대다가 기현이 나타나면 개똥 피하듯 슬금슬금 흩어졌다. 그리고 잊힌 것처럼 보이던 자살 사건이 수면 위로 다시 떠올랐다. 기숙사 룸메이트였던 우리는 어디든 늘 붙어 다녔다. 그 여파는 생각보다 컸다. 기현은 물론 내게도 불신의 눈초리가 따라붙었다. 나는 영문도 모른 채 동기들의 쑤군덕거림을 견뎌야 했다.

얼마 후 기현이 동성애자라는 소문이 내 귀에도 들려왔다. 기현과 가까이 지냈던 나로서는 좀처럼 납득이 가지 않는 말이었다. 설령 그것이 사실이라 하더라도 뭐 그렇게까지 놀라거나 놀리거나 할 일이 아니라고 생각했다. 내가 기현에게서 그 비슷한 낌새를 눈치 채기 전까진 그랬다. 비가 내리는 밤이었다. 감기 기운에 미열까지 났다. 마침 기현도 잠이 들었기에 일찌감치 불을 끄고 잠자리에 들었다. 오한이 나 눈을 떴을 때 어둠 속에 어슴푸레 실루엣이 어른거렸다. 온정신을 집중해 실루엣의 정체를 파악하려고 애를 썼다. 그러면 그럴수록 달뜬 몸은 한없이 모래펄로 빠져들었다. 다시 눈에 힘을 모으고 실루엣을 응시했다. 건장하고 매끈하게 잘 다듬어진 몸이 황급히 내 곁에서 빠져나갔다. 무슨 일이 일어난 건 아니었지만 당해선 안 될 일을 당한 것처럼 묘한 기분이었다. 그리고 얼마 안 있어 이 묘한 기분을 증폭시키는 일이 벌어졌다.

가을 체육대회가 끝나고 술자리가 이어졌다. 기현에 대한 소문이 암묵적으로 업그레이드되고 있을 때였다. 타 학과 남학생과 사귄다는 소문에 둘이 갈 데까지 갔다는 소문이 연이어 꼬리를 물었다. 그렇지 않아도 지난밤 비몽사몽간에 겪은 일로 기분이 개운치 않던 참이었는데 공교롭게도 기현과 나란히 앉게 되었다. 다들 술이 거나하게 취했을 때였다. 우리 맞은편에 줄곧 썩 유쾌하지 않은 얼굴로 앉아 있던 석호가 비로소 본색을 드러냈다.

둘인 어디까지 갔는데? 것도 양다리가 있냐?

뭐가?

왜 그러셔. 천지가 다 아는데.

도대체 무슨 소리야?

그때까지도 나는 상황 파악을 못 하고 있었다.

정말 몰라?

멀쩡한 사람 건드리지 마.

잠자코 술을 마시던 기현이 술잔을 거칠게 내려놓았다. 다들 우리 쪽
으로 시선을 돌렸다.

오호라. 멀쩡하다? 그럼, 댁은 멀쩡하지 않은 사람?

석호가 비꼬는 투로 물었다.

이 새끼야, 니가 뭘 알아?

석호 말이 끝나기가 무섭게 기현은 들고 있던 술잔을 기울여 석호를
향해 힘껏 끼얹었다. 일순간 정적이 흘렀고 여자 동기 몇몇이 짧은 감탄
사 같은 비명을 터뜨렸다. 술을 뒤집어쓴 석호는 테이블을 제치고 단번에
기현을 향해 주먹을 날렸다. 그 후 기현은 한동안 어디에도 모습을 드러
내지 않았다.

어머, 여기가 어디에요?

잠이 깬 여자가 주위를 두리번거렸다.

걱정 마세요. 아직 멀었습니다. 이러다간 길 위에서 날을 샐지도 모르
겠는데요.

많이 밀리나요?

보시다시피 차가 꼼짝도 안 합니다.

큰일이네. 무슨 눈이 이렇게 와.

안절부절못하며 차창 밖을 살피던 여자가 휴대폰을 꺼내 어디론가 전화를 걸었다.

여보세요? 실장님, 저 수미 엄마예요. 지금 가고 있는데요. 눈이 너무 많이 와서 좀 늦을 것 같아서요. 미미는 언제 도착하나요? 아, 그래요? 예. 알겠습니다. 다시 연락드릴게요.

통화를 끝낸 여자는 두 건의 통화를 더 했다. 역시 비슷한 내용이었고 모두 미미가 등장했다. 여자는 심란한 얼굴로 차창 밖을 응시했다. 겉으로는 그렇게 안 보이는데 통화 내용으로 봐서는 애, 그것도 딸을 둘 이상은 둔 유부녀였다. 수미와 미미. 나는 슬쩍 여자 모습을 다시 살폈다.

따님 만나러 가시나봐요?

네? 따님이라뇨?

미미가 딸 이름 아닌가요?

여자가 박장대소를 했다.

고래예요. 돌고래.

그럼 수미도?

네. 수미, 우미, 미미, 양미, 가미. 다 제가 돌보는 돌고래 이름이에요. 오늘 미국에서 새 친구가 오기로 되어 있어요. 그래서 마중을 가는 길이었어요. 그런데 차도 말썽이고 날씨도 이 모양이고. 아무래도 느낌이 별로예요. 자꾸 불길한 생각이 들어요. 첫 만남부터 이 지경이니. 아 참, 양미와 가미는 아직 이름뿐이에요. 이름을 미리 지어두었다가 새 친구가 오면 붙여주거든요.

여자는 지나치게 친절하고 명랑했다.

돌고래 조련사이신가봐요?

여자가 미소를 지었다.

고래가 새로 올 때마다 이렇게 직접 마중을 나가시나요?

처음이에요.

이렇게 추운데 괜찮은가요?

돌고래 말인가요?

네.

상관없어요. 어차피 물속에 있는 애들이니까요.

배로 오나보죠?

네. 비행기는 멀미가 나서 스트레스를 더 받아요.

돌고래도 멀미를 해요?

그럼요. 구구단도 외우는데요.

멀미와 구구단. 적절한 비유는 아니었지만 돌고래 세계에서는 왠지 자연스럽게 통용되는 비유 같아서 나는 아, 네, 하고 진지하게 고개를 끄덕거렸다. 그렇지만 아무리 생각해도 멀미하는 거랑 구구단 외우는 거랑 무슨 연관이 있는 건지 도통 감을 잡을 수 없었다. 멀미를 하면 구구단은 당연히 외울 수 있다는 이야기인지 구구단을 외우는 수준이면 멀미는 당연히 할 수 있다는 소리인지. 가다 서다를 반복하던 차들이 이제는 아예 움직이려 하지도 않았다. 여자는 휴대폰을 만지작거리며 차창 밖을 바라보고 있었다. 나는 여자와 나 사이에 감도는 어색함을 조금이라도 상쇄시킬 만한 건수가 없을까 괜히 와이퍼도 한 번 작동해보고 멀쩡한 룸미러를 이리저리 움직여도 봤다. 이럴 줄 알았으면 평소에 해양 동물에 대한 지식 좀 섭취해놓을 것을. 해양 동물은커녕 그 흔한 들짐승, 날짐승에 대한 정보도 전무했다. 머리를 쥐어짠 끝에 몇 마디 나눈 것은 하루에 연습 시간이 얼마냐, 어떤 식으로 학습이 이루어지냐, 인간처럼 돌고래도 저마다 지능에 차이가 있느냐, 여섯 살 꼬마와 구구단 외기를 겨루면 누가 더 우세하냐, 정도가 고작이었다. 본전이 다 떨어져 입을 다물고 있는데 여자가 입을 열었다.

거긴 주로 요양 환자들이 많은데. 면회 가시는 분 병세가 위중하신가 봐요.

네. 원래는 서울대학병원에 있었는데 별 차도가 없어서……

아, 네……

돌고래 이야기를 할 때와 달리 여자의 목소리는 한껏 가라앉았다. 그 속에는 괜한 것을 물어봤구나, 하는 후회가 서려 있었다. 나는 그냥 솔직하게 자살한 친구 장례식장에 간다고 털어놓을까 하다가 뭐 좋은 일도 아니고, 날씨까지 을씨년스러운데 들어서 기분 나쁜 이야기를 초면에 굳이 할 필요가 있을까 싶어 그만두었다. 게다가 어차피 시작한 거짓말 좀더 폼 나게 하자는 생각이 들었다.

결혼을 앞둔 친구인데 말기 암 판정을 받았어요.

술자리 사건 후 기현이 동성애자라는 소문은 공공연한 사실이 되었다. 마침내 기현은 기숙사를 나가버렸다. 기말고사 때조차 모습을 드러내지 않자 동기들은 기현이 다시 학교로 돌아오지 않을 것이라고 못 박았다. 그건 그런 새끼가 학교에 다시 나오면 가만두지 않겠다는 투로 들렸다. 기현의 소문에 대해 관대했던 내 마음도 어느새 그 무리 속으로 기울고 있었다. 휴학을 하고 군 입대를 기다리면서 폭풍이 지나가기만을 바랐다. 일부러 나서서 결백을 주장하고 다니는 것도 우스운 일이었다. 소문의 진위를 확인하고 싶은 마음이 전혀 없었던 건 아니었지만 용기가 나지 않았다. 솔직히 말하자면 돌이킬 수 없는 상황을 일부러 만들고 싶지 않았다. 허위와 진실 사이에서 어정쩡하게 서성였다. 한구석에서는 그애라면 충분히 그럴 수 있어 하면서도 또 다른 한편으로는 그애가 그럴 리가 없어, 하는 식으로 그렇다와 아니다의 흑백 논리가 팽팽히 맞섰다. 기현을 바라보는 우리 모두의 시선은 그렇게 한정지어졌고 어느 누구도 이와 다른 논조(기발한 상상의 힘이든 뭐든 옳다 그르다를 떠나)로 이 현상을 설명하거나 받아들이려 하지 않았다. 그건 너무나 상식적이어서 오히려 합리적이며 이성적으로까지 느껴졌다. 동성애가 왜 나쁜 건데 혹은 기현이 왜 그럴 수밖에 없는가 따위의 물음들은 소수의 영악한 무리에 의해 애초부터 발언권이 묵살되었다. 다수의 그렇고 그런 대중들은 자신의 의견과 생각을 펼쳐볼 틈도 없이 여기에 편승하기 마련이었다. 그게 편견의 힘이자 약점이었다. 나 역시 어떻게 해서든지 이 회오리에서 벗어나고 싶었다. 치사하고 비겁하지만 철저하게 거리를 유지하며 사태를 관망했다. 모든 이들의 예상을 깨고 기현이 다시 모습을 나타낸 것은 내가 군 입대를 이틀 앞둔 삼월의 어느 날이었다. 동기들과 술자리를 갖기 위해 학교 앞 호프집으로 가던 중이었다.

어이 이게 누구야. 오랜만이네.

아무 일도 없었다는 듯 기현이 먼저 반갑게 아는 체를 해왔다. 파마머리는 짧은 상고머리로 바뀌어 있었다. 순간 나는 주변부터 살폈다.

잘살고 있지? 군대 간다며.

기현이 덥석 내 손을 잡고 힘차게 흔들었다.

으응. 어디서 들었어?

임마, 방구석에 처박혀서도 니 소식은 다 듣고 있었어. 부럽다. 암튼 잘 다녀와라.

기현은 내가 무슨 말을 하기도 전에 듬직한 형처럼 내 등을 토닥여주고는 학교 안으로 사라졌다. 그런 기현의 뒷모습을 한참 동안 바라보았다. 그가 학교 안으로 사라지고 나서야 도대체 뭐가 부럽다는 말인지 이해가 되지 않았다.

군 입대를 하고 얼마 안 있어 기현의 사고 소식을 들었다. 자살 미수 사건이었다. 두 번째였다. 변두리 모텔에서 약을 먹고 신음하고 있는 것을 모텔 주인이 발견해 신고했다. 부작용으로 한동안 고생을 했지만 그의 말대로 재수 없게 또 살아났다. 소식을 접한 동기들의 반응은 냉담했다. 그럴 줄 알았어. 그런데 걔는 죽는 것도 왜 그렇게 더티하냐. 죽는 게 목적이야 아니면 미수에 그치는 게 목적이야. 다음엔 또 어떤 방법으로 미수에 그치신다냐. 기현의 자살 소동은 동네 개가 교통사고 당한 것만도 못한 취급을 당했다. 몇 번의 미수로 과연 어떤 방법으로 죽을까를 놓고 대놓고 내기를 걸기도 했다. 당연히 죽는 것을 전제로 한 도박이었다. 그 속에 기현은 죽어 마땅하다는 논리가 암암리에 도사리고 있었다. 무언의 약속처럼 다들 알면서도 묵인했으며 시인했다. 심지어는 이를 은근히 즐기려 들었다. 누군가가 삶의 전부를 걸고 생生과 사死의 경계를 넘나드는 게 또 다른 누구한테는 심심풀이 오락처럼 통쾌한 스릴과 쾌락을 제공한다는 사실에 경악했지만 나 또한 은근히 그 기류에 편승하고 있었다. 도대체 어떤 방법으로 성공할까. 성공하긴 할까. 정말 죽긴 죽을까. 기현이 죽었다는 소식을 접하면 아마도 다들 "왜 죽었는데?"라고 묻기보다는

"어떻게 죽었는데?"라고 먼저 물어올 게 뻔했다. 그리고 이를 확증이라도 하듯 마침내 기현은 죽었다. 성공했다.

눈 때문에 차가 자꾸 미끄러졌다. 아무래도 체인을 감아야 할 것 같았다. 한적한 길에 차를 세우고 안전벨트를 풀었다. 여자가 근심 가득한 표정을 지었다. 밝은 미소로 여자를 안심시키고 차에서 내렸다. 눈보라가 휘몰아쳤다. 금세 뺨이 얼얼해졌다. 트렁크에서 체인과 손전등을 꺼냈다. 손전등을 무릎 사이에 끼우고 앉아 바퀴 뒤에 체인을 깔았다. 쌓인 눈 때문에 바퀴 일부가 눈 속에 묻혀 작업이 쉽지가 않았다. 손으로 일일이 눈을 치워가며 하느라 생각보다 작업이 더디게 진행되었다. 게다가 무릎 사이에 끼운 손전등이 자꾸 미끄러졌다.

이리 주세요.

그때 언제 나왔는지 여자가 무릎 사이에 낀 손전등을 낚아채갔다. 손전등을 들고 선 여자의 작고 아담한 체구 뒤로 그림자가 어룽거렸다. 여자 덕분에 일이 수월하게 끝났다. 그새 머리와 옷에 쌓인 눈을 털어내고 여자와 나는 다시 차에 올라탔다. 손이 시린지 여자가 양손에 입김을 호호 불어댔다. 눈은 그칠 줄 모르고 퍼부었다. 도로는 거의 주차장이 돼버리다시피 했다. 체인 감은 것도 별 쓸모가 없을 정도로 눈은 무서운 기세로 진격해왔다. 휴대폰을 만지작거리던 여자가 깊은 한숨을 내쉬었다. 몹시 피곤한 것 같았다. 여자는 시간이 갈수록 불안하고 초조해 보였다.

괜찮으세요?

뭐가요?

많이 피곤해 보여서요. 어차피 그쪽이나 저나 제 시간에 가는 건 일찌감치 포기해야 될 것 같네요. 오늘 밤이든 내일 아침이든 도착은 하겠지요.

하마터면 내일 아침 여덟 시 전까지만 가면 된다고, 그때가 발인이라고 말을 할 뻔했다.

포기하기 직전까지가 제일 힘들어요. 막상 포기하고 나니까 편안해졌어요.

여자는 애써 태연한 척 차창 밖을 응시했다. 여자의 시선을 좇아 고개를 돌렸다. 어둠 속에 꼬리를 물고 늘어선 차량 불빛만이 쏟아지는 눈 속에 어지럽게 빛났다. 붉고 노란 불빛들은 먹을 것을 찾아 마을로 내려온 맹수들의 눈빛 같았다. 짐승과 인간의 세상, 그 중간쯤의 경계선에 머물러 있는 듯했다. 차문을 열고 나가면 바로 인간 세상이 아닌 낯선 곳으로 떨어지고 말 것만 같은 야릇한 분위기가 바로 옆에 앉아 있는 여자를 새삼 친근하게 느끼게 했다. 이름도 성도 아무것도 모르는 여자에게서 느끼는 친밀감에 다소 황당한 감이 들었지만 그건 그만큼 절박한 무엇이 있다는 증거였다. 어쩌면 이 차 안에 끝없이 갇혀 있어야 될지도 모른다는, 텔레비전에서나 보던, 지구 저 끝에서나 일어나는 기상이변 현상의 중심에 지금 내가 있다는 막연한 두려움. 그러고 보니 차 안에 먹을 것도 없었다. 먹다 남은 생수 반병이 남아 있을 뿐 먹을 것이라곤 빵 한 조각도 없었다. 갑자기 시장기가 돌았다. 다 저 눈 때문이었다. 기현은 하필이면 이 추운 겨울에 죽었을까. 게다가 바다라니. 그런데 휴대폰은 왜 기를 쓰고 살리려 했을까. 룸미러로 힐끗 여자를 살폈다. 차창 밖을 바라보며 여자는 골똘히 생각에 잠겨 있었다. 어둠 속 어딘가를 뚫어져라 쳐다보는 그녀의 눈빛에서 좀 전의 발랄함이나 명랑함이라곤 찾아볼 수 없었다. 눈에 반사

된 여자의 눈동자는 물기가 어린 것처럼 보였다.

안됐네요. 그분. 하필이면 결혼을 앞두고…… 죽음이란 게 참 그래요. 누구는 더 살고 싶은데 죽어야 하고 누구는 더 살기 싫어서 스스로 그 길을 가고…… 고래들이 자살한다는 거 믿으세요?

여자가 한참 만에 입을 열었다.

글쎄요. 그런 말을 들어보긴 했는데.

언젠가 인터넷에서 본 사진이 떠올랐다. 아일랜드의 웨스트 코크 해변에서 모래 언덕에 걸려 옴짝달싹 못하고 죽어가는 긴수염고래의 사진이었다. 오백여 명의 사람들이 해변으로 몰려와 길이 이십 미터에 달하는 이 멸종 위기의 동물을 다시 바다로 돌려보내려 했으나 구조선이 도착했을 때는 이미 늦었다. 사람들은 이를 두고 고래가 일부러 뭍으로 올라와 자살을 했다고 단정 지었다. 고래는 고주파로 동료들과 의사소통을 하는데, 인간들이 다양한 주파수의 음파와 소음으로 바다를 가득 채워 더 이상 의사소통을 할 수 없게 된 고래들이 마침내 외로움 속에 방황하게 된다는 것이다. 그러고는 쓸쓸한 주검이 되어 해안가 백사장으로 밀려온다고 했다. 이와 비슷한 사례는 종종 보도되었다. 역시 기사의 중심은 고래의 죽음 그 자체보다 동물의 자살이라는 새로운 흥미거리에 있었다.

제가 돌보던 고래가 죽은 적이 있어요. 우미요, 이름이 우미였어요. 아주 멀쩡하던 애였는데 어느 날 아침 일어나보니 죽어 있는 거예요. 머리에 피를 많이 흘리고 말이에요. 밤새도록 머리를 콘크리트 바닥에 찧지 않고는 일어날 수 없는 일이래요. 실제로 조사해보니 콘크리트 바닥에 자국이 남아 있었어요. 머리를 찧어댄 자국이요. 얼마나 찧어댔으면 뇌가 다 미어져 나왔겠어요.

충격이 컸겠어요.

개네들의 속성을 너무나 잘 아는 저로서는 충분히 그럴 수 있겠다고 생각했어요. 자살을 한 거죠. 그런데 그때 난 결론이 뭔지 아세요? 고래 머리에 이상이 생겨 우발적으로 일어난 사고사래요. 우연이라는 거죠. 그렇게 죽은 게.

여자는 그때 생각이 다시 나는지 떨리는 목소리를 진정하느라 잠시 말을 끊었다.

분명히 자살이었어요. 나는 우미가 죽기 전까지 어떤 스트레스에 시달렸는지 알거든요. 그 스트레스를 제공한 장본인은 바로 저였고요. 세 친구가 함께 맞추어야 하는 동작이 있었어요. 아시죠? 고래가 침팬지 다음으로 뇌용량이 크다는 거. 보통 지정된 연습 시간을 마치고 나면 다들 웬만큼 잘하거든요. 그런데 유독 우미만 자꾸 틀리는 거예요. 원래 셋 중에 감각이 제일 떨어지는 애이긴 했지만 그때는 너무 심했어요. 한 동작을 익힐 때마다 보상으로 꽁치를 던져주곤 하는데 우미는 그날 한 번도 제때에 꽁치를 못 얻어먹었어요. 그러곤 그날 밤에 죽은 거죠. 고래들의 자살에 대해 회의적이었는데 그 이후로는 생각이 달라졌어요. 개네들도 인간하고 똑같아요. 우리도 죽고 싶을 때가 있는 것처럼 개네들도 미치도록 죽고 싶을 때가 있는 거죠.

그럼. 인간들이 생각하는 것처럼 정말 자살을 하는 걸까요?

물론 고래가 되어보지 않아서 그 속내는 알 수 없지만 전 그렇게 믿고 싶어요. 만약 그때 우미와 어떤 방식으로든지 소통이 되었다면 그런 결과를 초래하게 내버려두지 않았을 거예요. 어떻게 해서든지 도왔을 거예요. 그래요. 문제는 소통의 부재였어요. 어쩌면 스트레스도 거기서 유래했는

지도 몰라요. 인간은 참 간사하고 이기적이고 아둔해요. 그 입장이 돼서
야 깨달으니 말이에요.

그 입장이라뇨?

아뇨. 아무것도.

여자가 모처럼 씽긋 웃었다. 고른 치열이 아름다웠다. 말을 마친 여자
는 다시 차창 밖 어둠 어딘가를 뚫어져라 쳐다봤다. 마치 거기 어디쯤에
죽은 고래가 살아와 있는 것처럼. 내 시선도 여자의 그것을 따라 움직였
다. 그리고 여자처럼 눈이 퍼붓는 어둠속 어딘가를 뚫어져라 쳐다봤다.
거기 어디쯤에 죽은 기현이 살아온 듯이.

제대 후에도 제대로 된 기현의 소식은 접할 수 없었다. 이런저런 소문
들만 가끔 들려왔다. 알코올 중독자가 되어 시설에 갇혀 지낸다, 외국으
로 종적을 감추었다, 지리산에 들어갔다, 어느 것 하나 믿을 만한 게 없었
다. 몇 번이고 시도를 했지만 그의 행방을 알기란 좀처럼 쉽지 않았다. 겨
우 주소를 추적해 찾아간 곳에서도 그의 행방은 묘연했다. 계속되는 이사
와 주소불명은 나를 허탈하게 만들었다. 지금 돌이켜보면 그때 왜 그렇게
기현을 찾아다녔는지 이유를 알 수 없었다. 분명한 건 기현이 어떻게 살
고 있는지 궁금했고 한편으로는 걱정도 되었다. 사실 내 생각의 전환점을
마련해준 계기가 전혀 없었던 바는 아니었다. 같은 내무반 동기 중에 화
장을 하는 친구가 있었다. 고참들 눈을 피해 몰래 화장을 하다가 들통이
나는 바람에 결국 그는 내무반에서 왕따 취급을 당했다. 고참들에게 구타
를 당하면서도 화장을 멈추지 않는 그가 이해가 되지 않았다. 무엇이 그
를 그렇게 미련스러울 정도로 용감하게 만들었을까. 그는 결국 스스로 목

숨을 끊었다. 그제야 그가 우리와 별 차이 없는 똑같은 인간이었다는 게 각인되었다. 단지 다수의 남자가 하지 않는 화장을 했다는 것뿐이었다. 그때 기현이 떠올랐다. 처음으로 기현이 정말 죽을지도 모르겠다는 생각이 들었다. 그러자 마음이 급해졌다. 그를 경계선 저쪽으로 밀어버린 데 대해 미안한 마음이 들었다. 일단 녀석을 빨리 찾아야 했다. 내 의중을 눈치라도 챈 듯 기현은 좀처럼 모습을 드러내지 않았다. 허탈감에 빠져 있을 때 뜻밖에도 기현에게서 연락이 왔다.

삼 년 만에 만난 기현은 몰라보게 변해 있었다. 미소년 같은 외모와 귀공자 같은 풍채는 온데간데없고 비쩍 마른 중늙은이처럼 얼굴은 피폐하고 곤궁해 보였다. 도대체 그동안 무슨 일을 당했기에 사람이 이 지경으로 되었을까. 그는 해변 모래사장으로 떠밀려온 고래가 살갗이 타들어가며 서서히 말라죽어가듯 이 세상에서 멀어지고 있었다. 그때 이미 죽음을 예감하고 그 경계를 넘나들고 있었는지도 모른다. 어떻게 지냈느냐는 내 물음에 기현은 그저 허허 웃기만 했다. 그 웃음 속에 너무 많은 것이 들어 있어서 일일이 확인할 수조차 없었다. 난 더 이상 묻지 않았다. 그도 입을 다물었다. 지난 일을 잊은 채 우리는 오랜만에 소주도 마시고 두부 김치도 먹었다. 찌를 노려보던 그가 입을 열었다.

사는 게 힘든 건 저기에 뭔가 걸리길 기대하며 살아서일 거야. 그냥 이 시간을 즐기면 될 텐데. 왜 인간들은 스스로를 단정 짓고 경계 속에 가두려 하는지 몰라. 가장 견딜 수 없는 건 바로 그거야. 나도 모르게 경계 지어진 내 삶. 난 분명히 경계 짓지도 경계하지도 않았는데 말이야. 우습지. 내 인생이 내가 아닌 타인들에 의해 흘러간다는 게.

어둠 속에 희미하게 드러난 그의 어깨는 무너질 듯 위태해보였다.

서로 다른 언어를 쓰는 것 같아. 각자 개개인이 다 전부 다른 언어로 떠들어대는 거 말이야.

기현은 깊은 한숨을 내쉬었고 그 때문에 찌가 흔들리는 것처럼 보였다. 기현의 말이 얼른 이해되지 않았다. 그의 말대로 우리는 각자 다른 언어로 지껄여대고 있었다.

난 왜 술 먹으면 배가 더 고프냐. 라면이나 먹을까?

기현이 휴대폰을 꺼내 라면을 주문했다.

이럴 때만 유용해.

통화를 끝낸 기현이 휴대폰을 가방 위로 휙 집어던졌다. 그리고 잠시 자리를 비운 사이 기현이 던져놓고 간 휴대폰에 반짝반짝 불이 들어왔다. 나는 무심코 휴대폰을 집어 들었다. 액정에 귀엽고 아리따운 여자 모습이 떴다.

더 이상 차를 움직이는 것은 불가능했다. 눈은 이미 온 세상을 집어삼키고 있었다. 히터 때문에 시동을 켜둔 채로 멈춰 있어야 했다. 이러다간 연료도 곧 바닥이 날 것이다. 내비게이션도 방향을 잃고 삐삐거렸다. 그냥 손 놓고 앉아 있을 일이 아니었다. 사태의 심각성을 감지하기는 여자도 마찬가지였다. 여자는 부지런히 어딘가로 계속 전화를 걸어대고 있었다.

여기가 어디쯤 되죠?

여자가 통화 중에 고개를 돌려 물어왔다.

글쎄요. 어두워서 뭐가 보여야지. 내비게이션도 먹통이고. 속초까진 아직 먼 것 같은데요.

나를 따라 밖을 기웃거리던 여자가 다시 통화를 이어갔다. 누군가에게 도움을 청하는 듯했다. 아무리 도움을 청한다 해도 뾰족한 수가 없기는 마찬가지였다. 눈이 그치든가 날이라도 밝든가 해야 상황 파악이라도 할 수 있을 것 같았다. 나도 여기저기 전화를 해 폭설 속에 고립되어 있는 위급함을 알리고 도움을 청했다. 하지만 속 시원한 답은 없었다. 배가 몹시 고팠고 차 안의 온도도 점점 떨어지고 있었다. 주변을 아무리 둘러봐도 그 흔한 편의점 하나 보이지 않았다. 편의점은커녕 인가 불빛도 눈에 띄지 않았다. 젊은 여자가 눈 속을 걸어 차마다 두드리고 뭔가를 애걸하듯 말하고 다녔다. 그녀는 곧 우리 차 앞까지 와 차창을 두드려댔다. 윈도를 내리자 볼이 빨갛게 언 그녀가 울먹이며 말했다.

　물이 있으면 한 모금만 주세요. 애기가 열이 많은데 물이 다 떨어졌어요. 제발 부탁해요.

　여자가 얼른 물이 반쯤 남은 생수병을 그녀에게 내주었다. 생수병을 받아 든 그녀는 고맙다는 말을 되풀이하고는 눈 속으로 멀어졌다.

　그렇다고 그걸 내주면 어떡해요.

　나는 퉁명스런 목소리로 투덜거렸다.

　그럼 아기가 열이 난다는데 방법이 없잖아요.

　그 말을 믿어요? 지금 이 상황에?

　그러면 저 여자가 거짓말을 했다는 말이에요?

　모르겠어요. 더한 거짓말을 해서라도 살 궁리를 해야 될 것 같네요.

　차창 밖을 내다보았다. 여자도 차창 밖으로 고개를 돌렸다. 그렇게 한동안 서로를 외면한 채 시간이 흘렀다. 차 안의 기온이 점점 싸늘해졌다. 마침내 올 것이 오고야 말았다. 연료계기판의 바늘이 제로에서 멈추었다.

이제 어떡하죠?

여자도 계기판을 주시하고 있었던 모양이었다. 뭐라 대꾸할 말이 떠오르지 않았다. 찌만 바라보고 있던 기현이 느닷없이 한 말에 뭔지 모르겠는 먹먹함이 가슴을 짓누르던 때와 비슷했다. 지금 중요한 것은 기현의 죽음도, 돌고래의 자살도 아니었다. 기현이 누워 있는 영안실도, 새로 들어오는 미미라는 이름의 돌고래도 지금 우리가 맞고 있는 이 현실을 대변해줄 수 없었다. 마침내 사람들이 차에서 내려 걷기 시작했다. 누군가가 차 문을 열고 나오자 여기저기서 기다렸다는 듯 하나 둘 도로로 쏟아져 나왔다. 아기를 업고 물건을 이고 가방을 지고. 사람들이 잔뜩 움츠린 자세로 무릎까지 빠지는 눈 숲을 헤치고 앞으로 나아가는 광경은 영화 로케를 위해 동원된 엑스트라들이 그 대단원의 마지막 신을 찍기 위해 이동하는 것처럼 보였다. 사람들은 잘 훈련된 배우들처럼 눈 속을 뚫고 거침없이 행진했다. 멀어지는 그들의 뒷모습은 살처 냄새를 맡고 몰려다니는 좀비들 같았다. 도로에는 빈 차들이 소품처럼 뒹굴었다. 나는 눈앞에서 일어나고 있는 일들을 영화 관람하듯 바라보고 있었다. 먼저 차 문을 연 것은 여자였다.

도저히 못 참겠어요. 볼일 좀 보고 올게요.

여자는 옷매무새를 바싹 여미고 차 밖으로 나섰다. 눈이 여자 무릎을 훌쩍 넘어섰다. 여자는 힘겹게 눈을 헤치며 앞으로 나아갔다. 나는 여자가 위태롭게 걷는 모습을 차 안에서 멀거니 바라보았다. 여자는 다른 무리들과 반대쪽으로 걸어 마침내 시야에서 사라졌다.

한참이 지났는데도 여자가 나타나지 않았다. 끝내 돌아오지 않았다. 불길한 생각이 든 것은 조수석에 뒹구는 여자의 휴대폰을 발견한 뒤였다.

휴대폰은 배터리가 분리되어 있었다. 그제야 자살한 고래 이야기며, 뭔지 모르게 불안하고 초조해 보이던, 아니면 지나치게 명랑하게 떠들던 여자의 눈빛이 떠올랐다. 에잇, 씨발. 창자를 뚫고 욕이 터져 나왔다. 차 문을 열었다. 무섭게 쌓인 눈 때문에 문이 꿈쩍도 하지 않았다. 아, 여자는 어떻게 문을 열었을까. 이런 엿 같은. 앞으로 육십 년을 더 살아도 절대로 두 번 다시 들 것 같지 않은, 지독하게 개 같은 기분이 들었다. 눈가가 뜨거워졌다. 죽을힘을 다해 문을 밀치고 눈밭에 내려섰다. 차 안에서 볼 때와 달리 밖은 쌓인 눈 때문에 사방이 훤했다. 발을 내딛자마자 눈 속으로 나뒹굴었다. 온몸이 눈으로 범벅이 되었다. 간신히 일어나 눈을 털고 발길을 뗐다. 눈 때문에 어디가 어딘지 구분할 수 없었다. 걷고 있는 사람들조차도 눈의 일부분으로 보였다. 세상은 거대한 눈덩이로 변해 있었다. 그 눈덩이 속으로 까마득히 걸어 들어가고 있었다. 바지는 허벅지까지 젖어 올라왔고 발은 감각이 둔해진 지 오래였다. 가도 가도 끝이 없는 눈길을 눈보라가 앞서 쓸고 지나갔다. 사방을 아무리 둘러봐도 여자는 보이지 않았다. 이런 젠장, 이름을 알아야 불러보기라도 하지. 여자는 미미를 만나러 가는 게 아니었다. 어쩌면 돌고래는 멀미를 안 하는지도 모른다. 구구단을 못 외울지도 모르고. 우미는 자살을 하지 않았을지도 모른다. 그리고 여자는 돌고래 조련사가 아닐지도 모른다. 눈 속에 무릎을 꺾고 무너졌다. 근처에서 첨벙 물소리가 들려왔다. 바람이 불어왔다. 눈보라가 얼굴을 훑고 지나갔다. 얼굴을 무릎 사이에 파묻었다. 눈보라 속에서 비릿한 해초 냄새가 났다. 고개를 들고 해초 냄새가 나는 쪽을 응시했다. 저만치 경계를 알 수 없는 곳 어둠 속에서 유독 반짝이며 넘실대는 물결이 보였다. 바다였다. 파도가 밀려왔다 나간 자리에 거대하고 육중해 보이는 검은 물체가 희미하게 보였다. 물에 젖은 표피가 하얀 눈에 반사돼 반짝 빛났다. 깊은 잠을 자고 있는 것처럼 보였다. 어디선가 휴대폰 울려대는 소리가 끊임없이 들려왔다.

홈, 플러스

서진

서 진

1975년 부산에서 출생했다. 광안리 해변에 살면서 여름엔 수영을 하고 날씨가 추워지면 글을 쓴다. 2007년 『웰컴 투 더 언더그라운드』로 제12회 한겨레문학상을 수상했고, 에세이 『뉴욕, 비밀스러운 책의 도시』(2010)를 출간했다. 대안출판 프로젝트 '한 페이지 단편소설' 운영자이기도 하다. 여행과 일상의 이야기는 3일 밤만 공개되는 '쓰리나이츠 온리(3nightsonly.com)'에서 볼 수 있다.

피할 수 없다면 즐겨라.

　누가 이 따위 말을 했는지 모르겠지만 나는 이렇게 고쳐서 말하겠어.

　피할 수 없다면 죽여라.

　나는 지금 대형 마트에서 드글드글한 사람들을 죄다 죽여버리고 싶은 심정이야. 미친 척하면서 다 물어뜯어버릴까? 피가 사방에 튀면서 아수라장이 되겠지. 목에서 뿜어져 나오는 피를 막으려고 발버둥치는 아줌마, 다리 잘린 꼬마, 고기 써는 무시무시한 식칼을 들고 덤벼드는 점원, 우왕좌왕 도망가는 엑스트라…… 꽤 괜찮은 영화가 될 것 같아. 하지만 참아야지. 먹고 싶은 걸 다 먹고 살 수는 없고, 속하기 싫은 곳에도 속해야 해. 뱀파이어도 마찬가지야.

십 년 전 가격 그대로

가출한 아홉 살짜리 아이를 찾고 있다. 카트에 물건을 가득 실은 사람들과 특별 세일을 외치는 점원들 때문에 머리가 지끈거린다. 주말 저녁 사람들은 모두 이곳에 모여 여가활동을 하고 있는가보다. 십 년 전 가격 그대로 할인하는 특별 행사를, 지난 한 달 동안 고대하던 사람들처럼 말이다.

1번 통로부터 24번 통로까지. 야채 코너, 생선 코너, 육류 코너, 제과 제빵, 조미료, 음료수, 반찬, 의류, 가구와 식기. 정말 살기 위해서 그렇게 많은 것이 필요하다면 나는 그냥 뱀파이어로 남겠다. 카트 안을 훔쳐본다. 라면 한 묶음, 참치 통조림 다섯 개, 소주 두 병, 과자 여섯 봉지. 인스턴트 음식을 좀 줄여. 아토피가 그냥 생기는 줄 알아? 나도 깨끗한 유기농 피를 마시고 싶다고.

참, 나도 살 게 있었지. 빵과 와인. 일단 카트에 빵을 닥치는 대로 담는다. 우유식빵, 옥수수식빵, 현미잡곡식빵…… 속이 비었을 때 나는 식빵을 질겅질겅 씹어 먹는다. 목이 막히면 술을 마신다. 주치의 행세를 하고 있는 D에 따르면 빈속에 술을 마시면 몸에 좋지 않단다. 아무 맛이 나지 않더라도 빵 같은 것으로 속을 채우라나. 제빵 코너를 빠져나오니 기다렸다는 듯이 와인 코너가 나온다. 때마침 칠레산 와인이 판촉 행사 중. 어정쩡하게 서 있었더니, 짧은 치마를 입은 아가씨가 플라스틱 컵을 건넨다.

피 색깔 때문에 깜짝 놀랐잖아. 게다가 잔이 너무 작다고. 입에 털어넣어도 무슨 맛인지 도통 알 수가 있어야지. 다음엔 일회용 커피 잔에 담아줘.

"오늘 하루만 특별히 판촉하는 제품입니다. 맛이 어떠신지 설문조사에 참여해주시면 백 시시 샘플도 드려요. 한 병을 구매하시면 특별 선물로 오프너와 글라스를 드리고요."

입맛을 다신다. 갑자기 머리에 지릿한 통증이 느껴진다. 이건 와인 때문이 아니라 부근에 내가 찾고 있는 아이가 나타났기 때문이다. 몸속에 녹아 들어간 의뢰인의 피가 반응하고 있는 것이다. 지이잉 하고 코와 이마 사이에서 진동이 울린다. 누가 작은 전기 드릴로 구멍을 내는 것 같다. 아, 좋아. 더 파달라고. 즐거운 고통. 주위를 두리번거린다. 열 시 방향으로 십 미터 앞. 유제품 코너에 서성이고 있는 푸른색 줄무늬에 청바지를 입은 아이. 지이이이잉. 먹이를 놓치지 않는 나의 정확한 레이더. 그 아이에게 다가갈수록 진동의 주파수가 높아진다. 속이 울렁거린다.

"고, 고객님, 여기 설문조사를……"

손을 내젓고, 와인을 카트에 담는다. 토할 것 같다.

"감사합니다, 고객님!"

카트에 몸을 반쯤 기대어 아이 근처로 간다. 유제품 코너에는 일 리터짜리 우유 하나에 이백 밀리리터짜리 작은 우유가 테이프로 둘둘 말려 있다. 요구르트 열 개들이 특별 할인 행사. 크림치즈를 사시면 스푼을 드려요. 아이는 이미 그곳을 지나 아이스크림 코너로 이동했다. 발이 후들거려 제대로 걸을 수 없다. 아이처럼 카트에 타고 싶을 정도다.

아이스크림 코너로 이동. 안을 들여다볼 수 있는 커다란 냉동고에는 아이스크림 열 개를 균일가에 특별 할인. 동규가 나를 향해 홱 뒤돌아본다. 선반으로 고개를 돌렸다. 커피 코너. 최고급 블루마운틴 원두커피 한 봉지를 카트에 던져 넣는다. 골인.

　동규가 정육 코너로 방향을 튼다. 전기 프라이팬에 불고기가 지글거리며 익고 있다. 집게를 뒤적거리며 고기를 굽고 있는 직원의 얼굴엔 피곤이 가득하다. 흰 수건을 둘러쓴 청년이 제주도에서 공수한 돼지고기를 특별 세일한다고 외친다. 아이는 초록색 이쑤시개를 집어 든 채로 불고기가 익기를 기다린다. 고기를 굽는 아주머니는 아이에게 뭔가를 말했는데 아이는 이쑤시개를 획 하고 점원에게 던져버린다. 너, 좀 맘에 든다. 점원이 얼굴을 찡그리고 뭐라고 말을 하는 사이 아이는 저 멀리로 뛰어갔다. 이제 내가 쫓아갈 차례.

　하지만 파도처럼 밀려오는 카트를 이리저리 피하는 게 쉽지 않다. 게다가 웬 아이들이 이렇게 많은 거야? 마트에 아이 보관함 같은 건 없어? 백 원짜리 넣고 번호 적힌 열쇠만 가져오면 되잖아. 뚱뚱한 여자 아이는 카트가 스케이트보드라도 되는 것처럼 나를 향해 달려오고 있다. 철컹, 하고 카트가 부딪혔다.

　"아야! 엄마!"

　머리를 뒤로 묶은 뚱뚱한 여자 아이는 바닥에 널브러져 있다. 판박이로 닮은 더 뚱뚱한 아주머니가 눈을 부릅뜨고 나를 쳐다본다.

　"아저씨, 이러다 애가 다치기라도 하면 어떻게 해요?"

　어쩔 건데? 얼굴을 찡그린다. 효과가 있었는지 뚱뚱한 여자는 뒤를 힐끔 쳐다보면서 시야에서 사라진다. 사람들은 자신의 아이에 대한 환상을 갖고 있다. 다른 아이보다 똑똑하다든가, 잘생겼다든가, 착하다든가, 예민하다든가…… 내게는 다음 행동을 예측할 수 없는 괴물일 뿐이다. 그런 아이들을 볼 때마다 부드럽고 연약한 목을 콱, 물어버리고 싶다. 피가 한 방울도 남지 않을 때까지 쪽쪽 빨고 싶다. 이 녀석은 어디로 사라진 거야?

"남천초등학교 이학년 김병수 군은 어머니가 안내데스크에서 기다리고 있으니 방송을 듣는 즉시 오시길 바랍니다."

이런 게 있었어? 나도 안내 방송이나 해볼까. 빨리 녀석을 찾아 여길 빠져나가고 싶단 말이야. 사람이 너무 많아. 미치겠어.

"그리고 지금 정육매장에서는 제주산 흑돼지 삼겹살을 단 한 시간 동안 반값에 할인 판매하오니 많은 관심 부탁드립니다."

하필이면 등 뒤가 정육 코너다. 사람들이 파도처럼 나를 향해 밀려온다.

동규가 보이지 않는다. 진동도 미미해졌다. 속에서 뭔가가 올라올 것 같다. 이틀 동안 일부러 커피를 빼고는 아무것도 먹지 않았다. 냉장고에 한 면만 하얗고 다른 면은 갈색인 말라 비틀어진 식빵이 뒹굴고 있을 것이다.

어쩔 수 없지. 마지막으로 남은 의뢰인의 피를 마실 수밖에. 바지주머니, 안주머니를 뒤져본다. 제길, 차 안에 놔두고 왔다.

백 퍼센트 코나산

동규의 엄마는 마치 잃어버린 물건을 찾는 사람처럼 담담했다. 시간과 돈을 투자한다면 못 찾아낼 리가 없다는 듯 말이다.

"유괴 당한 건 아니에요. 유괴범보다 똑똑한 아이일 테니까. 집을 나간 것도 이번이 세 번째입니다. 두 번은 사나흘 뒤에 돌아왔지만 이번엔 일주일째 들어오지 않고 있어요. 당신이 찾지 못하는 사람은 없다던데……"

여자는 식어버린 커피에 시선을 고정시키고 있다. 한 모금 정도는 마셔도 죽지 않는다고.

"살아 있는 사람은 문제없는데, 죽은 사람을 찾기는 힘들어."

"아들을 찾고 있는 엄마 앞에서 할 이야기는 아닌 것 같은데요."

여자의 눈이 실룩거렸다.

"직접 낳은 것도 아니라며. 어차피 피 한 방울 섞이지 않았잖아."

여자가 나를 뚫어지게 쳐다보았다. 나는 한밤인데도 선글라스를 끼고 있다. 의뢰인을 만날 때는 항상 그렇다. 상대방에게 표정을 숨길 수 있다는 것은 이럴 때 도움이 된다.

"손버릇이 점점 나빠지더군요. 처음엔 천 원짜리 몇 장이었는데…… 이번에는 신용카드까지 없어졌어요."

여자가 신용카드 사용 내역서를 내밀었다. 아이의 모습을 담은 사진도 몇 장 건넸다. 아빠 엄마와 함께 동물원에서 찍은 사진, 운동회 달리기 사진, 학예회 연극 사진.

"남자 아이는 부모님의 지갑에 손을 대는 시기가 있어."

"당신도 아이였을 때 그랬나요?"

"난 아이였을 때가 없었어. 그냥 이렇게 태어났지."

그녀는 찻잔에서 시선을 떼고 나를 바라본다. 마치 술에 취해 바보 같은 농담을 하는 남자를 쳐다보는 눈빛.

"동규는 삼 년 전 죽은 남편의 아들입니다. 남들은 제가 아들을 학대하는 계모쯤으로 알아요. 빨리 찾지 않으면 제 입장이 곤란해질 거예요."

그건 네 사정이고.

"남편이 굉장한 유산이라도 남겼나봐. 젊은 나이에 문제아를 기르는 걸 보니."

여자는 벌떡 자리에서 일어났다.

"맘에 안 들면 나가시든가. 경찰에 도움을 요청하라고."

여자는 다시 제자리에 앉았다. 경찰에 가지 않고 나를 찾아온 사람들은 다 이유가 있다.

"남편이 남긴 유산은…… 빚더미에 앉은 공장, 그리고 새엄마를 절대로 엄마라고 부르지 않는 남자 아이와, 항상 의심의 눈초리로 불쑥 집에 들르곤 하는 두 명의 시누이뿐이었어요."

"커피 한잔 더 마실래?"

식어버린 커피를 싱크대에 버리고 여자의 잔에 따뜻한 커피를 따랐다. 세 가지 프림 통에는 각각 다른 수면제가 담겨 있다. 에스조피드론, 라멜테온, 졸피뎀. 믹서기에 세밀하게 갈아둬서 프림 같아 보인다. 부작용 주의. 이런 약은 알코올 중독자나, 우울증 환자나 간 손상이 있는 사람은 먹으면 곤란하다. 라멜테온은 임신한 여성은 먹으면 안 된다. 졸피뎀은 이 주간 계속 먹으면 효과가 없어진다. 나는 에스조피드론 가루와 우유를 커피에 넣고 휘휘 섞었다. 설탕도 듬뿍 타버렸다. 그리고 그녀에게 사무실 특제 커피를 내밀었다.

"얼마면 되지요?"

커피를 테이블에 놓자 여자가 물었다. 처음엔 가격을 정하기가 무척 힘들었다. 의뢰인이 부자라면 돈을 더 많이 받아야 할지, 아니면 일한 날 수만큼 계산을 해야 할지 알 수 없었다. 뱀파이어도 살아가는 데 돈이 필요하다. 방세, 전기세, 가스비도 매월 꼬박꼬박 나온다.

"착수금 백만 원을 먼저 줘. 한 달 이내에 찾지 못하면 착수금은 돌려주지. 사람을 찾고 나서 나머지 금액을 주면 돼. 그 금액은 당신이 결정해."

"어떻게요?"

"아들이 유괴되었다고 쳐. 이 유괴범은 돈을 받으면 절대로 아이를 해치지 않겠다고 말하지. 보통은 죽여놓고 그런 협상을 하는데, 이 유괴범은 착해. 정말 돈을 받으면 아이를 돌려줄 거야. 그 금액이 지나치면 당신은 경찰에 신고해버리겠지. 하지만 당신이 줄 수 있는 금액의 상한선을 유괴범이 제시한다고 생각해봐. 경찰에 신고하는 수고로움이나, 혹시 외부에 알려져서 아들의 생명이 위태로운 것도 방지할 수 있어. 그 금액은 충분히 큰 액수지만 당신이 어떻게든 빚을 지지 않고 마련해볼 수 있는 정도야."

마치 보험 외판원 같다.

"당신에게 그 정도를 줘야 한다는 말인가요?"

"설마. 그 정도까지 많이 받는다면 내가 그냥 아이를 유괴하는 게 낫지. 그 금액의 절반만 주면 돼. 금액은 흥정하지 않아. 통장으로 이체해줘. 너무 적으면 내가 당신을 찾아갈 거야. 숨어도 소용없다는 건 잘 알겠지? 나는 못 찾는 사람이 없으니까."

여자는 내 말을 믿어야 할지, 이체해야 할 금액이 얼마 정도인지 계산하는 눈치였다.

"좋아요. 그렇게 하죠."

착수금을 돌려준 경우는 없다. 나는 의뢰 받은 일은 어떤 수를 써서라도 해결하고야 만다. 의뢰인의 피를 마시면 찾지 못할 사람이 없다. 의뢰인들은 사람을 찾아주면 내가 생각했던 것보다 많은 액수를 보상한다. 사람의 가치란 내 생각보다 비싼 모양이다.

여자는 마침내 커피를 입에 갖다 댔다. 조금만, 조금만 더.

"그 커피는 하와이 코나산 백 퍼센트야. 마트에서 파는 커피하고는 비교가 안 돼. 직접 하와이에서 주문을 했거든. 소규모 농장에서 재배한 것이라 맛이 제대로야. 향기가 진해서 초콜릿 맛이 난다니까."

여자는 커피를 조심스럽게 홀짝거렸다.

"혹시 아이는 있어요?"

"아이가 없다고 사건을 해결하기 힘들 것 같아?"

"그런 뜻은 아니었어요. 남의 말을 항상 삐딱하게 받아들이나봐요?"

"예의를 차린답시고 돌려서 말하는 걸 듣기가 너무 힘들어. 차라리 묻지 않는 게 예의지."

"나도 아이를 낳아보지는 않았어요. 친구들은 고작해야 네댓 살 된 아기를 기르고 있고…… 솔직히 사춘기 아이를 어떻게 키워야 할지 감당이 되지 않았어요."

그리고 다시 커피 한 모금.

"아이들은 저절로 크는 거 아닌가? 개나 고양이처럼 말이야."

여자의 한숨.

"어떻게 실종된 사람을 확실하게 찾을 수 있다고 자신하는 거죠?"

"사람을 잘 믿지 못하는 성격이군."

"믿음에는 근거가 있어야 하니까. 무작정 믿는 건 사이비 종교지요."

"백 퍼센트 사건 성공률을 유지하는 이유는 최면 요법 때문이야. 무의식은 많은 걸 기억하고 있지. 그 속에서 힌트를 찾아내. 어때, 슬슬 시작해보는 건?"

잠이 저절로 올 테니까 기대하시라. 여자는 내가 안내하는 대로 푹신한 일인용 소파로 자리를 옮긴다. 아직도 못 미더워하는 눈치다.

"자, 마음을 편안하게 갖고 눈을 감아봐. 의자의 레버를 이렇게 내리면 좀더 편해져. 이 정도면 됐지?"

여자는 스커트를 무릎으로 당겼다. 레버를 내려주었다. 의자는 백삼십도 정도 뒤로 젖혀졌다.

"가끔씩 잠이 드는 사람도 있지만 한 시간 뒤에 깨워줄 테니 걱정 마. 몸에는 손가락 하나도 안 댈 테니까 그것도 걱정하지 말고. 게다가 넌 내 타입도 아냐."

여자는 이곳에 온 이후 처음으로 피식 웃었다. 여자의 커피 잔이 비어 있는 것을 확인했다.

"준비됐어요. 말해봐요. 최면에 빠질 수 있도록 노력해볼게요."

"그건 노력한다고 되는 게 아니야."

여자의 눈이 파르르 떨리면서 감겼다. 나는 신용카드 내역서를 흘깃 쳐다봤다. 대형 마트가 두 번, 패밀리레스토랑이 다섯 번, 영화관이 열두 번…… 최면 요법 따위는 배워본 적도 없다. 약에 취해 잠들 때까지 되는 대로 지껄일 뿐.

"당신은 지금, 대형 마트에 와 있어. 그런데 사람이 아무도 없어. 계산대에서 손님을 기다리는 점원도, 각 코너의 안내원들도 말이야. 당신과 아이는 카트를 끌고 마트 사이를 활보해. 카트가 보통 것보다 두 배는 더 커서 둘이 힘껏 밀어야 겨우 앞으로 나아갈 정도야. 그 카트에는 마트에 있는 물건을 뭐든지 담을 수 있어. 계산대에 사람도 없으니까, 공짜로 빠져나갈 수 있지."

여자의 눈썹이 실룩거렸다.

"자, 먼저 어디로 갈 거야?"

"일단, 푸드 코트로 가요. 제대로 쇼핑하려면 배를 채워야 하니까."

메뉴번호 16번: 낙원각 패밀리 세트

주차장으로 달려갔다. 삼층이었나, 사층이었나. 아, 사층 문 앞 장애인 주차장이었지. 마법의 장애인 주차 카드를 갖고 있다. 이것도 D가 수를 써준 거다. 뱀파이어는 기본적으로 장애인이라나. 빛에 민감한 포피리아, 근육경직 카탈렙시, 아니면 거식증. 코를 쿵쿵거리며 트렁크 안쪽의 검은 카메라 가방을 찾아냈다. 우후, 빙고. 그 속에 들어 있던 피를 꺼내 벌컥벌컥 마셨다. 입을 틀어막았다. 동공이 커지고 심장 박동이 빨라졌다. 심장에서 뿜어져 나오는 피가 온몸으로 구석구석 퍼져나갔다. 의뢰인의 피가 반응하고 있다. 역시, 누군가를 애타게 찾고 있는 사람의 피는 맛있다. 찾는 사람의 근처에 있으면 적혈구가 춤을 추는 것 같다. 아, 머리가 띵해. 쓰러질 것만 같아. 이정도 반응이면 여자가 꽤나 애타게 아이를 찾고 싶어 한 것이 틀림없다. 나는 집을 찾아가는 개처럼 어슬렁어슬렁 신호가 강해지는 곳으로 이동한다. 카트로 앞이 막혀버린 느릿한 에스컬레이터, 인터넷과 휴대폰 가입 코너, 안경점과 약국을 차례로 지나간다.

마치 몽유병자 같다. 그리고 푸드 코트가 나타났다.

동규는 음식 모형이 들어 있는 유리 진열장에 코를 박고 있다. 자장면, 돈가스, 떡볶이, 스파게티. 개별 메뉴보다는 '커플 세트' '패밀리 세트'가 더 푸짐하고 맛있어 보인다. 자장면, 짬뽕, 탕수육을 한 사람이 다 먹을 수는 없겠지만 두 사람이면 가능하다. 문득 배에서 꼬르륵 소리가 난다. 배가 고프다. 빵을 먹은 지가 언제인지 모르겠다. 자장면, 짬뽕, 탕수육을 커다란 세숫대야에 붓고 국자로 섞은 뒤에 퍼먹고 싶을 정도로. 설마, 농담이다. 굶어 죽어도 이런 건 먹을 수 없다. 신선한 피를 마시고 싶다. 열한 살 난 소년의 피라면 더할 나위 없겠지.

동규는 초롱초롱한 눈망울과 큰 코를 가졌다. 죽은 아빠와 완전 판박이. 비율만 이분의 일 정도로 줄인 것 같았다. 말도 안 듣는 저런 아이가 남편을 쏙 빼닮았으니, 아이가 미워지는 것도 당연할 것이다.

동규는 메뉴를 보고 결심한 듯이 카운터로 간다.

"13번이요."

작은 손이 신용카드를 내민다. 나는 뒤에서 그 모습을 지켜보고 있다.

"해산물 스파게티 말씀입니까?"

"네."

점원은 카드를 몇 번 리더기에 긁더니 아이에게 카드를 돌려준다.

"카드가 사용 정지가 되었네요. 현금은 없으십니까?"

또박또박 공손한 높임말. 돈만 있으면 그들에게는 고객일 뿐이다. 아이는 얼굴이 벌게지면서 쭈뼛거린다.

"아, 제가 대신 계산하지요. 대신 16번 낙원각 패밀리 세트로 주세요."

나는 주머니에서 구겨진 만 원짜리 두 장을 꺼낸다. 직원은 나를 흘깃 쳐다본다. 이 아이의 숨겨진 아빠입니다. 아니면 무덤에서 살아 돌아온 아빠거나.

내가 주문한 건 자장면과 짬뽕 그리고 탕수육과 만두까지 한 쟁반에 나오는 패밀리 세트. 아이와 내가 그것을 다 해치울 수 있을지는 의문이다. 동규는 아무 말 없이 주문표를 낚아챈다. 이 녀석은 고맙다는 말도 하지 않는다. 너, 맘에 들었어.

아이와 테이블을 두고 마주 앉아 번호가 떠오르기만을 기다린다. 누가 보면 영락없이 부자지간. 무뚝뚝한 아빠를 닮은 무뚝뚝한 아들이 엄마가 저녁 모임에 가서 어쩔 수 없이 마트에서 끼니를 때우는 정겨운 모습. 아빠는 주문번호를 멍하니 쳐다보고 아들은 닌텐도만 만지작거리고 있다. 전광판에는 은행처럼 빨간 번호가 시시각각 변한다. 나는 숫자에는 맥을 못 춘다. 조마조마해서 전광판에서 눈을 뗄 수가 없다. 우리 주문 번호는 476번. 앞에 다섯 사람의 번호가 먼저 떠 있다. 뭐야, 다들 집에 가서 밥 먹으라고. 마트에서 장본 거 많잖아?

"엄마가 보냈죠, 그죠? 카드를 사용 정지 시킨 것도 아저씨죠?"

동규는 고개를 푹 숙인 채로 말한다. 손가락으로 닌텐도의 버튼을 재빠르게 누르면서 말이다. 게임기를 빼앗아 발로 지근지근 밟고 싶지만 참는다. 좋은 부모 되는 비법. 처벌은 아이가 납득할 수 있게 하라.

"자장면을 먹은 지 오래되어서 말이야…… 그런데 짬뽕도 먹고 싶고, 탕수육도 먹고 싶은데 같이 먹을 사람이 없어서 함께 먹자고 주문했어. 무슨 재미있는 게임이라도 하나봐?"

주위에는 귀가 찢어져라 우는 아이, 지저분하게 음식을 흘리다 야단 맞는 아이도 보인다. 이 괴물들은 최악이다. 날 쳐다보지도 않고 닌텐도만 만지작거리는 아이는 또 어떻고.

피할 수 없다면 즐겨라. 아니, 죽여라.

"마지막 단계까지 클리어했지만 중간에 숨어 있는 스테이지가 있어서요."

손가락은 재빨리 움직이고 눈동자의 움직임도 장난이 아니다.

"누구와 같이 저녁을 먹어본 지 얼마나 됐는지 몰라요. 학원 다닌다고 시간도 없지만요. 돈을 주시기는 하는데, 언제나 부족해요."

"넌 저녁을 굶어보지 못해서 그래."

미친 듯이 거리를 헤매보지 못해서 그래. 지나가는 사람의 목을 죄다 물고 싶은데 뒷감당을 할 용기가 없어서 공포영화를 상영하는 동시상영 극장에 가본 적 있니? 피가 튀는 화면을 보면 침이 질질 흘러. 옆에서 허벅지를 더듬는 호모 아저씨의 손을 덥석 물고 싶을 정도야.

동규는 손가락을 멈추고 나를 쳐다본다. 그 눈빛이 엄마와 닮았다. 무언가를 간절히 찾는 눈빛.

마침내 우리 번호가 전광판에 나타났다. 나는 번호표를 손에 꼭 쥐고 카운터로 걸어갔다. 뒤를 힐끗 쳐다보며 아이가 도망가지 않는지 확인했다. 아이는 게임을 하느라 정신이 없다. 숨은 스테이지라도 찾았나보다.

음식을 가지고 오자 동규는 게걸스럽게 입에 넣는다. 짬뽕을 한 젓가락 먹어보지만 무슨 맛인지 도통 느껴지지 않는다. 입 안에서 뭔가가 물컹거리며 식도로 넘어갈 뿐이다. 나의 모든 미각은 피로 집중되어 있어서 다른 건 씹는 감밖에 나지 않는다.

"시식 코너에서 배를 채우려고 했는데…… 엄마와 함께 오라고 해서……"

한숨 돌린 동규가 말한다. 불고기 시식 코너에서 이쑤시개를 던진 사연일 것이다.

"아니면 아빠하고 와도 되지."

"우리 아빠는 돌아가셨어요. 아저씨는요?"

"마찬가지야."

아이는 물을 들이켠다. 입 주위가 국물이 묻어 발갛다. 좋은 부모가 되기 위한 대화 방법. 어른과 동등한 위치에 두고 대화할 것.

"사실은 죽이고 싶었어. 우리 아빠는 술을 지나치게 많이 마셨지. 술만 마시면 닥치는 대로 집어던지고 사람을 두들겨 팼어. 아내든, 아이든, 동네 사람이든…… 다음날이면 매번 술을 끊겠다고 다짐했지만 지켜지지 않았어. 아마, 죽을 때까지 그랬을 거야."

문득, 십 년 만에 아버지를 찾아간 일이 기억났다. 그는 오래된 학교 같아 보이는 허름한 병원에 홀로 누워 있었다.

"우리 아빠는 술을 드시지 않았어요. 담배도 끊었는걸요. 그런데 왜 돌아가셨을까요?"

"불행은 사람을 가리지 않아."

나는 아이에게 휴지를 건넨다.

"하지만 행운은 사람을 가린다고."

"무슨 말인지 모르겠는데요."

"커보면 알게 될 거야."

녀석은 고개를 좌우로 흔든다.

"그것보다…… 아이스크림 사줘요!"

이런, 나는 한시라도 빨리 이곳을 빠져나가고 싶단 말이야.

주삿바늘 19G

여자는 발 받침대가 있는 푹신한 소파에 앉아 눈을 감고 있다. 감은 눈의 눈동자가 마치 마트 안의 물건을 살피듯 재빠르게 움직였다. 나는 최대한 목소리의 톤을 낮춘다.

"마트 끝에 있는 정육점 코너에서부터 불이 꺼지기 시작해. 당신과 아이는 아직 물건을 다 담지도 않았는데 말이야. 탁, 탁, 탁. 약속이라도 한 듯이 하나씩 전등이 꺼지고 있어. 지하에 있는 마트라 햇빛도 들어오지 않아. 주위가 점점 어두워지더니 카트 안에 있는 물건도 보이지 않는군. 어디로 가야 할까? 이제는 더 이상 카트에 무엇을 담아야 하는지 걱정할 필요도 없어. 어떻게 마트를 빠져나가야 하는지가 중요할 뿐이니까. 하지만 잊지 마. 아이는 언제나 당신의 손을 꼭 잡고 있다는 것을. 둘이 함께 탈출해야 하는 거야."

무슨 말을 하고 싶은 건지 모르는 채로 지껄였다. 여자의 손이 축 늘어져 있다. 열한 살 난 아이의 엄마치고는 젊다. 피부도 매끄럽고 군살도 없다. 나는 침을 꿀꺽 삼킨다.

백 마디 말보다 피 한 방울이 낫다. 마트에 전등이 꺼지든 불이 나든 상관없다. 의뢰인이 찾고 있는 사람이 어떤 사람인지 기본적인 설명은 들어야 하겠지만 그가 느끼는 감정은 피를 통해 더 정확하게 전달된다. 핏속에 모든 것이 담겨 있다. 아이를 사랑하는지, 미워하는지, 죽이고 싶은지.

여자가 잠이 든 것을 확인했다. 약 기운이 생각보다 빨리 돌았다. 더 이상 쓸데없는 말을 하지 않아도 된다. 벽장문을 열고 채혈 기구가 담긴

트레이를 끌어와 전원을 꽂았다. 우웅거리며 기구가 작동하기 시작했다. 심장 박동 모니터와 채혈량을 알려주는 계기판에 초록색 불빛이 들어왔다. 나는 바늘 세트를 열었다. 굵기가 다른 바늘이 다섯 종류 정도 놓여 있다. 얇은 바늘을 써야 덜 아프겠지만 혈액 성분을 보존하기 위해 십칠 게이지 굵기 정도가 적당하다.

게이지가 높아질수록 바늘의 굵기는 가늘어진다. 바늘은 한 번 채혈할 때마다 철저히 소독하는 것이 필수다. 나는 이때가 가장 흥분된다. 어떤 바늘을 고를 것인가, 하는 즐거운 고민을 하는 시간 말이다. 서른한 가지 다른 맛의 아이스크림 중 한 가지를 고르는 즐거움과 마찬가지다. 손을 쓱쓱 비비면서 손가락 마디를 우두둑 꺾었다. 조심스럽게 십구 게이지 바늘을 꺼냈다. 혈관이 작아 보이는 여자라 작은 사이즈를 골랐다. 바늘을 채혈 기구에 연결된 튜브와 연결했다. 고무줄로 팔을 감은 뒤 푸른 정맥이 튀어나오기를 기다렸다. 다행히, 뚜렷하게 핏줄이 보였다. 여기서 잘못 찌르게 되면 몇 번이고 실수할 수도 있다. 하지만 쑤우욱 한 번에 들어갔다. 전원을 켰다. 새빨간 피가 튜브를 통해 채혈기로 들어간다. 십 시시, 이십 시시, 삼십 시시 모니터의 숫자가 올라갔다. 맛이라도 한번 보고 싶지만 꾹 참았다. 핏기가 없어지는 파리한 얼굴을 손가락으로 살며시 만져보았다. 부드러운 피부에 따뜻한 온기가 느껴졌다. 손은 어느새 목으로, 쇄골로, 가슴으로 천천히 이동했다. 어떻게 하면 이렇게 따뜻하고, 부드럽고, 촉촉한 피부를 가질 수 있을까? 끄응, 하면서 여자가 옅은 신음을 냈다. 감전이라도 된 듯이 나는 손을 거두었다.

서른한 가지 아이스크림

나는 아이의 손을 꼭 잡고 놓지 않으려 애쓴다. 맥박이 서서히 빨라지지는 걸 어쩔 수 없다. 의뢰인의 피가 아직도 반응하는 중이다. 머리가 아찔할 정도로 관자놀이의 피가 펄떡펄떡 뛰고 있다. 이해할 수 없어. 속이 메스꺼워. 아이에 대한 여자의 감정이 이렇게 강한 것이었나?

열다섯 개의 빵 봉지, 와인과 잔이 들어 있는 카트를 끌고 계산을 한 뒤에 아이스크림 가게로 갔다. 동규는 레인보우 셔벗과 스토베리 치즈케이크를 주문했다. 나는 어떤 걸 주문할 거냐는 말에 대답할 수가 없었다. 생소한 이름과 조악한 색깔만으로는 어떤 맛이 날지 짐작도 할 수 없으니까. 이런 건 왜 없지? 레드 블러드 피닛. 피브리노겐 셔벗, 드라이 글로블린.

"아저씨, 이 손 좀 놔주지 않을래요? 왜 억지로 제 손을 잡고 그래요?"

동규가 크게 말한다. 사람들이 나를 의심스러운 눈초리로 쳐다본다. 커다란 안경을 낀 할머니가 안경을 매만지며 함께 온 손녀와 수군거린다.

"사람 살려! 이 아저씨가 날 화장실로 끌고 가려 해! 제발 구해줘요!"

동규가 목에 핏대를 세워가며 소리를 지른다. 가게에 있던 사람들이 일제히 나를 쳐다보지만 누구 하나 나서는 사람이 없다. 그때를 노려 아이가 도망간다. 주변을 신경 쓰고 있을 때 손에 힘이 빠져버렸나 보다. 젠장. 사람들을 밀치며 나도 뛰어간다. 달리기로 나를 이길 수는 없지. 아이는 마트 안으로 다시 뛰어 들어가더니 식기류 코너로 사라진다. 사십팔 종 냄비 세트, 오 종 칼 세트, 수입 프라이팬 특가전. 계란 프라이가 눌러

붙지 않아요.

키가 작아서 숨기 쉽겠지만 난 네가 직경 오 미터 안에 있는 걸 알 수 있어. 아직도 레이더는 작동 중. 잡히기만 하면 한 대 패주고 말 거야. 좋은 부모 되기 교본 따위 무시해버릴 거라고. 바로 옆에서 피식 웃는 동규의 얼굴을 봤다.

허억. 옆에 산더미처럼 쌓여 있던 그릇들이 와르르 무너져 내 몸을 덮친다. 아랫부분은 다행히 박스지만 위쪽은 스테인리스 냄비, 프라이팬, 유리 뚜껑. 팔로 막아본다. 그래도 우두두 떨어지는 주방기구들. 더 이상 무너져 내리는 게 없을 때까지 몸을 웅크렸다.

"괘…… 괜찮으세요. 손님?"

괜찮을 리가 있나. 주방기구 매장 끝을 향해 달려가는 동규가 보인다. 바닥에 널브러진 프라이팬 하나를 잡았다. 그리고 아이를 향해 힘껏 던진다. 팽이처럼 뱅글뱅글 돌며 날아가는 프라이팬. 힘은 질량 곱하기 가속도. 원심력과 구심력 토크까지 계산해야 한다. 아무튼 아이의 무릎을 강타, 나이스. 아이는 철퍽, 하는 소리를 내며 고꾸라진다. 엉금엉금 기다시피 앞을 향해 전진하는 아이.

동규에게 달려간다. 나도 몰래 주먹에 힘이 들어간다. 그러나 동규는 이미 엘리베이터에 다다른 뒤다. 엘리베이터를 잡아타려고 했을 때엔 이미 문은 닫혀버렸다. 브이자로 안녕을 고하는 모습. 몇 층으로 내려가는지 엘리베이터를 바라보다가 아이가 넘어진 자리에 생긴 테니스 공만 한 핏자국을 발견했다. 나는 손수건으로 조심스럽게 피를 닦았다.

No. 598 김현정, 여자, 서른다섯 살

침대에 비스듬히 누워 일지를 쓴다. 사건 번호와 이름, 성별과 나이를 기록하고 찾는 사람의 신상을 그 다음에 쓴다. 그리고 날짜별로 간단하게 무슨 일을 했는지 적어내려 간다. 이런 식으로 기록해두면 풀리지 않는 사건을 해결할 때 도움이 된다. 새 침대라서 그런지 적응이 잘되지 않는다. 소파 겸용이라고 하지만 침대로 써도 불편하고, 소파로 써도 불편한 이상한 물건이다. 커피 테이블에는 아이스크림이 있다. 레인보우 셔벗, 스토베리 치즈케이크 그리고 녹차 아이스크림. 아이스크림 박스 위에는 사례금이 담긴 봉투가 있다. 내가 생각했던 것보다 적은 액수다.

"동규가 돌아올지 어떻게 알았어요?"

"행운은 사람을 가리지. 기다린다고 누구에게나 저절로 찾아오는 건 아니야."

아이의 피가 묻은 손수건을 한 시간쯤 빨아보면 답이 나와. 결국 돌아갈 거라는 걸 알 수 있었어.

"병원에서 나를 찾는 전화가 왔어요. 동규가 말하길 당신이 아이에게 뭔가를 던졌다고 하던데…… 어떻게 됐든 간에, 당신 때문에 돌아온 것이니까 사례는 해야 할 것 같아서요. 대신 치료비는 뺐어요."

여자는 마트에서 일이 있고 나서 삼 일 뒤에 찾아왔다. 한 손에는 아이스크림 박스가 들려 있었다.

"꾀병 아니야?"

"걷기도 힘들 정도였다구요. 애를 그렇게 만들어놓고 도망가다니, 제 정신이에요?"

녀석은 내게 무슨 짓을 했는지 이야기하지 않은 게 틀림없다. 나는 변명도 사과도 하지 않았다. 더 이상 가족 간에 분쟁을 만들고 싶지 않았다. 아이가 돌아왔으니 그걸로 됐다.

"소파는 마음에 드나요? 펼치면 아늑한 침대로 변해요. 우리 회사에서 요즘 제일 잘 나가는 상품이기도 하구요. 인터넷이나 홈쇼핑에서 파는 중국산과는 차원이 달라요. 백 퍼센트 국산이죠. 낮잠을 자거나 밤늦게 일하실 때 써보세요. 쿠션이 좋아서 일 년이 지나도 느낌이 그대로죠."

배달부는 커다란 짐을 문 앞에 두고 사라져버렸다. 나는 물론 벽장에서 꼼짝 않고 자고 있었고. 택배 따위는 시키지 말란 말이야.

"동규하고 일주일에 두 번은 함께 식사를 하기로 했어요."

"나쁜 방법은 아니군. 아이에겐 따뜻한 관심이 필요하니까."

여자는 고개를 들어 나를 바라본다. 선글라스를 끼지 않았다. 실수다.

"아이를 소중히 해줘, 사랑의 매도 지나치면 폭력이야."

"무…… 무슨 말인지?"

"때로 자신이 휘두르는 게 폭력이라고 느껴지지 않을 때도 있거든. 특히, 가까운 사람한테는 말이야."

"동규가 말하던가요? 아이의 말을 그대로 믿으시는 건 아니겠죠? 손버릇이 너무 없어요. 지금까지 훔쳐간 것만 해도……"

"동규에게 필요한 사람은 바로 당신이야. 물론 당신에게 필요한 사람도 동규라는 걸 굳이 말 안 해도 알고 있겠지만. 상부상조하라고. 외롭고 험난한 세상에서 서로 기댈 수 있는 건 가족뿐이니까."

내가 이런 낯간지러운 소리를 하다니 믿을 수 없다. 여자는 식어버린 커피를 홀짝 마신다. 마트에서 사온 백 퍼센트 블루 마운틴. 약은 타지 않왔다. 여자는 서둘러 자리에서 일어난다.

"아이스크림은, 우리 동규가 전해달라고 하더군요."

그리고 도망치듯 사무실을 빠져나갔다.

나는 손을 뻗어 아이스크림 통을 집어 든다. 뚜껑을 벗기고 플라스틱 스푼으로 아이스크림을 떠먹는다. 입 안에서 차가운 아이스크림이 녹아 내리기 시작한다. 나쁘지 않다. 그러나 아이스크림의 이름처럼 황홀한 맛은 나지 않는다. 레인보우 셔벗. 이런 식으로 계속 아이스크림을 먹는다면 체중이 금방 늘어나겠지. D가 기뻐할지도 몰라. 식빵에서 아이스크림으로 주식을 바꿔볼까?

"여기 팔에 멍 자국은 뭐야?"

패밀리 세트를 먹으면서 나는 동규에게 물었다. 동규는 자랑스럽게 상처를 보여줬다.

"엄마를 아동 폭력범으로 경찰에 신고해버릴 거라구요. 증거예요, 이건. 경찰이 안 들어주면 고모한테라도 갈 거예요."

동규가 씨익 웃었다.

이런 것이 아니었을까?

'경찰에 신고해버릴 거라고!'

집을 나가기 전날 동규는 엄마에게 소리친다. 팔에 난 멍 자국을 과시하면서 말이다. 엄마는 동규를 끌어안으려 하지만 뒷걸음친다. 미안하다고 말해봐도 공허한 말뿐이라는 걸 둘 다 알고 있다. 이건, 끝나지 않는 반복되는 악몽이니까. 아이는 아빠를 빼앗아간 엄마가 밉고, 엄마는 남편을 닮은 아이가 미울 뿐이다. 아이는 엄마에게 대들고, 엄마는 또다시 매를 들겠지. 그것도 성에 안 차면 손을 들고, 따귀를 때리고, 주먹을 휘두를 것이다. 그 보드랍고 연약한 아이의 몸에. 폭력은 처음에는 이유가 있어도 습관이 되면 그 이유는 잊힌다. 아버지가 술을 마시는 이유, 옷을 벗긴 뒤 허리띠로 나를 때리는 이유, 어머니의 머리채를 휘어잡고 벽으로 던지는 이유…… 없다. 질 나쁜 습관일 뿐. 가족이라는 이유로 우리가 옆에 있었던 것이 잘못이다.

"가출은 돌아갈 집이 있을 때 하는 법이지."

단무지를 씹으면서 동규에게 말했다. 동규는 허겁지겁 탕수육을 소스에 찍어 먹다가 나를 쳐다보았다.

"어차피 나이가 들면 집을 나와야 해. 엄마의 신용카드가 필요한 가출은 실패하기 마련이야. 나중에 복수해도 늦지 않아. 지금은 힘을 비축할 시간이야."

그때, 나를 쳐다보던 동규의 눈을 아직도 기억한다. 물기 때문에 반짝반짝 빛나던 눈빛. 가출을 한 사람은 납치를 당한 사람보다 찾아내기 힘들다. 맘 내키는 대로 숨을 수 있다. 경찰도 잘 도와주지 않는다. 동규는 운이 좋았다. 자신을 찾으려고 노력하는 엄마가 있었으니까. 비록 가끔씩 자신을 학대하긴 하지만. 어차피, 가족은 서로 학대하기 마련이다. 요령껏 살아남아야 한다. 극복할 수 없다. 견뎌야 한다. 견딜 수 없다면 죽여버리거나.

십 년 만에 만난 아버지

"거기…… 누…… 누구요?"

십 년 만에 만난 아버지는 나를 알아보지 못했다. 면회시간이 한참 지난 새벽이었다. 병에 걸린 사람들이 커튼을 치고 한 병실에 모여 있었다. 약물 치료 때문에 정신이 반쯤 나갔겠지. 일부러 선글라스를 벗었는데도 고개를 갸웃거릴 뿐 말을 잇지 못했다. 눈을 멀뚱거리며 날 쳐다볼 뿐이었다.

"저승사자야."

영감은 그 말이 무슨 뜻인지 파악하려는 듯했다.

"널 죽이러 왔다니까. 내가 말했잖아. 날 죽이지 않으면 널 죽이러 오겠다고. 오늘이 그날이야."

나는 두 손을 영감의 목에 대봤다. 영감은 침을 꿀꺽 하고 삼킬 뿐 아무 말이 없다. 비명도 지르지 못했다. 피부는 싸구려 인조 가죽처럼 흐물거렸다. 여기서 조금만 힘을 주면 숨을 끊어버리는 건 식은 죽 먹기다. 뭘 기다려, 오늘 여기에 온 이유를 잊었어?

그러나 나는 손에 힘을 주지 못했다. 영감이 나를 알아봤다면 달라졌을까? 대신 피를 뽑아 갔다. 혈관에 주사자국이 많아서 제대로 바늘이 들어가지 않았다. 백 시시를 뽑았을 무렵 옆 병상에서 어떤 남자가 부스럭거리는 소리가 들렸다. 주사기를 뽑아 급하게 병실을 나왔다.

차 안으로 돌아와 주사기의 피를 목청으로 쏟아 부었다. 아버지의 피는 위장에서 흡수되어 온몸 구석구석의 혈관으로 퍼져나간 뒤 다시 내 심장으로 돌아왔다. 처음 몇 초간은 별 이상이 없었다. 시동을 켜고 액셀러레이터를 밟는 순간 온몸이 후끈 달아올랐다. 하마터면 액셀러레이터를 힘껏 밟아서 앞차를 들이박을 뻔했다. 시동이 걸린 차를 출발시키지 못할 정도로 몸이 심하게 떨렸다. 누군가를 찾는 사람의 피가 가장 맛있다. 이해할 수 없어. 속이 메스꺼워. 브레이크를 급하게 밟았다. 문을 박차고 나와 골목으로 달려갔다. 속에서 정체를 알 수 없는 것들이 튀어 나왔다. 나중에는 나올 것도 없는데 구역질을 해댔다. 온몸이 뒤틀리는 것 같았다. 영감은 애타게 나를 찾고 있었던 것이다. 아버지의 피 맛은 굉장했다. 특특 A급. 하지만 나는 그걸 음미할 수도, 삼킬 수도 없이 토해내야만 했다. 남김없이. 깨끗하게.

새벽 한 시

벽장을 연다. 채혈기는 조용히 잠을 자고 있다. 그 옆에 사람 한 명은 족히 들어갈 만한 냉장고가 돌아간다. 묵직한 냉장고 문을 여니 냉각 연기가 흘러나온다. 피를 담은 혈액팩이 가지런히 놓여 있다. 각각의 팩에는 의뢰인의 이름과 성별, 채혈 날짜까지 자세히 적혀 있다. 나는 여자의 피를 꺼낸다. 백 시시가 남았다. 뭔가 개운치 못한 구석이 있다. 그게 뭔지 알고 싶다. 사람들을 이해하기가 점점 힘들어진다. 여자의 피를 냉장고에 다시 넣고 문을 닫는다. 피를 마신다고 모든 걸 알 수는 없는 모양이다. 아니면 천 시시, 이천 시시의 피가 더 필요할지도.

와인 잔을 꺼낸다. 잔을 불빛에 돌려본다. 금이 가지는 않았지만 표면이 고르지 않다. 역시 공짜 물건은 믿을 수 없다. 대형 마트에서 산 와인을 잔에 따른다. 의자에 앉는다. 의뢰인이 앉는 의자지만 오늘은 내가 앉아 있다. 의자 옆 테이블 위에 있는 버튼을 누른다. 철컥 하며 우웅거리는 소리와 함께 한쪽 벽에 있던 두꺼운 커튼이 열리기 시작한다. 창밖으로는 해운대 앞바다와 백사장이 보인다. 새벽인데도 산책하는 사람들이 꽤 있다. 부부끼리, 친구끼리, 때로는 아빠와 딸, 엄마와 아들. 수평선 너머로 멀리 불빛이 보인다. 나는 이 시간을 가장 좋아한다. 하루의 모든 일과가 끝나고 창밖을 보면서 술 한 잔을 마시는 시간. 한 모금 한 모금 맛을 음미하면서 천천히 마신다. 무슨 맛인지는 느껴지지 않지만 몸을 따뜻하게 데우고 긴장을 풀어준다. D가 이 장면을 본다면 빵이라도 먹으라고 호통을 치겠지. 하지만 빈 속에 마시는 술이 가장 효과적이라는 걸 아는지 모르겠다. 술기운이 돌면 풀리지 않은 의문들도 별것 아닌 것처럼 느껴진다. 복잡한 문제들은 풀리지 않은 채로 있어도 상관없을 것 같은 기분이 드는 것이다. 그러나 내일, 잠에서 깨어나면 나는 분명히 의문들을 밝히려고 할 것이다. 풀리지 않는 문제가 있다는 게 참을 수 없다. 하지만, 사람들의 감정은 그렇게 쉽게 풀리지 않는다. 가족 간에 얽힌 감정은 그중 최악이다.

그때, 전화기가 울렸다. 나는 세 번 울릴 때까지 기다렸다가 수화기를 집어 들었다.

"네, 더 미씽(The Missing)입니다."

수화기 저쪽에서는 이곳이 사람을 찾아주는 곳이냐고 묻는다. 물론이다. 나는 못 찾을 사람이 없다. 내 이름은 K고, 뱀파이어다. 나에겐 집은 있지만 더 이상 가족은 없다.

1/4

윤고은

윤 고 은

1980년 서울에서 출생했다. 2004년 제2회 대산대학문학상을 받으며 문단에 나왔다.
2008년 장편소설 『무중력증후군』으로 제13회 한겨레문학상을 받았다.
지은 책으로는 소설집 『1인용 식탁』 등이 있다.

두 달 전 우리 가족은 네 등분되었다. 그건 그냥 케이크 자르기 같은 거였다. 둥근 케이크를 네 개의 숟가락이 두서없이 퍼먹든, 칼로 네 등분을 해서 한 조각씩 나눠 먹든, 케이크 맛은 달라지지 않는다. 우리는 남이 아니었기에 아주 균등한 나눔은 아니었다. 더 필요한 사람에게 더 많은 몫이 돌아갔다. 내 몫은 학교 앞의 다섯 평 원룸이었다.

"그거라도 어디냐."

그렇게 말하는 아빠는 집도 아니고 파란 트럭을 한 대 가졌을 뿐이다. 빚을 갚고 남은 금액은 얼마 되지도 않아서 우리 앞에 놓인 케이크는 아주 작았다. 내 몫에서 원룸의 보증금을 내고 나니 딱 두 달 치 월세가 남았다. 한 학기를 쉬기로 했다. 두 달 후, 새 계절이 올 때면 진정으로 독립해야 했다.

엄마는 숙식을 제공하는 직장으로, 언니는 회사 근처의 오피스텔로, 나는 학교 근처의 원룸형 빌라로 갔다. 그리고 아빠는 파란 트럭 한 대를 가지고 의정부 고모네로 갔다. 갑자기 네 개의 지점이 되어버린 식구들을 꼭짓점 잇기 식으로 연결해보면 언젠가 아빠가 홧김에 발로 차 다리 한쪽이 꺾이고 모서리가 찌그러진 식탁이 떠올랐다. 그 식탁에서는 누구도 밥을 먹을 수 없었다.

이사를 며칠 앞두고, 집에서는 각자 목적지가 다른 짐들이 네 개의 구역을 만들면서 포장되기 시작했다. 산 지 얼마 안 된 냉장고는 아빠가 가져가기로 했다. 언니는 식탁 의자 네 개 중에 두 개를 선택했다. 내가 하나를 가져가기로 했고, 남은 의자 하나는 버리기로 했다. 이미 너무 낡아쓸 수가 없었다. 각자의 침대와 책상, 옷장은 목적지도 주인도 분명했는데 엄마와 아빠가 쓰던 퀸 침대만은 어디로도 가지 못했다. 그것은 이미 오래전부터 엄마 혼자 쓰고 있었으므로 '엄마와 아빠가 쓰던'이라고 말할 수도 없었다. 용도상으로는 일인용이 분명했지만 엄마가 가게 될 직장의 일인용 공간이 딱 그 침대 크기만 했다. 세탁기와 텔레비전은 내 몫이었다. 세 명이 앉을 수 있고, 한 명이 길게 누울 수 있을 만큼 큰 기역자 모양의 소파는 모두에게 외면당했다. 사다리차가 우리의 짐을 아파트 아래로 내려놓던 날, 소파는 그대로 단지 내 재활용 물품들 사이에 버려졌다.

아빠의 트럭이 가장 먼저 싣게 된 것은 네 명분의 이삿짐이었다. 마치 택배회사 직원처럼 아빠는 네 명분의 짐을 동선에 맞게 트럭에 실었다. 소파와 침대, 그리고 그 외에 버림받은 살림들을 동네에 남겨놓고, 세 사람은 트럭에 올라탔다. 언니는 대중교통을 이용해서 아침 일찍 이사 갈 오피스텔로 이동한 상태였다. 첫 번째 짐이 갈 곳은 엄마의 직장이었다. 짐은 이십사 인치 캐리어 하나가 전부였다. 엄마는 이제 숙식이 제공되는 직장에서 하루에 열두 시간씩 일을 하고, 여덟 시간씩 잠들게 될 것이다.

그리고 남은 시간들이 어떻게 활용될지에 대해서는 내가 알 수 없을 것이다. 차는 한참을 달렸다. 안산에서도 이십 분을 차로 더 들어가야 목적지가 나타났다. 엄마가 이십사 인치 캐리어를 가지고 건물 안으로 들어갔다. 공장이었다. 어딘지 기분이 이상해지려고 했다. 이럴 때 유용한 말은 전화해, 혹은 전화할게, 였다. 엄마와 나는 그 말을 주고받고 헤어졌다. 엄마와 아빠 사이의 인사는 잘 기억나지 않는다.

다음 목적지는 언니의 오피스텔이었다. 세 사람이 앉던 좌석에 두 사람이 앉으니 증발한 한 사람의 몫만큼 자리가 더 춥게 느껴졌다. 우리는 안산을 지나 다시 서울로 돌아왔다. 언니의 오피스텔은 군자역 근처에 있었다. 아빠와 나는 언니의 집에 가구와 몇 가지 박스를 옮겨다놓고 자장면을 먹었다. 다음 목적지는 금호동이었다. 우리 중에 가장 많은 살림을 그대로 이식받은 곳이 내 원룸이었다. 이십구 인치 텔레비전과 세탁기를 옮길 때 조금 버둥댔을 뿐, 그 외에는 수월한 이사였다. 아빠가 물었다.

"근데 너희들은 같이 지내도 되지 않냐?"

그걸 왜 이제야 물으시는지. 나는 언니가 친구와 함께 살 거라고 말해주었다. 그렇기에 그 위치에 그만한 크기를 얻을 수 있는 거라고. 그러나 얼마 후에 입주할 그 친구가 남자라는 사실은 말하지 않았다.

트럭이 마지막 목적지를 향해 시동을 걸었다. 이제 의정부 고모네가 아빠의 새 주소가 되는 것이다. 그렇게 우리 가족은 이별했다. 어쩌면 이별이 아닐 수도 있었다. 그냥 모든 것을 네 등분한 것이었다. 이제 티브이도, 냉장고도, 이불도, 전기장판도, 그리고 변기도, 배수구도 인원 수만큼 늘어났다. 우리는 그렇게 부자가 되었다.

우리 가족이 찢어진 일차적인 이유는 빚이었다. 그러나 언니의 오피스텔과 내 원룸, 그리고 아빠의 트럭, 엄마의 생활비를 나눌 정도였다면 네 식구가 함께 사는 게 아주 불가능한 일은 아니었을 것이다. 너무 가난하기 때문에 평생을 싸우면서도 헤어지지 못하는 가족도 있다는데, 우리 가족은 적당히 가난했기 때문에, 그리고 이차적인 이유가 있었기 때문에 분리되었다. 아빠와 엄마는 이미 오래전부터 냉담했고, 이혼을 미루고만 있었다. 두 사람은 이십팔 년간 한집을 공유했다. 집에는 수많은 잠재적 무기들이 있었다. 과용하면 독이 되는 상비약을 꾸준히 건네는 것만으로도 범죄는 가능했다. 한때는 식탁이 찌그러진 적도 있었다. 밤마다 문짝이 남아나지 않았다. 그러나 이제는 그런 질풍노도의 시기마저 지나고 고요해진 지 오래였다. 평화가 아니라 침묵이었다. 내공이 쌓인 두 사람은 기본적인 의식주를 공유하면서도 대화하지 않는, 농담하면서도 웃지 않는 경지에 이르렀다. 이사에 조금 앞서서 두 사람은 공식적인 부부관계를 청산했다. 나는 그저 덤덤했다. 부모의 이혼에 울 나이는 지났다. 아무런 입장 표명도 하지 않은 것을 보면 언니도 나와 같은 생각이었을 것이다.

아빠는 의정부로, 엄마는 안산으로 가게 되면서 우리 자매는 경기도의 북동쪽과 남서쪽을 선택한 부모로부터 자연스레 분리되었다. 언니의 연애와 동거라는 삼차적인 이유에 의해 우리 둘도 분리되었다. 그렇게 동으로 서로 남으로 북으로 모두 흩어져 우리는 1/4이 되었다.

낡은 세탁기는 이사 온 지 두 주 만에 수명이 다했다. 좁은 욕실 한구석을 차지한 채 고장 난 세탁기는 고치기엔 이미 너무 낡았고, 버리기엔 너무 무거웠다. 새 세탁기를 살 여유는 없었지만 그렇다고 헌 세탁기를 버릴 여력도 없어서 세탁기는 계속 보류되고 있었다. 보류된 것은 세탁기만이 아니었다. 빨랫감은 단지 오래 방치했다는 이유만으로 곰팡이를 피워 올렸다. 나는 종일 컴퓨터 앞에 매달려 아르바이트 자리를 찾아보았다. 마땅한 것이 없거나, 있어도 전화를 해보면 이미 없어진 뒤였다.

혼자 먹는 것은 익숙했다. 네 식구가 모두 둘러앉아 밥을 먹은 기억은 까마득했다. 우리의 식탁은 단두대 같았다. 아빠는 분위기를 깨는 농담을 진담처럼 하는, 쉽게 말하면 망언을 일삼는 스타일이었고, 엄마는 그런 아빠의 농담에 필요 이상으로 반응하는 스타일이었다. 식탁 위에 난무하는 아빠의 실없는 농담이 엄마를 톡, 건드리면 그때부터는 아빠의 농담이 더 이상 연료 역할을 하지 않아도 엄마의 불길이 치솟기 시작했다. 엄마는 혼자 힘으로도 충분히 화를 증폭시킬 수 있었다. 아빠의 실언이 훅처럼 지나가면, 엄마는 계속해서 잽을 날렸다. 그리고 그것이 어느 정도 지속되면 아빠는 쾅, 어퍼컷을 날렸다. 주로 식탁이나 벽과 같은 딱딱한 것이 희생양이 되었는데 세월이 흘러가면서 점차 작고 부드러운 것들로 변해갔다. 쿠션이나 플라스틱 쟁반 같은 것이 희생되다가 언제부터인가는 그저 허공만 쪼개지곤 했다. 그러나 무언가가 부서지거나 깨지지 않는다고 해서, 큰 소리가 나지 않는다고 해서 정말 아무것도 깨진 게 없는 것은 아니었다.

어느새 우리는 서로의 영역을 침범하지 않는 범위 내에서 행동하고 있었으니까, 이미 금은 그어져 있었던 것이다. 우리는 전기고지서나 택배를 통해 서로의 생활을 짐작했다. 그게 전부였으므로 아빠가 볼 때 나는 전기세만 축내는 예비 실업생이었고 언니는 버는 족족 택배를 불러들이는 직장인이었다. 엄마에게 아빠는 도무지 뭘 하는지 알 수 없는 사람이었고, 우리 서로는 그저 불편한 숙명 같은 관계를 유지하고 있었다. 아빠는 대부분 일정한 시간에 밥을 먹었고, 엄마도 아빠가 오기 전 일정한 시간에 밥을 먹었다. 우리 자매의 식사 시간은 들쭉날쭉했는데 주로 각자 차려 먹었다. 어쩌다 통닭이라도 한 마리 시켜 먹는 날이면, 분리된 각자의 방과 방문이 파티션처럼 보호막처럼 사용되었다. 거실엔 텔레비전이 있었고 방엔 컴퓨터가 있었으므로 말이 없어도 어색하지 않았다.

집 밖에서보다 집 안에서 혼자 먹는 때가 더 많았으니 예전이나 지금이나 나의 식사 시간은 별로 달라진 게 없었다. 다만 텅 비어서 가벼워진 쌀 봉지를 보며 쌀도 소모품이라는 것을 새삼 깨달았을 뿐. 내게는 쌀 한 봉지 살 정도의 돈이 있었으나, 쌀이 줄어들고 있다는 것을 가늠할 만한 생각의 여지가 없었다. 공기나 물처럼 쌀도 막연히 영원할 줄만 알았다. 언젠가 자취를 하던 선배가 했던 말이 떠올랐다. 자취는 곧 조난이다. 구호품 보낼게. 조난의 현장에서 구호품 상자를 열었다. 라면 수프 냄새가 코를 찔렀다.

"나는 진정한 흑미밥을 먹어본 적도 있어. 까만 쌀로만 밥을 한 거야. 어느 순간 보니까 하얀 쌀이 다 떨어졌더라고."

그렇게 말하긴 했지만, 언니는 나와 달랐다. 흑미와 백미, 현미를 구분해서 요리하기 시작한 언니는 예전보다 더 상냥해진 것 같았다. 언니가 밥을 차려놓고 나를 '초대'한 날, 나는 초대라는 말이 주는 묘한 즐거움과 묘한 거리감으로 어색해졌다. 빨래방? 급한 건 갖고 와. 쇼핑백에 넣어서 오면 되잖아. 언니의 말에 빨래방에 맡기려던 두툼한 옷가지와 수건들도 함께 초대되었다. 룸메이트가 옮겨오기 전까지 번호는 같은 거라며, 언니가 일곱 자리의 현관 비밀번호를 알려주었다. 우리 옛집의 전화번호였다.

"가끔 놀러 와, 밥해줄게. 근데 너 요즘 아빠 뭐 하는지 알아?"

언니가 물었다. 우리는—우리는 항상 세 명이다. 다른 한 명을 제외한 세 명. 지금은 언니와 엄마, 그리고 내가 포함된 의미다—아빠가 트럭으로 무엇을 하는지에 대해 추측하곤 했는데, 그 불확실한 소문들은 거의 사실이 아니었다. 소문은 늘 한 박자 늦게 도착했고, 소문보다 앞서갈 만큼 부지런하지는 못했으니까. 아빠가 떡볶이를 판다는 소문을 듣고 확인해보면 그것은 이미 과거사가 되어 있었다. 트럭에 싣는 품목이 자주 바뀐다는 것은 그만큼 진득하니 팔 것이 없다는 뜻일 수도 있었다. 그것을 계속 물어보고 확인하는 것도 불편해서 언제부터인가 우리 사이에는 소문만 무성히 남았다.

가장 최근에는 아빠가 만두를 판다는 이야기를 들었는데 그 이야기를 들은 지 사흘도 지나기 전에 만두파동이 터졌다. 한집에 산다면 오며 가며 표정이라도 살필 수 있을 텐데 그게 아니니 용건이 도드라지는 전화통화를 쉽사리 할 수가 없었다. 아빠의 전화번호는 여러모로 119나 112와 같은 긴급통화 번호와 비슷했다. 내가 외우고 있는 몇 안 되는 번호였고, 그럼에도 누를 일이 별로 없는 번호였으며, 통화는 늘 간결했기 때문이다. 뉴스가 떠오른 다음날, 엄마에게서도 전화가 왔다.

"니 아빠, 괜찮다니? 하는 일이 다 어째 그 모양이니."

아빠와 통화도 하지 않는 엄마 귀에, 안산에서 이십 분 더 들어가야 하는 엄마의 공간에서 어떻게 의정부 일대를 트럭으로 도는 아빠의 소식이 들어간 것인지 알 수 없었다.

"잘 지내신대. 만두는 상관없대."

나는 언니에게 들은 대로 아빠의 안부를 엄마에게 전해주었다. 그러나 어떻게 잘 지내는지는 알 수 없었다. 우리의 안부는 점점 거시적이 되어갔다. 잘 지내냐, 잘 지내지. 그게 전부였다. 통화보다는 문자를 선호하게 되었고, 그 편이 더 상세했다. 그러나 아빠는 문자를 주고받을 줄 몰랐기 때문에 연락 횟수가 적을 수밖에 없었다.

가끔 뉴스를 보다가 식구들을 떠올렸다. 뉴스에서 오십대 남자, 혹은 오십대 여자라는 말만 나와도 귀가 쫑긋, 그쪽으로 돌아갔다. 지난밤 뉴스에서는 기업들이 대규모 감원을 하고 있었다. 안산의 공장 지대에서 외국인 노동자 한 명이 자살을 했다. 언니는 야근에 시달릴 만큼 일이 많았고, 엄마는 외국인 노동자가 아니었지만 어쩐지 신경이 쓰였다. 아빠와는 일주일 내내 연락하지 않았다. 생각해보니 아빠와 전화로 연락을 주고받은 적은 거의 없었다. 식구들이 모두 독립하니 이런 점이 불편했다. 의식적으로 안부 전화를 걸어야 한다는 것. 나는 늘 식구들을 그리워하고 있었으나 그리움과 연락의 빈도가 비례한다고 생각하지는 않았다.

세탁기를 사는 것은 계속 미뤄졌다. 세탁기가 유보되는 동안, 나는 일주일에 한 번쯤, 빨랫감을 등에 진 채로 언니의 집으로 갔다. 시간상 언니가 집에 없을 타이밍이 많았다. 유통기한이 지난 번호를 누르고 집 안으로 들어섰다. 물건들이 언니의 안부를 전달했다. 언니의 새로운 취향들을 집안 물건을 통해 알아가기도 했다. 세탁기에서 빨래를 돌린 후, 탈수까지 마친 빨랫감을 비닐에 넣어 축축한 기운이 가시기 전에 내 집으로 돌아왔다.

"니 언니 회사는 요즘 어떻다니?"

언니의 회사가 뉴스에 몇 번 거론되던 날, 엄마에게서 문자가 왔다.

엄마도 나와 같은 뉴스를 본 것 같았다. 최근 나는 언니의 회사가 자주 뉴스 서두에 거론되는 것을 유심히 지켜보고 있었으나, 한 번도 언니에게 대놓고 물어본 적은 없었다.

"잘 돌아간대. 언니는 만날 야근이드만 뭐."

거짓말을 했다. 아마 엄마도 누군가에게—아빠는 아니겠지만—그 대답을 전할 것이다. 우리 가족은 케이크 조각처럼 깔끔하게 네 등분되어 서로 다른 식탁 위로 옮겨졌지만, 여전히 우리를 한 가족으로 보는 시선들이 존재했다. 친척, 친구, 이웃, 어쩌면 거리의 고양이나 비둘기까지도 우리를 한 묶음으로 보는 것 같았다.

의정부 고모의 아들, 그러니까 나와 동갑내기인 사촌이 아르바이트를 소개해주었다. 몇 주만 하면 되는 설문조사 아르바이트였다. 사촌은 아르바이트만 물어다준 것이 아니었다. 사촌 입에서 나는 아빠 소식까지 전해 들었다.

"외삼촌은 요즘 무릎이 많이 아프시대."

외삼촌, 그것이 멀리멀리 돌아서 번역되어온 아빠의 새 호칭이었다. 만두 이후로는 어떻게 되었는지 궁금했지만 차마 그걸 사촌에게 물을 수는 없었다.

"외삼촌이 품목을 바꿨어. 호박고구마로."

"전에는 뭐였는데?"

"사과."

그렇게 대답하고서 사촌은 나를 다시 쳐다보았다. '몰랐어?'라고 묻고 있는 것 같았다. 내 외삼촌이기 이전에 네 아빠잖아, 근데 몰랐어? 사과에서 호박고구마로 이어진 변화를 몰랐냐고.

"호박고구마가 팔릴 철이잖아."

나는 부끄러움을 감추기 위해 대수롭지 않은 듯 말했다. 그건 그렇지, 하고 사촌이 주억거렸다. 얼굴이 달아올랐다. 머릿속에 아빠의 트럭이 이동하는 경로가 그려졌다.

'떡볶이 → 만두 → ? → 사과 → 호박고구마.'

어쩌면 떡볶이와 만두 사이에도 물음표가 한두 개쯤 더 들어가야 할지도 모른다.

"근데 너 외삼촌이랑 연락 안 하냐?"

사촌이 물었다. 나는 고개를 저었다. 연락을 안 한다는 의미인지 한다는 의미인지 나조차도 알 수 없었다. 나는 〈개그콘서트〉 이야기를 꺼냈다. 다행히 사촌은 〈개그콘서트〉로 따라와주었다. 따라가지 못한 것은 오히려 나였다. 나는 사촌과 헤어져 돌아오면서 계속 '외삼촌의 관절'에 대해 생각했다. 그런 것은 뉴스를 통해 알 수가 없는 법이다. 아니, 지난주쯤 중년층의 관절염에 대한 뉴스를 본 것도 같았지만, 그게 아빠에게도 해당될 줄은 몰랐다.

그날 오후, 나는 아빠에게 전화를 걸었다. 아빠는 전화를 받지 않았다. 그날 밤이 되어서야 다시 아빠에게 전화가 걸려왔지만, 이번에는 내가 받지 않았다. 진동이 부르르 혈관을 따라 몸 여기저기로 퍼지는 것 같았다. 아빠에게 전화했던 목적이 무엇이었는지 몇 시간 새 잊어버렸다. 다만 그 이후 거리 곳곳에서 아빠의 파란 트럭이 나타났다. 내가 살고 있는 빌라 앞에는 자주 파란 트럭들이 무언가를 싣고 와서 확성기를 틀었다. 아빠의 트럭은 아닌 게 분명했지만, 파란색 트럭이 지나갈 때마다 자꾸 고개가 돌아가곤 했다. 아빠와 떨어져 있는 지금이 아빠에 대해 가장 많이 생각하는 시간이 되었다는 점이 이상했다. 언니도, 엄마도 마찬가지일 것이다. 세상 곳곳에 파란 트럭이 교회 십자가만큼이나 돌출적으로 많이 보였다. 왜, 트럭은 모두, 파란색일까.

한때는 원룸이 모던함의 상징처럼 여겨졌던 적도 있었다. 일인 가구들이 복도를 따라 쭉 늘어서 있는 정갈한 풍경, 혼자만의 변기, 맨몸으로 다닐 수 있는 자유로움, 그러나 그것을 일상으로 누리게 된 지금, '모던'이란 것은 너무 초창기에 만들어진 번역본의 활자들처럼 낡아 있었다. 싱크대 옆에서 잠자고 신발장 옆에서 밥 먹는 것이 원룸이었다. 그러나 냉장고와 화장실, 그리고 벽과 바닥, 틈새를 주기적으로 청소하다 보면 내 공간이 오직 다섯 평뿐임을 겸허히 받아들이게 되기도 했다. 그리고 언제 수명을 다할지 모르는 전구가 온 공간을 통틀어 단 두 개뿐임도 감사히 받아들이게 되었다.

"우리 나이에 독립하는 게 뭐 큰일인가. 다들 독립한 것뿐이야. 독립 기념일쯤 된 거지. 달고나에 금 그려져 있었잖아, 그대로 또각 분리된 것 뿐이야."

그러나 그렇게 말한 언니는 독립하지 못했다. 아직 룸메이트가 오기 전이었지만, 언제부터인가 나는 언니의 집에서 언니의 취향이 아니라 다른 누군가의 취향을 읽곤 했다. 언니는 독립이 아니라 동거를 하고 있었다. 오히려 독립생활의 처참함을 겪고 있는 것은 나였다. 나는 열심히 챙겨먹고 열심히 아르바이트를 하고 열심히 청소를 했지만, 그러다가 잠시만 방심하면 이 다섯 평 공간이 흔들리기 시작했다. 청소 상태에 따라 벌레들의 종류가 달라졌다. 가장 처음 등장하는 것은 나방파리였다. 그것들이 생겨났을 때 일단계 경보가 울린 것인데, 방치하고 계속 청소를 소홀히 한다면 곧 초파리 종류를 보게 될 거라고, 자취 경험에 대해 늘어놓던 선배가 말했다. 아직 겨울이라 나는 초파리를 만나지는 못했지만, 여름이었다면 초파리에 이어 바퀴벌레까지 등장했을 것이다. 삼 리터짜리 종량제 봉투도 내게는 너무 크기만 해서 음식물 쓰레기를 반 정도, 그리고 공기를 반 정도 담아서 버려야 했다.

밥을 지어 먹고 설거지를 바로 하고 손빨래까지 마친 다음, 훌라후프를 꺼내 들었을 때, 언니에게서 전화가 왔다.

"엄마 애인 생겼다더라."

다짜고짜 언니가 말했다. 어디선가 들은 것도 같은 얘기였다. 사촌의 입을 통해서였던 것 같았다.

"재혼은 안 할 것 같대. 그냥 애인이래. 아빠한테는 말하지 말랬어."

오랜 결혼생활을 끝낸 엄마가 또 금방 결혼생활을 시작할 거라고는 언니도 나도 믿지 않았다.

"아빠는 안 생겼대?"

언니는 그것까지는 모르겠다고 했다. 언니가 엄마의 연애 소식을 엄마한테 직접 들었단 말인가, 의아했지만 별로 묻고 싶은 생각이 들지는 않았다.

"니가 한번 확인해봐."

언니가 말했다. 뭘 확인하라고? 언니가 다시 말했다. 엄마가 진짜 연애하는지 확인해보라고. 진짜 연애하니까 나한테 말한 거 아니야? 그러니까 소문이 나는 거겠지, 얼마 되지도 않는 식구들 사이에서. 그렇게 말하는 내 말투가 조금 뾰족해진 것 같았다.

"넌 엄마가 연애한다는데 아무렇지도 않냐?"

언니의 말에 나도 모르게 발끈해서 이렇게 대꾸하고 말았다.

"언니도 하잖아."

"그게 같냐?"

"다를 건 뭐 있어. 다들 혼잔데. 달고나 금 같은 거라며."

언니가 입을 다물었다. 전화는 잠시 후 뚝 끊어졌다. 공간을 확보하기 위해 책상을 밀고 식탁을 접고 의자를 현관 쪽으로 밀었다. 훌라후프를 허리 위에 올리고 첫 바퀴를 돌리자마자 우당탕 무너지는 소리가 났다. 며칠 후, 원룸으로 세탁기가 배달되었다. 독신자용 초소형 세탁기라고 했다. 세탁기를 배달한 기사가 헌 세탁기도 수거해갔다. 언니가 보낸 거였다.

"뭐 다를 건 없어, 그냥 달고나에 금 있잖아, 금. 그대로 또각, 하고 부러진 것뿐이야. 이왕 이렇게 된 거 모양새라도 이쁘게 부러진 거면 좋은 거고. 독립한 거지, 다들."

사촌 앞에서 나는 그렇게 말했다.

"케이크 있잖아. 그거 그냥 몇 등분해서 나눠 먹는다고 생각하면 돼."

이렇게도 말했다. 물론 전구가 닳아버리기 전까지 시한부 인생을 사는 것 같다는 식의 이야기는 사촌에게 전하지 않았다. 사촌은 설문지 뭉치를 들여다보면서 심드렁하게 말했다.

"그런데, 어디 가서 너 그런 얘기는 하지 마라."

왜, 라고 묻기도 전에 사촌이 입을 열었다.

"엄청난 가정불화 같잖아. 뭐야, 그게."

사촌의 결혼식이라든지 조부모의 팔순잔치와 같은 요인들이 생겨날 때 우리는 가족이라는 사실을 새삼 깨달았다. 나와 언니와 엄마가 고속터미널역 2번 출구 앞에서 만나 함께 식장 안으로 들어간 적도 있었고, 아빠와 나만 할아버지의 생신잔치에 간 적도 있었다. 경조사 말고도 시험이 될 만한 것들은 많았다. 설을 앞두고 우리는 마치 윷판 위에 사방팔방으로 흩어져 있는 네 개의 말 같았다. 서로를 등에 업고 한 방에 이 윷판을 벗어나게 하는 호패는 아직도 나오지 않았다. 엄마는 정말 애인이 생긴 걸까, 아빠는 또 막대한 빚을 진 걸까, 언니네 회사는 망한 걸까. 막상 본인들에게는 확인하지 못한 그 소문들만이 시간을 타고 몸집을 부풀리고 있었다. 나는 설에 어디로 가야 하는 건지도 알 수 없었다.

　설날, 우리 가족은 밖에서 만났다. 설 당일에 문을 연 음식점은 몇 곳 되지도 않아서 어색하게도 패밀리레스토랑으로 갔다. 엄마는 아빠가 오는 줄 몰랐고 아빠는 엄마가 오는 줄 몰랐다. 두 사람은 서로를 보자마자 스프링처럼 자리에서 일어나거나 밀고 들어왔던 문으로 다시 나가려고 했지만 언니가 애써 붙들었다. 우리는 사인용 식탁에 둘씩 마주보고 앉았다. 차라리 일렬로 된 바 형태의 좌석이 더 낫지 않을까, 내가 그런 생각을 하는 사이에 언니가 결혼 소식을 알렸다.

　"언제?"

　즉각적인 엄마의 반응이었다. 언제 남자친구가 생긴 거냐고 묻는 것인지 아니면 언제 결혼할 거냐고 묻는 것인지 모호했다. 동시에 내가 처음 떠올린 생각은 속도위반이 아닌가, 하는 것이었다. 그렇지 않고서야 오피스텔을 얻어 독립한 지 몇 달도 되지 않아 갑작스러운 결혼 발표를 할 리가 있겠는가. 어쩌면 다른 두 사람도 같은 생각을 하는지도 몰랐다.

"그래서 말인데 집이 필요해요."

"신혼집?"

"아니, 우리 가족이 살고 있는 집 말이에요. 대여든 뭐든 해서 멀쩡한 가족이란 걸 보여줘야 한다고요. 아직 그쪽은 우리가 이렇게 살고 있는 걸 모르니까. 내가 아무리 머리를 굴려봐도 방법이 없어요. 사실대로 공개되면 그쪽도 그쪽이지만, 그쪽 부모도 허락 안 할 거야. 결혼식은 최대한 빨리 잡을 거니까, 처음 인사갈 때만 보여주면 돼요. 가족사진도 걸어두고. 가족사진이 우리 없었죠? 이참에 하나 찍고."

언니가 요구하는 사항은 분명했다. 우리 가족이 번듯하게 들어가 살고 있는 단 하나의 가정이었다. 아주 무난하고 간단한데 지금 우리는 갖지 못한 바로 그것 말이다.

"그냥 솔직히 말해. 사람은 정직이 최고다."

아빠가 다소 무게를 잡으면서 말했다.

"사진까지 찍다니 그게 다 쇼 아니야?"

아무도 반응이 없자 아빠는 또 말을 덧붙였다. 그리고 아빠가 한 마디 더 하려던 찰나, 엄마가 말을 가로챘다.

"있던 사진도 짐이 된 판에 웬 사진?"

처음으로 두 사람은 의견 일치를 보였지만, 전체적으로는 불협화음이 나고 있었다.

"그쪽이 누차 말하던 게 단란한 가정, 화목한 가정이었다고요. 그러니까 가족사진이 걸려 있는 무난한 집 말이죠."

언니가 '가족사진 80% 할인'이라고 적힌 쿠폰을 내밀었다. 아빠와 엄마는 그것을 확인하려고도 하지 않았다. 아빠는 고개를 다른 테이블 쪽으로 돌렸다. 엄마는 말도 안 된다고 중얼거리면서 물었다.

"그럼 그쪽은 우리가 함께 산다고 알고 있는 거니?"

"나만 얼마 전에 일 때문에 독립한 줄 알아요."

"그래, 우리가 살고 있는 동네가 어딘데?"

우리의 식탁 위는 그대로 멈춘 것 같았다. 음식은 더 이상 줄지 않았다. 언니가 포크를 내려놓으면서 대답했다.

"지금은 잠실 쪽으로 알고 있는데. 근데 지역이야 뭐, 이사 갔다고 하면 되는 거고. 어디든 하루만 쓸 집이 없을까."

"야, 우리가 잠실에 산단다. 난 그 근처에 가본 적도 없는데!"

허허허, 아빠가 내 어깨를 툭 치며 웃었지만 아무도 웃지 않았다. 언니가 아빠를 슬쩍 보고서 한숨을 푹 내쉬었다.

"가만있어보자, 잠실에 누가 살더라? 형진이가 잠실에 살았었나? 승재였나?"

아빠는 둘 중에 하나가 분명하다며 안주머니를 뒤적거렸다. 그러나 아빠에게는 수첩이 없었다. 아빠의 목소리가 필요 이상으로 컸다. 자꾸 커지고 있었다. 엄마가 그런 아빠를 쏘아보며 말했다.

"형진이면, 어? 승재면, 어? 뭐, 그 집 가서 빌려달라고 할 거니?"

몇 달 만에 엄마가 아빠에게 건넨 말이었다. 아빠는 아무 대꾸도 하지 않았다. 하긴 그랬다. 우리를 아는 사람들의 집을 어떻게 빌리겠는가, 집도, 가족사진도, 모두 난해하기만 했다. 한참 침묵이 이어지더니 엄마가 입을 열었다.

"아무리 생각해도 그건 아니다, 얘. 어차피 다 알게 될 걸 뭐. 이게 보통 일이니, 보통 일이야? 엄마 친구 효순이 딸 알지, 그 딸도 저번에 왜……."

"난 효순이 딸이 아니고 엄마 딸이야. 그러니까 형진이니 효순이니 하지 말고, 지금 우리 일이란 걸 좀 기억해요. 네?"

"너, 이혼한 부모가 이렇게 다시 마주치는 게 쉬운 건 줄 아니?"

엄마의 목소리도 조금 높아졌다.

"이혼한 건 두 사람 얘기잖아. 부모 자식 사이도 끊을 거예요? 내 앞날까지 막지는 말아줘요. 요즘 하객도 산다는데, 내가 아버지 엄마까지, 가족을 통째로 사야 하냐고."

엄마의 미간에 순간 무언가가 휙 지나가는 것이 보였지만 밖으로 표출되지는 않았다. 나는 그저 다행스러웠다. 우리 가족을 죽이거나, 아예 없던 셈 치지 않은 게 어디인가. 언니가 나를 바라보았다. 엄마도 나를 바라보았다. 나는 두 사람의 입장을 모두 알 것만 같았다. 엄마의 입장도, 언니의 입장도. 부모의 이혼이 '잘못'을 저지른 것은 아니었지만, 언니와 나는 은연중에 우리가 피해자라고 생각했다. 가해자는 없었지만 피해자는 존재했다. 두 사람, 아니 어쩌면 네 사람 모두일지도 몰랐다.

"차라리 가족이 다 외국에 있다고 하지 그랬어? 그럼 번거로울 일도 없을 테고."

내가 입을 열자 언니가 바로 받아쳤다.

"그랬다면 주말에 짬을 내서 비행기 티켓 끊었을 사람이야. 출장이 잦아서 어디 오지에 살지 않는 한 주말 이용해서 해외 나갔다 오는 거 정도는 일도 아니라고. 문제는 우리 가족이지. 그 사람 맞이하려고 미리 세 식구가 다 외국에 나가 있을 거야? 비행기표도 그렇고, 또 시간도 그렇고, 가면 집이 있어? 우리 집이 있냐고."

얼핏, 엄마 눈에 눈물이 고인 것도 같았지만 다시 보니 아닌 것도 같았다. 아빠는 담배를 들고 일어서서 다시 돌아오지 않았다. 음식은 줄지도 않은 채 테이블 위에서 차갑게 식어가고 있었다. 시작도 하기 전에 끝이 나버린 윷판 같았다.

언니가 어떻게 설득한 것인지는 몰라도 아빠는 내게 전화를 걸어 언제 시간을 비우면 되느냐고 물어왔다. 엄마는 음식으로 뭘 하면 좋을지를 고민하는 문자를 보내왔다. 언니도 문자를 보내왔다. 놓치기 싫은 사람이니 잘해달라는 말이었다. 힘들게 연극까지 해야 하는데 그렇게 어려운 사람이 왜 좋으냐고 답하려다가 관두었다. 어쩌면 이 연극이 힘들지 않을 수도 있다는 생각이 들었기 때문이었다. 수고롭기는 하지만, 우리 가족에게는 이런 연극이 필요할 수도 있었다. 한 번쯤은.

적절한 집을 알아보는 것은 내 몫이었다. 친척도, 친구도 부담스러웠으므로 우리 상황에 딱 맞는 공간을 대여해줄 사람은 우리와 아무런 관계가 없고 앞으로 마주칠 일도 없는 사람들이어야 했다. 인터넷에서 찾아낸 몇몇 업체들이 '홈파티' 장소를 대여하고 있었다. 가능한 한 번화가가 아니라 주거지로, 홈파티를 가장하는 예쁜 인테리어보다는 평범하고 무난한 가정집 인테리어가 되어 있는 곳으로 골랐다. 이번 주말은 예약이 꽉 차 있었고, 다음 주말이 비어 있었다. 문정동에 있는 삼십삼 평형 빌라였다.

"사이트에는 하루라고 되어 있는데 스물네 시간을 말하는 건가요?"

스물네 시간 모두를 활용할 자신도 없으면서, 나는 그렇게 물었다. 홈파티 판매원은 하루 일곱 시간을 기준으로 하며, 대여 가능한 시간은 오후 네 시부터 열한 시까지라고 했다. 하루에 한 팀만 받는다는 것이 그나마 위로가 되었다. 다음 주 토요일로 예약을 했다.

우리는 단 하루, 그 집의 주인이 되었다. 남자는 일곱 시쯤 도착하기로 되어 있었다. 토요일에 쉬지 않는 엄마는 휴가를 신청했다. 현관 비밀번호는 우리의 예약번호였다. 여섯 자리를 누르니 문이 열렸다. 화면에 나온 대로 무난하면서 깔끔한 집이었다.

베란다에는 벤자민 한 그루와 크기가 다른 산세베리아 화분 몇 개가 놓여 있었다. 구석에는 러닝머신도 한 대 있었다. 옷장 속에는 흔한 꽃무늬 이불이 몇 채 들어 있고, 화장실 세면대 위에는 반쯤 쓴 치약이 힘없이 누워 있었다. 그 옆에 새로 사온 칫솔 네 개를 뜯어서 컵에 꽂아두자 감쪽같았다. 엄마는 주문한 음식들을 냉장고에 넣고, 몇 가지 음식은 직접 만들었다. 엄마표 국 끓이는 냄새, 정말 집에 온 것 같았다.

네 시 반, 아빠와 언니를 사진관 앞에서 만났다. 이미 이야기가 되어 있음에도 불구하고 아빠는 가족사진을 찍지 않겠다고 했다. 그러자 엄마도 거들었다. 갑자기 변덕을 부린 두 사람 때문에 시간이 십 분쯤 지체되었다. 그러나 이미 우리를 위한 카메라와 의상들이 준비되어 있었다. 오늘 찍은 티가 나지 않도록 옷을 갈아입어야 했다. 촬영용 의상들 중에서 사진관에서 추천해준 것은 네 벌의 청바지와 네 벌의 흰 셔츠였다. 대안도 시간도 없어서 우리는 그 옷을 입었다. 아빠와 엄마가 청바지를 입은 모습은 거의 처음 보는 것 같았다. 몇 미터 앞에서 카메라가 우리를 겨누었다. 사진사가 말했다.

"아버님, 아버님 왼쪽으로 고개를 약간만 내려주세요. 아뇨, 그쪽 말고 왼쪽이요. 왼쪽. 아뇨 손 말고 고개를요."

"귀를 삽으로 파야 돼."

엄마가 말했다. 아빠는 정말 귀를 삽으로 파야 될 사람처럼 아무 소리도 못 들은 듯, 아무 표정도 짓지 않았다. 그래도 촬영은 진행되었다. 사진사의 요구사항에 따라 아빠와 엄마는 서로의 눈을 바라보았고, 엄마와 언니는 서로의 등에 기댔으며, 언니와 나는 까르르 웃어댔고, 언니와 아빠는 나란히 서서 폴짝 뛰어오르기까지 했다. 기차놀이를 하듯 일렬로 서거나 도미노게임을 하듯 한 방향으로 쓰러지기도 했다. 그러나 우리는 웃고 있으면서도 어색한 기운을 완벽히 떨치지는 못했다. 이상하게도 그래서 우리 모두 닮아 보였다. 아마도 오랜 시간 한집에 사는 동안 같은 음식을 먹고 같은 세제를 쓰고 같은 섬유유연제를 쓰고 같은 물을 마시면서 표정도 근육도 비슷해진 게 아닐까. 게다가 지금 이 상황이 난감하고 어색한 것까지 똑같아서 모두 같은 표정을 지어버린 게 아닐까. 그 결과 찰칵, 사진 속 우리의 모습은 누가 보아도 가족이었다.

사진은 삼십 분 만에 완성되었다. 여섯 시, 사진을 들고 집으로 돌아왔다. 벽에 붙은 풍경화를 떼어내고 새로운 액자를 걸었다. 일곱 시 오 분 전, 누군가가 계단을 오르는 소리가 들렸다. 연극의 막이 올랐다.

대본은 없었다. 리허설도 없었다. 소품은 진짜 같았고, 진짜는 숨겨졌다. 언니는 탁월한 주연이었고 연출가였다. 우리는 그런 언니를 잘 따르는 조연들이었다. 우리가 연극을 하는 사이에 관객은 벽에 붙어 있었다. 언니의 남자가 아니었다. 진짜 관객은 그 남자의 머리통을 지나 우리의 것이 아닌 벽에 붙어 있는, 우리의 것이 아닌 옷을 입고 있는 우리의 사진이었다. 남자는 가족사진을 보지도 않았다. 볼 틈이 없었을 수도 있고, 슬쩍 봤지만 슬쩍 잊었을 수도 있다. 언니 말대로 무난한 가정을 꿈꾸는 남자에게는 가족사진 정도야 어느 집에나 보통 있기 마련인 텔레비전이나 냉장고처럼 당연했을 수도 있었다. 사진 속 우리의 모습을 관찰한 것은 사진 밖의 우리들뿐이었다.

손님을 포함한 다섯 명의 사람들은 모두 같은 무늬가 새겨진 식기 위에서 같은 규격의 숟가락과 젓가락을 움직였다. 같은 무늬 식기가 우리를 한 가족으로 보이게 했다. 우리는 접시의 꽃무늬를 국기의 문양처럼 인식하며 밥을 먹었다. 즐거웠다. 연극이었으므로 가능했다. 연극이 진행되는 동안 남자는 몰랐을 것이다. 이 화목한 가정이 시한부라는 것을. 우리의 신발장 안에는 각자의 신발이 딱 한 켤레씩만 들어 있고, 우리의 옷장에는 단지 오늘의 외투만 한 벌씩 걸려 있으며, 비상용 우산이나 상비약 따위는 없고, 냉장고 안에는 밑반찬이 하나도 없으며, 우리가 알고 있는 것은 이 집의 약도일 뿐, 번지수나 우편번호가 아니라는 것을. 이곳으로는 어떤 고지서도 편지도 날아오지 않는다는 것을. 남자는 아마도 몰랐을 것이고, 우리도 어쩌면 그 순간에는 잊고 있었을지 모른다.

"놈이 갔구나."

아빠가 말했다. 아빠는 언제부턴가 언니의 남자를 놈이라고 부르고 있었다. 다행히 놈이 떠난 후부터 그 호칭이 시작된 것 같았다. 언니는 연극의 성공에 안심하며 놈의 차를 타고 떠났다. 우리 가족은 놈을 웃는 얼굴로 배웅했다. 아빠는 언니에게 고맙다고 말했다. 얼핏 들어보니 언니가 아빠에게 용돈을 드렸다고 했다. 아빠는 언니에게 넉넉한 돈은 아니지만 잘 쓰겠노라고 했다. 이 얘기는 엄마에게 전하지 않기로 했다. 순간적으로 하객 아르바이트가 떠올랐기 때문이었다. 언니가 우리들의 고용주는 아니지 않은가.

"큰애가 지 앞가림을 잘하긴 해, 좀 못돼서 그렇지. 안 그래?."

아빠가 말했다. 아빠는 자꾸 말이 많아지고 있었다.

"어이, 근데 정말 훌라후프 해?"

아빠가 물었다. 놈이 엄마의 외모를 칭찬하자 엄마는 매일 저녁 훌라후프를 돌린다고 대답했던 것이다. 엄마는 그 말에 대답하지 않았고, 아빠도 딱히 대답을 바라고 한 질문이 아니었던 것 같았다. 사실 아빠가 묻고 싶은 것은 다른 것일 수도 있었다. 엄마는 설거지를 하러 개수대 앞으로 갔다. 설거지나 음식물 쓰레기를 정돈하지 않고 가면 홈파티 보증금에서 만 원이 더 차감된다고 했다. 그러나 단지 그런 이유 때문에 엄마가 설거지를 하는 건 아니었다. 우리는 딱히 할 일이 없었다. 무대는 아직 끝나지 않았는데 벌써 대사가 바닥나버렸다. 주연배우도 연출자도 모두 떠난 무대 위에서 조연 세 명은 아무거나 손에 집히는 소품을 가지고 시간을 버티고 있었다. 엄마는 설거지를, 나는 쓰레기를, 아빠는 남은 술과 음식을 떠맡고 있었던 것이다. 열 시였다. 대여한 시간이 한 시간쯤 남았지만 그 한 시간을 이 집 안에서 알뜰하게 쓰는 것이 좋은지 아니면 이제 그만 일어서는 것이 좋은지 누구도 쉽게 결정하지 못했다. 엄마는 안방에 들어가 침대 위에 누웠다. 나는 아마도 내 방인 것으로 짐작되는 작은 방에 들어가 책상 의자에 앉아보았다. 가짜 방이 진짜 내 방보다 더 진짜처럼 느껴졌다. 모두가 그렇게 느끼고 있는 것 같기도 했다. 아빠는 술이 남았다는 이유로, 엄마는 피곤하다는 이유로, 그리고 나는 대여한 시간이 남았다는 이유로 핑계를 대면서 모두 지금 이 가짜 안에 모여 있지 않은가. 우리는 취향이 달랐고 세대도 달랐고 이젠 주소도 달랐다. 화법이나 말투도 달랐다. 그러나 우리에겐 여전히 같은 피가 흐르고 있었다. 이런 유대감은 취향과 공감, 매너 위에 있었다. 아마도 엄마가 밟은 노화의 방식대로 나도 늙어갈 것이다. 잔주름과 체형과 표정, 그리고 어쩌면 생각까지 닮아갈지 모른다. 그렇게 늙어간 내 모습이 저기 저 침대 위에, 또 저기 저 탁자 앞에 있었다. 나는 엄마 옆으로 가서 팔을 베고 누웠다. 엄마, 부르니 엄마가 응, 하고 대답했다. 또 한 번 엄마, 부르니 엄마가 응, 하고 대답했다. 무언가 하고 싶은 말이 있었던 것 같은데 그때도, 지금도 알 수가 없다. 우리는 모델하우스 속 밀랍인형들처럼 멈춰 있었다.

한 시간은 길다면 길고, 짧다면 짧았다. 꾸물거리는 바람에 우리는 불필요하게 청소요원들과 마주치고 말았다. 집주인이 교체되는 순간이었다. 시계를 보니 열한 시 십 분이 넘었다. 가족사진을 미리 떼어내 보자기에 싸놓은 것이 다행이었다. 그것은 아빠 손에 들려 있었는데, 아빠는 이미 거나하게 취해 있어서 현관으로 나가면서도 비틀거렸다. 내가 그 애물단지를 건네받았다. 아빠가 신발장 안쪽에 넣어두었던 운동화를 꺼내 현관 앞에 쭈그려 앉았다. 아빠는 불필요한 말들을 늘어놓았다. 오늘 우리 큰딸의 신랑감이 다녀갔지 뭡니까, 우리 공간이 마땅치 않아서 이렇게 집도 빌리고, 이런 시스템이 참 특이하고 좋네요, 사글세만 있는 줄 알았지, 이렇게 시간 단위로 빌리는 곳이 있을 줄이야, 어이쿠.

누군가가 아빠의 운동화 앞코를 꽉 눌렀다. 내가 아니었으니 엄마였을 테고, 머리와 손이 위에 있었으니, 보이지 않는 범인은 엄마의 발이었을 게다. 아빠는 어이쿠, 로 말을 끝맺고 한참을 주저앉아 있더니 겨우 일어섰다. 그리고 어느새 거실과 부엌의 기물들을 점검하고 있는 진짜 집주인을 향해 마지막 인사를 했다.

"구조가 아주 좋더군요, 작은애가 있으니까, 다음에 또 한 번 빌리겠습니다. 허허허."

아빠만 웃었다. 늘 그렇듯이 엄마는 불쾌한 표정, 나는 딴청, 그리고 타박을 하던 언니는 지금 없었다. 그렇게 연극은 끝났다. 우리는 흩어졌다. 각자 방으로 들어가는 게 아니라 같은 현관문을 열고 차례로 나왔다. 이제 저 진짜 주인이 잠시 우리 것이었던 화초에 물을 주고, 잠시 우리 것이었던 소파의 먼지를 털 것이다. 우리의 흔적은 내 손에 들린 쓰레기봉투 몇 개로 봉해졌다.

누구도 내게서 액자를 건네받을 생각을 하지 않았다. 공간의 문제가 아니었다. 나는 빌라 모퉁이를 돌면서 쓰레기봉투가 옹기종기 모여 있는 그곳에 이 액자를 내려놓고 와야 하나 머뭇거렸다.

"니 아빠 취했으니까 운전대 못 잡게 해라."

그렇게 말하고 엄마는 저만치 터덜터덜 걸어갔다.

"어이!"

아빠가 엄마를 불렀다.

"어이! 타고 가라고. 이 시간에 차도 없다고."

엄마는 뒤를 돌아보지 않았다. 그냥 손을 훌쩍 올려서 흔들었을 뿐이다.

"귀를 삽으로 파야 되겠구만."

아빠는 그렇게 말하고 운전석에 올라탔다. 잠시 후 대리운전기사가 도착할 예정이었다. 나는 엄마에게 "전화할게"라고 말했다. 그리고 큰 액자를 짐칸에 올리고 조수석에 올라탔다.

"니 언니 혹시 속도위반은 아니냐? 뭐 중요하진 않다만."

나는 어깨를 으쓱해 보였다. 아빠는 날 쳐다보지 않았으므로 내 몸짓을 읽지 못했을 것이다.

"니 엄만 진짜 연애한대냐, 그 나이에?"

나는 이번에도 역시 어깨를 으쓱 들어 올렸다. 진위 여부를 가리지 못한 소문이었다. 돌아보면 우리 사이의 모든 소문이 다 그랬다. 나는 대답 대신 질문을 했다.

"아빠 장사 잘돼?"

"장사?"

"어, 너 이따 저거 한 박스 가져가라."

대리운전기사가 도착했다. 금호동을 지나 의정부로 가자는 말에 대리운전기사는 어떻게 이동해야 할지 노선을 그려보는 듯했다. 길은 있었다. 우리는 어둠 속에서 트럭에 흔들리면서, 한 마디도 하지 않았다. 아빠도 나도 눈을 감고 있었다. 다섯 평 공간으로 돌아와보니 아빠가 건네준 상자 속에는 고구마가 아니라 감자가 들어 있었다. 굵기도 모양도 제각각인 감자들이.

나는 1/4이다. 그러나 가끔은 내가 1이라고 착각한다. 어쩌면 착각이 아닐지도 모른다. 이제 나는 이 다섯 평 공간 안에서 요령껏 청소를 하고 요령껏 훌라후프를 돌릴 수도 있으며 요령껏 밥을 지어 먹고 요령껏 쓰레기를 버린다. 가끔 뉴스를 보며 가족들의 안부를 상상하고 가끔은 손으로 가족들의 안부를 묻기도 하며 더욱더 가끔은 목소리를 듣기도 한다. 그리고 그보다 좀더 자주 다른 것들로 빈자리를 채운다. 미니홈피의 일촌들과 블로그의 이웃들, 때로는 아르바이트를 하면서 만나는 사람들로도 1/4을 1처럼 만들 수가 있다.

연극의 소품으로 쓰였던 액자는 확실히 다섯 평 원룸용은 아니었다. 책상 위에 세워두었을 뿐인데 벽 한 면이 다 사진이 되었다. 같은 골격으로 같은 표정으로 같은 처지로 나란히 앉아 있던 1/4들은 4/4는 될 수 있었지만, 1로 약분되지는 못했다. 1이 되기에는 그새 너무 비대해져 있거나 난해해져 있었다. 마치 모양이 들어맞지 않는 퍼즐처럼, 시간과 싸워 테트리스라도 한 것처럼.

액자는 책상 위에서부터 옷장 위, 침대 옆 벽면까지 옮겨 다녔다. 최종적으로 선택된 곳은 침대 밑이었다. 사진은 구석진 아랫목에서 발화점 이상으로 붉게 달아올랐다. 가끔 사진이 볼록 솟은 요철처럼 느껴져 잠이 오지 않았다. 그럴 때면 리모컨을 들고 텔레비전의 취침예약 기능을 눌렀다. 삼십 분 후로 설정을 해두고 누웠다. 텔레비전은 다섯 평의 어둠을 식히기에 충분했다. 그러나 보통 내가 잠들기 전에 텔레비전이 먼저 잠들었다. 순식간에 빛과 소리가 사라졌다.

우리 가족은 네 등분되었다. 처음에 그건 그냥 케이크 자르기 같은 거였다. 둥근 케이크를 네 개의 숟가락이 두서없이 퍼먹든, 칼로 네 등분을 해서 한 조각씩 나눠 먹든, 케이크 맛은 달라지지 않는다. 단지 다시 합쳐질 수 없을 뿐이다.

come back home

주원규

주 원 규

1975년 서울에서 출생했다. 공대에 진학했지만 평점 2점대를 넘지 못했고 신학에 뜻을 두었지만
그마저도 여러 부침과 곡절을 겪었다. 극소수의 열혈 신도들과 이곳저곳을 떠돌며 성서를 강독하며
지내거나 틈이 나면 여인숙이나 도서관을 서재 삼아 글을 쓰기도 하며, 돈이 궁하면 전기공으로
짬짬이 알바를 하기도 한다. 2009년 장편소설 『열외인종 잔혹사』로 제14회 한겨레문학상을
수상했으며, 지은 책으로는 장편소설 『천하무적 불량 야구단』 『무력소년 생존기』 『망루』 등이 있다.

1

아빠가 집으로 돌아왔다. 삼 년 만이다. 중학교 삼학년인 나는 육교
시 수업을 마치고 집으로 돌아오면 어김없이 지펠 냉장고가 있는 곳으로
달려가 냉동칸에서 배스킨라빈스 아이스크림을 꺼내 먹곤 했었다. 열쇠
로 현관문을 열고 들어갈 때만 해도 눈에 띄지 않던 리복 운동화가 현관
바닥 위에 함부로 어질러져 있어도 그게 아빠의 것이라는 상상은 전혀
할 수 없었다.

그러나 아빠는 돌아왔다. 거실 소파에 다리를 꼬고 앉아 텔레비전 리
모컨을 손에 쥐고 추신수의 메이저리그 경기를 태연하게 관람하고 있었
다. 아빠는 마치 삼 일 전에 출장 다녀온 사람마냥 자연스럽고 편안해 보
였다. 그럴 수도 있을 것이다. 삼 년이 지났어도 이 집은 여전히 아빠의
집이니까. 삼 년 전에도 아빠는 지금의 소파 위에 앉아 있었다.

아빠는 나를 환한 웃음으로 맞아주었다. 나를 보자마자 텔레비전 리
모컨을 바닥에 내동댕이치고 자리에서 벌떡 일어나 내 몸을 끌어안곤

"많이 자랐구나"라는 말을 반복했다. 물론 나는 많이 자랐을 것이다. 굳이 삼 년이란 시간이 지나서 그런 것만은 아니다. 그동안 내 머리카락은 허리 밑까지 내려왔고 키는 십 센티미터나 더 자랐으며, 시력도 많이 약해져서 굵은 뿔테 안경도 착용했으니까. 아빠는 그런 내 모습을 동물원 원숭이 바라보듯 신기하게 훑어보았다. 두 손은 여전히 내 몸을 으스러질 듯 끌어안고 있으면서.

아빠는 달라진 것이 거의 없었다. 삼 년 전의 뱅뱅 청색 점퍼도, 이제는 사라진 브랜드인 브렌타노 면바지도 그대로였다. 며칠 깎지 않은 수염은 턱 주위에 푸르스름하게 자랐으며, 머리도 제법 길어 곱슬한 앞머리가 가볍게 눈을 찌를 정도였다. 그런 아빠가 다시 소파로 돌아와 앉아 많이 달라졌다고 했다. 거실을 두리번거리며 책장도, 베란다의 러닝머신도, 사십이 인치 파브 텔레비전도, 삼 년 전에는 모두 없던 것들이니까. 아빠는 입술을 오물거리는 여전한 버릇을 반복하며 변하지 않은 건 자신이 앉아 있는 가죽 소파뿐이라고 했다.

그러곤 아빠는 배가 고프다고 말했다. 때맞춰 내가 아빠에게 어떻게 문을 열고 들어왔냐고 물어보려는 찰나였다. 삼 년 전의 문고리는 이미 훼손된 지 오래다. 하지만 아빠는 내 물음엔 대답하지 않고 배고프단 말을 바꿔서 반복했다. 아빠는 입 안에 넣을 수 있는 거라면 뭐든 상관없다고 말하며 다시 자리에서 일어났다. 그래서 나와 아빠는 식탁에 나란히 앉아 배스킨라빈스 아이스크림을 통째 나눠 먹었다. 원래의 계획이 엉망이 된 게 거슬리긴 하지만 뭐, 어쩔 수 없는 일 아닌가. 아빠가 정말 배고픈 듯 밥숟가락으로 붉은색이 감도는 스토베리 아이스크림을 열심히 입 속으로 밀어 넣었다. 그 모습은 안쓰럽기까지 했다.

오후 다섯 시쯤 되었을까. 엄마가 돌아올 시간이었다. 엄마는 언제나 나보다 늦게 귀가했으며, 나처럼 초인종을 누르지 않고 현관문을 열쇠로 열고 들어오곤 했다.

나와 아빠는 거실 소파에 나란히 앉아 텔레비전을 시청했다. 그렇고 그런 아이돌 그룹의 새 앨범 뮤직 비디오를 볼 수 있는 시간이지만 아빠를 위해 꾹 참았다. 아빠는 정말 재밌게 야구경기를 보는 것 같았다. 코미디 프로도 아닌데 그런 아빠의 얼굴엔 잔잔하고 더없이 만족스런 미소가 배어 있었다.

나중에 안 일이지만 아빠는 야구경기를 집중해서 본 게 아니었다. 아빠의 눈이 사시(斜視)라는 사실이 삼 년이 지난 지금에 와서 완벽히 개선될 수 있다는 건 나만의 착각이요 희망사항이었다. 아빠는 텔레비전을 보고 있는 것 같았지만, 원래는 나를 향하고 있던 것이다. 바로 손만 뻗으면 무릎이나 손을 마음껏 주무를 수 있는 위치에 있는 나를 말이다. 나는 그때 교복차림이었다. 짧은 치마도 아니었고, 흰색 블라우스의 단추를 하나도 끄르지 않았는데, 그런데 아빠는 내 손을 잡고 같이 안방으로 들어가길 원했다. 아빠가 충분히 그럴 수도 있다고 나는 생각한다. 아빠도 남자니까. 삼 년이 지났다고 해서 아빠의 의뭉스런 손버릇이 사라지는 건 아니니까 말이다.

아빠는 텔레비전 리모컨을 조몰락거리던 손으로 내 손을 덥석 잡았다. 그리고 삼 년 동안 제대로 목욕해본 적이 한 번도 없다는 난데없는 고백을 했다. 내가 왜 그러냐고 물었더니 아빠는 그걸 몰라서 묻는 거냐는 식의 억울한 표정을 지었다. 아빠는 내 손을 잡고 일어나 안방에 딸린 욕실로 걸어갔다. 아빠는 욕실 문을 잠그고 싶어 앙탈을 부렸지만 내가 열어놓았다. 문을 닫으면 답답하다. 숨이 멎을 것 같기 때문이다.

아빠는 내가 보는 앞에서 옷을 벗었다. 뱅뱅 청색 점퍼를 벗고 체크무늬 남방을 벗고 제임스딘 러닝셔츠를 벗고 브렌타노 면바지를 벗고 마지막으로 브랜드를 알 수 없는 트렁크 팬티를 벗었다. 나는 아빠의 성기를 무표정하게 바라봤다. 나는 확신한다. 내가 아빠의 성기를 아무 표정의 변화 없이 지켜봤다는 것을. 왜냐하면 그걸 보면 정말로 아무 생각도 할 수가 없기 때문이다. 아빠의 돌출된 성기를 보며 무슨 대단한 생각을 할 딸아이가 세상에 몇 명이나 되는지 묻고 싶다.

아빠는 욕조에 누워 샤워기에서 쏟아져 내리는 물의 온도를 나보고 맞춰달라고 했다. 온도는 적당히 미지근했다. 거울에 수증기가 서리고 타일 바닥이 훈훈하게 느껴지는 감각이 싫지 않았다.

아빠는 나와 달랐다. 아빠는 몹시 감격스런 모양이다. 입가에 한가득 머금은 미소를 여전히 거두지 않았다. 심지어 그런 아빠의 눈엔 촉촉이 눈물까지 맺혀든 것 같았다. 아빠는 다시 그 얘기를 꺼냈다. 욕조 속의 물이 절반 이상 차올라 자신의 몸이 적당한 온수 속에 완전히 잠기게 될 때였다.

아빠는 삼 년 동안 제대로 맘 놓고 목욕조차 할 수 없었다는 말을 했다. 특히 마사지도 받지 못하고 쫓기듯 살아와서 그런지 온몸이 언제나 뻐근하다는 말을 힘주어 강조했다. 그런 아빠가 삼 년 전의 이야기를 조심스럽게 꺼냈다. 옷을 벗고 자기 등 좀 밀어달라는 부탁 말이다.

직접 옷을 벗는 게 나았는데 아빠는 그 말을 끝내기가 무섭게 성큼 내 웃옷부터 벗기기 시작했다. 교복 상의를 벗고 흰색 블라우스 단추를 세심하게 끌러내고 무릎뼈 위에까지 너절하게 덮어 내리는 체크무늬 교복 치마 지퍼를 내리고, 그리고 내 다리 속살을 손으로 어루만지며 정중히 내게 부탁했다. 마사지를 해달라는 부탁 말이다.

어려울 건 없다. 아빠가 정말 전문적인 마사지를 받고 싶어서 그러는 게 아니니까. 브래지어와 팬티는 벗지 않아도 된다. 아빠는 생김새와는 다르게 수줍음이 많은 편이니까. 또한 별다른 수치심을 느낄 것도, 새삼스러울 것도 없다. 완전히 옷을 벗은 것도 아니고 그저 욕조 난간에 엉덩이를 대고 걸터앉아 아빠의 어깨만 대충 주물러주면 그만이다. 십 분이나 이십 분 정도면 충분하다.

아빠는 행복하다고 말했다. 오른손을 내 두 다리 사이에 파묻고 고개를 욕실 천장을 향해 최대한 뒤로 젖힌 채로 말이다. 나는 언제까지 이러고 있을 거냐고 물었지만, 아빠는 대답하지 않고 아예 눈을 감아버렸다. 하지만 아빠는 오랫동안 그렇게 눈을 감고 있을 수 없었다.

현관문이 열리는 소리가 들리고 누군가 들어오는 소리가 들리고 그 누군가의 손에 쥐어져 있던 과일 같은 것이 담긴 비닐봉지가 바닥에 떨어지는 소리가 들리고 그리고 그 누군가인 엄마의 비명 소리가 터져 나오자 기어이 아빠의 눈은 열리고 말았다. 나는 그때서야 아빠에게서 벗어날 수 있었다. 욕실 앞에 떨어졌던 교복을 입거나 하진 못하고 그것들을 대충 주워들고 내 방으로 들어가려 했다. 그때 아빠는 나와 엄마에게 다음과 같이 말했던 걸로 기억한다. 삼 년 만에 돌아온 아빠가 말이다.

이제야 정말 사는 것 같아.

2

아빠는 제대로 조련된 아마추어 복싱선수처럼 민첩하게 움직였다. 거실 바로 앞에서.

소파엔 내가 앉아 있었고 나는 그때 SBS 월화 드라마를 보는 중이었다. 엄마는 아마도 그때 건넌방 구석에 숨어 아빠의 행동을 숨죽여 훔쳐보고 있던 것으로 기억한다.

나도 물론 아무 방에나 들어가 숨고 싶었지만 그러지 않았다. 보고 있기엔 정말이지 민망하고 어색한 장면이었지만 아빠와 새아빠 모두 내심 자신들의 현재 모습을 딸인 나에게 보여주고 싶었던 모양이다.

새아빠와 아빠 사이에 벌어진 일이란 대략 이런 거다. 그날, 엄마가 먼저 저녁 여섯 시경에 들어왔고, 돼지 먹따는 소리 비슷한 비명을 내질렀다. 그리고 두 시간이 지난 다음 초인종이 울렸고 내가 문을 열어주자 새아빠가 들어왔다. 그는 언제라도 변하지 않을 듯한 인자하고 평화로운 성자의 얼굴을 하곤 나를 반기다가 이내 거실 소파에 앉아 있는 아빠를 발견하고 말았다. 똥 씹은 표정이 된 건 엄마와 거의 다를 바 없지만, 새아빠는 의외로 침착했다. 아빠를 보며 정중히 인사했고 내가 방으로 들어가려 하자 거실에 그냥 있으라고 말했다. 내 손목을 붙잡으며 말이다. 그러자 곧 이어 아빠의 복싱 스텝이 시작됐다. 아빠는 무표정했지만 얼굴은 포도주병에 담근 묵은 포도알마냥 발그레해졌고 좌우 스트레이트 펀치를 새아빠의 얼굴을 향해 무자비하게 내던졌다. 그런 행동이 무려 오 분여 동안이나 반복되었다. 나도 내심 신경이 쓰였던 것으로 기억한다. 아빠보다 적어도 이십 센티미터는 더 큰 키를 가진 새아빠가 덩치에 걸맞지 않게 아빠에게 반항 한 번 제대로 못하고 일방적으로 얻어맞는 모습을 지켜보는 게 신경 쓰이지 않는다면 거짓말이니까.

새아빠의 표정도 우습고 생소하긴 마찬가지였다. 새아빠는 아빠에게 주먹으로 얼굴이며 어깨, 가슴 따위를 야만적으로 얻어맞는 것에 대해선 별다르게 분노하는 것 같진 않아 보였다. 그런데 두 눈을 새벽 한 시의 부엉이처럼 동그랗게 뜨고 아빠를 노려보는 모습은 그야말로 제대로 되살아난 좀비를 보는 것 같은 놀라움으로 가득했다. 새아빠의 그 모습을 보면서 아빠는 계속해서 펀치의 강도를 높여갔다. 쾌감에 사로잡힌 표정으로 말이다.

오 분 정도 지났을까. 엄마가 다시 돼지 먹따는 비명을 상스럽게 질러대며 방문을 열고 거실로 튀어나왔다. 끝내 참지 못한 모양이다. 엄마는 무슨 대단한 민주투사를 보호하기라도 하듯 입술을 피가 날 듯 꽉 깨물곤, 쌍코피를 흘리며 바닥에 주저앉은 새아빠 앞으로 나서며 아빠를 가로막았다. 아빠와 엄마가 마주했다고 해서 아빠가 표정의 동요를 보인 건 절대 아니었다. 아빠는 정말이지 이전의 아빠가 아니란 걸 확실히 입증하려고 작심했는지 얼음인간처럼 말하고 행동했다. 아빠는 새아빠를 앞으로 오 분 동안만 더 두들겨 패주겠다고 말했다. 그러고는 죽이지 않고 남자 구실은 하게 해줄 테니까 너무 몸 달아서 징징거리지 말라고 엄마의 개입을 경망스러운 것으로 전락시켰다. 엄마는 눈물이 많은 여자다. 나 같은 년은 명함도 못 내밀 정도다. 엄마는 계속해서 눈물 콧물 쏟아내며 이제 그만 때리라고 애원했다. 아빠의 말은 아예 듣지도 않았다.

상황이 그쯤 되자 아빠는 약간은 아쉽다는 얼굴을 하고 다시 거실 소파에 주저앉았다. 그러고는 일방적으로 내 손에 쥐어져 있던 리모컨을 가로채 다시 메이저리그 야구경기 방송을 틀었다. 나는 자리에서 일어났다. 새아빠는 그런 나를 주저앉은 채로 올려다봤다. 쌍코피를 흘리는 새아빠의 얼굴은 그야말로 순식간에 익은 감자처럼 으깨어져 있었다. 한쪽 눈이 터졌고 입술도 찢어졌을뿐더러 새아빠가 즐겨 입던 이브생로랑 와이셔츠도 보기 좋게 찢겨졌다. 그러나 나는 새아빠에게 별다른 말을 건네거나 하지 않았다. 그냥 눈만 한 번 마주치곤 서둘러 내 방으로 들어와버렸다. 이유는 간단하다. 새아빠의 얻어터진 얼굴을 보니 이상하게 폭소가 터져나왔기 때문이다. 그냥 우스운 것이다. 얻어터진 꼬락서니 하곤.

3

이쯤 되면 아빠의 실종과 부활에 대해 대략이나마 짚고 넘어가지 않으면 안 되겠다. 그렇다고 시시콜콜 수다를 늘어놓을 생각은 추호도 없으니 걱정 덮고 읽어주기 바란다.

삼 년 전 아빠는 언제 도산할지 모르는 한 중소기업의 사장이었다. 핀란드에서 수입해온 정수기를 국내에 유통, 판매하는 한마디로 무역회사였는데, 글로벌 금융위기 이후부터 모든 게 어려워졌다고 했다. 자세한 건 모르겠다. 고딩도 아닌 내가 알면 얼마나 잘 알겠느냐.

여하튼 그렇게 위태롭던 사업이 끝내 부도를 맞으면서부터 아빠는 완전히 맛이 가버렸다. 몸에 잘 받지도 않는 양주를 병째 나발 불고 못 피우던 담배도 한 갑 이상 피우면서 괴로워했다. 그때도 지금 살고 있는 사십평 아파트에 살았는데, 지금과는 비교도 할 수 없을 만큼 허접한 살림살이에 빨간 압류딱지가 붙는 걸 지켜보는 건 흥미로울 정도였다.

그런 아빠가 어느 순간 죽어버렸다. 정확히 삼 년 전 요맘때 말이다. 유서 따윈 남기지 않았다. 오후 두 시쯤인가. 차량의 흐름이 한산해질 무렵 대교 난간을 보기 좋게 들이박고 아빠의 그랜저 XG는 그대로 한강 물속으로 다이빙했다. 일곱 시 뉴스에도 나왔다던 아빠의 사망 사고는 그런데 정확히 사망이 아닌 실종 사고로 처리됐었다. 왜냐고? 시체가 발견되지 않았으니까.

경찰은 차가 박살난 걸로 봐선 아빠가 살아날 가능성은 일 퍼센트도 안 된다고 입에 거품까지 물며 아빠의 죽음을 확신한다고 했다. 그래서 끝내 아빠의 장례까지 치르게 되었다. 시체도 없는 빈 관을 덜컹덜컹 끌고 다니며 화장터까지 갔던 그때의 일은 지금 생각해도 코미디다. 아빠가 죽었는데 엄마는 그다지 슬퍼하지 않았다. 물론 끝내주게 징징거렸던 것만큼은 분명하다. 사고 소식을 들었을 때부터 보험사로부터 사망보험금 십사억 오천만 원을 수령할 때까지 엄마는 정말이지 언제라도 울 준비가 되어 있는 사람 같았다. 하지만 앞서도 밝힌 바 있지만 때와 장소를 가리지 않고 울어대는 건 엄마의 주특기다. 엄마는 그것 말고는 잘하는 게 아무것도 없는 여자로 생각될 만큼 정말 대차게 울어댔다. 그러나 딸인 나는 알고 있다. 엄마가 아빠의 죽음을 별로 애도하지 않는다는 사실 말이다.

보험사에서는 아빠의 사고 후 거의 한 달 동안 끈질기게 엄마를 추궁했다. 그때마다 엄마는 울음으로 대응했다. 거의 대꾸도 안 한 걸로 기억한다. 오죽했으면 보험회사 아저씨들이 엄마를 옆에 두고 나한테 아빠에 대해 물어볼 정도였으니까.

아저씨들이 물어보는 건 주로 아빠의 태도에 대한 거였다. 최근 아빠가 수상한 모습을 보이지 않더냐. 이를테면 죽고 싶다는 말을 한다거나 부도를 낸 사장이 보일 수 있는 극단적인 행동을 보이지 않았냐는 질문 따위. 그때마다 나는 엄마가 시킨 대로 이렇게 대답했다. 아빠 대범한 남자라고. 정수기 회사 하나 말아먹은 것 가지고 죽음을 생각할 정도로 소심한 남자 아니라고. 그런데 나는 그때 그 아저씨들에게 하지 않아도 될 말을 한 적이 있다. 내가 너무 솔직한 탓이다. 보험회사 직원 중 한 명이 당시 중학교에 갓 입학하게 될 내 무릎을 보며 이렇게 물었던 적이 있다. "너 무릎이 유독 부었구나. 무슨 병이라도 있는 거니?" 짧은 청미니스커트를 입고 있던 내 오른 무릎이 유난히 부어 있던 건 사실이다. 정확하게 본 거다. 그래서 나는 이렇게 답했다. 병이 있는 게 아니라 아빠가 너무 자주 주물러서 부었다고 말이다. 그리고 도대체 내가 무슨 생각으로 그런 말까지 했는지 모르겠지만 묻지도 않은 부연설명까지 보탠 것으로 기억한다.

아빠 내가 아주 어렸을 적부터 함께 발가벗고 목욕하는 걸 좋아했다고. 그런데 그 습관은 내가 나이가 들어 생리도 하고 젖이 제법 탱탱해질 때까지도 그만두지 않았다고. 어느 때는 함께 목욕하다가 아빠가 내 오른손을 붙잡아 일부러 자기 고추를 만지도록 시킨 적도 있다고. 그러면서 목욕이 끝나면 아이처럼 울면서 나한테 미안하다고, 용서해달라는 말을 반복했다고. 그런데도 그 버릇을 버리지 못하고 거의 매일 내가 학교 파하고 집에 돌아오면 아무리 바빠도 기다리고 있다가 함께 목욕하는 걸 멈추지 않았다는 말들.

효과가 아예 없진 않았다. 보험사 직원들이 그 후론 엄마와 나를 더 이상 귀찮게 하지 않았으니까. 그렇게 한 달 정도 지나자 아빠의 실종은 자연스럽게 사망으로 변해갔고 엄마가 사망신고를 하러 구청에 간 것은 두 달이 조금 못 되었을 때였다. 물론 장례는 그 전에 이미 치른 상태였다.

엄마가 보험사 직원들에게 하라고 시켰던 말 중 가장 큰 거짓말을 지적하자면 다음과 같다. 바로 아빠가 대범하다는 사실이다. 그건 새빨간 거짓말이다. 아빠 이 세상 누구보다 소심한 사람이다. 어린 내가 봐도 어떻게 저런 소심한 성격으로 사장이 됐는지 의문이 생길 정도로 아빠 모든 일에 신중했고 조심스러웠다. 사소한 일에도 지나치게 집착했으며, 특히 엄마와 관련된 행동에 있어선 더욱 그랬다. 아빠의 허물을 들춰내는 것 같아 좀 찜찜하지만 기왕 밝힌 김에 하나 더 밝히자면 엄마에 대한 아빠의 생각이다. 한마디로 아빠는 날 친딸로 생각하지 않는 것 같았다. 무슨 말이냐 하면 엄마가 결혼 전부터 남자 손이 많이 탈 정도로 음탕해서 자기가 아닌 다른 남자의 아이를 가진 거라고 의심하는 것이다. 그런 걸 의처증이라고 해야 하나. 그러니까 아빠는 자연 엄마의 모든 행동을 의심하고 감시했다. 예민하게 더듬이를 치켜든 사마귀 두목마냥 말이다.

그러나 사실을 밝히건대 엄마는 아빠가 의심하는 것처럼 그렇게 남자 손이 많이 탈 만한 스타일이 결코 아니다. 삼십대 후반인 엄마는 촌스럽고 못생겼으며 무엇보다 또래에 비해 뚱뚱했다. 그런 엄마를 심혜진이나 이영애 떠올리듯 바라보는 아빠의 취향은 그야말로 엽기에 가깝다고 판단된다. 그런데, 엽기에 가까운 일이, 그러니까 막장 드라마의 불륜 스토리보다도 못한 불가능에 가까운 일이 현실로 드러난 건 정확히 아빠가 실종되고 난 지 삼 개월이 지난 어느 날의 일이었다. 그것은 엄마에게 진짜로 남자가 있었고 그 남자가 바로 아빠가 경영하던 회사의 부하 직원이었다는 사실이 밝혀진 것. 그리고 아빠의 의심이 아무런 근거 없는 의처증

탓이 아니었다는 것. 엄마와 지금의 새아빠는 벌써 오래전부터 그렇고 그런 관계였다는 것. 제법 쇼킹한 일이라고 판단된다.

　새아빠와 엄마의 결합에 대해 이러쿵저러쿵 말이 많지 않았던 걸로 보면 둘의 사랑은 제대로 된 플라토닉러브로 볼 수 있을지도 모른다. 무엇보다 착하고 순박하기만 한 백구십 센티미터의 큰 키를 가진 실제로 씨름 선수 출신이라는 새아빠는 땡전 한 푼도 없었으니까. 아빠의 부하 직원이라고 엄마한테 소개받았을 때, 나는 아빠의 바로 밑의 직원, 부장이나 상무 정도를 생각했는데 그것도 아니었다. 새아빠는 스무 명도 채 안 되는 아빠 회사에서도 최하 말단인 대리였다. 취직만 하면 누구에게나 갖다 붙이는 대리. 회사가 절단 나고 아빠의 그랜저 XG가 대교 밑으로 다이빙할 때, 그리고 순전히 엄마의 말을 빌리자면 보험사 직원들의 잔인한 박해와 추궁이 계속될 때도 새아빠는 항상 엄마의 옆을 그림자처럼 따라다녔다. 실제로 내가 옆에서 지켜본 바로도 그랬다. 하지만 상상하기는 어려웠다. 그 남자가 엄마의 남편이 되리라는 상상 말이다. 왜냐하면 우선 새아빠는 엄마보다 나이가 많이 어렸고, 그래서 실제 나이보다 다섯 살은 더 많아 보이는 엄마랑 나란히 서면 큰누나와 막내 동생 정도로밖에 보이지 않았으니까. 사람들이 쓸데없는 의심을 하지 않은 것도 다 그 때문인지 모른다. 새아빠가 설치고 다녀도 그냥 자기가 다니던 회사 사장의 일이니까, 그리고 워낙 주책없이 끼어드는 사람이니까 저러나보다 했던 것 같다.

　설사 새아빠가 엄마와 아빠의 죽음으로 인해 얻게 될 보험금에 흑심이 있다고 해도 난 별로 불만이 없다. 사실 뭐 내가 대단한 집안의 외동딸도 아니고 아빠의 몸값으로 받아낸 십사억 오천만 원도 이제와 생각해보면 그렇게 큰돈도 아니니까 말이다.

어쨌든 새아빠는 그렇게 나의 새아빠가 되었다. 나와 정확히 열다섯 살 차이밖에 나지 않는 서른 살 총각이던 새아빠는 아빠의 장례식을 치르고 보험금을 받아 하마터면 경매에 넘어갈 뻔한 이 사십 평 아파트를 구해내고 빨간 압류딱지가 붙어 있던 낡고 고리타분한 살림살이를 죄다 걷어낸 뒤 사십이 인치 파브 텔레비전을 비롯한 최신형 가전제품들을 무더기로 들여오던 바로 그날부터 새아빠로 등극하게 된 것이다.

그리고 지금 새아빠와 엄마는 아빠의 몸값으로 받은 보험금 일부를 투자해 집에서 멀리 떨어지지 않은 근처 상가에서 둘이 함께 치킨 집을 운영하고 있다. 체인점으로 운영되는 치킨 집이라 음식 개발 따위의 귀찮고 머리 쓰는 일을 할 필요도 없고 그저 배달만 죽어라 열심히 하면 되는 일이니 대단히 자랑하고 다닐 일도 아니지만 그렇다고 부끄러워할 일도 아니라고 생각한다.

새아빠에 대해 별다른 불만이 없었던 건 순전히 상대적인 이유 때문이다. 터놓고 말해 새아빠 한 사람만 놓고 보면 그는 형편없는 인간이다. 많이 배운 것도 없어 중학교 영어 수학에 대해서도 아는 바가 별로 없으며 클래식을 듣는다거나 DVD 수집, 혹은 골프 따위의 고상한 취미도 없고 술을 즐기지도 않으며 친구도 별로 없어 그저 집과 치킨 집만 동네 개처럼 들락거리는 그야말로 내세울 만한 게 전혀 없는 인간이란 말이다. 그럼에도 새아빠는 우선 나와 같이 목욕하잔 말을 단 한 번도 해본 적이 없다는 건 무척 맘에 드는 일이라고 생각한다. 아빠와 같이 목욕한다고 해서 대단히 충격적이고 수치스러워 견딜 수 없는 시간을 보냈다고 쉽게 단정하지는 마시라. 그런 건 전혀 아니라는 걸 밝혀두고 싶다. 그냥 나는 귀찮고 성가실 뿐이었다. 아빠의 그걸 만져주는 일, 대책 없이 징징거리는 아빠를 달래야 하는 일 등등은 학교 대강당에서 〈죽은 시인의 사회〉를 두 시간 풀타임으로 봐줘야 하는 것만큼이나 따분한 일이기 때문이다. 새아빠에겐 그런 일이 없다는 게 무엇보다 큰 메리트였다.

정리해보면 아빠가 그렇게 사라지고 난 뒤는 대단히 좋을 것도 대단히 나쁠 것도 없는 날들의 연속이었다. 학년이 올라가고 지펠 냉장고에서 스토베리 아이스크림을 꺼내 먹고 저녁 열 시만 되면 거실에서 파브 텔레비전으로 SBS 월화 드라마를 보는 일 정도로 나는 만족했고 엄마도 새아빠도 별다른 불만이 없는 것으로 나는 기억한다.

그러나 엄마는 결국 돼지 멱따는 소리를 지르고 말았다. 아빠가 돌아왔기 때문이다. 이미 십사억 오천만 원의 몸값을 전부 다해버린 아빠가 말이다.

4

아빠가 집으로 돌아왔다는 게 나한테 의미하는 바는 별로 없다. 삼 년 정도 떨어져 있었긴 해도 아빠의 얼굴이 아예 재수 없게 변한 것도 아니고 그저 익숙했다. 하는 행동 몇 가지가 변한 걸 제외한다면. 또 한 가지. 학교를 마치고 돌아와 바로 냉장고 문을 열고 아이스크림을 먹으며 오후 네 시에 즐겨 보는 MTV를 마음 놓고 볼 수 없다는 애로사항과 엄마가 저녁을 하러 집에 오기 전 아빠와 함께 안방에 딸린 욕실에서 삼십 분 정도 함께 발가벗고 목욕을 해야 하는 일이 하나 추가된 것도 물론 거슬리는 일 중의 하나이긴 했지만 말이다.

하지만 엄마와 새아빠는 나처럼 생각하는 것 같지 않았다. 새아빠의 얼굴은 보는 그대로 표현하면 지옥이었다. 지옥을 본 사람처럼 끔찍했단 말이다. 백구십 센티미터에 백 킬로그램이 넘는 놀라운 체구를 가진 새아빠의 얼굴에 그처럼 엄청난 양의 공포가 숨어 있을 줄은 상상도 못했다고 해야 할 정도로 말이다. 물론 지옥을 만난 건 엄마도 예외는 아니었다. 엄마의 고통이 가장 최악일 거라는 생각이 든다. 우선 엄마는 아빠가 등장한 뒤부터 새아빠와 섹스를 할 수 없게 되었으니까. 단순히 섹스만 단절된 게 아니다. 안방은 그날 아빠가 돌아온 이후로 아빠의 차지가 되어버렸다. 그걸 뭐라고 하는 사람은 우리 가족 중에 아무도 없다. 아빠 혼자만 그렇게 안방 하나를 차지하면 아무 상관도 없을 것 같지만 어디 아빠가 그럴 인간인가. 아빠는 그 안방에 엄마를 끌어들였다. 아빠의 말을 빌리면 이제야 온전히 제자리를 찾았다는 것이다. 그럼 새아빠는? 그 인간은 사십 평 아파트에서 가장 작은 방으로 드레스 룸으로 쓰는 화장실 옆방으로 강제이주 당했다. 나도 가끔 그 방에서 자본 적이 있는데 최악이다. 엄마와 나의 옷가지들이 질서 없이 쌓여 있는 것도 모자라 누가 치킨 집 사장 댁 아니랄까봐 배달용 치킨 박스들이 수천 장씩 묶음으로 한 가득 쌓여 있어 아마 새아빠는 잘 때도 두 다리를 오그리고 자야 할 정도로 비좁고 퀴퀴한 곰팡내 가득한 방이었다. 그래도 새아빠는 아빠에게 찍소리도 하지 못했다.

식사 시간의 변화도 한 번 짚고 넘어가야겠다. 아침 여덟 시에 거실 식탁에 앉아 토스트와 딸기우유를 먹는 것은 늘 나 혼자만의 아침 일과였다. 엄마와 새아빠는 밤늦게까지 장사를 했으니 오전 열 시가 되어야 일어나는 게 일종의 생활 패턴이었다. 하지만 아빠가 돌아온 후로 아침 여덟 시에 네 명의 남녀가 함께 식탁에 앉게 되었다. 메뉴도 완전히 바뀌었다. 시금치국이나 된장찌개 같은 걸로.

아빠는 다행히도 아침식사에 새아빠를 끼워주었다. 새아빠와 내가 나란히 앉고 맞은편에 아빠와 엄마가 나란히 앉았는데 그걸 뭐라고 말하면 좋을까. 느낌 가는 대로 표현하자면 조금 이른 나이에 사고 친 부부가 일찍 아들을 먼저 낳고 한참 후에 늦둥이인 딸을 낳은 뒤 끝내주게 무미건조하게 사는 콩가루 가족의 식탁 풍경을 보는 것 같달까. 새아빠는 그렇게 졸지에 아빠의 노숙한 아들이 되어버린 것이다.

아빠가 가장 많은 말을 하는 시간도 바로 아침 시간이었다. 아빠는 조선일보와 한겨레를 번갈아 보며 시국이 어쨌느니 경제가 이 모양으로 가다간 나라를 아예 통째로 말아먹겠다는 둥 나라의 고민을 죄다 짊어진 투사마냥 나불거렸고, 그냥 혼잣말로 그렇게 지껄이면 좋겠건만 하나의 화제가 끝날 때마다 반드시 새아빠에게 "그렇지 않냐?"라든가 "안 그래? 윤 대리?" 하면서 새아빠의 동의를 끈질기게 구했으며, 그때마다 새아빠는 제대로 훈련된 사육견마냥 "예. 그렇죠" "사장님 말씀이 옳습니다"라는 말을 구호처럼 반복했다.

엄마는 도대체 아빠를 어떻게 해야 좋을지 항상 걱정하는 눈치였다. 식사가 끝날 무렵에는 언제나 반복적으로 아빠의 정체성에 대한 대책 논의를 건의하곤 했다. 쉽게 말해 아빠의 주민등록증. 대한민국 국민으로서의 권리에 대한 문제다.

엄마의 말은 당연히 일리가 있었다. 아빠는 구청에도 사망신고가 되어 있어 자연히 주민등록은 말소되었고 호적등본을 떼어봐도 사망이라고 기재되어 있으며 보험회사로부터 그 생난리를 겪고 난 다음 받아낸 보험금 십사억 오천만 원을 죄다 까먹었으니 한마디로 아빠는 우리나라에서 더 이상 살아 있는 사람이 아니었다. 그러나 엄마의 그 말은 언제나 그렇듯 아빠의 야만적인 폭력을 불러일으켰다. 그런 게 아빠의 변한 모습이다. 삼 년 전의 아빠는 엄마를 의심했고 소심한 행동들로 주위 사람을 피곤하게 하긴 했지만 엄마를 때린다거나 물건을 집어던지거나 하는 일은 결코 하지 않았었다. 그러나 삼 년이 지난 오늘의 아빠는 달라졌다. 아빠는 엄마의 말이 끝나기가 무섭게 새아빠를 두들겨 팼던 것처럼 복싱선수가 원투 잽을 날리듯 엄마의 면상을 결코 약하지 않게 두어 번 후려쳤고 그것도 모자라 의자에 앉아 있는 엄마의 옆구리를 발로 걷어찼다. 그러면 엄마는 다소 과장된 비명을 지르며 바닥을 뒹굴었고 배를 움켜쥐며 죽는 시늉을 해 보였다. 그러나 아빠는 엄마를 동정하기는커녕 자신이 먹다 남긴 밥그릇이며 숟가락 따위를 엄마를 향해 집어던졌고 "삼 년 동안 내가 어떻게 견뎠는지 알아? 이 개 같은 갈보 년아"라고 외치며 무슨 생각이 들었는지 울먹거리면서 자신이 이 집의 주인임을 재확인했다.

새아빠는? 그 인간은 뭐 하고 있었냐고? 당연히 새아빠는 그냥 그 자리에 앉아 밥만 축내고 있었다. 여전히 얼굴은 지옥의 염라대왕을 본 사람처럼 굳은 채로 말이다.

한 달 정도 이런 생활이 반복되자 나도 엄마가 더 이상 이런 상태로는 살아갈 수가 없겠다는 판단이 들 정도가 되었다. 아빠는 무서운 집중력으로 그 한 달 동안 아파트 밖을 한 번도 나가지 않고 거실과 안방, 베란다를 오가며 메이저리그 야구를 보다가 베란다에 나가 담배를 피우거나 그것도 지루해지면 혼자 안방에 들어가 마스터베이션을 하며 시간을 죽였다. 엄마는 그런 아빠에게 하루에 한 번씩은 반드시 구타당할 걸 누구보다도 더 잘 알면서도 누가 주책바가지 아니랄까봐 아빠의 거취 문제를 집요하게 들먹거렸고, 그럴 때마다 아빠는 "이 집 주인은 나야. 이 아파트를 지켜낸 거며 파브 텔레비전, 치킨 집을 누구 덕에 얻게 된 거냐!"며 목에 핏대까지 올리며 엄마를 구타했고 그때마다 난처하게도 새아빠는 정말로 먹는 것 외엔 다른 아무 대책도 없어 보이는 식충이마냥 밥만 꾸역꾸역 처먹고 있었다.

나는 새아빠가 혹 바보가 아닐까 하는 생각을 해보기도 했다. 당연한 의문이다. 내가 만약 새아빠라면 아마 벌써 미쳐버렸을 것이다. 자기 부인이 다른 남자와 함께 강간에 가까운 섹스를 하는 걸 지켜봐야지, 안방도 빼앗겼지, 저녁에 들어와도 텔레비전도 맘대로 못 보지, 하루 매상도 아빠한테 모두 보고해야 되지. 도대체 왜 저러고 살까 하는 의문이 생길 정도로 새아빠는 그 한 달 동안 똥 씹은 표정을 하면서도 이제는 사장도 뭐도 아닌 아빠의 말을 알라신의 말씀마냥 절대 복종하는 굴욕으로 일관했기 때문이다.

그런데 그건 나만의 착각이었다. 새아빠는 결코 바보가 아니었다. 그렇다고 대단한 천재도 아니지만 난 아빠가 돌아온 지 한 달 보름이 넘는 어느 날 밤, 새아빠의 진면목을 알 수 있었다. 새아빠는 내가 상상했던 것보다 한 단계 더 레벨 높은 잔인하고도 심플한 계획을 갖고 있었던 것이다.

5

방학이 되자 제일 기뻐한 건 나도 아니고 내 남친도 아니고 엄마도 아니고 새아빠는 물론 아니고 바로 아빠였다. 딱히 친구가 많은 것도 아니고 도둑고양이마냥 싸돌아다니는 걸 좋아하는 것도 아닌 나는 방학 동안 늘 그래왔던 것처럼 거실 소파에 누워 크라운 산도나 먹으며 MTV나 DVD를 보는 게 유일한 취미라면 취미였다. 그런데 이번 방학은 고스란히 아빠에게 저당잡히고 말았다. 아빠는 내가 학교를 다닐 때면 오후 네 시에만 한 번 함께 목욕하는 걸 원칙으로 했었다. 그런데 방학이 되면서 그 원칙이 형편없이 무너졌다. 아빠는 낮밤 가리지 않고 기회만 되면 지 딸내미를 안방에 딸린 욕실로 데리고 가 함께 발가벗고 목욕하길 원했다.

그래. 여기까지도 좋다. 뭐 자주 씻는 거야 위생에도 좋으니까. 문제는 아빠가 무슨 생각에선지 나와 단순히 목욕만 하는 것으로 만족하지 않았다는 데 있다.

이제부터 말하고자 하는 내용은 조금 부끄럽기도 하고 한마디로 쪽팔린다. 그래도 고백에 있어서 가장 중요한 클라이맥스니까 빠뜨릴 수는 없겠지. 아빠가 내 빵빵하지도 않은 젖가슴을 고무 찰흙 주무르듯 주무르는 것까진 어떻게 참아볼 수 있다. 나도 가슴이 작은 게 늘 고민이었으니 한창 발육이 왕성할 때 다른 사람도 아닌 아빠가 직접 만져주는 거야 뭐 어떻겠느냐. 하지만 아빠가 유난히 시커멓고 오른쪽으로 잔뜩 휘어 있는 자신의 성기를 내 입 속에 밀어 넣으려고 하는 것만은 정말 참기가 힘들었다. 그건 짜증스러운 일이다. 남친에게도 해주지 않은 일을 굳이 아빠라고 해서 해줘야 하는 것도 우습지 않은가.

몇 번 거부하다가 끝내 해주긴 했지만 찜찜하고 개운치 않은 기분이 나를 괴롭혔다. 그 후론 밥을 먹을 때 소시지 종류의 반찬은 결코 먹고 싶지 않아졌다.

목욕은 이제 목욕이 아니었다. 아빠는 옷만 죄다 벗어젖히고 욕실에 들어갔다뿐이지 목욕이나 샤워와는 전혀 거리가 먼 행동에만 몰두했고 철부지 아이처럼 즐거워했다. 그래서 나는 어느 순간 다음과 같이 물었다. '옛날에는 내 무릎만 만져도 나 같은 놈 죽어야 돼 하면서 대성통곡하더니 이젠 왜 울지도 않고 회개하지도 않냐'고 말이다. 그러자 아빠는 너무나 당연하다는 듯 이렇게 답했다. "이제 넌 내 딸도 아무것도 아니다. 아무 사이도 아니니까 너와 이런 짓을 벌여도 전혀 죄책감을 갖지 못하겠다. 내 자신도 신기할 정도다. 내가 죽었다 살아나서 가장 만족스러운 건 바로 너와 함께 목욕을 할 수 있다는 것 하나뿐이다."

아빠의 말에도 일리는 있다. 엄마의 말처럼, 그리고 상식적으로 생각해봐도 아빠는 이제 좆도 아무것도 아니다. 아빠는 삼 년 전에 교통사고로 죽었고, 그 보험금으로 새아빠와 엄마는 치킨 집을 차렸고, 사십이 인치 파브 텔레비전을 구입했다. 그러니까 아빠는 지금 우리가 살고 있는 사십 평 아파트의 일부일 뿐이다. 그런 아빠가 내게 죄책감을 가질 필요가 없는 건 어쩌면 당연할지도 모른다.

다 맞는 말이다. 아빠는 한마디로 자유인이다. 아빠가 소심해져야 할 이유가 없다는 게 이제 분명해진 것이다. 그가 집 밖으로만 나가지 않는다면 늙어 벽에 똥칠할 때까지 거실과 안방, 베란다와 욕실만 착실하게 왔다갔다하며 어린 내 입 속에 언제까지라도 오른쪽으로 잔뜩 휜 자신의 성기를 집어넣었다 뺐다를 반복할 수만 있으면 되니까 말이다.

그런데 나는 화가 났다. 이상하게 화가 났다. 만약 아빠의 말이 사실이라면 정말 그렇다면 내가 아빠와 목욕을 같이해야 할 이유 또한 증발해 버리기 때문이다. 아빠와 아무 사이도 아니라면 아무 사이도 아닌 아빠의 성기를 입에 물고 있어야 할 만큼 난 박애주의자가 아니다. 내가 아빠와 함께 목욕할 수 있었던 이유는 아빠가 아빠였기 때문 아닌가. 아빠가 괴로워하고 다신 그러지 않겠다고 어린 내 앞에 무릎 꿇고 사죄하며 닭똥 같은 눈물을 주룩주룩 흘렸기 때문에 아빠와의 목욕을 허락했던 건지도 모른다.

그런데 지금의 아빠는 그저 귀찮고 성가실 뿐이다. 왜냐하면 지금의 아빠는 정말 아무것도 아니기 때문이다. 그 아무것도 아닌 존재 때문에 엄마는 지옥을 몸소 체험해야 하고 새아빠는 그 지옥을 비명 한 번 제대로 못 지르고 고스란히 견뎌내야만 한다.

순전히 이 상황만 놓고 보자면 아빠는 내가 알고 있는 최악의 악마일 수밖에 없다. 한 가정의 평화를 무참히 짓밟고 자기가 직접 싸질러놓은 친딸의 입 안에 다른 사람의 것도 아닌 자기 자신의 성기를 집어넣고 엄마의 돼지 멱따는 비명 소리를 즐기고 공휴일도 없이 밤낮 죽어라 스쿠터를 몰고 다니며 닭을 팔아 벌어온 새아빠의 정당한 노동의 대가를 한 푼도 에누리 없이 착취하고 그러면서 이름도, 주소도, 주민등록증도, 여권도, 집문서도, 자동차등록증도, 재직증명서도, 휴대폰 가입자 성명도 그 어떤 것에도 존재하지 않는 아빠가 분명하고 가증스러운 악마가 아니면 도대체 뭐란 말인지 나는 잘 모르겠다.

뭔가 부당하고 억울하단 생각이 치밀 즈음 나는 새아빠가 말했던 제안을 다시 기억했다. 일전에 들려주었던 강도 높은 잔인한 계획이란 거

말이다.

6

아빠가 거실 소파에 텔레비전을 켜놓은 채로 그대로 잠이 든 어느 날 밤, 책상에 앉아 새로 나온 야오이 만화를 탐독하던 내게 새아빠가 찾아왔다. 새아빠는 천성이 예의 바른 사람 같다. 노크를 하고는 "들어가도 되니?"라는 양해의 말까지 구한 뒤 딸의 방에 들어왔으니 말이다.

하지만 새아빠가 나를 보자마자 보여준 행동은 전혀 조심성이 없어 보였다. 지금까지 봐온 새아빠의 모습과는 다소 달랐다. 그날 밤만큼은 그랬다.

지금까지 새아빠는 묵묵히 아빠의 심심풀이 땅콩으로 한 달 보름이란 시간을 견뎌냈다. 엄마의 소득 없는 반항이 초래한 구타와 모멸을 바로 코앞에서 목격하면서도 용케 견뎌오던 새아빠는 그렇게 날 보더니 울음부터 터뜨리는 게 아닌가. 막대사탕을 잃어버린 못난 아이처럼 말이다.

솔직히 좀 오버한다는 느낌은 새아빠가 노크를 하고 들어온 그 순간부터 시작된 것 같다. 나를 침대 모서리에 앉히고 자신은 내가 앉던 책상 의자에 앉은 새아빠는 내가 보던 야오이 만화책을 몇 페이지 들척이는가 싶더니 들입다 닭똥 같은 눈물을 쏟아내고 콧물까지 훌쩍거리며 다음과 같은 제안이 담긴 말을 조심스럽지만 비교적 신속하게 전달했다.

새아빠의 제안은 허무할 정도로 단순했다. 아빠를 원래 자리로 되돌려주자는 것. 나는 멍청하게도 그 말뜻을 제대로 이해하지 못하고 원래 상태로 되돌려놓자면 새아빠가 아빠 자리를 내놓고 아빠가 다시 아빠 노릇을 하는 거냐고 따져 물었더니 새아빠는 기겁을 하며 그게 아니고 아빠를 삼 년 전의 아빠로 되돌려놓자는 말을 힘주어 반복했다.

나는 거듭 물었다. 어떻게 하면 아빠를 삼 년 전의 아빠로 되돌려놓을 수 있냐고. 그랬더니 새아빠는 대답 대신 몇 개의 증명서류를 내게 보여주었다. 그건 아빠의 사망확인서와 장례식 때 쓰인 영수증, 아빠의 빈 유골이 묻혀 있다는 납골당의 고유번호와 새아빠와 엄마의 혼인신고서, 끝으로 내 이름과 주민등록번호가 나와 있는 의료보험증까지. 나는 그것들을 건성으로 훑어보기만 했다. 뻔한 증명서류들에 불과하니까. 하지만 새아빠는 그 서류들에 썩 대단한 의미를 부여했다. 여기 봐라. 아빠는 죽었다. 삼 년 전에. 그리고 이제 우리 가족은 엄마와 나, 그리고 너, 이렇게 세 명뿐이다. 가족. 가족. 그 말을 유난히 힘주어 강조한 새아빠는 더 이상은 못 참겠다는 듯 헐크를 닮은 얼굴이 되어 정말이지 부릅뜬 눈알이 금방이라도 튀어나올 것 같은 위태로운 상태에서 화제를 비약시켰다.

새아빠는 이렇게 말했다. '진짜 가족이라면 자신의 친딸의 입 속에 자지를 집어넣게 하진 않는다.' '진짜 한 가정의 가장이라면 아내를 개 패듯 패고 하루 종일 집구석에만 틀어박혀 아무것도 하지 않고 텔레비전만 죽어라 보며 시간을 보내진 않는다.'고. 그리고 새아빠는 무슨 자격지심이라도 들었는지 내가 묻지도 않았는데 아빠의 사망으로 인해 얻게 된 보험금에 대해 자긴 정말이지 손톱만큼도 관심이 없었다면서 그런데 어쩌겠느냐, 자기보다 열 살이나 더 많은 엄마와 철부지에 불과한 나를 제대로 먹여 살리기 위해선 수중에 지푸라기라도 쥐어야 하는데 어쩔 수 없었다며 지금 자기가 하루 종일 스쿠터 타고 다니며 치킨 조각들을 배달하러

다니지 않으면 엄마와 나, 그렇게 우리 세 식구는 길바닥에 나앉게 될지도 모른다는 말을 청승맞게 늘어놓으며 마치 자기가 부당한 박해를 받는 희생자인 것마냥 억울하다는 얼굴이 되었다.

나는 새아빠의 장황한 신세 타령이 슬슬 지겨워졌다. 가만히 보면 새아빠는 괴팍한 콤플렉스에 겹겹이 싸여 있는 사람처럼 보였다. 그래서 참다못한 나는 새아빠의 말을 중간에서 잘라먹고 알기 쉽고 명확하게 요점만 말하라고 다그쳤다. 물론 그게 딸로서 아빠에게 해야 할 말버릇은 아니지만 그렇게라도 하지 않으면 도무지 새아빠의 말이 끝날 것 같지가 않아서였다.

다소 머쓱해진 새아빠는 다시 냉정을 되찾고는 내게 요점만 간단히 말해주었다. 통고에 가까운 말들을.

이번 주말까지 아빠를 주민등록 말소자의 신분으로 다시 되돌릴 예정이다. 그러기 위해선 우리 세 가족의 단결과 굳은 의지가 무엇보다 필요하다. 이번 주말이 아빠의 마지막 날이 되어야 한다. 엄마와 자신은 여느 때와 다르지 않게 가게에 나와 있을 거다. 그러나 들어올 때는 예고 없이 도둑처럼 들어올 것이다. 그러면 아마 그때 너와 아빠는 안방에 딸려 있는 욕실 욕조에서 함께 발가벗고 목욕을 하고 있을 것이다. 그때를 노릴 것이다. 그러니 그렇게 알고 며칠만 더 참고 있어라.

나는 보다 분명한 대답을 새아빠로부터 직접 듣고 싶었다. 그래서 이렇게 물었다. "아빠를 죽일 거예요?" 그러나 내 질문에 새아빠는 그 큰 머리통을 세차게 가로저으며 "이건 아빠를 죽이는 게 아니야"라고 했다. 아빠를 우리의 원래 기억 속으로 되돌려놓자는 것뿐이라고 했다. 삼 년 만에 돌아온 아빠가 자신의 신분도 위치도 모두 망각한 채 날마다 딸을 강간하고 부인을 때리고 한때 충성해 마지않던 부하 직원이자 이제는 아내의 새 남편이 된 자신을 복날 개 패듯이 두들겨 패는 그러한 아빠는 이미 사람이 아니라는 말을 하며 한번 욕실에서 아빠의 얼굴을 찬찬히 살펴보라고 당부했다. 그러면서 새아빠는 다소 비현실적인 말을 들려줌으로써 나에게서 자신의 계획에 대한 무언의 동의를 얻어냈다. 새아빠는 자신은 지금 아빠를 살아 있는 사람이라고 생각하지 않는다고 잘라 말했다. 애석하게도 나 또한 그런 새아빠의 말에 동의하고 있다. 아빠에 대한 애착이 없어서가 아니다. 단지 난 새아빠 말대로 아빠가 돌아왔다는 것이 실감이 나지 않는 것뿐이다. 그것도 살아 숨 쉬며 거실 소파에 앉아 텔레비전을 보거나 무슨 도깨비 방망이처럼 커졌다 작아졌다를 수시로 되풀이하는 검붉은 성기를 가진 살아 있는 인간의 모습을 담고 있다는 게 믿어지지 않는 것이다. 그건 아마 엄마도 같은 생각일 것 같았다.

어쩌면 아빠 자신조차도 나와 같은 생각을 갖고 있는지도 모르겠다.

7

새아빠가 말한 문제의 주말이 어김없이 돌아왔다. 토요일 아침은 의외로 고요했다. 엄마도 더 이상 아빠의 거취 문제를 두고 따져 묻지 않았고 아빠 역시 아무 말도 하지 않았다. 다만 아빠는 새아빠에게 오늘은 몇 시에 들어올 거냐고 물었고 새아빠는 주말이라 바쁘니 점심때도 못 들어오고 저녁 일곱 시나 돼서야 간신히 들어올 것 같다고 했다. 식사가 거의 끝나갈 무렵 아빠는 내게 물었다. 방학에도 학교에 가냐고. 나는 보충 수업이라 오전 수업만 한다고 아빠에게 말했더니 아빠는 그깟 보충 수업 안 하면 어떠냐고, 여자가 너무 많이 배워봐야 특별히 쓸모도 없다는 식의 시대착오적인 폭언까지 섞어가며 투덜거렸다.

그날 아침 아빠의 정체성에 대해 물은 건 엄마도 새아빠도 아닌 바로 나였다. 난 아빠가 밥 한 공기를 제대로 비우고 숟가락을 식탁 위에 올려놓는 것과 때를 맞춰 지금 행복하냐고 물었다. 아빠에게.

그러자 네 사람이 앉아 있는 식탁 위엔 가공할 만한 정적이 감돌았다. 순간, DVD 정지화면처럼 새아빠, 엄마, 그리고 아빠가 단단하게 굳은 석고상이 되어 나에게로 일제히 시선을 집중한 것이다.

아빠는 그런 건 왜 묻냐고 내게 되물었고 난 궁금해서 그렇다며 지금 우리 네 사람 모두 행복한 것 같지 않다고 말했다. 그러자 아빠는 진짜 행복해지려면 모든 게 원래 자리로 돌아와 있어야만 한다고 힘주어 말했다. 그것은 삼 년 만에 좀비처럼 다시 살아난 아빠가 처음이자 마지막으로 남긴 진지한 말이었다. 그리고 그 말, 원래 상태로 되돌려놓아야 한다는 것은 새아빠가 했던 것과 똑같은 내용이다. 두 사람에게 원래 자리란 대체 무슨 의미를 갖는 걸까?

그날 오후, 기어이 일은 벌어지고 말았다.

오후 두 시. 한 시 삼십 분쯤에 학교에서 보충 수업을 마치고 돌아온 나는 엄마가 차려놓은 미역국을 다시 끓이고 냉장고 문을 열어 장조림과 깻잎 따위의 밑반찬을 점심식사 메뉴로 준비하려고 했다. 하지만 그날따라 뭐가 그리 급했는지 아빠는 지금 점심이 대수냐고 했다. 나는 그래도 점심은 먹어야 하지 않느냐고, 아빤 어떨지 몰라도 나는 지금 몹시 배가 고프다고 따져 물었지만, 아빠는 막무가내로 그렇게 저항하는 내 손목을 붙잡고 안방으로 들어가 옷을 벗으라고 명령하듯 말했다.

한 번도 그런 적이 없었는데 그날따라 아빠는 무슨 모종의 결심을 한 사람처럼 난폭하게 굴었다. 교복 치마와 블라우스도 벗고 장미 레이스가 달린 팬티도 벗고 브래지어도 마저 벗으라고 했다. 그러면서 다시 내 손을 잡고 날 안방에 딸려 있는 욕실로 끌고 들어갔다. 욕조엔 이미 더운물이 한가득 채워져 있었고 욕실 안은 희뿌연 수증기로 가득 찼다. 아빠는 제대로 옷도 벗지 않은 채 그저 성급히 바지와 팬티만 무릎 아래까지 벗겨 내리더니 언제나처럼 자신의 성기를 내 열린 입 속으로 집어넣으려 했다. 아빠는 무정한 음성으로 입을 있는 힘껏 크게 벌리라고 명령했다. 자기가 무슨 저명한 치과 의사도 아니면서 말이다.

기묘하게 뒤틀린 신음 소리를 내며 아빠는 내게 무언가 분명치 않은 말들을 중얼거렸다. 그건 일종의 고백과도 같았는데 워낙 경황이 없었던 탓인지 아님 아빠의 말들이 워낙 부정확하고 제멋대로여서인지 제대로 알아들을 수 없었다. 그저 어서 이 시간이 빨리 지나가주기만을 기다릴 뿐이었다. 그리고 그때 처음으로 아빠가 진짜 죽어도 상관없겠다는 생각이 들었다. 아빠가 돌아온 이후로 정말로 처음으로 하게 된 생각이며 동시에 충동이었다. 그리고 그때 나는 잠시 하던 행동을 멈추고 벌린 입을 아빠의 성기에서 잽싸게 빼내고는 잠시 고개를 들어 아빠를 올려다보았다. 욕조 안에 무릎을 꿇고 앉아 있던 내 머리와 가득 채워진 욕조 안의 푸른 물 위로 검고 붉은 핏방울들이 거침없이 떨어져 내렸다. 순식간에 욕조의 물은 핏빛으로 번져나갔으며 내 머리와 얼굴, 가슴에도 핏방울들이 거침없이 쏟아져 내리기 시작했다.

고백하건대 나는 정말이지 아빠가 죽어도 괜찮겠다는 생각을 그때 딱 한 번 했었다. 물론 그건 강한 충동이었고 나를 성가시게 하는 상황들에 대한 저주에서 비롯된 것이었다. 그런데 바로 그때, 아빠는 내가 알몸이 되어 무릎을 꿇고 앉아 있는 그 앞에서 진짜 죽음을 맞이하고 있었다. 좀 심하다 싶을 정도로 아빠의 죽음은 험악하고 끔찍했다. 도대체 저런 걸 어디서 구했는지 묻고 싶을 만큼 새아빠의 손에는 크고 육중한 금속 연장이 쥐어져 있었고, 새아빠는 그 연장으로 아빠의 뒤통수를 한 번 내리친 게 성에 안 찼는지 아빠가 뒤돌아볼 겨를도 없이 다시 한 번, 두 번, 있는 힘껏 아빠의 머리통에다 연장을 내리 박았다.

아빠의 죽음은 비교적 간단했다. 두세 번 연속해서 머리통을 가격 당한 아빠는 그 자리에서 바지와 팬츠도 제대로 걷어 올리지 못한 채로 쓰러져 죽어버렸다. 새아빠는 영화에 나오는 대로 쓰러진 아빠의 코끝에다 손가락을 갖다 대고는 아빠의 완벽한 죽음을 확인했고, 나 역시 그제야 비로소 아빠의 죽음을 의심 없이 받아들일 수 있게 되었다.

한 가지 흥미로운 사실을 고백하자면 아빠의 죽음을 보면서도 나는 전혀 슬프지 않았다는 것이다. 슬프지 않았다. 단지 찜찜했을 뿐이다. 우선 치약을 잔뜩 묻힌 칫솔을 손에 들고 어금니가 바스러질 때까지 입 속을 게워내고 싶었으며 본의 아니게 몸에 달라붙은 핏자국들을 닦아내고 싶었다. 단지 그뿐이다. 그래도 나는 설마 했다. 시간이 지나면 아빠를 잃은 슬픔이 밀려들고 새아빠를 잔인한 사람이라고 내 자신에게 세뇌하며 고통스런 기억을 끌어안고 살아가는 청승맞은 스토리가 전개될 거란 예상을 했지만 그것도 아니었다. 새아빠의 말처럼 아빠는 그저 이전 자신의 자리로 되돌아간 것뿐이다. 세 식구가 함께 밥을 먹는 식탁의 일부로, 지펠 냉장고의 일부로, 베란다에 일렬로 놓여 있는 이름도 알 수 없는 난초의 일부로 되돌아간 것뿐이라는 생각이 너무나 견고하게 내 머릿속에 성벽을 쌓아올리고 있어, 나는 아빠가 잠시 동안 내 기억 속을 제법 집요하게 맴돌던 악몽 같던 등장인물 정도로밖에 달리 생각할 수 없었다. 새아빠가 핏물과 물기로 촉촉이 젖어 있는 내 알몸을 욕조에서 끌어내어 다정하고 따스한 손길로 닦아주는 그 순간부터 아빠에 대한 최소한의 애도의 감정마저 깡그리 증발되었다고 보는 게 옳을 것 같다.

8

아빠가 그렇게 원래 자리를 되찾은 지 삼 일이 지난 평일 오후 새아빠는 엄마와 나를 데리고 수원 변두리 납골당을 찾았다. 물론 아빠의 뼛가루 따위가 그곳에 보관되어 있을 가능성은 전혀 없다. 아빠의 몸은 한 번도 열기로 가득한 화로 속에 들어가 태워진 적이 없으니까. 대신 그곳엔 아빠의 얼굴이 촌스럽게 찍힌 흑백 영정사진과 아빠의 이름과 사망일자가 적힌 분향소가 마련되어 있었다. 새아빠와 엄마는 약속이라도 한 듯 검은색 양복이며 투피스를 정갈하게 갖춰 입었고 나만 쑥색 후드 티셔츠와 리바이스 청바지 차림이었다. 새아빠는 언제 어디서 구입했는지 모를 백 송이는 더 되어 보이는 국화꽃 한 다발을 아빠의 자리 위에 올려놓았다. 그리고 한 오 분 정도일까. 아무것도 하지 않고 멍청히 서 있기엔 더없이 길고 지루한 그 오 분 동안 새아빠는 기도를 하는지 추모를 하는지 어쨌든 두 손을 가지런히 모으고 눈을 감고 있었다. 가만히 보니 새아빠는 눈물을 흘리고 있었다. 나는 새아빠의 정신세계를 이해하기가 어려웠다. 도대체 저건 무슨 플레이란 말이냐. 엄마와 나도 울지 않는데. 오히려 그 옆에 달라붙듯 서 있는 엄마의 얼굴은 마더 테레사 수녀처럼 인자하고 평온하게만 보였다. 나 역시 마찬가지일 테고 말이다.

돌아오는 길에 우리 세 사람은 휴게소에 들러 우동 두 그릇을 나눠 먹었다. 새아빠가 한 그릇 전부를, 엄마와 내가 한 그릇을 서로 나눠 먹는 식으로. 그리고 그때 새아빠는 아빠의 처리 문제를 엄마와 의논했다. 그 때까지도 피투성이가 된 아빠의 시체가 지펠 냉장고 안에 보관되어 있었기 때문이다. 토막으로 보관했는지 아님 통째로 욱여넣었는지는 상상에 맡기겠다.

월드빌 401호

최진영

최 진 영

1981년에 태어났다. 2006년 실천문학 신인상 단편소설 부문으로 등단했다. 2010년 『당신 옆을 스쳐간 그 소녀의 이름은』으로 제15회 한겨레문학상을 받았다. 친한 사람 앞에서도 어쩔 줄 몰라 하고 가족에게도 낯가림을 한다. 집에 있으면 밖으로 나가고 싶어서, 밖에 있으면 집으로 가고 싶어 안달이다. 집도 밖도 아닌 곳을 찾아 짐을 꾸리고 풀다보니 어느덧 서른. 방황을 멈추기 싫다면 뚱뚱한 짐부터 얄팍하게 만들어야 한다고 스스로를 설득하는 중이다.

컴퓨터가 안 켜진다. 텔레비전도 안 나온다. 전등 스위치를 올려본다. 깜깜하다. 전기가 끊긴 게 분명하다. 벌써 통장의 돈이 바닥난 걸까. 그럴 리 없는데. 한 달 전 인터넷 뱅킹으로 잔액을 확인했을 땐 분명 백만 원 넘는 돈이 남아 있었다. 정전인가. 불투명한 창문을 열어 건넛집을 보고 싶지만 내키지 않는다. 건넛집 창에 불이 켜져 있다면 정전이 아니라 고장일 텐데. 집 안의 뭔가가 고장 난 거라면 낭패다. 나는 아무것도 고칠 줄 모른다. 그렇다고 누굴 부를 수도 없다. 인터넷이 되면 검색이라도 해볼 텐데. 망할. 인터넷이 안 된다. 두꺼비집. 그게 어디 있지? 한 번도 그런 걸 찾아본 적 없다. 희미한 달빛에 의지해 바닥에 너부러진 물건을 발로 밀어낸다. 프라 부품을 밟을지도 모르니까. 아픈 건 둘째 치고, 작은 부품 하나라도 잃어버리거나 부서지면 말짱 꽝이다. 이건 일부가 곧 전체다. 인간……과는 다르다. 인간은 맹장이나 팔 한쪽이, 심장 같은 게 없어도 존재할 수 있지만 프라는 그렇지 않다. 완벽해지기 위해선 작은 부품 하나라도 빠져선 안 된다.

심장 없는 인간이 어디 있느냐고?

본 적 없으면 아는 체 마라. 나는 씨발놈이라고 부르고 남들은 네 듬
직한 친구라고 부르는 사람에겐 심장이 없다. 뜨거운, 몰랑몰랑하고 부지
런한 그것이 없는 인간. 그래. 괴물이라고 불러도 좋다. 나쁘지 않다. 난
폭한 데다 교활하기까지 한 괴물. 오 년 전에, 그놈 가슴팍에 안긴……
적이 있다. 그때 확신했다. 그의 품에선 어떤 감정도 느낄 수 없어서 아,
없구나. 이건 심장이 없구나. 그래서 이렇게 지독하구나. 그렇게 이해했
다. 프라도 심장은 없지만, 심장이 없으니까 산 것처럼 행동하지 않는다.
겸손하게, 죽은 듯 가만있지. 똑똑하고 무자비한 데다 부지런한 괴물은
요령껏 나를 구워삶았다. 삶아서, 뼈만 있는 내 팔다리를 썩썩 베어 먹었
다. 그때마다 나는, 그래 넌 심장이 없으니까. 중얼거렸다. 골목으로 옥상
으로 화장실 문 뒤로 숨으면서, 심장이 없으면 저럴 수 있어. 피가 날 때
까지 혀를 잘근잘근 씹어대며 되뇌었다.

감옥에 들어간 지 삼 년 됐다. 앞으로 오 년은 더 있어야겠지만, 겨우
오 년이라니. 모범수 같은 게 될 리는 없고, 이왕이면 탈옥 같은 걸 두 번
쯤 시도해주면 좋겠다. 안에서 사고를 친다거나 사람을 한 명 더 죽인다
거나. 그럼 형량이 늘어날 것이고, 그래서 죽을 때까지 감옥에 있어준다
면, 그렇다면 세상은 조금 아름다워질 것이다.

지구, 한국, 사람들이 사는 세상, 그런 거 말고.

내 세상.

내 세상 말이다.

바깥세상에는 관심 없다. 그까짓 것. 세상이 다 망해도 월드빌 401호.

내가 있는 이곳만 안전하다면 종말이, 전쟁이, 대학살이 뭔 대수인가. 바깥도 내가 굶든, 죽든, 다리부터 서서히 플라스틱으로 굳어가든 관심 없긴 마찬가지 아닌가.

얇은 비닐 들썩이는 소리. 먹다 남은 생라면을 찾아다니는 바퀴벌레일 것이다. 화장실도 현관도 옷장도 주방도 이미 쓰레기로 가득 찼다. 쓰레기로 채울 곳은 이제 이 방뿐이다. 책상과 컴퓨터와 텔레비전과 이불과 프라모델과 내가 있는 이 방…… 아, 종철이도 있구나.

종철아.

대답이 없다. 종철이가 있으리라 짐작되는 곳으로 리모컨을 집어던진다. 다다닥. 작은 발이 장판을 내딛는 소리. 동그란 빛 두 개가 불안하게 움직인다. 온 세상의 어둠을 합친 것보다 더 거대한 증오를 담아.

개새끼야.

이빨을 앙다문 채 으르렁거리기만 할 뿐 절대 짖지는 않는 종철이. 왜냐면, 예전에 날 잡아먹을 듯 짖어대기에 내가 반 죽여놨거든. 그때 물린 상처가 아직 남아 있다. 손목에. 손등에. 손가락에. 꽤 깊이 물린 것도 있는데, 왼쪽 손목. 아직도 진물이 나고 아프다. 점점 썩어가는 것처럼 더러운 냄새가 나고 욱신거리지만 개새끼. 내가 팔 한쪽을 다 잘라내게 되더라도 너한테는 안 져. 내 대가리보다 작은 개새끼한테 내가 왜.

옛날에, 그러니까 아주아주 오래전에, 동네 떠돌이 개를 친구 삼아 놀던 내게 엄마는 말했다.

종철아. 개한테 물리면 약도 없댔어. 너는 만날 친구도 없이 그게 뭐 하는 짓이고.

항상 배가 고팠던 떠돌이 개는 세상을 먹을 수 있는 것과 못 먹는 것으로만 나눴다. 그런 것 같았다. 떠돌이 개에게 내 손가락은, 먹어본 적은 없지만 먹을 수는 있는 것이었다. 나는 예쁘다고, 귀엽다고, 친해지자고 손을 내밀었는데 그 개는 나를 먹으려고 했다. 아니, 놀자고, 반갑다고 그랬는지도. 개한테는 손이 없으니까 이빨을 내민 건지도 모르겠다. 보라색 멍이 든 내 손가락에 엄마는 된장을 발라줬다. 모기한테 물려도 된장. 넘어져 무릎이 까져도 된장. 어느 날은 배가 너무 아프고 설사를 해서 하루 종일 엄마를 찾다가, 혼자서 배 위에 된장을 덕지덕지 바르기도 했다. 스멀스멀 피어나는 된장 냄새를 맡으며, 어서 엄마가 돌아와 그런 날 보고 깔깔 웃어주길 바랐다. 이 상놈의 자슥. 내뱉으며 내 코를 살짝 비틀어주길.

엄마는 돌아오지 않았다.

하루, 이틀, 일주일이 지나 배 위의 된장이 딱딱하게 굳을 때까지. 대신 보상금이란 게 왔다. 보상금이 나타나자 모르고 살았던 집안 어른들이 와르르 몰려왔다. 더불어 아버지란 사람도 등장했다. 자기들끼리 싸우기도 하고 울기도 하고 아무도 모르게 살짝, 웃기도 하다가 보상금과 함께 다들 사라졌다. 남은 건 월드빌 401호뿐이었다. 지은 지 이십 년도 더 된 집이다. 당장 무너져도 이상할 것 하나 없는 빌라에 처박힌 채, 엄마나 된장 없이도 나는 그럭저럭 살았다. 그러다 괴물을 만났다.

일로 와봐.

두 개의 눈알을 향해 손가락을 까딱거린다. 가슴 깊은 곳에서 올라오는 거르릉 소리만 들린다. 책상 위의 빈 박스와 쓰레기를 오랫동안 뒤져

먹다 남은 인스턴트 피자를 겨우 찾아냈다. 마지막으로 피자를 먹은 게…… 모르겠다. 시간은 없고 차차 좁아지는 공간만 존재하는 곳이니까. 분명히 상했겠지만, 먹는다고 죽지는 않을 거다. 전에, 오래되어 다 짓무른 만두를 줬을 때도 종철이는 며칠 아프다가 말았다. 종철이도 점점 괴물이 되어가는 것이다. 혹은 플라스틱 프라가 되거나. 뭐, 심장이 없는 무엇이든. 배가 고플 때마다 자기 심장을 꺼내 조금씩조금씩 떼어 먹는지도 모른다. 웩. 심장을 토해서 뻘건 핏덩이를 야금야금 뜯어 먹다가, 뜯어 먹을수록 심장은 아프고, 그렇지만 너무 배고프니까 고통스럽게 허기를 채우고 다시 꿀걱 삼킨다. 그런 식사를 몇 번 (아니, 종철이는 인내심이 많으니까 수십 번) 반복하다가 결국 마지막 남은 심장 조각까지 다 먹은 뒤 똥이 되어 나오는 자기 심장을 응시하며, 드디어 나는 괴물이다. 단정했을지도.

썩은 피자를 들고 종철이를 다시 부른다. 일로 와. 오면 먹을 수 있어. 잠시 망설이던 종철이가 왼쪽 앞다리를 절뚝거리며 내 발 아래로 다가온다. 말라비틀어진 베이컨 조각을 툭 떨어트리자마자 미친 듯이 먹어댄다. 피자를 잘게 찢어 아래로 떨어트리며 종철아, 부른다.

왜 죽지도 않나, 싶지?

바닥에 떨어진 부스러기를 단숨에 먹어치운 종철이가 발톱으로 내 종아리를 긁어댄다. 발을 들어 종철이를 걷어찬다. 바람 빠진 봉지가 발끝에 걸리는 느낌이다.

나 말고 너 말이야, 이 개새끼야.

비칠비칠 일어나는 종철이가 꼭, 삼 년 전의 나 같다.

이 씹새끼 아가리 안 닥쳐.

이를 바득바득 갈며 괴물이 낮게 중얼거리면 난 기다렸다는 듯 오줌을 지렸다. 더러운 새끼. 괴물은 서서히 젖어가는 내 사타구니를 걷어차며 침을 뱉었다. 열매가 백만 개는 달린 징그러운 감나무처럼 주렁주렁 익어가던 공포와 분노. 괴물은 내 유일한 친구이자 적이었고, 주인이며 신이었다. 신. 그는 나의 세계를 재창조했다. 목마르고 무덥고 외롭지만 위험하진 않았던 나의 세계에 그는 하얀색 페인트를 쏟아 부었다. 그리고 그 위에 붉은 폭력과 형광색 기만을, 달콤한 친절과 하얀 거짓을 덕지덕지 발랐다.

너는 새끼야, 나 때문에 사는 거야. 나 아니었음 넌 벌써 죽었어.

구석에 처박혀 두 팔로 얼굴을 가리면서 아주 틀린 말은 아니라고, 나도 인정했다. 그가 아니었다면 나는 또 다른 괴물의 먹이가 되었을 것이다. 그가 먼저 나를 물었기 때문에, 나는 그놈에게만 뜯기고 맞을 수 있었다. 왜냐. 그는 자기 것을 건드리면 상대가 누구라도 가만있지 않았으니까. 그는 뭐든 최선을 다해 창조하고 파괴했다. 욕지거리 하나도 대충 하는 법이 없었다. 소리 하나하나에 꽉 찬 분노와 다짐을 담았다. 그가 L을 향해 **죽여버리겠다**고 한 글자 한 글자 씹어뱉을 때, 그 소리를 허투루 들은 건 L뿐이었다. 법정에서는 실수였느니, 취했었느니, 자기도 정말 괴롭다느니 죽을 줄 몰랐다느니 말했지만, 그건 다 뻥이고. 괴물은 정말 진심으로, 열과 성을 다해 L을 죽이고 싶어서 죽였다. 나는 봤다. L이 죽어가던 순간, 성취의 쾌감으로 반짝이던 괴물의 두 눈을. L은 괴물의 여자를 건드리고 나를 제 하인처럼 부렸다. 괴물이 그러니까 자기도 그럴 수 있다고 생각했겠지. 괴물은 자기처럼 행세하는 L을 없애버렸다. 건방지다거나 자존심 상한다거나 괘씸해서가 아니라, 자기와 똑같은 존재를 견딜 수 없었던 거다. 나 역시 두 마리의 괴물을 견디긴 싫었다. L의 숨통이 완전히 끊어질 때까지 시체처럼 드러누워 있다가 뒤늦게 신고한 이유도 그 때문이다.

나는 그의 눈을 바로 보지 못하고 아주 작은 목소리로 증언했다. 아뇨. 죽이겠다고 했습니다. 멀쩡했습니다. 안 취했습니다. 네, 언젠가는 죽였을 겁니다. 감옥에 가면서 괴물은 내게도 **죽여버리겠다**고 말했다. 아주 은근히. 하지만 또박또박. 글자 하나하나에 정성을 담아.

괴물 덕분에 웃을 때도 있었다. 괴물과 함께 있으면 여자도 만날 수 있었고 돈도 쓸 수 있었고 허세를, 부릴 수도 있었다. 아무도 나를 우습게 보지 않았다. 나는 괴물의 친구(처럼 보였으)니까. 괴물에게만 맞고 뜯길 수 있어 다행이란 생각도 했다. 괴물을 만나기 전까진 몰랐다. 세상이 이토록 비열하고 난폭한 곳인지. 괴물 덕분에 세상의 본질을 알게 된 건지, 세상의 본질을 오해하게 된 건지 나도 잘 모르겠다. 가늠하기엔 너무 늦었다는 생각뿐이었다. 그가 내 영혼을 죽이는지 내 영혼을 단련시키는지도 알 수 없었다. 살아남는 것보다 중요한 건 없었으니까.

괴물이 감옥에 가던 날, 길에서 종철이를 주워 왔다. 주인이 있는 개였는데, 먹을 것으로 유인했다. 내 이름을 붙여주고, 나처럼 방에 가뒀다.
혼자 있긴 싫어서.
사랑을 많이 받은 개 같아서.
난폭함이 치솟을 때 나를 부수거나 때리긴 싫고.
비상식량 같은 것도 필요하니까.
세상에서 가장 사나운 개로 만들고 싶었다. 며칠씩 굶기고, 이제 곧 죽겠다 싶을 때만 먹을 것을 줬다. 짖어도 때리고, 안 짖어도 때렸다. 움직여도 때리고 가만히 있어도 때렸다. 종철이는 나를 피하다가, 무서워하다가, 결국엔 대들었다. 우린 매일 싸웠고, 싸우다가도 딱 붙어서 잤다. 종철이가 내게 무관심할 때면 너무 외로웠다. 그래서 때렸다. 종철이가 사납게 굴면 그 잔인함이 싫고 끔찍해 또 때렸다. 그럴수록 종철이는 더 사나워졌다. 뭐가 먼저인지 모르겠다. 괴물과 친해진 게 먼저인지, 괴물에게 물어뜯긴 게 먼저인지. 괴물이 필요했던 건지 괴물을 없애고 싶었던 건지. 종철이가 나 때문에 난폭해진 건지, 내가 종철이 때문에 난폭해졌는지. 우린 원래 그런 존재인지 만나서, 그렇게 되어버렸는지.

처음엔 옆집 아줌마가 현관문을 두드리며 나를 자꾸 불렀다. 학생. 있어? 사람 사는 티 좀 내고 살아. 몇 번 건성으로 대답만 하다가 그마저도 귀찮아져서, 아줌마가 뭔 상관인데요! 윽박질렀다. 가끔 복도에서 옆집 아줌마와 아랫집 아줌마가 소곤소곤 얘기하는 게 뚝뚝 끊겨 들렸다. 월드빌 401호의 좀비에 관한 얘기였다. 인터넷으로 인스턴트 음식을 잔뜩 배달시켜 온 집 안에 가득 쌓아놓고 문틈을 실리콘으로 봉인해버렸다. 먹을 게 다 떨어지면, 죽겠지. 죽기 싫으면 실리콘을 뜯고 문을 열겠지. 음식이 언제 다 떨어질지, 그때 내 마음이 어떨지 잘 모르지만 우선 문틈이 너무 신경 쓰였다. 그 가느다란 틈으로 세상 모든 소문과 비난과 무시와 폭력이 질질질질 새어 들어와 나를 질식시킬 것만 같았다.
온 집 안이 쓰레기 썩는 냄새와 지린내로 가득 찼다. 귀는 바깥 소음으로 피곤하고 코는 집 안 냄새로 고달팠다. 창을 열어보고 싶을 때마다 손가락을 꽉 깨물었다. 소리에 예민해져서, 옆집 문이 열리는 소리, 말소리, 구두 닦는 소리, 심지어 나물 다듬는 소리까지도 다 들렸다. 한번은 타인의 숨소리가 너무 크게 들려서 드디어 내가 짐승이 되었나, 생각했다. 짐승은 그렇다니까. 인간이 못 듣는 소리도 다 듣는다니까. 이후 가스레인지를 켠다거나 수도를 튼다거나 변기 물을 내리는, 생활에 필요한 소리를 모두 없애버렸다. 밥을 해먹는 대신 라면을 부숴 먹고 데우지 않은 햇반, 카레, 생쌀, 그런 것들로만 배를 채웠다. 안 먹고 버티는 경우가 더 많았다. 안 먹으면, 편하다. 잠도 더 잘 오고 똥오줌도 덜 마렵고, 덜 움직여도 되고 죽은 듯, 살 수 있고.

죽을 생각도 해봤다.

자살 같은 거. 생(生)이 끝나는 건 두렵지 않은데, 혼자 죽어갈 것이 무서워서 포기했다. 정말, 진심으로, 죽어가는 나를 지켜봐주는 사람이 단 한 명이라도 있었다면 나는 진작 죽었을 것이다. 며칠씩 굶고 잠을 못 자면, 육체와 더불어 영혼 같은 게 까만 나락으로 한없이 한없이 떨어지는 아니, 흡수되는 것 같은데 그때마다 생각한다. 죽는 건 이런 느낌 아닐까.

짐작했으니 됐다.

어차피 나란 존재가 살아 있는 걸 아무도 모르니까. 지금의 삶도 죽음과 다를 것 없다. 그러니 힘들게 죽을 필요도 없고. 중간…… 정도가 아닐까 싶다. 삶과 죽음 사이에 가느다란 틈이 있다면 그곳에 내가 있다. 집 앞 골목을 지나가는 이들은 상상도 못 할 것이다. 집 안 가득 쓰레기를 쌓아놓고 삼 년째 바깥으로 나가지 않는, 오래된 책이나 부서진 의자 같은 인간이 얇은 창 너머, 바로 이곳에 존재한다는 사실을. 사람들은, 그렇다. 세상 모든 집엔 엄마 아빠 아들 딸이 있을 거라고, 가족끼리 둘러앉아 하얀 쌀밥에 잘 익은 김치를 먹으며 오순도순 그날 있었던 일을 얘기하고 서로의 어깨를 다정하게 다독여줄 거라고 생각한다. 왜냐면, 그렇게 배웠으니까. 그게 표준이라고 학교에서도 방송에서도…… 비록 자기는 바쁘고 힘들어 그렇게 못 살더라도 다른 이들은 그렇게들 살 거라 믿어 의심치 않는다. 사실 그런 상상이 훨씬 편하고 덜 피곤하긴 하다. 신경 쓰거나 책임지거나 분노하거나 기분 나빠하지 않아도 되니까. 가끔씩 튀어나오는 타인의 불행에 혀를 차며 불편해하다가 흐뭇한 미담에 감동만 하면 되는 세상은 얼마나 아름답고 평화로운가 말이다.

종철아. 종철아. 이 개새끼야.

방구석에 내팽개쳐진 종철이가 부르르 몸을 떤다. 보지 않아도 알 수 있다. 소리만으로도 충분히.

냉장고를 열어본다. 늙은 동물의 병든 내장처럼 깜깜하다. 음식은 벌써 한 달 전에 다 떨어졌다. 생쌀과 수돗물로 겨우 버텼다. 내 머리카락을 태워서 물에 타먹기도 하고 벌레를 구워서 꿀꺽, 삼키기도 했다. 지독한 허기가 밀려올 때마다 종철이를 빤히 봤다. 내가 무슨 생각을 하는지 종철이는 다 알았다. 내가 저를 빤히 보면, 쓰레기 사이에 몸을 감추고 몇 날 며칠 바깥으로 나오지 않았다. 내가 매머드면 좋겠다는 생각도 했다. 커다란 초식동물 매머드. 천적이라면, 무더운 날씨에 자꾸 들러붙는 날벌레 정도. 물론 인간이 사냥을 시작한 뒤엔 상황이 달라졌겠지만. 날씨가 추워지면 풀을 찾아 먼 여행을 떠나는 매머드의 삶이 부러웠다. 빙하기로 지구의 풀이 서서히 사라져갈 때, 매머드는 그냥 굶고 말았을까. 어쩔 수 없이 고기도 좀 먹고, 그러지 않았을까. 매머드가 고기를 먹었다면, 나도 종철이를 먹을 수 있다. 나 역시 빙하기를 관통하는 중이니까.

커다란 방송 소리 여러 개가 뒤섞여 들린다. 선거 유세라도 하나. 종철이도 나도 귀를 쫑긋 세우고 불투명한 창 너머에 정신을 집중한다. 뭔가를…… 믿으라는 것 같다. 구원이나, 영생이나 혹은 죄를 사하는 어쩌고저쩌고. 비슷한 말을 전쟁하듯 전한다. 요즘은 종교가 유행인가. 듣도 보도 못한 신의 이름이 섞여 들리는데, 그들이 하는 말은 모두 똑같다. 곧 종말이 온단다. 아니, 지금이 바로 종말이란다. 신을 믿고 사죄하면 신세계에 갈 수 있다. 모두 그런 말이다. 그들이 믿는 신의 취향대로 이 세계가 만들어진 거라면, 정말 그런 거라면, 악마도 신이다. 사람들은 악마에게 목숨을 구걸하는 중이다. 정말 좋은, 사랑으로 가득한 완전무결한 신이라면 왜 종말이란 단어로 인간을 겁주겠나. 비겁하고 치사하게.

전기가 나갔으니 프라모델을 조립할 수도 없고, 인터넷도 안 되고, 의자에 앉아 슬슬 손을 움직인다. 야동. 야동을 봐야 잘되는데. 상상. 상상을 해볼까. 여자의 벗은 몸을 상상하자 서서히 부풀어 오르는 성기. 방구석에 처박혀 있던 종철이가 기다렸다는 듯 달려와 발등에, 책상 밑에, 쓰레기 위에 떨어진 정액을 핥아먹는다. 수백 마리의 정자가 종철이의 뱃속으로 들어간다. 수백 명의 나를 잉태한 종철이를 상상하니 구역질이 난다. 경박하게 혓바닥을 날름거리며 장판을 핥는 종철이의 배를 냅다 걷어찬다. 훌러덩 뒤집히면서도 제 털에 묻은 정액으로 혀를 길게 내빼는 종철이. 바닥에 주저앉아 손등에 묻은 정액을 성기에 문대어 종철이에게 내민다. 촉촉하고 부드러운 혀가 이미 시든 성기를 자극한다. 끙. 신음이 절로 나지만, 종철이는 핥을 줄만 알지 빨 줄은 모르니까.

배고프면.

종철이의 배를 살살 만지며 중얼거린다.

먹어.

성기를 까딱까딱 움직이며 종철이에게 내민다.

씹어도 돼. 어차피,

종철이가 하얀 이를 드러낸다.

필요도 없고.

종철이의 성기를 손가락으로 살살 애무해준다.

좋지, 자식아.

종철이의 반짝거리던 눈이 희미하게 풀린다.

언젠가는,

종철이의 성기가 빨갛게 부풀어 오른다.

너를 내 짝으로 삼을 거야. 그러니까,

종철이가 내 종아리를 잡고 일어나 엉덩이를 흔든다.

죽지 말고 오래오래 살아야 돼, 개새끼야.

좋아하던 여자애가 있었다. 까무잡잡한 얼굴에 하얀 이를 가진 애였다. 보상금과 괴물 사이의 아주 짧은 순간에 만났다. 걔는 나보고 팔팔 삶아 봄볕에 말린 하얀 수건 같다고 했다. 무슨 말이냐면…… 깨끗하고 까끌까끌해서 탐난다는 거지. 걔는 모든 걸 그런 식으로 말했다. 자기는 다음 생에 피아노로 태어날 거라고도 했다. 그 말을 들으며 나는 수줍게 웃었다. 웃으면서도, 그건 꼭 소설에서나 할 수 있는 말이라고 생각했다. 정말 그럴 수 있을 거라 믿는지 묻고도 싶었다. 하지만 아무 말 안 했다. 그 애가 싫어할까봐. 나랑은 말이 안 통한다고 생각할까봐. 그래서 더 이상 나를 찾지 않을까봐.

행복했다.

늘 그 애의 눈치를 살폈지만, 그건 괴물의 눈치를 보는 것과는 또 달랐다. 무서워도 눈치를 보고 사랑해도 눈치를 보니, 결국 나는 괴물을 사랑하는 것 아닐까 혹은 여자애를 무서워했던 것 아닐까, 괴물과 여자애가 뒤범벅된 기억 속을 뒹굴며 헷갈리기도 했다.

그 애랑 늘 함께하고 싶었다. 그럼 더 이상 된장을 아니 엄마를, 친해지자는 것과 잡아먹는 것을 혼동하지 않을 것 같았다. 그 애가 피아노가 되고 싶다고 해서, 그럼 나는 만화 같은 게 되고 싶다는 말도 했었다. 왜냐면, 만화는 언제나 주인공 편이니까. 안 그래? 뭐든 다 이루어지잖아. 내 말에 개는 깔깔 웃었다. 그건 만화가 되는 게 아니라 만화처럼 살고 싶은 거지. 그런 식으로 내 말을 고쳐주는 게 좋았다. 대화를 이어나갈 수 있으니까. 나는 일부러 말도 안 되는 말을 했다. 더듬더듬. 수줍게. 내겐 사람이 중요했고, 그중에서도 내 편이 중요했다. 아무 대가 없이 나를 받아주는 인간에 대한 경이로움으로 그 애와 나누는 한마디, 같이 버스를 탄다거나 같은 공간에 앉아 있는 것 따위가 세상에서 가장 멋진 일이라 여겨졌다. 그 애는 내 세상의 일부였다. 아니, 전체였다.

하지만 나는 그 애의 껌이었다.

씹고 씹고 또 씹어도 그대로인 대신 단물만 빠졌다. 더 이상 달콤하지도 쫄깃하지도 않아서, 그 애는 떠났다. 내가 껌 같았는지, 나와 보내는 시간이 껌 같았는지 모르겠다. 어쨌든 껌이었다. 질리도록 씹고 나면 처치 곤란한 껌.

그래도 한땐 달콤했으니까.

그런 시간이 있어서, 그런 기억 때문에 죽지도 못하고 그런 때를 다시 보낼 수 있지 않을까, 지금은 혹시 길고 긴 악몽을 꾸는 중 아닐까, 그런 상상도 해보는 것이다. 때문에 자위를 할 때면 죽어도 그 애 생각은 하지 말자고 이를 악문다. 가장 빛나던 그때를 이런 악몽으로 끌고 오지 말자고. 그때의 나와 지금의 나를 같은 인간으로 만들지 말자고.

날이 밝았다. 가을볕에 더러운 방이 고스란히 드러나 이불로 창을 가렸다. 그래도, 보일 건 다 보인다. 쿵. 쿵. 창밖에서 들리는 끊임없는 파열음 때문에 심장이 벌렁거린다. 아침부터 사이렌과 구급차 소리가 내내 겹쳐지고 비명 소리 같은 것도, 차와 차가 충돌하는 퍽, 소리도 들리는데, 그런 건 언제나 들리는 거니까. 사고가 나고 사람이 죽고 싸우고 욕하고 개가 짖는 소리는 매일 들린다. 바깥은 전쟁터다. 소리로 깨치는 세상은 그렇다. 전봇대라도 넘어진 걸까. 술 취한 사람이 차를 몰다가 전봇대를 박았는지도 모른다. 혹은 발전소가 터져버렸거나. 전기가 완전히 끊겨버려서 핸드폰 충전도 못 하고 그래서 알람이 안 울리고 늦게 일어나서 부리나케 계단을 내려가고, 버스를 잡기 위해 빨간불인데도 횡단보도를 건너다가 사고가 나고 사고가 난 차를 다른 차가 들이박고 구급차가 출동하고, 정전 때문에 촛불을 켰다가 불이 나고 또 소방차가 출동하고. 은행은 마비되고 신용카드는 먹통이 되고. 경찰서의 무전도 전화도 안 되니 범죄자들은 살판나고, 인터넷이 안 되니 이메일이나 메신저는 개뿔. 언론은 죽고 냉장고의 음식은 썩어가고 시체저장실의 시체도 썩고 교도소는 탈옥을 시도하는 사람으로…… 아, 그런 일은 없어야 한다. 전기가 끊기는 일 같은 건, 없었으면 좋겠다.

이불을 조금 걷고 불투명한 창문에 손을 올린다. 열까. 한번 열어볼까. 종철이가 내 손을 빤히 쳐다본다. 내가 창문을 열면 그 틈으로 당장 빠져나갈 것처럼 온몸에 잔뜩 힘을 주고.

손을 내리고 바닥에 주저앉아 프라 부품을 주섬주섬 모은다. 배고픈데, 먹을 게 없다. 벌레 잡을 기운도 없다. 전기만 끊긴 줄 알았는데 수도까지 끊겼다. 물조차 없으니, 나는 곧 죽을 것이다. 아니, 이미 죽은 건지도. 주변을 둘러보며 내 시체를 찾는다. 시체 같은 건 없다. 야윈 내 몸은 아직 따뜻하다. 살았나? 살아 있나? 종철이를 빤히 보며 웩, 심장이 올라올 만큼 거세게 구역질을 한다. 걸쭉한 침이 누런 장판 위로 툭, 떨어진다.

혹시 나도 심장 없는 괴물이 됐나.

가슴에 손을 대본다. 미약하게나마 무엇인가 뛰긴 뛴다. 두근거리는 그 감각을 꽉 움켜쥔다. 낯설어 곤란한 느낌이 더러운 손바닥 아래로 서서히 스며든다.

쓰레기 위에 엎어진 채 오랫동안 자다 깼다. 한나절이 지났는지 하루가 지났는지, 한 달이 지났는지 모르겠다. 깨자마자 생전 처음 느껴보는 적막에 나도 모르게 숨을 참았다. 잠들기 전 나를 괴롭혔던 소음은 모두 꿈이었을까. 기이할 정도로 적막하다. 공기마저 다 사라진 것처럼. 거대한 진공청소기가 세상 전부를 단숨에 훅, 빨아들이는 상상을 한다. 쓰레기로 막힌 현관 앞에 멍청히 선 채 바깥 소리에 귀를 기울인다. 내 발치에서 쓰레기를 마구 파헤치는 종철이 때문에 수상한 적막에 집중할 수가 없다.

너무 조용해.

세상 사람들이 단체로 다른 별로 이주라도 한 것일까. 그럴 수도 있다. 나도 모르는 사이 그런 계획이 세워지고 실행되었는지도 모른다. 지구는 더 이상 가망이 없어. 산소도 부족하고 걸핏하면 지진에 기아에 화산폭발에 이상기후에. 우리 모두 다른 별로 이사 갑시다. 뭐, 그런 정책이 발표됐는지도. 혹시 전쟁이라도 났나. 그럴 수도 있다.

나는 전쟁이야.

여자애에게 그런 말도 했었다. 점쟁이? 아니 전쟁. 전에 들었는데, 전쟁도 평화를 위해서 필요하다더라고. 깔깔깔. 여자애가 웃었다. 웃는 게 좋아서, 나는 더 말했다. 그러니까 전쟁을 많이 할수록 평화로워질 거야. 왜냐면, 굶고 다치고 죽이고 도망치고 매일 그래야 하니까. 심심하고 지루할 틈이 없잖아. 마지막 말은 속으로만 했다. 여자애가 나를 한심하게 생각할까봐.

신검을 받으라는 통지 때문에 딱 한 번 집 밖으로 나간 적이 있다. 신검을 받지 않으면 감옥에 갈 수도 있다기에 어쩔 수 없었다. 버스를 타려고 줄을 섰는데, 내 옆에 있던 여자가 자기 애인에게 귓속말을 하며 나를 흘깃 쳐다봤다. 냄새가 난다거나, 내 옷차림, 혹은 헝클어진 머리카락, 누런 얼굴, 가죽만 남은 더러운 몸이나 몸 곳곳의 상처, 그런 것을 야유하는 것 같았다. 바깥세상에 익숙한 사람들은 모른다. 자신들의 그런 행동이 누군가의 존재를 통째로 뒤흔들 수 있다는 것을. 그들이 보인 사소한 야유 때문에 나는 상상한다. 머리카락을 모두 쥐어뜯는다거나, 혀를 깨문다거나, 팔목을 긋거나 목을 따버리는 상상. 모두 기겁하겠지. 놀라 소리 지르겠지. 비난에 욕설을 퍼붓고 그리고, 무시하겠지. 귀와 눈이 받아들이는 자극들이 너무 따가워서 한동안 눈을 감았다가 떴는데, 사람들이 전부 네 발 달린 벌레처럼 보였다. 그들이 하는 말을 알아들을 수가 없었고, 그들의 몸짓이, 고개를 돌린다거나 손을 들어 택시를 잡는다거나 부지런히 걷는 행동이 너무 끔찍하고 징그러웠다. 눈앞에서 움직이고 소리 내는 그들이 너무 더러워서, 살충제 두 통을 사서 사람들을 향해 마구 뿌렸다. 내성이 강한 사람벌레는 죽지도 않고 내게 욕을 해댔다.

그때 내 곁에 괴물이 있었다면 아니, 좋아하던 여자애가 있었다면 나는 좀 달랐을까. 남들처럼 싸우거나 무시하거나 욕하거나 웃어넘기면서, 자연스럽게 걸어 다녔을까. 감옥에서 나를 죽일 궁리만 하고 있을 괴물이 그리웠고, 어디론가 증발해버린 여자애가 죽을 만큼 보고 싶었다. 상처에 된장을 발라주며 내 코를 비틀던 엄마와 악수하듯 내 손을 꽉 깨물던 떠돌이 개가 자꾸 떠올랐다. 집으로 돌아와 쓰레기 더미에 처박힌 채, 내 안에 살고 있는 여러 존재들에게 처음으로 말을 걸었다. 내게 왜 이러냐고. 내가 뭘 잘못했냐고. 같이 좀 있어주면 어디 덧나냐고. 그래, 그래서 당신들은 행복하냐고. 그날 종철이는 현관문을 두 발로 긁으며 밤새도록 낑낑거렸다. 불러도 오지 않고 때려도 짖지 않고 철제문에 구멍을 내기 위해 발톱을 세우고 **착착착착. 착착착착착.**

분명 하루가 지난 것 같은데, 창밖은 계속 어둡다. 하늘에 커다란 천막을 친 것처럼 아련한 빛만 겨우 느껴진다. 종철이는 창에 머리를 박으며 유리를 깨기 위해, 밖으로 나가기 위해 안간힘을 쓴다. 불길하게 울며 창으로 온몸을 내던지는 종철이를 때려도 보고 가둬도 보고 죽일 듯이 위협도 해봤지만, 아무 소용없었다. 그러다 죽을까봐 겁이 났다. 쓰레기에 몸을 숨긴 채 입술을 잘근잘근 씹으며 야, 그래도 그런 식으로 죽진 말라고 중얼거렸다. 날 괴롭히지 말라고 애원도 했다. 제 몸에 손을 댈 때마다 종철이는 온몸을 바르르 떨며 나를 물었다. 온 세상을 통틀어 덩그러니, 월드빌 401호만 남은 것처럼 너무 고요해서 절로 숨이 막혔다. 불투명한 창 너머로 검은 연기가 뭉게뭉게 피어오르는, 아니, 먼 곳에서부터 서서히 밀려오는 게 보였다. 눈을 감았다 떴다. 환영은 사라지고 창에 머리를 박는 종철이만 보였다. 손바닥으로 머리를 툭툭 쳤다.

내가 결국 미쳤나.

그런 생각을 하지 않을 수 없었다. 건물이 곧 무너질 것처럼 흔들렸다. 환각인지 실제인지 구분할 수 없었다. 종철이는 계속 머리만 박고 바퀴벌레는 먹을 것을 찾아 온 집 안을 헤매고 커다란 쓰레기봉투에 밀봉된 듯 악취는 점점 지독해지고, 다시 건물이 흔들리고 검은 연기가 솟아나고 종철아, 제발 이리 와. 나는 앉은 채로 벌벌 떨며 종철이를 불렀다. 내가 정말 미친 건지 확인하기 위해 지난 일을 하나하나 떠올렸다. 모두 기억났다. 아주 자세하게. 죽은 엄마의 검은 입술과 아버지의 누런 이빨. 괴물이 내게 던져주던 돈과 주먹과 욕과 호의와 웃음. 여자애의 하얗게 튼 복사뼈와 오른쪽 허벅지의 작은 점.

나는 내 세계를 지키고 싶었다.

하지만 내 세계엔 도대체 뭐가 있나. 월드빌 401호엔 종철이와 쓰레기와 악취와 벌레와, 미쳐버린 아니, 이미 죽은 건지도 모를 내가 있다. 내가 지키고 싶었던 건 정말, 뭐였을까.

건물이 무너지려는 건지도 모른다. 지나치게 낡았으니까. 월드빌의 다른 사람들은 모두 다른 곳으로 이사 가고 나는, 나는 좀비니까 그냥 내버려둔 건지도. 혹은 이미 죽었을 거라 생각했는지도. 하지만 난 아직 멀쩡해. 멀쩡하지만, 계속 멀쩡할까? 너무 오래 굶어서 눈과 귀와 머리가 제대로 안 돌아간다. 종철이처럼 유리에 머리를 박으며 유리가 깨져도 죽고 깨지지 않아도 죽는, 그런 상태가 되기 전에 정신을 차려야 한다. 내가 여태 왜 안 죽고 살았는데. 혼자 죽는 게 무서워서, 누구라도 나의 죽음을 지켜봐주길 바랐기 때문에, 그 때문에 살았다. 이렇게 미쳐서 혼자 죽을 순 없다. 괴물을, 여자애를, 엄마를, 아니 엄마는 이미 죽었지. 아무튼 누군가를 찾아야 한다. 내 세계. 월드빌 401호로 모두 데려와야 한다. 그래야 나도 죽든지 살든지 둘 중 하나를 할 수 있다. 떠돌이 개도 데려오자. 그럼 종철이가 좋아할 거다. 종철이를 위해서 그 정도는 할 수 있다.

현관 앞에 쌓인 쓰레기를 치우며 종철이를 흘깃 쳐다봤다. 어디에서 피가 나는지, 하얀 머리털이 벌겋게 변했다. 비칠거리며 내 옆으로 온 종철이가 입으로 발로 쓰레기를 치운다. 이대로 나가면 사람들이 싫어할 텐데. 반쯤 치워진 쓰레기를 보니 그런 생각이 든다. 냄새 난다고. 더럽다고. 옷은 저게 뭐니. 머리는 또 왜 저래. 미친 거지 아니야? 별의별 말을 다 할 것이다. 불쾌하다고 표정을 구기고 침을 뱉을지도 모른다. 경찰에 신고할지도 모르지. 경찰이 잡으러 오면 여자애를 찾아달라고 하자. 어쨌든, 나가야 한다.

하지만.

무섭다.

밖으로 나가는 것도, 이대로 죽어가는 것도. 틈이란 게 있다면, 그 속에 끼인 채 밖도 안도 아닌 곳에 존재하고 싶다. 다시 건물이 흔들린다. 아니, 건물이 아니라 대지가 통째로 흔들리는 것 같다. 뭔가 더 거대하고 완전한 것, 근본, 바탕, 그런 게 뒤집어지듯 강렬하다. 다시 환각인가. 종철이를 쳐다본다. 바닥에 쓰러진 채 거친 숨을 몰아쉬고 있다. 죽기 전에 바깥으로 나가야 해. 정말 혼자가 되기 전에. 손이 점점 빨라진다. 문을 열고 나가자마자 옆집 아줌마를 만나면 어쩌지? 안녕하세요. 인사해야 하나? 살아 있었냐고 물으면, 네, 그렇게 됐습니다. 대답이라도 해야 해? 아줌마가 뭔 상관인데요, 대꾸해야 하나? 그래, 옆집 아줌마라도 만나면 여자애를 찾아달라고 괴물이 있는 감옥엔 어떻게 가느냐고 아니, 정말 정전일 뿐이냐고 당신은, 무사하냐고 물어봐야 한다. 쓰레기를 다 치우고 식칼로, 손톱으로 이빨로 실리콘을 뜯어낸 뒤 문고리를 잡았다.

죽은 줄 알았던 종철이가 벌떡 일어나 머리로 문을 박는다.

딸깍. 잠금장치를 풀고 조금, 아주 조금, 문을 열어본다. 작은 틈 사이로 머리를 디밀던 종철이가 맥없이 픽, 쓰러진다. 종철이를 들어 가슴에 품는다. 반쯤 식은 몸으로도 이승과 저승의 경계를 열심히 달리는 종철이의 팔다리가 기계처럼 움직인다. 옆집 문은 훤히 열려 있다. 도둑이라도 든 것처럼 난장판이다. 계단을 하나하나 밟으면서 미치지 않기 위해 머릿속으로 하나, 둘, 숫자를 센다. 차갑고도 눅눅한 공기가 느껴진다. 공기란 것이, 바깥 냄새 혹은 느낌이 원래 어떤 것이었는지 잘 기억나지 않아 온몸의 감각을 최대치로 끌어올린다. 일층까지 내려온 뒤 버둥거리던 종철이를 바닥에 내려놓았다. 머리를 질질 끌면서도 무조건 앞으로 나아가는 종철이를 따라 나도 한 발, 한 발 내딛는다.

검은 하늘. 뻑뻑한 대기. 부서진 도시.
낡고 더러운 빌라 입구에서 바라본 세상은 이제껏 단 한 번도 상상해

보지 않은, 그야말로 신세계다. 사방의 길은 위로 솟았거나 땅으로 꺼졌고 팽창한 하늘이 지상을 뒤덮었다. 매캐한 연기 사이로 알 수 없는 물체들이 난장판으로 흩어져 있는데 그게 꼭…… 사람…… 같아서 아니, 아닐 거라고, 나를 다그친다. 뜨거운 물방울이 떨어지지만, 내리자마자 어디로 흡수되는지 바짝 마른 바닥에선 불쾌한 김이 솟구친다. 무슨 일이 도대체…… 언제 이렇게 변한 거지. 바깥으로 나오지 않았던 지난 세월을 헤아려본다. 삼 년 전부터? 일 년 전? 일주일? 설마, 오늘?

빌라 입구까지 기어나간 종철이가 바닥에 쓰러진 채 깊은 숨을 들이쉰다.

죽어? 이렇게 죽어?

가죽만 남은 배를 마구 흔든다. 핏물 고인 눈으로 나를 빤히 보던 종철이가 그릉. 한 번, 단 한 번 짖는다. 누…… 누…… 누구…… 없…… 겨우 중얼거려보지만, 나 외엔 아무도 없다는 걸 몸이 먼저 느낀다. 기괴한 적막에 숨이 막힌다. 하늘로 치솟거나 땅으로 꺼진 길을 무연히 쳐다본다. 다들 어디로 갔을까. 내 세계만 남겨두고 다들, 이 많은 짐을 그대로 두고 모두 어디로 갔나. 빙하기 같은 거, 운석 충돌이나 이상 기온, 전쟁, 그 모든 것은 그저 다 뻥이고 원래 한 번씩 이런 식으로 청소하는, 아니 청소되는 건지도 모른다. 눈 깜빡할 순간에 세상 모든 존재가

사악.

사라지는 거다. 포화 상태여서. 너무 낡아서. 더는 두고 볼 수가 없으니까. 근데 나는 이미 잊힌 존재니까 청소된 존재니까 혹은, 사람이 아닌 쓰레기인 줄 알고 그냥 남겨둔 거다.

아니.

이유 따위 알아서 뭐 하나.

어차피 나 혼자 남은 거라면.

혼자 죽을 수 없어 쓰레기를 헤집고 문을 열고 여기까지 나왔다. 정말 모든 것이 사라졌다면 나를 죽이고 싶어 안달인 괴물도, 나를 가장 빛나게 했던 여자애도 사라졌을 것이다. 내가 미쳤나. 미쳐서 헛것을 보는 건가. 혹시 꿈인가. 기나긴 악몽 속 또 다른 악몽인가. 아니, 악몽이 도대체 뭐라고. 악몽 아닌 때가 언제 있긴 있었나. 혹시 여기, 저승인가.

미쳤거나 악몽이거나 이미 죽었거나, 만에 하나 이것이 현실이라 해도. 죽어가는 종철이에게 묻는다.

뭐가…… 달라?

종철이를 품에 안고 잠시 망설인다.

밖으로 나갈 것인지, 나의 세계로 돌아갈 것인지.

바깥이나 안이나 똑같아 이젠.

편안한 음성이 속 깊은 곳에서 솟아오른다.

……그래도, 나갈래?

단독자들의 진정성

이명원 문학평론가

1

한겨레문학상의 특징을 한마디로 간추리라면 나는 '단독자들의 진정성'이라고 부르고 싶다. 아마도 한겨레문학상에 응모하는 예비 작가와 기성 작가, 심사위원과 독자 들 가운데 많은 수는 〈한겨레〉적인 소설 경향이 있으리라고 여길지도 모르겠다. 진보언론 〈한겨레〉가 시행하는 문학상이니 현실주의(리얼리즘)에 기반한 장대한 시대의 벽화를 요구하는 게 아닌가 하는 선입관이 그것이다. 썩 그럴듯한 유추이지만, 지금까지의 당선작을 일별해보면 기묘하게도 그런 것은 없다. 반대로 깊이냐 넓이냐, 내면이냐 외향이냐, 리얼리즘이냐 모더니즘이냐, 가벼움이냐 무거움이냐 하는 양도논법을 훌쩍 넘어선 곳에 한겨레문학상의 독특한 성격이 자리한다. 단독자들의 진정성, 나는 그것이 한겨레문학상의 미덕이라고 생각한다.

생각해보면, 한겨레문학상을 수상한 작가들은 모두 문학이라는 공화국 안에서의 단독자들이다. 그들은 동시대 소설의 유형학이나 문단의 정치학, 자본의 그물망의 외부 또는 사이에서 자기세계를 독자적으로 구축하고자 하는 싱싱한 야심의 소유자로 보인다. 이들 작가들 모두가 각기 다른 개성을 뿜어내는 단독자들이기에 이들의 작품세계를 포괄할 수 있는 미학의 핵심 원리를 무리하게 응결하는 것은 어렵다. 대략 현재 40대를 통과하고 있는 작가들이 지난 민주화 시기의 성취와 좌절의 체험에 기반한 인문주의적 진정성에 더 친화력을 갖고 있는 데 반해, 2000년대 이후 문학상을 수상한 30대 작가들은 대중사회로의 문화사적 변환과 문명의 위기가 초래한 반(反)인간주의적 상황을 전위적이고 반(反)미학적인 수법을 통해 묘사하는 경향을 자주 보여준다. 그러나 반인간주의와 반미학적인 태도 역시 서사적 진정성 추구의 한 일환이다. 인문주의적 진정성과는 차별적인 포스트 진정성이라고나 할까.

각기 다른 개성의 소유자들의 작품들을 일목요연하게 유형화하는 것은 쉽지 않다. 루카치가 읽었다면 한국적 교양소설의 한 사례로 간주했을 김연의 한겨레문학상 수상작과 바흐친이 읽었다면 이게 바로 민중적 카니발리즘이라고 고평했을 한창훈의 소설 세계는 N극과 S극의 나침반처럼, 서로 다른 방향을 가리키고 있지만 문학과 현실의 진정성을 열망한다는 차원에서는 한 몸이다. 거기에 심윤경의 마디가 여럿인 지네 같은 소설적 변신과 언어생태계의 의고(擬古)와 현대를 왕복운동하는 박정애의 소설은 자기장처럼 서로를 밀어내고 또 끌어당기는 것처럼 느껴진다.

박민규로 상징되는 2000년대적 개성의 출현은 후속 세대인 권리나 윤고은 같은 짧은 세대 간격에도 불구하고 오마주와 미학적 뒤섞임, 그리고 의미 있는 차이를 만들어냈다는 점도 인상적이다. 서진과 주원규는 어떠한가. 언더그라운드 혹은 마이너리티적 정체성을 공유한다는 점에서 두 작가는 통하지만, 서진의 컬트적 상상력과 주원규의 성속(聖俗) 이원론 사이에는 건너기 힘든 심연이 있다. 조영아의 『여우야 여우야 뭐 하니』와 최진영의 『당신 옆을 스쳐간 그 소녀의 이름은』 모두 이른바 성장소설의 의장을 차용하고 있지만, 그 성장의 성격은 소설의 공간적 배경이 되고 있는 옥탑방과 다방 이층의 내실처럼 차별적이다. 김곰치는 엄마에서 출발하여 예수를 향해 가고 있고, 조두진은 역사에서 출발하여 일상으로 돌아오고 있다.

〈한겨레〉가 배출한 이들 작가들이 문학상 시행 15년 만에 처음으로 공동작품집을 출간하게 되었다. 문학상의 심사위원으로 때때로 독자들보다 먼저 이들의 작품을 읽을 수 있었던 것도 개인적으로는 행운이지만, 첫 공동작품집의 해설까지 쓰게 되니 남다른 인연이라 아니할 수 없다. 모쪼록 많은 독자들이 한국 문단의 중추에 해당하는 이들 작가들의 문학 전람회를 흥겨운 마음으로 관람할 수 있기를 기대한다.

2

최초의 한겨레문학상 수상자인 김연(2회)의 『나도 한때는 자작나무를 탔다』는 여로(旅路)형 소설이었다. 그런데 이번에 발표한 「핑크바인 드림」에서는 그 길 떠남의 과정을 더 적극적으로 '런 어웨이 프로젝트'로 명명하면서 작중인물을 아이오와시티로 데리고 간다. 그러나 떠남의 내적 동기는 과거와 다르다. 당선작에서의 길 떠남은 '자작나무'로 상징되는, 이제는 상실된 청춘과 이념의 패퇴에 대한 회억과 삶에 뿌리내리기가 중요했지만, 이번 작품에서의 길 떠남은 그 뿌리내림에 대한 갈망에도 불구하고 버릴 수 없는 변신에의 욕망이 지배적이다. 앞의 장편이 자신의 붕괴를 안간힘으로 막아내면서 재건하고자 했다면, 뒤의 단편은 이전과는 전혀 다른 새로운 자기를 구축하고자 하는 욕망을 강렬하게 드러낸다. 작가는 이것을 겸손하게 '암중모색'이라 말하고 있지만, '드림'이라는 프로젝트에서도 상기되듯, 모색의 성격을 뛰어넘는 일종의 모험이다. 작가는 삶도 소설도 퇴로가 없으니 필사적일 수밖에 없다고 생각하고 있는 듯하다.

한창훈(3회)의 소설을 규정하고 있는 것은 바다다. 그의 소설에서 인물들을 묘사하는 문장들이 징하게 요동치는 것은 바다의 감수성 때문이다. 『홍합』의 걸쭉한 입담과 해학을 연상하는 독자라면 이번에 묶인 「그 아이」를 읽으면서 풍부한 음악적 감수성을 보여주는 소년이 처음에는 낯설게 보일 것이다. 이 소설을 읽다 보면 악기의 공명보다 바다의 공명이 더욱 근원적인 음악의 장소인 것을 알게 된다. 피아노를 소재로 하지만 결국 바다가 생성해낸 미학적 감각으로 한창훈은 귀환하고 있는 것이다. 소년은 피아노 건반을 누르면서 바다가 선사해준 친화력의 감각에 귀를 기울인다. 그러나 도시의 음악 교사들은 규범과 원칙에 충실한 기능주의적 연주를 강요한다. 이에 대항하여 소년은 바다의 방식대로 "이 부분은 새가 가지에 내려앉아 깃을 가다듬는 것" 같이 느끼면서 연주해야 한다고 말한다. 삶의 은유로서의 음악을 말하는 한창훈의 소설적 서술이 그의 소설에 대한 사유와 통한다는 것은 두말할 필요가 없다.

김곰치(4회)가 「졸업」에서 말하고 있는 것 역시 소설론의 유비로 읽어

보아도 전혀 어색하지 않다. 열다섯 살의 순철과 보경은 이제 막 중학교 졸업을 앞두고 있다. 졸업 전날 밤 보경은 순철에게 오랜 시간이 지난 후 순철이 우연히 자신을 만난다면 과연 자신을 기억할 수 있겠느냐고 묻는다. 그 도래하지 않은 가정법 미래의 기억을 이야기하면서 보경과 순철 모두는 기쁨과 절망 사이를 왕복운동한다. 단지 이야기에 불과할 뿐인데, 그들 앞에 펼쳐진 미래는 여러 갈래로 나눠지기도 하고 하나로 합쳐지기도 한다. 순철은 보경의 이야기를 들으면서 그 자신의 현실적 자아가 미래의 잠재적 자아로 변해가고, 동시에 소설적 자아로 변형되고 있다고 느낀다. 이 변형은 존재변신의 다른 말이다. 김곰치는 이 소설에서 "성장하지 않고 이별하지 않고 늙지도 죽지도 않는 영원의 이야기를 알지 못한다"고 말하지만, 뒤 이은 문장에서 "그러나 알지 못하는 그 이야기가 이 우주 어딘가에 있다는 것을 확신한다"고 고백한다. 김곰치가 말하는 이야기의 욕망은 사멸해가는 모든 기억들에 대항하는 소설 쓰기를 통한 초월과 불멸의 강력한 희망이라는 것을 우리는 알게 된다.

박정애(6회)의 「피해자 신문조서」는 우발적으로 남편을 살해한 한 피의자에 대한 사건 조서를 꾸미는 상황을 중심으로, 형사인 최평서와 고종회의 심리적 갈등을 풍자적으로 소묘하고 있다. 이 소설의 묘미는 신문조서를 통해 가부장주의에 의해 은폐된 여성 차별의 실상을 피의자가 차분히 드러내는 장면 사이사이에, 최평서와 고종회의 일상화된 갈등을 골계적으로 배치하는 데서 오는 상황의 대조 효과다. 피의자가 처한 상황은 비극적이고, 그런 피의자를 가운데 두고 벌이는 최평서와 고종회의 기 싸움은 다분히 희극적인데, 이것이 하나의 소설 안에서 교차편집되다 보니 소설을 읽고 나서 독자들이 경험하게 되는 전체적인 인상은 희비극적 부조리함이다. 그러나 그런 부조리에 가까운 소설적 상황 안에서 각각의 인물들은 고백과 회상을 통해 장구한 개인사적 체험을 효과적으로 압축해 보여주고 있다. 단편소설의 묘미를 잘 보여주고 있는 작품이다.

심윤경(7회)의 「가을볕」은 볕이 따가운 어느 가을날 이민을 앞둔 딸의 친정 방문을 다루고 있는 작품이다. 이 소설 역시 단편소설의 묘미를 잘 보여주고 있는 작품인데, 각기 다른 가족 구성원을 생각하며 상념에 젖는 인물들을 초점화자로 번갈아 등장시킴으로써, 일견 특이할 것 없는 일상을 둘러싼 복잡미묘한 심리를 치밀하게 묘사한 작품이다. 이 소설 속에서 시종일관 긴장감을 조성하는 인물은 어린 시절 어머니가 딸인 진영 몰래 먹인 한약의 부작용으로 과도하게 체중이 불어나 히키 코모리가 되어버린 진환이다. 그런 남동생에 대한 누이의 안쓰러움과 불안이 제시된 후, 화자가 바뀌면 딸에 대해서는 늘 자부심을 가지면서도 아들이 처한 상황에 대해서는 연민과 분노를 드러내는 노년의 아버지가 화자로 등장한다. 진환의 내적 고민은 누구보다도 큰데, 그것은 좀처럼 누그러들지 않는 아버지에 대한 공포를 누구도 이해해주지 못한다는 고립감 때문에 그렇다. 반면, 진환을 무조건적으로 사랑하는 어머니는 유년 시절부터 대립했던 딸과의 화해를 포기하고 체념한다. 가족사에 깃든 구성원들의 내적 심리를 묘파하는 작가의 역량이 돋보이는 작품이다.

3

인류의 마지막 날에 인간들은 무엇을 할까. 박민규(8회)는 「끝까지 이럴래?」에서 인류의 자기기만적 삶에 별반 변화랄 건 없을 것이라고 쿨하게 말한다. 종말 직전까지 소설에 등장하는 대다수 파산자들은 식량을 찾아 폭동을 일으킨다. 하루 후면 어차피 다 멸종될 터인데도, 이 가열한 정념은 도무지 식을 줄 모른다. 트리비얼리즘에 가까운 일상의 사소한 갈등 역시 해소되지 않는다. 지구의 마지막 날에도 층간소음 때문에 위층과 아래층에 사는 애덤스와 에드워드 창은 신경이 예민해진다. 정치가들은 멸망의 날까지 여전히 거짓 정보로 민중들을 호도하고, 냉소적 논평가가 되어 있는 애덤스와 창은 기적적으로 남은 맥주를 마시며 과거에 겪은 모기지 파동과 경제적 불운, 그리고 증발된 가족 등에 대해 회상한다. 지구 멸망이 명백하다는 것을 이성적으로 납득하면서도 혹 요행이란 것이 있지 않나, 그래도 누군가는 살아남을 가능성이 있는 게 아니냐는 희망을 버리지 못하는 것 역시 블랙 코미디의 조미료가 된다. 다음과 같은 애덤스의 나르시시즘적 자기위안은 그것의 절정이다. "창씨, 우린 끝까지 최선을 다한 인간들이었습니다. 서로를 이해하려 들고 신이 원했던 인간의 예의를 잃지 않았어요. 우리는 인간이어서 행복했던 것입니다." 이게 끝까지 변하지 않는 인간들의 자기기만이고, 지구가 멸망하든 말든 그런 인간의 본성은 불변적이라는 것이 박민규의 진단일까.

권리(9회)의 「그녀의 콧수염」에 등장하는 여성 화자는 48세에 이른 대학의 미학과 교수다. 그녀는 기파랑이라는 18세의 사진 기자와 연애하면서, 혹 그것이 죽음에 대한 공포 때문은 아닌가라고 자문한다. 이렇게 자문하게 된 것은 6개월 전 어머니를 잃었기 때문이다. 죽은 어머니에 대한 애착관계가 여전히 남아 그녀로 하여금 지연된 오이디푸스 콤플렉스를 유발하고 있는 건 아닌가 하는 의문을 낳게 한다. 정상적 애도행위란 심리적 분리와 결별의 확인에 있을 터인데, 도무지 생전의 어머니의 훈육적 애착관계가 극복되지 못하고 있는 것은 아닌가 하는 의혹이 갈수록 강해진다. 그런 생각 탓인지는 몰라도 어느 날부터인가는 남자들처럼 콧수염이 돋아나 스스로의 성 정체성을 돌아보게 만든다. 돋아난 콧수염을 보면서 화자는 이 수염이 혹 사회적 페니스가 아닐까 생각하는데, 이러한 상념은 한참 연하의 남성 기파랑을 여성화하고 아동처럼 다루면서 느끼는 성전환의 환각에 가깝다. 「그녀의 콧수염」을 통해 권리가 묻고 있는 것은 '나'라고 하는 자아정체성이다. 그것은 소설의 가장 고전적 주제이지만, 그것에 접근해가는 권리의 서사 전략은 현대적이다.

조두진(10회)의 「여덟 살」에서 회상되는 기억은 아버지의 초상이지만, 이 소설에서 실질적으로 조명을 받는 인물은 반달이라는 문제적 인물이다. 원래의 이름은 반공달이지만 싸움과 노름을 일삼고 심지어는 마을 사람의 소를 훔쳐 도박을 하기도 해 경원시되는 인물이다. 그런 인물이 시간이 흘러 마을에 하나뿐인 구멍가게를 열게 되자, 어른들은 이 구멍가게에서 저녁이면 모여 막걸리를 마시고, 결국에는 반달이의 노름에 빠져들게 된다. 이 소설은 선량하고 순박하기 짝이 없는 화자의 아버지가 어떻게 반달이의 의뭉스러운 도박판에서 인생의 덜미를 잡히며, 그것이 여덟 살 소년에게 세계의 부조리에 대한 최초의 인상으로 기억되는지를 고백하고 있는 작품이다. 세계에의 최초의 눈뜸이 어른 세계의 폭력과 부조리와의 조우에서 시작된다는 한국형 성장소설의 전형적인 소설문법이 이 소설에서 또 한 번 확인되고 있는 것이다.

조영아(11회)의 소설에는 동물 모티프가 자주 등장하는데 한겨레문학상 수상작에서의 '여우', 이후 장편소설에서의 '이구아나'가 그런 경우에 해당한다. 이 동물 모티프는 실상 조영아가 파악하는 인간의 자아 이미지와 상통하는데, 이번에 발표한 「고래의 죽음을 함부로 논하지 마라」에서는 고래의 죽음이라는 모티프를 상징적으로 제시한 후, 경계 짓기를 통해 타인과의 소통을 가로막는 비극적 현실을 서사화하고 있다. 이 소설은 동성애자에 대한 세간의 혐오와 폭력 속에서 몇 번의 자살 시도 끝에 싸늘한 주검이 된 기현이라는 인물에 대한 회상과 폭설 때문에 우연히 동승하게 된 돌고래 사육사와의 대화와 뒤 이은 그녀의 실종이 교차서술된다. 기현의 죽음이나 돌고래 사육사의 실종은 모두 강렬한 소통의 열망에도 불구하고, 타인들의 무관심과 편견을 넘어서지 못한 채 오는 고립감에 빠졌기 때문이 아니냐는 것이 화자의 생각이다. 대양의 경계를 넘어 자유롭게 유영해야 할 고래가 해안에서 자살을 감행하는 일이나 타인의 편견에 희생되는 기현의 인생행로 모두 결국은 그런 소통부재의 현실이 초래해 낸 폭력적 상황의 비극이 아니냐는 질문이 잠복되어 있는 소설이다.

4

가족서사가 여전히 한국 소설에서 중요한 자리를 차지하고 있다는 점은 수상 작가들의 작품에서도 확인할 수 있다. 그러나 오늘의 가족서사는 과거와 같은 정상가족에의 열망과 비례하여 드러나는 가족관계의 비애나 애증을 담고 있지 않다. 반대로 해체된 가족은 포스트 가족서사의 전제 또는 출발점이 되고 있으며, 가족의 실제적이거나 상상적인 복원은 애초에 서사의 동력이 되지 못한다. 일종의 포스트 가족서사인 것이다.

하위문화적 상상력으로 무장한 작가 서진(12회)은 「홈, 플러스」에서 실종자를 찾아내는 직업을 가진 뱀파이어 K를 등장시킨다. 뱀파이어이기 때문에 그가 필요로 하는 것은 "피"이며 "누군가를 간절히 찾고 있는 사람의 피면 더욱 맛있다"고 말하는 인물이다. 멀쩡한 가족이 있었던 K가 왜 뱀파이어가 되었는지는 알 수 없다. 그러나 그의 기억 속에 남아 있는 가족이란 사회적 성공과 출세를 강요하며 폭력을 휘두르곤 하던 아버지뿐이다. 제목을 빌리면 홈(home)은 플러스(+)가 아니라 마이너스(−)의 세계다. 의뢰인이 찾아달라는 동규라는 소년은 엄마의 신용카드를 훔쳐 가출을 시도한다. 뱀파이어 K는 의붓아들이 엄마의 폭력에 시달렸을 것이라고 추측한다. 뱀파이어에게 가족이란 어차피 학대의 공동체니까. "어차피 가족은 서로 학대하기 마련이다. 요령껏 살아남아야 한다. 극복할 수 없다. 견뎌야 한다. 견딜 수 없다면 죽여버리거나." 서로의 영혼을 학대하고 피 흘리게 만드는 가족 자체가 실상은 피 흘리는 정념의 공동체가 아니냐고 서진은 묻고 있다.

윤고은(13회)의 「1/4」은 "엄마는 숙식을 제공하는 직장으로, 언니는 회사 근처의 오피스텔로, 나는 학교 근처의 원룸으로, 그리고 아빠는 파란 트럭 한 대를 가지고 의정부 고모네로" 가게 된 가족 해체의 현실을 의미하는 제목이다. 소설에서 제시되는 것처럼 애초에 온전한 가족(1)이라는 것은 환상에 불과하다. 빚 때문에 가족이 1/4로 쪼개지긴 했지만 네 식구가 둘러앉아 밥을 먹은 기억은 까마득하고, 설사 드물게 그런 일이 있었다고 해도 "우리의 식탁은 단두대 같았다"고 화자는 말한다. 그런데 결혼을 앞둔 언니가 애인을 집으로 초대할 것이고, 이를 위해서는 스위트홈의 이미지를 보여주어야 한다고 말한다. 언니의 끈질긴 요구 때문에

1/4로 쪼개진 가족은 단 하루의 연극을 위해 빌라를 빌리고 행복한 가족을 연출한다. 이 상황을 화자는 "우리는 접시의 꽃무늬를 국기의 문양처럼 인식하며 밥을 먹었다. 즐거웠다. 연극이었으므로 가능했다"고 서술한다. 하지만 이 시한부의 가족이 실제로 재결합하는 것은 가능한 일이 아니다. 화자의 말처럼 "1/4은 4/4는 될 수 있지만, 1로 약분되지는 못"하니까. 해체된 가족이 "1이 되기에는 그새 너무 비대해져 있거나 난해해져 있"기 때문이니까. 아니 애초에 가족이란 그런 난해한 친밀성, 위장된 가장무도회가 아니냐는 것이 화자의 생각이니까.

주원규(14회)가 「come back home」에서 그리고 있는 가족의 풍경은 윤고은의 가족에 비하면 기괴함의 강도가 더 세다. 이 소설은 "아빠가 집으로 돌아왔다"라는 문장으로 시작된다. 돌아온 아빠는 폭군이고, 변태 성욕자이며, 딸에게 근친상간을 강요하는 무뢰한이다. 3년 동안 이 가족은 아빠의 존재를 잊고 그런 대로 잘 살아왔다. 아빠의 빈자리는 이전 아빠의 부하 직원이었던 새아빠가 보충해주었다. 부조리하긴 하지만 있을 법한 설정이다. 아빠의 사업 실패로 짊어진 거대한 부채는 실종된 아빠가 결국 사망한 것으로 처리된 탓에 거액의 보험금으로 상쇄되었다. 남은 돈으로 엄마와 새아빠는 치킨 집을 열었고 중학생이 된 화자인 딸은 소파에서 MTV를 마음껏 볼 수 있다는 기쁨을 감추지 않았다. 그런데 3년 전 죽은 것으로 법적 처리된 아빠가 돌아옴으로써 집 안의 공기는 돌연 험악해진다. 돌아온 아빠가 새아빠를 포함해 네 명의 식구를 거느리고 한 식탁에서 밥을 먹는 것도 괴이한 일이지만, 딸에게 오럴섹스를 요구하고 새아빠를 수시로 폭행하는가 하면 엄마와 동침하겠다고 나서는 일은 가족의 일상을 근본적으로 뒤흔드는 일이다. 이에 새아빠는 아빠를 "원래 상태로 되돌려놓"자고 가족들에게 제안한다. 법적으로 이미 죽은 자를 죽이는 것은 살인이 아니다. 반대로 이는 혼돈 상태에서 본래적 질서를 회복하는 일이다. 이것이 새아빠의 논리이고, 아빠 죽이기에 이 가족이 동참하는 이유이다. 소설을 읽다 보면 이 가족잔혹극에 참여하는 가족들에게는 '감정'이 없어 보인다. 이 감정 없는 기계적 가족주의야말로 포스트 가족소설의 유력한 특징이기도 한 것이다.

한겨레문학상의 계보에서는 가장 신인에 해당하는 최진영의 「월드빌, 401호」의 주인공은 히키 코모리다. 그가 3년째 외부와의 소통을 끊고 거주하고 있는 좁은 빌라의 이름은 '월드'(world)다. 그런데 이 좁은 골방이 화자에게는 실제로 그가 접촉하는 유일한 세계다. 그 세계에도 가족이 있다고 할 수 있다. 한때 심장 없는 프라-괴물(아마도 감정 없음의 표현이겠다)과 동거했지만, 그는 L을 죽인 죄로 감옥에 가 있다(화자는 법정에서 괴물이 L을 죽였다고 증언했다). 피와 감정이 흐르는 유일한 반려는 종철이라는 이름을 얻은 개이지만, 화자에게 그것은 가학과 피학의 대상일 뿐이다(시종일관 화자는 "종철이, 개새끼"라는 욕을 지껄인다). 타인은 물론이고 세상과의 접촉면을 상실한 이 빌라 은둔자는 밖으로 나가는 것이 두렵다. 그의 방에는 온갖 인스턴트식품의 포장지와 쓰레기들이 가득하고, 문틈조차도 실리콘으로 봉해버렸다. 그렇게 완벽하게 봉인되고 폐쇄된 세계 안에서 화자는 오히려 스스로를 안전하다고 느낀다. 화자에게 월드빌 401호는 유일무이한 세계이지만 "내 세계엔 도대체 뭐가 있나"라고 자주 자문한다. 그러면서도 "나는 내 세계를 지키고 싶었다"고 말한다. 이런 기괴한 은둔의 이유는 내부세계나 외부세계나 쓰레기로 가득 찬 폐허라는 점에서는 동일하기 때문이다. 내용 없는 자기세계를 그려내는 작가의 관점이 독특하다.

5

한겨레문학상은 장편을 대상으로 한다. 한 문학상이 문단의 시류와 무관하게 장편문학상을 지속적으로 시행하는 것은 문단이 크게 위축되고 상업적 경향이 전면화한 작금의 현실에서 그 의미가 결코 적다고 할 수 없다. 한겨레문학상을 통해 등단한 작가들은 문학의 진정성을 각기 다양한 방식으로 실현하고자 애써왔다. 그러나 오늘의 문학을 둘러싼 현실은 종래의 인문주의적 진정성의 가치만으로는 분석과 극복이 어려운 복마전에 가까운 상황을 연출하고 있는 것이 사실이다. 2000년대 이후 한겨레문학상을 수상한 작가들이 종래의 정통적 서사방식과는 다른 하위문화적 상상력을 수혈하고, 인물의 성격 창조나 서술 기법 면에서 반미학적인 혁신을 꾀하고 있는 것처럼 보이는 것은 이 때문일 것이다. 그것은 인문주의적 진정성의 쇠락 혹은 붕괴 이후에 새롭게 구성해야 할 포스트 진정성의 가치를 찾기 위한 방법적 전략으로 보인다.

이 작품집을 구성하는 대부분의 작품들에는 하나의 공통점이 있다. 그것은 '붕괴감(a sense of collapse)'이다. 이는 소설적 모험의 핵심을 이루는 자아와 세계 모두 극단적인 쇠락과 붕괴에 처했다는 예감에서 쓰여진 작품이 다수라는 점에서도 확인되는 바이다. 전통적인 소설 내면성의 밀도를 좌우하는 장치, 즉 경험의 압축적 제시를 통한 회상기법이, 단편이라는 양식상의 특징을 고려한다고 해도, 소수에 불과하다는 점이 이를 잘 보여준다. 동시에 전통적인 단편소설이라면 등장할 법한 진리의 현현으로서의 에피파니 또는 시적 황홀에 가까운 경이감을 드러내는 경향 역시 매우 약화되어 있다.

소설 주인공들의 동선(動線)을 이루는 실존적 장소 역시 가정이나 거의 은둔 장소에 가까운 빌라나 아파트, 음침한 골방 등으로 축소되어 있다. 등장인물들의 세계가 이렇게 극도로 축소되는 현상은 인간의 자아위축 경향을 감각적으로 반영한 작가들의 선택이었을 것이다. 무엇보다 젊은 작가일수록 인물들의 감정이 이완된 냉정함을 넘어 냉담함, 더 나아가서는 냉소에 가까운 양상으로 타자와의 거리 자체를 폐쇄하고 있는 경향을 보여주는 것은 징후적이다. 이러한 징후를 통해서 우리가 확인할 수 있는 것은 자아와 세계가 동시에 붕괴되고 있다는 세계감각의 공통성이다.

소설이 묘사하는 주체와 세계 양측에서 뿜어져 나오는 이 쇠락과 분열, 붕괴의 서사적 연쇄 사이에서 작가들이 묻고 있는 것은 진정성의 현대적 가치는 무엇인가이다. 이 질문은 진정성의 붕괴 이후에도 남는 최후의 진정성, 즉 포스트 진정성의 가치를 탐문하고, 실험하고, 창안하는 일이 오늘의 소설가들이 처한 공통된 난관이자 소설적 야심이라는 점을 잘 보여준다. 한겨레문학상을 통해 한국 문단의 중심으로 진입한 작가들은 이 질문을 각기 다른 방식으로 던지고 있다. 각각의 서사적 음높이는 상이하지만, 그 음들이 때로는 협화음으로 때로는 불협화음으로 이어지면서 엮어내는 풍부한 다성악(polyphony)을 독자들은 이 작품집을 통해 듣게 될 수 있을 것이다. 작가들의 건필도 함께 기원한다.

한겨레문학상 수상작가 작품집

끝까지 이럴래?

ⓒ 김연 한창훈 김곰치 박정애 심윤경 박민규 권리
　조두진 조영아 서진 윤고은 주원규 최진영 2010

초판 1쇄 발행 2010년 10월 4일
초판 3쇄 발행 2011년 10월 26일

지은이 김연 한창훈 김곰치 박정애 심윤경 박민규 권리
　　　조두진 조영아 서진 윤고은 주원규 최진영
펴낸이 이기섭
편집인 김수영
기획편집 박상준 임윤희 김윤정 정회엽
마케팅 조재성 성기준 정윤성 한성진
관리 김미란 장혜정

펴낸곳 한겨레출판(주) www.hanibook.co.kr
등록 2006년 1월 4일 제313-2006-00003호
주소 121-750 서울시 마포구 공덕동 116-25 한겨레신문사 4층
전화 02)6383-1602~1603 **팩스** 02)6383-1610
대표메일 book@hanibook.co.kr

ISBN 978-89-8431-421-4 03810

• 책값은 뒤표지에 있습니다.
• 파본은 구입하신 서점에서 바꾸어 드립니다.